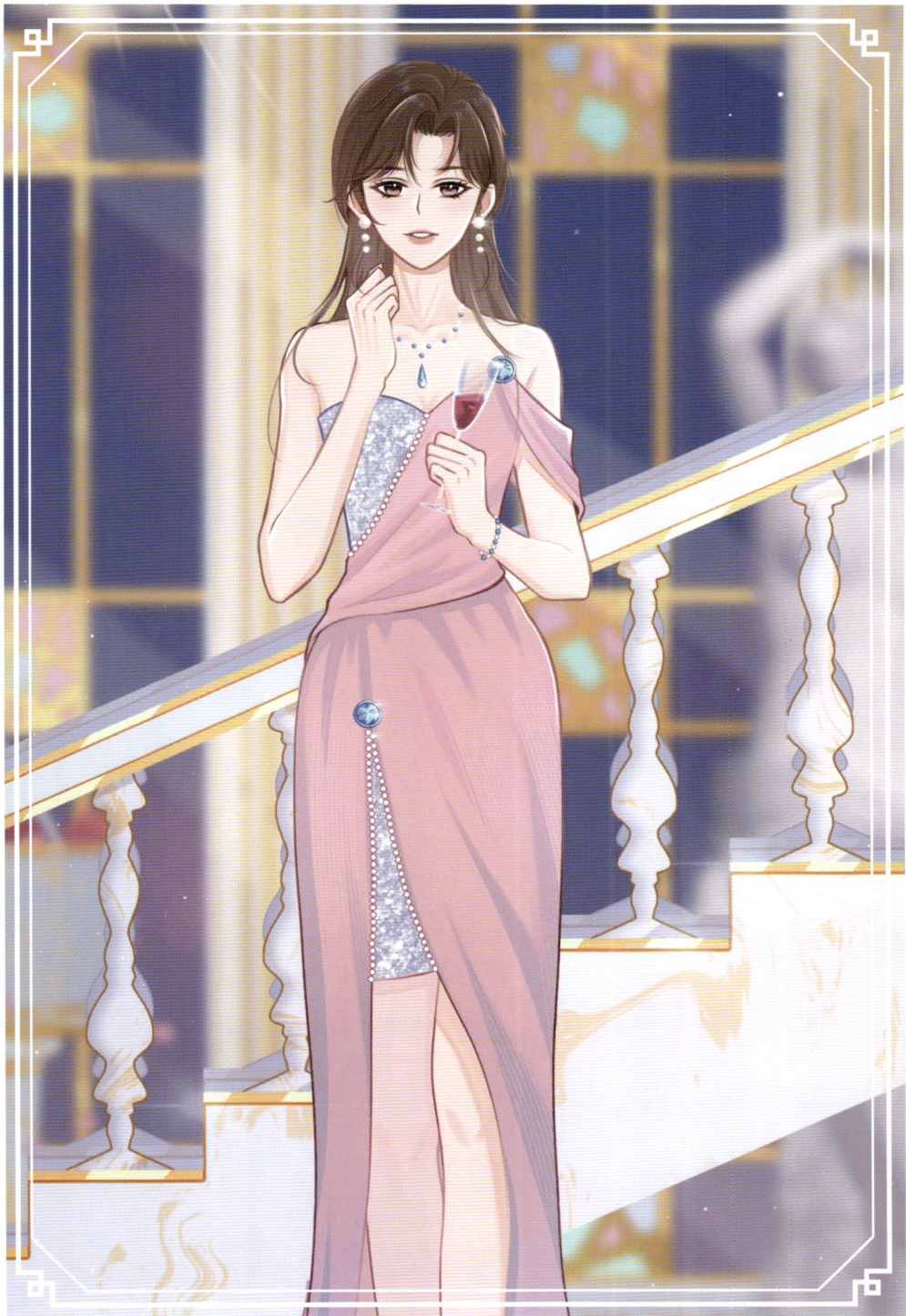

守卫战死，
雀鸟重生。

她是向往自由的飞鸟，

不该被任何人关进笼子里。

我想我还年轻，
也许还能跟你耗完这一生。

守卫与雀鸟

初禾初 Chu Hechu Works 著

SHOUWEI YU QUENIAO

百花洲文艺出版社
BAIHUAZHOU LITERATURE AND ART PRESS

图书在版编（CIP）数据

守卫与雀鸟 / 初禾初著. —— 南昌 ： 百花洲文艺出版社 ， 2019.3（2022.7 重印）
ISBN 978-7-5500-3199-9

Ⅰ．①守… Ⅱ．①初… Ⅲ．①长篇小说－中国－当代 Ⅳ．① I247.5

中国版本图书馆 CIP 数据核字（2019）第 035389 号

守卫与雀鸟
SHOUWEI YU QUENIAO

初禾初 著

出 版 人	章华荣
策 划 人	余 言
监 制	赵 迎
责任编辑	蔡央扬
特约编辑	沈酿歌
装帧设计	黄 梅

出版发行　百花洲文艺出版社
社　　址　南昌市红谷滩区世贸路 898 号博能中心 A 座 20 楼
邮　　编　330038
经　　销　全国新华书店
印　　刷　长沙鸿发印务实业有限公司
开　　本　880mm×1230mm 1/32　印张　9.75
版　　次　2019 年 3 月第 1 版第 1 次印刷
　　　　　2022 年 7 月第 1 版第 2 次印刷
字　　数　210 千字
书　　号　ISBN 978-7-5500-3199-9
定　　价　36.80 元

赣版权登字 05-2019-46

网址 http://www.bhzwy.com
图书若有印装错误，影响阅读，可向承印厂联系调换。

C O N T E N T S　　目　录

引子

凌晨的风，吹得有一些凛冽。

这是陈当好露着胳膊才察觉出来的，"凛冽"这种词在她的脑海里一闪而逝，往常这些时候，她似乎都没发现。

白天来参加葬礼的人都散了，此时过了凌晨，总觉得四周都是蛰伏的危险。她穿了一件黑色高开叉贴身长裙，领子开得有些低，修长的颈子在月光里泛着莹白的光。远远看去女人身材瘦骨伶仃，偏头往远处看的时候，锁骨细长，催生人的毁灭欲望。

月光下的女人不说话，路过的鸟大概都要驻足疑惑，谁家的姑娘，半夜三更等在这种地方，时代早已变换，女鬼招魂的招式再怎么老也不会改变。黑色长裙下是一双艳红色高跟鞋，就跟她嘴上的红一样，长着这么一张脸，一副身段，任谁都想要多看几眼。

偏生今天夜里月朗星稀，照得美人面色慵懒，她靠着早已合上的门，低头给自己点了根烟。再拐过几个弯过去，就能看见前面守夜的人，百无聊赖之中，索性仰头数星星。

这星星也调皮，数来数去，相同的不同的都在眼前绕了几圈。一根烟还没燃尽，有脚步声接近，陈当好叼着烟，也不去望那声音来源，倒是侧身站好了，去揉自己有些僵硬的颈肩。

有滚烫手掌贴在腰部，沿着腰线摩挲一圈，将她拉进怀里贴在自己胸前。男人身体绷得很紧，她把烟从嘴里拿出来，烟圈在两个人之间散开，带着点话梅香气，不等男人说话，她已经将手肘往男人的胸膛不轻不重地招呼上去，闷闷一声响，如同砸在铁板上："注意点，那边还有人。"

"早睡了。"梁津舸接替了她的手，替她在肩膀处轻轻揉了几下，鼻息却早已迫近，若有若无地触碰她细腻的脖子："你不冷？"

像是顺应他的话，还真的来了习习晚风。陈当好缩了缩肩膀，眼睛眯起来笑，转了个身，手便顺着他黑色的西服边缘溜了进去。白色衬衫扎在腰带里，她仰着头轻轻啄他的下巴，手下动作不停，扯出衬衫下摆，到底将冰凉的手贴在了他热乎乎的后背上。

几番扭动，肩膀处衣衫便也歪斜了大半，梁津舸捏住她的腰，没有办法似的在她耳边轻轻叹了口气。她比他矮一头还不止，猫一般半吊在他身上，撒娇呢喃，声音清浅撩人："冷，等太久了，抱我。"

他不说话，默默将她抱紧，像是要融入骨头里去的抱法。

"季明瑞睡了吗？"她在他怀里，手依旧不安分地往上游走，摸着他背后漂亮的骨头纹理，有一下没一下地吻他。梁津舸迟疑了一会儿，慢慢摇头，声音很低："我不知道。"

"那一会儿他出来发现了怎么办？"陈当好也跟着压低了声音，模糊的声线都藏匿进他的怀里，贴着他用力跳动的心脏。

她在逗他，却偏要说出这种他不太乐意听的话。这女人向来不识好歹，梁津舸不回答，揽着她向后退了几步，两个人纠缠的身影便淹没在树影里。月亮大约选择了回避，她窝在他的肩头笑，也不知是笑他高估还是低估了自己，仰起头，红唇贴上去，印在他嘴角。

他们在黑暗处接吻，墙壁冰凉，陈当好仰着头，看见头顶的朗朗夜空。梁津舸不说话他是她见过的话最少的男人了脚上的红色高跟鞋晃晃荡荡，总像是要掉，却总也没掉。

时间在不断积累的快感里流逝飞快。

"梁子……"她在他的怀里闭上眼睛,高跟鞋终是掉了下去。男人俯在她耳边喘气,弯腰捡起地上的东西熟练地塞进自己的裤兜里。

拥抱着彼此,胸膛起伏,心跳却像是退了潮的海面慢慢平缓。梁津舸轻轻抚摸着她还带着汗的后背,她就只有在这种时候是温顺的柔软的,愿意这样安静地靠在他怀里的。这种心思他不能让她知道,不然,恐怕就连这么短短几分钟的温存都会不复存在。

可终究还是有尽头,从他怀里抬起头,他听见她低低的声音。

"干吗?"陈当好把裙子整理好,脸上还带着潮红,向他伸出手,"给我。"

他却将她压在墙壁上狠狠吻了吻,故意曲解她的意思,声音带笑:"没要够?"

陈当好无所谓地跟着他笑,伸手推开他站直了,又恢复到最开始的模样。双手抱臂,她浅笑着看他,也不再去讨要被他装在裤兜里的东西:"你说,季明瑞发现了怎么办?"

跛足的男人摸出根烟,点燃的同时深吸一口,眯起眼睛:"死呗。"

"谁?"陈当好挑眉。

"你。"梁津舸声音带笑,见她神色不变,他眨眨眼,觉得胸腔里那口没来得及呼出的烟都压抑着,想要诉说,"还有我。"

她抬了抬眼皮。

"我陪你死。"梁津舸听见自己干涩的声音。

陈当好眼神一滞,半秒的恍惚里她忽然笑开,白玉似的手在他脖颈处摸了摸:"说什么死呀活呀的,我可不想死,你也别乱讲。"

他把烟放进嘴里,没接她的话。

爱情最好和最坏的结束方式,都是死亡。死亡不可怕,陪你爱的人死怕是做鬼也快活。只是你得先明白,存在于你们之间的,到底是不是爱情。

风又吹起来了,凌晨的风,吹得有一些凛冽。

这是梁津舸说完这些话后,才察觉出来的。

第一章
自人间浸没

　　陈当好生日这天，风华别墅大厅里一如往常，死气沉沉，没有一丝庆祝的味道。她穿着裙子下楼的时候，季明瑞还没到。他指派在别墅外围的几个保镖个个严肃，无论何时都严阵以待，她在客厅坐下，看向外面的车。

　　那不是季明瑞平日里会用的车，大多数时候就这么放在别墅院子里，偶尔心情好了，带着陈当好出去兜风。因着身份的不光彩，兜风也只能选些僻静地点，次数更是有限，时间长了车身像是蒙了尘，远远望去带着灰蒙蒙的烟色滤镜。

　　季明瑞有自己的司机，也就只有司机和这几个保镖知道她的存在。风华别墅依山傍水，山清水秀的环境里那辆车大咧咧地停着，好像跟一切都格格不入。陈当好把裙子的腰带紧了紧，在季明瑞打开车门的时候，她回身迎着他走过去，苍白的脸上有淡淡笑意。

　　"生日快乐。"儒雅的男人站在车边，朝她张开双臂。季明瑞今年刚过四十，岁月大概也势利，并不在有权有势的人脸上留下残忍痕迹。他这么站在那里，既像大学里风度翩翩的教授，又似刚刚脱下白大褂的和蔼的医生，却唯独不像一个满身铜臭的商人。他说话的时候眼神追着她，等到她走近，他便与她轻轻拥抱。

她像只波斯猫，而他是她的主人。周遭站着的人都不说话，陈当好声音沙沙的，她在问他："你记不记得你答应过我，我生日的时候就咱们两个人？"

季明瑞凝视她两秒，然后笑着点头，下巴在她头顶亲昵地蹭了蹭："当然。"

她心里的弦绷紧了，故意换作轻松的语气："那今天换你来当我的司机了？"

"非常荣幸。"季明瑞是善于与女人接触的男人，从动作到话语，无不透露着对陈当好的万分珍惜。他说这话的时候眼神也温柔，手拉开车门，扶着陈当好坐进去，还要亲手帮她系好安全带。

陈当好眉目温顺，任由他在自己额头落下一吻。

车子离开风华别墅，周遭风景秀丽。陵山是个好地方，经济发展程度不低，气候四季宜人，城外群山环绕，若是放在古代还是个易守难攻的好地方。风华别墅建在城郊，陈当好曾经好几次从房间的窗户往外看，都能看到不远处青山连绵，把自己安静地围困其中。

手伸到车窗外，风从指间丝丝缕缕地穿过。她目视前方，用再平淡不过的语气，压抑着心里的蠢蠢欲动，强装温和坦然："我昨天接到吴羡的电话。"

季明瑞神色不变，只是微微眯了眯眼，眼角皱纹因为他的表情堆叠在一起又舒展开来："她也是有本事，你都换了几个号码了，还是能找到你。"

"她说……"

"我订的餐厅在西郊那边，开车过去也要半个多小时，你要是觉得困就先睡一会儿。"季明瑞打断她的话，显然不想在这个话题上继续下去。

陈当好闭上了嘴，手依旧伸在外面，他望了几眼，半晌还是忍不住道："手伸进来，一会儿到了市区，把车窗关好。"

这般谨慎且见不得人的关系。陈当好早已习惯，收回手的同时将车窗关严，偏头看他："以后我就不用手机了吧。"

季明瑞很快"嗯"了一声，这句话正好顺了他的心意。

陈当好轻笑，眼神依旧落在他这边。车子进入市区，路过陵山大学，她大概是被旧景勾起回忆，浅笑道："我两年前是在校门口遇见你的，饮料洒了你一身。"

"谁知道是不是你故意。"季明瑞也笑，眼角的皱纹很深，让陈当好更清晰地感受到心里的恶寒。她看着他，拳头握紧了，陷落回忆里，声音却是平静的："其实遇见你以后挺好的，去了没去过的城市和国家，也用上了以前听都没听过的高档货。你记得吗，你第一次带我出去吃饭，我连刀叉都不知道该怎么拿。生日的时候你送我一条项链，我偷偷问了同学项链的价格，因为不知道怎么还礼，紧张得一晚上都睡不着。"

这话说得温情，季明瑞勾起嘴角，心里那层朦胧的情愫还没褪去，就听到她接着说："谁知道季老板家大业大，根本不在乎那一条项链。更没想到季老板家里有了夫人，还愿意在我这么一个清汤寡水的小姑娘身上下功夫。你当年追吴羡的时候是不是也这样，我控制不住自己老是在想。"

车子拐了弯，远远地可以看到红绿灯。季明瑞表情变了变，脚下用力，忽然扭头看她："陈当好，你……"

"对，我动的手脚。"她面无表情地看着他，上过妆的脸更显苍白，嘴唇却红得吓人："你说我们能不能到西郊？要是前面的红灯你停不下来，怎么办呢？"

他竟不知道她这么恨他，恨到赔上自己的命也要脱离他的掌控。眼看着路口越来越近，季明瑞掏出手机匆忙按下一个号码："梁子，马上到西郊附近来。"

她看着他，看他跟自己的手下逐条交代。这个男人是有魅力的，即便她恨他，但她也得承认，当他沉着眉眼有条不紊地说话的时候，的确有那么点味道。可现在，这一切毫无意义，她宁可听他口述遗嘱，好像还显得真诚一些。

"季明瑞，你不是喜欢我吗？"陈当好扯开一个难看的笑，喜欢到毁她前程也要把她锁在身边，喜欢到囚着她困着她却又不肯跟自己的发妻离婚，四十多岁的男人了，不说爱，仗着一句喜欢，肆无忌惮。

车子即将到达路口，红灯依旧，季明瑞心跳如雷，可以看见斑马线外等待过马路的行人，也可以看见前面渐渐减速的车辆。马上就是晚高峰，路上车不少，事故无法避免，就算他侥幸能活，他也不知道自己是否承担得了社会的舆论谴责。

　　在那一瞬间，他想起自己身上的头衔，想起自己印在报纸上的笑脸。他的人生不能毁在一个女人手上，她想跟他死在一起，他可还没活够。手握紧了方向盘，季明瑞横了心，闭眼将车子打了个转，朝着路边近乎疯狂地冲过去。

　　"陈当好，你最好祈祷你别活下来，要是能活着相见，就不是现在这么简单了。"

　　她听出他声音里的威胁和怨毒，车子狠狠撞在电线杆上，安全气囊弹出撞得她眼冒金星。陈当好觉得自己大概真的会死，她总是听说人死之前会在脑内回放自己一生的经历，当她意识到自己有这个想法的时候，她知道她的意识竟然还清醒着。

　　头偏过去，她撞见季明瑞的眼神，他的头枕在方向盘上，不知哪里流出的血让他头一次跟狼狈这样的词沾了边。他就这么微睁着眼睛，也不知是气息尚存，还是死不瞑目。她忽然觉得痛快，从未有过地痛快，满身麻木，她也觉察不到疼，张了张嘴，她发出气若游丝的声音。

　　"吴羡让我去死。"

　　似乎觉得不够，陈当好用尽浑身的力气，牙齿都在打着战："还有你，她说还有你，你也该死，我们都该死。"

　　说完这话，身体里最后的一丝坚持也断裂。黑暗铺天盖地，在明明应该惊慌失措的时刻，她却心底清明，好像灵魂早已经离开身体，追她想要的生活去了。她从没觉得对不起谁，除了吴羡，哪怕再怎么身不由己，自己依旧乱了她的家庭。

　　昏迷之前，陈当好对自己说："笑一下。"

　　这一生很辛苦，结束之前，就跟世界笑一下吧。

　　遇见季明瑞那年，陈当好十八岁。而等她遇见梁津舸，却已经是两年之后。她站在二十岁的末尾，他站在他们故事的开头。她躺在逼仄的车厢里，血色模糊，他朝她伸出一只手。

那样清晰的眉眼。

梁津舸长了一双念旧的眼睛。他这么看着你的时候，就好像看透了你生命里流经的那些故事。就在两个小时之前，她还未见过他，她满心想的都是如何与季明瑞同归于尽。而在看见他之后，陈当好闭上眼，跌进他微微汗湿的胸膛。

她忽然记起很多事。

离开家乡的那年，大夏天。她回过头，黄土地上蓝天依旧，穿着布衫的父亲对她笑，不仅对她笑，也对别人笑，一边笑一边泪眼婆娑："我家丫蛋有出息，等她大学念完了，你们都得上电视上看我闺女去！"她所有的认知都来自这个皮肤黝黑的男人，他教她是非黑白，教她但行好事，却唯独忘记教她灯红酒绿的城市里会有什么样的陷阱，而那些陷阱又都带着多么诱人的外表。

思绪恍惚里，她被他从车厢抱出来。她闻见男人身上的汗水味道，夹杂着他因为刚刚疾步奔跑而粗重的呼吸。她的裙子是前几天才订做的，季明瑞跟设计师说她的尺寸时满眼暧昧，而现在那条裙子上沾满血污，紧贴在梁津舸胸前。她几乎可以感受到他胸膛的温度，混合着还没干涸的血液，湿热的，在彼此间流动。

她又记起自己离开家乡来到陵川的那一年，火车站人潮拥挤，她不知所措。播音主持专业的学生们大多貌美，她看着她们从包里拿出各种各样的化妆品，看着她们在每天早上把自己打扮得漂漂亮亮地去上课。而她向来素面朝天，遇见季明瑞的时候更是冒失，只因在校庆上跟他撞了个满怀，比所有恶俗文章的开头都还要恶俗。

那一年就是她的十八岁，换句话说，季明瑞就是她全部的十八岁。阳光从头顶蔓下来，她觉得自己身上的血液都要被烈日烤到干涸。那些回忆生生断裂在疼痛里，陈当好张了张嘴，所有因为车祸撞击而变得迟钝麻木的感官突然都鲜活了起来。

身边是嘈杂的人声，当各种人的声音交织在一起的时候，就像是老磁带卡在了录音机里，刺耳且坚韧不屈。她仰着头，却只听见四肢百骸叫嚣着"疼"。她自己都不理解为什么到了这个地步，她的感官依旧这么敏感清晰，阳光兜头而下，如同一盆冷水，浇得她湿漉漉汗涔涔。恍惚间听到抱着她的人低头说话，声音不高，随着他的走动，那些句子也跟着飘忽："把眼睛闭上。"

有人突然拔高了声音，这一次陈当好听得清清楚楚："那个人是季明瑞吧？电视上那个季明瑞？"

"对啊，出车祸啦？一会儿是不是记者就要过来了？"

"司机呢？司机没事吧？哪去了？"

"不知道啊，是不是肇事之后就跑了啊……"

陈当好终于闭上眼睛。

哪里有什么司机，季明瑞自己就是司机。他推掉晚上的饭局，不过就是为了来带她出去过生日的。像他这样的身份，陵山市屈指可数的富商，又是大学名誉校长，不知多少女人想当他的情妇。而他实际带在身边的情妇却太不识好歹，竟然在心里算计着他的死。陈当好觉得喉头腥甜，不知是不是有血返上来，明明是这么短的距离，到上了车之前，她却觉得漫长得像是一个世纪。

她果然还是怕死的。

梁津舸出狱之后第一次遇见季明瑞，是在临近西郊的十字路口。活在传说中的风度翩翩的男人满身血污，副驾驶上躺着他的情妇。如果自己现在掏出手机拍下这一幕，光是卖给媒体就能得到一笔不菲的收入。

好在他没有，毕竟季先生要是能顺利活下来，那他凭借这份功劳，以后的生活即使算不上衣食无忧，也绝对不会像从前那样穷困潦倒了。从一定意义上讲，梁津舸得承认，自己穷怕了。

救护车铃声大作，街道开始聚集起看热闹的行人。在人群察觉到事态之前，梁津舸嘱咐一起来的人将季明瑞送上救护车，这才低头去看副驾驶上的陈当好。

第一次遇见陈当好的时候，他在想什么呢？后来的很多时间，梁津舸常常这么问自己。他会忘记她穿了一条酒红色的裙子,忘记她脸上沾染的血迹,他就只记得他朝着车厢里探身过去,准备像是处理尸体那样把她拖拽出来的时候,她忽然冲他眨了一下眼睛。

她那样狼狈,连眼睫毛上都糊着血。可是她分明,笔直地看向了他,并眨了眨她的眼睛。

鬼使神差地,梁津舸朝她伸出一只手。

弱者形象总能唤起男人的英雄主义情结,此时此刻或许他内心已经觉得自己像是救世主般的存在了。他面色平静地看着她,伸出去的手停顿了两秒,现实主义觉醒,梁津舸在心里跟自己骂了句粗话。

他为什么要等她把手搭上来,她现在是死是活都不一定。他确定自己刚刚那一眼是幻觉,双臂向前,在抓住她胳膊的前一秒,却还是不由自主地换了温柔的动作。

轻轻地,她的脑袋搭在他胸前,她浑身冰冷,像是没了生息。按照季明瑞的吩咐,她是不能跟随他们去医院的,梁津舸开了一辆破烂不堪的小车,还是临走之前跟朋友借的,他抱着她,一步步地往车那边走,不知道是跑来的时候太急还是怀里的人太冷,他呼吸发紧,甚至有些不安。日光炎炎,就在距离车子还有几步的时候,怀里的人忽然像是惊醒一般,他脚步微顿,偏头,看见她惨白的侧脸。

他看见她无声地张了张嘴,眼角有泪将落未落。阳光近乎残忍地照在她脸上,她像是被凌迟的妖,无所遁形。梁津舸手臂收紧,他觉得她是痛的,这样的一个女孩,多少都能唤起男人那么点恻隐之心。

"把眼睛闭上。"他听见自己的声音,夹杂着步伐里的颠簸。

她就真的闭上了眼睛,关上车门,梁津舸忽然想起自己刚刚在电话里问季明瑞的那句:"那位小姐,不能送去医院的话,送去哪里呢?"

发动引擎,车子发出难听的噪音,人群越来越多,不再有人注意到这边。他摸出根烟叼在嘴里,手握上方向盘,觉得心里阵阵恶寒。

季明瑞说:"那我不管,但她必须活着。她想找死,也得死在我手里。"

车子起步,梁津舸回头看了一眼后座上陷入昏迷的女孩,想必季明瑞打那个电话的时候,她就在边上,听到那些话的时候,她又是什么样的心情呢。

"没什么大问题，缝几针就行。"

灯光昏暗，勉强可以称得上手术室的屋子里，陈当好听见这样的声音。她也不知道自己睡了多久，疼痛和麻木交替地占据着她的理智。等到她再度醒来，已经换了屋子，墙壁上有抽烟留下的污渍，白炽灯只开了一盏，在她脚边的位置，眼眶有些酸疼，她费力地眨了眨眼，心底有一个声音略显遗憾地发出一声叹息。

依旧是人间。

床边坐着一个年轻男人，侧脸线条硬朗，嘴唇紧闭的时候，有好看的下颌线。他正低头把暖水壶里的水倒入杯子，陈当好凝视他，本来想问的是"你是谁"，却又觉得矫情而没有意义，于是她重新把眼睛闭上，眼眶再度一阵酸疼。

"醒了的话就喝点水。"梁津舸把杯子往床头的位置推了推，低头看她。她临出门之前一定是化了精致的妆，所以现在眼角晕黑一片，整张脸毫无美感。陈当好睁开眼，四目相对，她记起他站在车门外朝自己伸出手的那个瞬间。

"我没死。"陈当好看着他，声音很轻，不带疑惑。梁津舸刚要点头，又听她依旧用这样的语气问："季明瑞死了吗？"

她问这句的时候语气太平淡，就像她眼睛里的神色，死水般毫无波澜。梁津舸摸了摸自己的鼻子，没有回答她的问题："你在发烧，把床头的水喝了好吃药。"

"你是季明瑞的人……他那时候电话是打给你的。"陈当好自顾自地说话，眼神并不落在他身上，"季明瑞一定还活着……"

梁津舸的眼神落在她脸上，可以清晰地看到她眼里的绝望。她睁着眼，像是不甘心又像是心怀恐惧，干裂的嘴唇动了动，只是又重复了一遍："他还活着……"

白炽灯光惨白惨白，逼仄的屋子里，好像一切都无所遁形。梁津舸端起杯子，杯里的温水已经降了温度，他把那杯水递到她面前，安慰的话就像是不经大脑控制一样脱口而出："季先生没死是好的，如果他真的出事了，凭他的势力，你恐怕得生不如死。"

陈当好没说话，梁津舸便识趣地闭上嘴。他原本不是话多的人，在监狱待了几年出来就更沉默寡言。手依旧伸着，那杯水在他手里渐渐冷却，陈当好始终没伸手去接，他也就这么端着。

时间在这样莫名的对峙中流逝，终究是有人先沉不住气："……你把水放下，我不想吃药。"

"你在发烧。"梁津舸姿势不变。

白炽灯里有电流的声音，在这样的声音里，他们之间的沉默被无限放大。陈当好死盯着墙壁上的某一块烟渍，可是不管盯了多久再回头，总是能看到他依旧站在那里，连端着杯子的姿势都不变。

所有对峙都得有一个人认输，陈当好只是不甘心，为什么这个人每次都是自己。她缓慢地从床上坐起来，接过那杯水的同时，她仰头凝视他的眼睛："药在哪？"

梁津舸把抽屉里的药拿出来递给她。

他伸着手，被银色铝箔包装的药片静静躺在手心，陈当好也伸出手，示意他把药片放到自己手上。

这个动作很别扭，倒像是女孩在逗弄着对方玩，梁津舸沉默地看着她，半晌，他用另一只手拿起药片，准备放到她的掌心去。

陈当好凝视他，在药片即将到达自己手里的时候，她突然向后躲了躲，声音轻轻的，好像情人间的呢喃："帮我剥开，我胳膊痛。"

她手臂上的确缠着纱布，眼神里带着若有若无的恳求。梁津舸面无表情，不知道是不是屋子里空气闷热，他鼻尖上挂了一层薄薄的汗。像是思索了一下，他拿她没有办法似的暗自叹了口气，帮她把药片外面的包装轻轻地扯开。

陈当好这才重新伸手，她掌心白净，掌纹很浅。五指伸平的时候，可以看见掌心的一颗痣。梁津舸把药片放到她手里，谁知下一秒，她忽然吃痛似的皱了皱眉，胳膊垂下去的同时，药片骨碌碌地滚落到地上。

饶是再怎么迟钝的人，也该看出她在打什么别的算盘，可不像是不想吃药那么简单。水泥地面上本来就不干净，药片沾了灰尘，自然没法捡起来再吃。陈当好抬眼，声音依旧轻缓，倒没有丝毫抱歉："掉了，怎么办？"

掉了，怎么办？

"我去拿药，你等着。"梁津舸转身要走，手刚搭上门把，却听得陈当好在后面问了句："你叫梁子是吗？"

他没回头，闷闷地"嗯"一声。

她声音随即染上笑意："梁子，谢谢你。"

门被打开，又很快关上。门里门外瞬间隔绝为两个世界。陈当好脸上的笑容冷却下来，低头看了看，床下连一双鞋都没有。因为这个动作，额角的伤口隐隐作痛，她咬了咬唇，还是掀开被子下了床。

走廊不长，这里毕竟不是什么正规医院，不过是私人诊所。梁津舸离开之前把门从外面落了锁，怎么想都觉得不放心，不知道是不放心，怕她逃走，还是不放心，怕她再寻短见。

毕竟那句感谢，怎么听都带着点诀别的味道。

从大夫那拿了药，梁津舸脚步匆匆往回走，而与此同时，陈当好已经打开了屋子里的窗户。或许她得感谢这个不怎么正规的小诊所，这大概是一个普通的小区，治安规划混乱，屋子虽然在二楼，但是楼下不知被谁家胡乱搭建了一个小窝棚。陈当好没有什么体育天赋，这么看下去还是难免会怕，站上窗台，她深吸口气，忽然听到门口的响动。

那个人回来了。

她不知道他叫什么名字，却觉得不善言谈的男人通常执拗，自己再不跳怕是就得被送回季明瑞身边。她没能跟季明瑞同归于尽，就更不能跟他活着相见。

陵山位于北方，夏天到了晚上便不那么炎热。晚风把陈当好手心的汗吹得凉丝丝的，她咬咬牙，在门被推开之前，跳到楼下的小窝棚顶上。

梁津舸开门的时候，屋子里早就空空如也。那杯他倒好的水杯端正地放在桌上，一滴都没有洒。窗子开着，外面月朗星稀，他快步走到窗边，低头往楼下看。

借着居民楼的灯光，只看得到楼下的小窝棚，想必她是顺着那里逃走的。他心里暗暗骂了一句，不知要怎样跟季明瑞交差，好在医院那边说季明瑞还没清醒，他得在季明瑞追问自己之前，把陈当好找回来。

安静的居民区里，陈当好躲在窝棚角落，听见楼上的窗户被大力关上。她撑着身子站起来，往小区外面走，现在的时间大概是凌晨，街道上车辆零星，行人更是少得可怜。

她无处可去，世界都是季明瑞的天罗地网。沿着街道，脚底被粗糙的路面磨得生疼，进而麻木。她觉得自己现在大约像一个女鬼，凌晨街道，索命红裙，连衣角的鲜血都讽刺得很可笑。当一个人想脱离另一个人的时候，她得有足够的资本自己活下去。而季明瑞在这一点上聪明得很，打从一开始，就切断了她所有后路。

仰起头，不远处的高层建筑随城市失眠，楼顶的字明晃晃的，让她心底发疼。

——瑞先地产。

陈当好突然在心里发了狠，这城市有什么好？高楼大厦，红灯酒绿，背后藏着多少交易多少背叛。她的家乡又有什么不好，那一辈子面朝黄土背朝天的忠厚老实的父亲，又有什么让她觉得有负担、觉得不堪的？她何苦拼命，追求不该属于她的虚荣，把自己一步步推进沼泽里。

她想，她或许也到了回去的时候了。

脚下的步子转了个弯，往车站的方向走。按照她现在的速度，天亮恐怕也到不了。陈当好面色平静，像是朝圣的教徒，走过两条街，她看到对面站着的梁津舸。

红灯刺眼，他站在对面，随着目光交接，她看见他眼底瞬间的松懈。陈当好下意识地转身，可是终究力量悬殊，她知道自己跑不掉的。

她摸不透这个保镖的脾气，更加不知道季明瑞平日里是怎么吩咐的。梁津舸步步逼近，她忽然想起某一个傍晚，季明瑞在餐桌上当着管家的面将盘子里的面条狠狠丢在她脸上。

男人是这样的。当她温顺的时候，他们便也温柔和蔼，当她不小心触了他们的逆鳞，他们便会换了面孔，仿佛温存和喜欢，都不过是假象。

陈当好缓缓蹲下身，等待着他走过来，像拉扯垃圾那样把自己带回去。她很累，不论身体还是灵魂。等到梁津舸走近，她没抬头，短暂的沉默里，她听见什么东西扔在自己面前的声音。

"把鞋穿上，跟我回去。"

她微愣，偏头看到一双男式运动鞋，很旧，杂牌。余光里，梁津舸脚上穿着黑色的袜子，或许是看她太久没回应，他的声音放温柔了些："穿上吧。"

穿上吧，然后跟我回去。

第二章
类似星火

梁津舸第二次见到陈当好，是在风华别墅。别墅四周绿植遍地，背靠陵山，远远望去山清水秀。他穿着拘谨的西装，年轻的面孔在阳光下熠熠生辉，挺直了背，等着里面的人叫他进去。

而在等待的时间里，他不止一次地把目光飘到二楼，落在那个抽烟的女人身上。他忽然回忆起一个月前的夜晚，她穿着他的运动鞋，因为不合脚，走路踉跄。那一路上他们之间一句话都没有说，所以到现在，他都不知道她叫什么名字。

烟雾缭绕着，梁津舸看不清她的脸，但他知道她一定也在看他。从阳台的角度看下来，她或许连他眼里的志忑都能看得一清二楚。别扭地把目光偏开，太过炽热的阳光让他眼前有微微眩晕，握紧了拳头，他一动不动地站着，因为深呼吸，胸腔微微起伏。

他在等里面的人喊他的名字，等他们给他一份正式的工作。季明瑞出事后，明瑞房产的股价波动得厉害，在这样的情况下他还是抽时间来到别墅，足见这个女人在他心里的位置。

阳台上的女人还在抽烟，她那根烟似乎永远也抽不完。梁津舸不再抬头，余光里，他知道她歪着头端详了自己一会儿，想必表情淡漠。然后那抹身影从阳台消失，无声无息的。

白色长裙。他恍惚地在心里回放她刚刚的穿着。得体大方，那样好看。她放弃抵抗了是吗？甘心跟在季明瑞身边了是吗？心里的想法很多，纷纷扰扰让他不得安生。

他无端觉得失望，像是期待了很久的英雄，却在结尾迫于无奈向命运投降。心里的惆怅还没来得及供他细品，大门忽然打开，有管家模样的人皱眉看他："你进来。"

他一惊，迅速应了一声，抬脚走上台阶。

别墅里具体有着怎样的装潢，梁津舸不知道，更不敢看。他笔直地站在大厅里，沙发上坐着季明瑞，那次车祸并没在他身上留下明显的痕迹，他看上去依旧风度翩翩，带着别人模仿不来的儒雅。

"你就是梁子？全名是什么？"季明瑞抬眼看他，声音就跟他的外表一样温和。

"梁津舸。"

"哪几个字？"

梁津舸看得出他眼里的笑意，类似长辈的笑意。心里的那根弦却没有放松，他望着他，认真回答道："栋梁的梁，舸舰迷津的津和舸。"

季明瑞脸上的笑容加深，眼角浮现出几道皱纹："好名字。你多大了？"

"二十六。"

"本地人？"

"本地人。"

"他们说你之前坐过牢，原因是什么？"

"负债。"梁津舸顿了顿，再开口时依然是平稳的语气，"不过现在已经都还清了。"

"那就好。"季明瑞点点头，似乎不想再绕弯子，坦诚地看向他："这个别墅是给当好准备的，她性子倔，你之前也跟她接触过了，我不多说。白天这边你守着，晚上交给管家就行，我那边有别的安排随时叫你。当好每周要回学校上一次课，你负责接送，不能出任何差错。除了上课之外，她不能离开这个房子半步，你记住就行了。"

梁津舸认真点头，身上的西装让他觉得闷，下意识地伸手在领带上扯了几把。季明瑞见状轻笑，一边起身一边拍拍他的肩："以后上班不用穿得这么正式，有需要的场合我会提前通知你。"

"那位小姐，怎么称呼？"梁津舸转身，望向季明瑞的背影。后者脚步停下，似乎略微惊讶，刚要开口，就听到楼梯上传来的声音。

"陈当好。"

顺着声音，梁津舸转头，和女人的目光对上。他终于看清楚了她的长相，大眼睛，柳叶眉，唇色清淡，很是古典，跟那天医院里满身血污的样子判若两人。她说完话之后便慢慢走了下来，随着走近，她的眼神落在梁津舸身上又轻飘飘地离开，往季明瑞眼里望去："帮我办退学手续吧。"

"这个没得商量。"季明瑞眼里透出不耐，抬手看了看表，"过几天下课之后到酒店去，时间地址我会发给梁子，别跟我耍心眼，我的耐心有限，你连死都死不成，还有资格跟我谈条件吗？"

"我想死你不让，我想退学你也不许，我想回家你更是不答应，季先生，我不是你养在笼子里的金丝雀，我有我自己的人权的。"

"你是不是忘了，你的人权也是我帮你撑腰才有的？"季明瑞不怒反笑，"你还是土包子的时候跟我谈过人权吗？你爸跟你说老家修房子要钱，那钱是不是我出的？陈当好你算一算，你欠我多少钱？花完钱拍拍屁股想走，还跟我谈自由？你当时跟我打的欠条还在呢，不坐个十年八年的牢估计还不完吧？"

她没想到季明瑞会在钱上面算计她，而她缺的又恰恰是钱。凭季明瑞的能力，黑的可以说成白的，生意场上打点关照了那么多人，就算真的闹大，陈当好也得因为还不上钱葬送了下半生。死亡不可怕，活着才可怕，她现在要选择的并非享哪种福，而是受哪种苦。

陈当好识趣地不再说话，思绪纷乱。偏过头，她空洞的眼睛环顾四周，最后落在梁津舸胸前的领带上。

顺着她的目光，梁津舸不自然地把自己刚刚微微扯开的领带整理好，礼貌地点头道:"陈小姐。"

"嗯。"她对他笑,眼睛弯起来,星月璀璨。

大概是想说的话都已经说完,也没得到想要的结果,陈当好转了身连个招呼都没打便一声不吭地上楼。白色裙子底下只露出一双瘦骨嶙峋的脚,没穿袜子,她光溜溜的脚就那么踩在冰凉的瓷砖地面上,直到走上楼梯,才踏上了柔软的地毯。梁津舸不知为什么,在心里悄悄松了口气,那种自己脚下传来的凉气也跟着消弭,整颗心似乎也被放在了地毯上,毛茸茸的,透着暖意。

"平时要是遇见什么情况,第一时间告诉我。"季明瑞的目光也追着她上了楼,直到她的身影消失在楼梯转角的位置:"她性格不好,你少招惹,确保她的安全就行了。"

梁津舸毕恭毕敬地点头。

"还有,"季明瑞皱了眉,脸上的表情带着点无奈,"让她少抽点烟。"

这并不是梁津舸可以做到的,那位陈小姐怎么看也不会听一个保镖的劝。季明瑞或许是实在没辙,才会在他面前冒出这么一句欠考虑的话。梁津舸没反驳,继续毕恭毕敬地点头。

他知道,季明瑞跟自己一样。

他们都拿她毫无办法。

陈当好的学校在市区,距离风华别墅足足要一个小时的车程。上车之前梁津舸帮她打开车后座的门,她却慢悠悠地自己绕到了另一边,坐上副驾驶。

"陈小姐,这个位置相对于后面来说不是特别安全……"他这么说着,手还尴尬地扶着后座的车门。陈当好置若罔闻,自己伸手把车门带上,朝他招手:"开车。"

来这里三天,梁津舸知道得最为清晰的一件事就是,他拿她没有办法。陈当好从来不为难他,大多数时候她都安静地待在自己的阁楼里,他们最常有的见面,通常都是他站在院子里的时候,仰头便望见她站在阳台上抽烟。他跟她说:"季先生希望您少抽烟"。她就懒洋洋地笑,她说:"你放心，季先生看不见"。

梁津舸不擅长言谈，在稍有好感的女人面前，这种劣势便被加倍放大。所以他只能默默地站在那里，看她游戏似的吐着烟圈。那些烟自她的口腔进入肺，润过一圈，再由鼻腔慢慢飘出，或许飘出来的烟，跟吸进去的烟相比，早就不是同一种味道了吧。

他也会吸烟，高中的时候跟着同学第一次碰烟，躲在男厕所里呛得眼泪直流。那时候月月零花钱都花光，打游戏也好泡网吧也罢，总之最后导致抽的烟都很便宜，两块五一包的大前门。朋友抽过都嫌味道淡，他却只记得那烟里带着点话梅香气，这么想着，就好像已经知道了陈当好吐出的烟是什么味道。

带上车门，梁津舸的提醒更像是一种例行公事："陈小姐，季先生嘱咐您少抽烟。"

"你要是不喜欢烟味，我就掐了。"陈当好把车窗打开，手微微探出去，烟便丝丝缕缕地落在了后面。她靠在座位上，偏头看着外面的风景，当初搬进风华别墅的时候，季明瑞跟她说，他给她的这栋房子，是个世外桃源。

"……总抽烟毕竟对身体不好。"梁津舸手握方向盘，目光凝视着前方宽广到有些荒凉的马路，知道自己一向嘴拙，却还是忍不住开口道，"陈小姐把手拿进来吧，伸出去危险。"

"除了咱们哪还有第二辆车，危险什么。"陈当好嘴上这么说着，手却慢慢缩了回来。她说的没有错，方圆几里内，怕是只有风华别墅那么一栋建筑。从车窗望出去，满眼都是绿意，山看起来那么近，把这座小城安静地围困。

车厢里恢复了安静，陈当好百无聊赖，靠着座位闭上眼睛。季明瑞说风华别墅是世外桃源，可真正的世外桃源哪里会这么冷清，那里屋舍良田应有尽有，黄发垂髫热闹非凡。这风华别墅却是人迹罕至，说白了不过是一处荒郊野岭罢了。

梁津舸也不说话，甚至连呼吸都跟着放轻。车子的速度慢下来，周围的景物便跟着缓慢移动。某个瞬间，梁津舸会忽然恍惚，恍惚自己的车究竟是在前进还是在后退，他载着车上的陈小姐，究竟要去往哪里。

抵达学校的时候，已经是一个半小时之后。几乎是车子停下的同时，陈当好便睁开了眼睛，从她清明的眼神里，梁津舸知道她根本就没有睡着。

而她在没有睡着的情况下，一动不动地闭着眼睛，就这么待了一个多小时。

这个认知让他有些毛骨悚然。

陵山大学是市里唯一的大学，在全国是数不上的，但在这个北方小城，倒是成了不少本地商人的最佳投资地点。他们把自己的孩子送进来，几年以后孩子们便可以在这个城市，拥有好的工作好的生活，而那些普通人家的孩子，大多数背井离乡，越走越远。

很久之前陈当好就明白，大多数时候，穷人只会越来越穷，而富人则会越来越富。

关上车门，陈当好往学校里走，走出几步发现梁津舸还跟在她身后。她停下脚步，仰头看他："我去教室上课，你不用跟过来。"

"对不起陈小姐，季先生吩咐我一定要跟在您身边。"

她今天穿了一双不算高的低跟鞋，这么站在他面前，只能仰头，跟其余那些她站在阳台上俯视他的日子感觉太不一样。陈当好眯了眯眼睛，上午的阳光渐渐蔓上来，她不想跟他站在烈日下面纠缠，况且她从来没能违抗季明瑞的任何命令。压抑地抿了抿唇，陈当好淡淡地转身，走出一步，梁津舸便跟上一步。

心里觉得抗拒，她加快脚步往前走，再回头的时候，他站在距离她五米开外的地方。

保持着这样的距离，梁津舸默默跟在她身后。她步子小，所以等她走出两步了，他才跨出一步。一直到了教室，她在后排位置坐下，他坐在最后一排，还是精准地保持着那样的距离。

他看起来可真年轻，走在校园里跟那些背着书包的男孩女孩没有任何分别，这么坐在教室里，更没人怀疑他的身份。而她好像早已过了这样的青春年纪，浑身都是一股腐朽陈旧的气息。陈当好把书放在桌上，也不打开，就这么懒洋洋地一趴。

梁津舸依旧坐得笔直，目光在她背后不错分毫。

让他略微惊讶的是，陈当好大学里的专业是播音主持。也就是说，从某种程度上来讲，季明瑞愿意把她培养出来。可眼下这般光景，不要说她在态度上有多散漫，单是那一把老烟枪似的嗓子，也是没机会握住话筒的。

他凝视她，而她不回头。她头发薄，发顶有几缕怎么也压不下去的细碎绒毛，趴在那里蹭来蹭去的，乱了样子，那些头发就更显得张牙舞爪。这么看着背影，梁津舸觉得她跟所有在这里插科打诨等文凭的人没什么不同。可是等到下课铃一响，她转了身，眼神到底还是不一样。

按照季明瑞的安排，今天的课程结束之后，要带着陈当好去应酬。虽然他不能理解，什么样的场合会让一个男人堂堂正正地带着情妇出现在酒桌上，但他也更加不会问。这次陈当好倒是安静地坐在了后座，车子离开陵山大学，他从后视镜里看见她空洞的眼神。

好看的女人。

可惜早就没有了灵魂。

站在似锦酒店门口，梁津舸帮陈当好打开车门，心思恍惚。

是不是每个城市，不论大小，都会有一个叫作似锦酒店的地方，就像是武侠小说里必然会出现悦来客栈一样。走进门便是江湖，觥筹交错下暗藏血雨腥风。他低头，看见陈当好瘦削的肩膀，酒店的门打开，如同恶毒野兽张开的血盆大口。

有钱人都喜欢来这玩，陵山本市人不会不知道。他在陵山生活了二十六年，最辉煌的那些日子里，也不是没来过这种挥金如土的地方。如今再走进去，全都换了光景，服务生早已是陌生面孔，雕花柱子也泛了旧，前几年喝醉后在玻璃墙上砸出的裂痕，也凭空消失得无影无踪。梁津舸没时间感慨，脚步压在陈当好后面，她脊背挺得笔直，跟上课时候的倦怠懒散截然不同。伸手按了电梯，梁津舸把手里一直拎着的口袋递给她："季先生说让你进去之前把衣服换了，再补个妆。"

陈当好回过头，和他对视一眼，又低头去看他手里的袋子。里面的衣服叠在一起，只能看见边角，大概是礼服裙之类。她其实也并没有陪同季明瑞出席过什么场合，只是他要求的话，她大多数情况是不会也不敢反驳的。接过了袋子，陈当好脚下方向调转，朝酒店大门走去。

梁津舸不明所以，快步跟上的同时小声提醒："楼上有洗手间，陈小姐。"

"我如果上去再换，被季先生知道了，挨骂的就是你。"陈当好说着走到车边，伸手在车后门把手上拽了两把，车门没开，她轻轻看他一眼，没说话。

梁津舸后知后觉，才明白她是要回车里换衣服，嘴上还想阻拦几句，手却已经先一步开了车锁。陈当好动作利落地坐进去，带上车门的同时嘱咐他："帮我看着点。"

酒店门口行人很少，偶尔有几辆车开过，都是匆匆一眼，梁津舸背靠着车门，连一点声音都听不到。车窗原本就是墨色设计，里面的人做了什么自然都是看不见的。梁津舸伸手去摸自己的裤兜，摸出一根烟夹，不咸不淡地叼进嘴里，一边觉得索然无味，一边还是拿出打火机点了火。

女人换衣服要多久呢？他开始用自己贫乏的想象力去猜测。猜测她是不是解开了裙子的细带，是不是露出了腰上的两个腰窝，是不是已经套上了那条黑色蕾丝裙，那裙子是紧身的还是宽大的，蕾丝做的花开在哪里，胸前也有吗。男人的脑袋这时候思考不了太高端的东西，半根烟的功夫，车窗轻轻下降，他以为她是要出来，下意识地要去开车门："陈小姐……"

陈当好手里拿着一根口红，一边将红色涂在自己下唇一边抬眼看他。只是一眼，梁津舸便明白，她开车窗大概是为了借助外面的光线而已，免得口红涂得不好看。

可她已经足够美丽。她美丽，而他恰好肤浅。手就停在门把手上，她什么时候准备要出来了，他便会第一时间为她打开车门。陈当好将他的动作尽收眼底，却不作声，继续将口红均匀地抹在上唇。

女人是这样的，她可能看透了你的爱慕心思，也可能根本不会爱你，但如果你要在她面前俯首称臣，她定然也不会拒绝。这么一点的虚荣，陈当好有，梁津舸也看得通透，可他还是没办法，甚至能成全她的虚荣也是好的。

车门打开的时候，她像是成为了一个陌生人。黑色蕾丝裙正正好好包住她玲珑的腰身，蕾丝花从肩膀处开到手肘，转个身，梁津舸看见她背上若隐若现的黑色系带。

喉结动了动，梁津舸伸手把烟灭了，锁好车跟着陈当好走进酒店。还是那个电梯，里面的人来来回回换了几波，他们刚刚走过去，便是一声清亮的"叮咚"。

电梯到了。

这个巧合真让梁津舸懊恼，他没能有更多时间待在她身边。包厢在八楼，按下电梯按钮，他闻见她身上的香水味道。

心里有什么东西被打翻，像是刚拧开瓶盖的可乐，咕嘟咕嘟冒泡。装着不动声色，梁津舸用余光去偷偷看她，却撞见她望过来的眼神。

"为什么看我？"

逼仄的电梯里她声音不大，三分沙哑。

梁津舸察觉到自己手心出了汗，握紧拳又放开，他试图解释："你……"

又是一声"叮咚"，电梯停在八楼。陈当好似乎没兴趣听他的辩白，门一开便一步迈出了电梯。梁津舸跟在后面，那句"今天很好看"哽在喉咙里，连努力的机会都没得到便被他吞回肚子。心里突然有点自嘲，他是什么身份地位呢，就算面前的女孩不学无术活成了别人的情妇，那也是镶了金的情妇，他这种人连个手指头都碰不得。

包厢里的人早已经喝开，陈当好进门的时候，季明瑞甚至没有正眼看她。等到看清了桌上的阵仗，梁津舸忽然明白，季明瑞为什么会叫她来。酒桌上坐着的都是些商人，商人身边莺莺燕燕，笑声不断。他想看一眼陈当好的表情，又觉得跟了季明瑞这么久，这样的场合她或许早就来过不止一次。

可是陈当好没有进门，她就站在门口，眼底冷若冰霜。季明瑞再怎么下作，也从没带她出现在这种地方过，他曾经还跟她讲过，那些不把女人当人的酒桌游戏，他是不会带她去的。讲的时候他信誓旦旦，说："当好，你放心，你跟那些女人可不一样，我怎么舍得让你去那种地方。你这样好看，我恨不得把你藏得严严的，免得外面男人惦记，平白让我担心吃醋。"

言犹在耳，她居然深信不疑。即便是不爱的人，被骗终归不是好滋味。陈当好脚步略微后退，察觉到她逃脱的意图，季明瑞从酒杯里抬头，直直望过来。

梁津舸心底一声叹息，却还是尽职地堵在门口断了她的后路。他始终明晰自己的身份，如他所料，陈当好下一步退后便撞在了他的胸前。

"来了就进来，杵在门口做什么？"

季明瑞声音一出，原本热闹的桌上突然安静下来，几十双眼睛齐刷刷地转过来看向陈当好。她明显肩膀一僵，到底是没见过太多场面，却还是佯装镇定："我有点不舒服，我就先回去了。"

"我说过让你走吗？"季明瑞声音还是跟刚刚一样平缓，隐隐透着威严，"过来，坐我身边，我看看你哪不舒服。"

席间有人发出低笑，陈当好脸色变了变，微微向前，后背便从梁津舸胸膛离开。从他的角度可以看见她挺直的背，这么朝着季明瑞走过去，还带了几分骄傲。

季明瑞身边并没有空着的椅子，陈当好只能尴尬地站在一边，虽然她已经努力装得淡定，但是眼神里的无措还是掩饰不住。季明瑞没说话，当然也不打算给她搬一把椅子过来，对峙般的沉默里，陈当好慢慢开口："对不起，我来晚了，才下课。"

她记得他说过的话，他说如果自己活着，会让她生不如死。她没什么骨气，更不会傻到在这种场合跟他唱反调，放软了态度，陈当好试探着将手搭上他的肩："明瑞……"

"先罚三杯吧。"季明瑞抬头笑，笑意没到眼底，让陈当好心里发寒。他面前刚好摆着两杯酒，只稍稍犹豫，陈当好把酒杯端起来送到嘴边，吸了气一饮而尽。她酒量不好，天生就不好，小时候过年，父亲坐在圆桌边上用筷子沾了酒给她舔，都能让她醉得睡一晚上。

两杯酒下肚，酒桌上气氛慢慢回暖，季明瑞朝门口挥了挥手，梁津舸便关好包厢门退了出去。到底是好酒店，隔音效果也极好，门里门外瞬间就是两个世界。

"第三杯别自己喝了，今天的局是王董凑的，你去敬王董一杯。"季明瑞声音不大，说这话的时候自顾自地夹了一筷子菜放进盘里。陈当好手里端着空杯，抬头，正好跟对面的男人四目相对，想必那位油头粉面的男人就是王董。

男人将近五十，如果不注意保养，大概都会变成这副样子。陈当好强忍着心里的不快，绕着桌子走到王董身边去，她从没学过怎么说酒桌上的场面话，恰好王董挂着一脸的笑站起身，陈当好伸手拿酒杯跟他一碰，正要仰头灌酒，就听到季明瑞轻笑："哪有你这么敬酒的，王董好不容易见一回，要不喝个交杯吧。"

陈当好觉得喉咙发干，眼前的人忽而都变作了一张张狰狞的脸谱，将她围困在中间。她恨自己自作自受，又恨自己不够狠心，当时连同归于尽的勇气都拿得出来，这会儿敬杯酒而已，竟狼狈成这样。胳膊伸直了，她在季明瑞玩味的眼神里朝王董靠近一步，中年男人身上酒味刺鼻，她微微一笑，绕过去与他胳膊挽着胳膊："王董，敬您。"

男人眉开眼笑脸上皱褶堆叠，一杯酒下肚，陈当好已经觉得脚步发飘。她喝酒脸红，虽然妆容精致，还是免不了暴露醉态。扶着墙壁后退了几步，她把杯子放下，偏头看向季明瑞："季老板，我接下来该陪哪位喝？"

只要季明瑞想，这酒桌上凭空都能再出现几位老板，赵钱孙李周吴郑王，他就是想羞辱她而已。她索性就让他得逞，让他觉得无趣，最好无趣到想要将她一脚踹开。新的杯子握在手里，透明酒水摇晃，她站在又一位老板身边，被人家拦腰虚虚一搂，便跌坐在对方腿上。

空气里都是酒精味道，陈当好也不知道这是第几杯酒，仰头吞咽的同时感觉到男人的手落在腰际，眼看着就要往上。

季明瑞脸色也难看起来，却拉不下面子结束他自己玩开的闹剧。包厢的门忽然被推开，梁津舸站在门口，脸上是保镖该有的职业表情："季先生，办公室那边有好几个电话，秘书让我问问您要不要回一个。"

像是找到了台阶，季明瑞从座位上起身，很自然地将身边已经醉得有点恍惚的陈当好从另一个男人的腿上拉起来。她的手还环着对方的脖子，季明瑞脸色阴沉，近乎粗暴地将她朝着梁津舸推过去："我就先走了。"

一桌的人都是人精，哪里会看不懂他的意思，调笑的嗤声，眼看着陈当好软倒在年轻保镖的怀里。保镖长着一张生面孔，寸头，眼睛望过来的时候目光干枯，略微无神又似乎透着点别的东西。大概是这张面孔太过陌生，导致人们反而想要在他脸上多看几眼，梁津舸的五官让人觉得莫名熟悉，那种诡异的熟悉感还没褪去，他却已经利落地扶着陈当好转了身，跟在季明瑞身后离开包厢。

这是他第二次抱她。

陈当好醉得深了，满身酒气，黑色蕾丝裙子被蹭得乱了边角，低头就能看到她白生生的大腿。梁津舸目光笔直，追随着季明瑞直到离开电梯，才礼貌而恭敬地说道："季先生，我把车停在后面的停车场了。"

"我不回别墅，我得回家看看。"季明瑞说着拿出手机，一边打字一边看了他一眼："梁子，你比我想象的有眼色。"

梁津舸不说话，手臂还锁着怀里的人，脸上表情却刚正不阿，好像自己抱着的不过是一个软绵绵的沙袋。季明瑞也不打算从他手里将陈当好妥过来，见他站在这不动，他微微皱眉："没别的事了，带当好回去。"

"那我就先带陈小姐回去了。"梁津舸的语气依旧礼貌，手下却暗暗加了力道，扶着陈当好往停车场走。走出没多远他回过头，看见季明瑞离去的背影。

在确定季明瑞看不到的前提下，他弯腰将陈当好打横抱起来。停车场里很安静，安静到他这么抱着她，可以听见她因为醉酒而发出的难受的喘息。从这里走到车的位置大概只有五十米，梁津舸把脚步放慢，似乎是感觉到步伐变得轻缓，陈当好动了动身体，将头轻轻靠在他的肩膀上。

他心里忽然有种奇怪的预感，低下头，四目相对的瞬间，他看见她倦怠的眼神。

她眼睛生得好看，这么凝视着，他心里的预感便被落实。

六分醉醺醺的迷茫后面，是四分充满警惕的清醒。

天还没黑，夕阳赖着不走。停车场里却是灯光清冷，陈当好伸手慢慢环住梁津舸的脖子，像是一只在外面玩了太久已经累极的猫。她的目光离开了，眼神里的警惕迷茫也都被隐藏起来，好像刚刚那一眼对视不过是幻觉。好像为了让他加深这种幻觉，陈当好身体放软，随着梁津舸迈开步子，她靠着他的肩膀闭上眼睛。

车子离开停车场，重见日光的瞬间，陈当好靠着座位痴痴地笑。笑声持续几秒后她的嘴角垮下来，将头偏开望向车窗外。

正是下班时间，有行色匆匆的人走在街上。她看见很多跟她年纪差不多的女孩，才下班的样子，穿着高跟鞋快步走向地铁站。而她不需要那样，她正坐在舒服的车里，有专门的保镖，有华丽的别墅。

她勾起嘴角，这么看来好像也不错。可是她们不用像她一样，端着酒杯走在酒桌边，跟不同的中年男人敬酒。笑容消失，陈当好深吸口气，漫不经心地拍了拍梁津舸的胳膊："给我根烟。"

梁津舸目不斜视，声音毫无温度，并不似刚刚抱着她时那样百般珍惜，又可能是她自己一开始就会错了意："陈小姐，季先生嘱咐你少抽烟。"

"不给算了。"陈当好没趣地收回手，有些难受地捏了捏自己的脖子："我想喝点水。"

"二十分钟就到别墅。"梁津舸没有停车的意思。

男人要是无情无趣起来，可真是要气死人的。只是当初在医院她那样骗过他，他总不会让自己在同一个地方跌倒两次。陈当好想必也是明白这个道理，索性不再说话，车里一时寂静，只剩下夕阳余晖随着车子的行驶，一次次地蔓上车窗又消失在身后。

她不是害怕沉默的人，可是酒精在她体内，总怂恿她去做点什么。陈当好百无聊赖地环视一周，车厢狭小，她几次扭动身体都觉得无趣，最终伸手按了广播。傍晚时分播放的大多是新闻或音乐，她按了几下，听到熟悉的音乐旋律，才把手收回来。

梁津舸的目光依旧平稳地落在前方，广播里慢慢流淌出熟悉的旋律，甜蜜的女生在唱古老的情歌，她唱着："你问我爱你有多深，我爱你有几分。我的情也真，我的爱也真，月亮代表我的心。"

月亮还没出来，太阳光芒灿烂。陈当好安静了一会儿，还是看向梁津舸："今晚季明瑞不会回来的，我们在外面兜一圈风再回去好不好？"

她不愿意回别墅，那是她的牢笼是她的监狱，抹杀的岂止是她的自由。梁津舸不说话，却还是偏头轻轻看了她一眼。只那一眼，陈当好知道他动摇了，可他还缺个台阶，来成全他的动摇。

车子在红绿灯前停下，街边有情侣在吵架。女孩仰头对男孩言辞激烈地说着什么，男孩似乎想要反驳，却找不到机会。陈当好看了一会儿，忽然转过头，眼神里终于恢复了她这个年纪该有的生动鲜活："咱们打个赌，你觉得那个男孩会不会吻她？"

梁津舸一愣，朝着男孩看过去。大约十八九岁的年龄，蓝白校服令人羡慕。从他的角度可以看见男孩握紧的拳头和通红的耳朵，沉吟半晌，他慢慢摇头："不会。"

"我赌会。如果我赢了，我们就在外面绕一圈再回去。"

陈当好目光狡黠，那一瞬间梁津舸忽然觉得自己可能又中了她的计谋，匆忙道："我没跟你赌。"

"可你下注了。"

"我没有。"

"你说他不会。"

梁津舸还想再说点什么，可他实在嘴拙，那句苍白无力的"我真的没有"还没来得及说，就看到马路边的男孩忽然发狠了似的将女孩带进自己怀里，从他低头时女孩挣扎的动作来看，他们接吻了。

夕阳西下，行人依旧匆匆。广播里还在唱着歌，歌声缱绻。

"轻轻的一个吻，已经打动我的心。深深的一段情，叫我思念到如今……"

红灯熄灭，绿灯亮起。直到后面的车子按了喇叭，梁津舸才如梦方醒，去踩油门。还是回去的路，距离风华别墅越来越近。陈当好不再说话，大概是心里觉得失望，她借着酒劲闭上眼睛，等待车子停下。

那种失望似曾相识又实在陌生，她也不明白自己何苦为难这个刚刚认识没多久，连普通朋友都算不上的保镖。

也不知道过了多久，车子依旧平稳向前。她狐疑睁眼，看到满目苍翠。太阳就快掉到山后头去了，光线柔和，远山绿意连绵，白云层层叠叠，让她想起家乡那边，每一个炊烟袅袅的傍晚。看向身边专注开车的人，陈当好压不住嘴角，浅笑："别墅刚刚就该到了吧？咱们这是去哪？"

"不知道，"梁津舸不看她，沉默了一会儿补充道，"我愿赌服输。"

越往前开，越是偏僻。停在山脚下，阳光稀薄的灰色地带，树影将梁津舸的脸照得斑驳，他的手还停留在方向盘上，偏头看向陈当好："车子熄火了。"

他说这话的时候语气并不慌张，陈当好一愣，她没有考过驾照，下意识以为这是一件很严重的事情："那我们怎么回去？"

"不知道。"

"要不就不回去了。"

"我给陈先生打电话？"

梁津舸说着拿出手机，还没来得及按下，就被陈当好伸手抢了下来："好了，一会儿我帮你推车，先在这坐一会儿，晚点再回去。"

"……可是……"

"求你，梁津舸，求你了。"陈当好把他的手机背在自己身后，微微撇了两下眉毛，这大概是她能做到的最大限度的乞求。车里闷热，他可以看见她额头上附着一层薄薄的汗，连瞳孔都像是被洗刷过，亮晶晶的。喉结不自觉地动了动，梁津舸扭头推开车门，站到树荫下面去。他低头去掏自己兜里的烟，刚点上火吸了一口，就被陈当好从后面整包抢了过去。

"陈小姐，你不能抽烟。"他看着她，也许是地点陌生，连同他的眉眼都变得陌生了起来，带着点若有若无的锐利。陈当好置若罔闻，拿出一根烟放进嘴里，咂吧了两口，伸手去拿他手里的打火机。

他后退一步躲开她，微微眯起眼睛。

这么眯着眼睛，梁津舸看起来就像是盯准了猎物的野兽，带着刚刚成年的生猛野性。陈当好依旧伸着手，微微倾身去抓他的手腕。因为这忽然的靠近，梁津舸甚至可以闻到她颈间香水的味道，混杂着烟味，让他的脊椎骨都微微发酸。在陈当好靠得更近之前，他猛地抬手，用力将打火机甩进了远处的草丛里。

陈当好的手顿了顿，抬眼看他，距离很近，他嘴边一点星火，脸上表情近似紧张，却又似笑非笑，哪里有平时眼神里的一半尊敬。她忽然觉得有趣，有趣他的一身反骨，也就突然来了兴致，想争出个高下。

就譬如，他不许她吸烟，而她偏不听。

手指扶住了烟，陈当好微微踮脚，另一只手依着刚刚的惯性按在了他的胸前。手下的身体肌肉匀称，她抓紧了，低垂着眼睛，把自己的烟往他的那一点猩红上凑过去。

阳光破碎，梁津舸没有动，睫毛颤动几下，还是给她得逞。

深吸一口气，陈当好手指夹着烟，退后一步轻笑："梁子，你心跳好快。"

他不搭话，或者说他根本不知道该怎么回答，心跳如雷，梁津舸把烟拿下来，生硬地转移话题："这烟怎么样？"

陈当好摇摇头："不怎么样，太淡了。"

"老烟鬼。"他丢下这么一句，走到车门边靠着车门，做出一副等她回去的姿态。陈当好也往这边走过来，却没走近他，而是径直踏上了车前盖，晃晃悠悠地站直，又要往车顶上爬。她穿高跟鞋，踩的时候脚步狠实，梁津舸下意识地在她身后伸了伸手，语言已经不经过大脑阻拦便脱口而出："你干什么？你小心点……"

"你要上来吗？"在车顶坐下，陈当好晃荡着两条腿，拍拍自己身边的位置，车身因为她的动作发出微微的摇晃，梁津舸皱眉："那上面危险，你下来。"

"有什么危险，摔下去骨折都困难，顶多疼几下而已。"陈当好这么一低头，他可以看见她下巴的线条。季明瑞喜欢她不是没有原因的，从最肤浅的角度，她是那样好看。好看到这么一低头一抬眼，就让人觉得移不开目光。

他们就这么静静地待着，自此不再有人说话。夏日晚风渐渐清凉，一根烟快要燃尽，梁津舸极目远眺，忽然有种世间已过百年的错觉。

在他恍惚的时候，车顶上坐着的陈当好忽然开了口，大概是想起了前面广播里的歌，自然而然地唱了出来。她的嗓子自然没有邓丽君的甜蜜，烟酒熏染下是微微沙哑，不健康的沙哑："你问我爱你有多深，我爱你有几分。我的情也真我的爱也真，月亮代表我的心……"

抬起头，梁津舸看见天空上淡淡的月影。

"梁子，你以后如果爱上谁了——"淡淡地，陈当好呼出一口烟圈，"她要是爱你三分，你也爱她三分；她要是爱你五分，你也爱她五分；她爱你七分你便爱她七分。可是如果她爱你十分，你就爱她十二分。"顿了顿，陈当好轻笑，"这样要是有一天你们不在一起了，她也总记得自己还不起的那两分，记得你是她十分爱过的人。"

"我没爱过谁。"梁津舸听见自己这么说。陈当好只是笑，不再回答，再度飘忽着唱起刚刚的歌来。

天快黑了，他们该回去了。可是他怎么也开不了口，身后歌声随意，并不讲究技巧方法，一首唱完，他正犹豫，她却率先开口："走吧，我帮你推车。"

风又吹过来了，梁津舸仰着头，望见她轻轻浮动的裙角。他想跟她再多说一句话，可是他实在笨拙，光是这么望着她，都觉得心尖打颤。他不是没有对谁动过情，这一刻，少年热血将他的一颗心推进了油锅，张了张嘴，却是什么也说不出来。

像是感应到他的心思，车顶上的女人唇角微勾，懒洋洋地望他："想说什么？"

他却只是略微呆滞地摇了摇头，陈当好从车顶跳下来："我帮你推车。"

"不用，你上车。"他伸手拉住她的胳膊，打开车门的同时将她塞进车里，副驾的位置，陈当好没挣扎，等到他也上了车，她忽而像一只狡黠的猫，舔着爪子含笑看他："阿津，车子没熄火是不是？"

梁津舸眉目不变，侧头瞄了她一眼，握住方向盘的同时轻笑："熄火了，再打着就行了。"

这个下午的阿津，是后来很长一段时间里，陈当好默默回味的浮光掠影。她回味不是因为那场荒唐的她赢了的赌，而是羡慕他眼睛里肆意生长的年轻。他的生命在成长，有无限可能，而她的生命在衰老，一步一步渐次衰微。有那么一个瞬间，她忽然觉得，梁津舸是可以救她的，带着那样的希望，陈当好在踏进风华别墅时脚步都比以往轻快。

他目送她上楼，看她光脚踩在地毯上，看她乱糟糟的头发。房门关上的时候，梁津舸转过头，正厅镜子里映出自己的脸。

像是错觉一般，他在自己眼里看到了些不一样的东西。

类似星火。

季明瑞是在第二天来到别墅的，梁津舸站在大门口，看到他从车上下来。季明瑞长了一张不怎么显老的脸，或者说富裕的中年男人，通常都是不易显老的吧。而他保养得又极好，并不像其他中年男人有臃肿的身材和肥胖的肚子，他现在站在那里，依旧是一个风度翩翩的男人，引得无数女人想要飞蛾扑火的男人。梁津舸看着他，却莫名想起自己的父亲，那张皱纹遍布的脸，如同被命运狠狠碾压过多少个回合。再抬头，他对着季明瑞礼貌地点头致意。

"当好呢？"季明瑞走进别墅，环顾四周，径直看向阁楼。

"陈小姐应该在睡午觉。"这话是管家说的，她在这里负责饮食起居，以及充当着陈当好的健康顾问。季明瑞脚步未停，挥挥手示意他们不必跟上来，梁津舸仰着头，可以看见他挥手时露出的那枚袖扣。

他不知道什么样的袖扣是好的，也许搞清过，但早都忘了。或许贵的就都是好的，而季明瑞身上的，必定比贵的还要好上那么一截。楼上有房门打开的声音，然后整个别墅再次陷入寂静，梁津舸站在门口，望向远处的山峦。

管家是一位看起来快有四十岁的女人，梁津舸只知道她姓齐，陈当好常常直接喊她"齐姐"。她梳干练短发，手脚麻利废话不多，有时候一个星期过去，他们之间的对话都不到五句。风华别墅是个寂寞的地方，抽烟的大小姐寂寞，发呆的梁保镖寂寞，每天看起来忙碌的齐管家也寂寞。这些人的寂寞撞到一起，谁也没办法解救谁，于是日子就这么漫无目的地一天天过去。

这样看来，季先生的钱未免太好赚。

屋里窗帘拉着，密不透风的环境里缭绕着烟草味道。房间门打开又关上，她不用抬头都知道是谁来了，这栋别墅里除了他，没人敢这么堂而皇之地进她的屋子。

她不看他，整个人缩在被子里一动不动，像是睡着了。有男人略显粗糙的手掌落在她肩头，被子慢慢下滑，那只手握住她圆润的肩膀，逼迫她转过身来面对自己。

陈当好觉得压抑，几乎想要尖叫着躲开他的触碰，嘴唇咬死了，她一言不发，紧闭的眼睛更是不肯睁开。

"你这是跟我闹脾气？"

床边有很明显的塌陷，下一秒她被他揽进怀里。空气突然沉闷起来，她的口鼻紧贴着他的胸口，这样的距离里她听见他的心跳。

"我没有跟你闹脾气。"

陈当好是好好说出这句话的，并不似平日里那样阴阳怪气。季明瑞沉默半晌，压在她后脑的手慢慢移开，见她还安分地靠在自己胸前，这才道："当好，你再等一等。吴羡手里的股份我暂时拿不过来，等这件事妥了我就跟她离婚，你这么年轻，等我五年十年又怎么样呢？况且这五年十年里我不会亏待你，你想要的我全都可以给你。"

她的头忽然抬起来，却又马上被他的手压着贴到他胸前。男人心跳起伏不变，她却没了刚刚的冷静自持："什么叫等你五年十年？你有没有问过我要不要等你？我不想给别人当情妇，我要的不是你那些钱，我要我的尊严！你毁了我的尊严！"

他的手猛地一松，借着这个力道陈当好从他怀里挣脱出来，半个身子已经充满戒备地蜷缩回被子里。室内光线昏暗，他却可以看见她亮得可怕的眼睛，季明瑞忽然猜到了她接下来要说什么，虽然猜到了，可亲耳听到依旧字字诛心。

"季明瑞，我不爱你啊。"

茶色窗帘映衬下，屋内处处模糊。陈当好有轻微近视，这样的距离和光线里，季明瑞的五官也跟着不甚清晰。人说由爱生恨，现在听来大约又是不准的。她从没哪怕一刻确信自己爱过他，但这却并不耽误此刻她对他恨之入骨。

在最初相遇的时候，他富裕且温和，她单纯又虚荣。时过境迁，不过两年，终究还是把彼此变得面目可憎。季明瑞偏过了头，他忽然想起很久之前他第一次带她出去吃饭，她红着脸跟服务员说，要一份八分熟的牛排。

那时候的陈当好，出粮都可爱。他伸手去握住她的手，教她使用刀叉，她便抬起头对他笑，不化妆的眼睛纯得就像湖泊河流，笑意流淌。他不能相信，那一刻她是没有动心的，而此后漫长的两年里他积攒下那么多的好，她怎么会一丁点儿都不曾动心？

"当好，你别骗自己。"

"我没有，我不爱你。"

"你总该动过心。"

"没有，一次都没有。自从我知道你结婚了却还来骗我，我就觉得恶心。"

她声音坚决，连一丝犹豫都不肯留。季明瑞没有与她对视，却知道她此时眼里会是什么样的表情。他懂她也不懂她，换作别的女人，拿钱堆着也该养得服服帖帖，可上天偏生给他遇见个难缠的，倒叫他放不开。脑海里百转千回地过了几百个镜头，季明瑞缓慢地从床边站起，昏暗光线中陈当好可以看见他的轮廓，他在喘息，慢慢地她甚至可以听见气流从他鼻腔呼出的声音。

他像一只暴怒的野兽，蛰伏在她面前，温和外表之下青面獠牙。陈当好察觉到危险，藏在被子下面的身体下意识后退，直到后背贴在墙壁，窗帘因为她的动作发出难听的"吱呀"声。季明瑞不说话，俯身下来的同时准确无误地抓住了她的脚腕，几乎是瞬间的动作，她被他狠狠扯到床边。伴随着这个动作陈当好失控尖叫，紧接着脸上便狠狠挨了一巴掌。

相处两年，她从不知道，温文尔雅如同季明瑞，居然也会这般穷凶极恶。脸颊火辣辣地痛，这一巴掌扇得陈当好连耳朵都在轰鸣，她在模糊中挣扎睁眼，撞见季明瑞大得吓人的瞳孔。

"陈当好，你是我见过最不识好歹的女人，我让你等等你不听，我对你好你不领情，千方百计还要算计我的命……"他双目近乎赤红，说的话却是低沉，字字都是咬着牙进出的，贴在她耳边，呼吸都令人汗毛倒竖，"你出去问一问，你这样的乡巴佬，这个价钱开出去哪个男人愿意像我这样包养你？你不跪着求我就算了，跟我装什么贞洁烈女？！"

他的愤怒真实而没有保留，陈当好心里忽然有了一种极其不祥的预感，虽然被困在季明瑞身边两年，他却从没在床笫之间强迫过她。这种陌生的危机感让她更加用力地在他身下挣扎，男人的手抓住了她的脚腕就抓不得手腕，撕打中她被他从床上拖到地上，头狠狠撞在地板上，一声闷响。

梁津舸从书里抬起了头。

上午十点，天有些阴。书里文字晦涩，他看得专注却还是觉得读来费些功夫。刚刚的那声尖叫他模糊听到，并没有理会。男女吵架是常有的事，况且风华别墅隔音效果不差，那声尖叫经过层层过滤到达他的耳朵，听来就跟女人吵架耍性子一样了。

没出多久，又是一声，好像有重物掉在他的头顶，而楼上正好是陈当好的房间。

没有别的声音，梁津舸侧耳听了一会儿，没听到什么异样的响动，复又低下头。

衣服被撕裂的声音他自然听不到，而后是季明瑞愈加愤怒的咆哮。大概因为他对外总是体面，面具戴久了摘不下来，就连咆哮都是压抑着声音的。陈当好狼狈地躺在地板上，衣服已经破烂不堪，头顶的男人在懊恼地爆着粗口，她头发散乱着，晃了晃脑袋，在晕眩中反应也慢了几拍，好不容易才明白眼下的情况。

这个世界上，没有任何事能比得上此刻更让男人觉得羞恼。

她忽然仰着头嗤笑，脸颊都觉不出痛了："季明瑞……你不是说你这辈子女人无数？你拿什么满足那些女人？"

"你他妈给我闭嘴！"

失去能力的男人大概最听不得羞辱，陈当好却丝毫不肯顾及他可怜的自尊，躺在地板上裹着衣服笑得几乎背过气去。下一秒她被他拎起头发狠狠撞在墙壁上，他真的就是想让她闭嘴而已，这一刻除了动手，他再没有别的办法了。

"你打死我也没有用，季明瑞，你得承认你不行……"

头皮上疼痛加剧，男人手下力道不再保留。陈当好在第二次狠狠撞向墙面时尖叫出声，她虽然不害怕跟这个男人同归于尽，但她不甘心死在他手上。那声尖叫像是一把开了刃的刀，让这个静谧的上午都跟着被划破。梁津舸丢下书朝楼上跑，那一刻他好像想了很多，但又好像什么都没想，撞开房门的瞬间他看见眼神癫狂的季明瑞和地上衣衫不整的陈当好，理智回笼，他带了几分无措地站在门口，嘴拙的毛病在这种时候又不合时宜地发作了："季先生……我……"

陈当好半边脸颊通红，高高肿起。因为撕打手还抓着季明瑞的手腕。乱糟糟的头发也没能盖住她被扯到腰际的衣服,在梁津舸冲进来的几秒后，她才后知后觉地伸手挡住自己的身体。

人怎么会活成畜生一样？对女人也可以大打出手。梁津舸心里尚未对事情做出判断，天平却已经完全偏到了她那边去。可是他没资格走过去将她抱起来，将她被扯得一团糟的衣服一件件穿好，他只是站在门口，半晌，在沉默中他低下头："对不起,季先生,我听到声音以为出事了就上来看看。"

"没什么事,你出去吧。"季明瑞放开手，陈当好便如同一个布娃娃般滑倒在地。她躺在那里，从梁津舸的目光角度，可以看见她裸着的大片后背，瘦得几乎白骨森森。

他不忍再看，男人心里那点怜香惜玉被她勾得愁肠百结，转了身，不再犹豫地下楼。

时钟转不过一刻，季明瑞便从楼上走了下来。西装衬衫工整干净地穿在身上，头发也梳得一丝不苟。梁津舸就站在大厅，随着季明瑞走近，他毕恭毕敬地低下头去。

"梁子，负责任是好事，但是有些时候别多事。"季明瑞说着抬手推了推鼻梁上的眼镜，那一层镜片让他的模样显得极其精明有心机，"你的资料我昨天才拿到手，你怎么没有告诉过我，你父亲以前也是做房地产的？"

"他不干这行好几年了。"梁津舸依旧低着头,声音里没泄露丝毫情绪。余光里他可以看见，季明瑞手腕上那枚精致的袖扣不见了，袖口空荡荡，对别人来说或许不算什么，于他来说却透着几分滑稽。

"你总不想当一辈子保镖吧？"季明瑞笑笑，伸手在梁津舸肩膀上拍了拍，"你这么年轻，要识相一点，学会做人。找到谁是自己的老板，工作起来就会方便很多了。"

梁津舸迟疑着点头，他话里隐藏的信息太多，一时间让人捉摸不透。他不敢多说，说多错多，顺着他的意思，只顾点头。大约是这副狗腿而愚蠢的样子莫名取悦了季明瑞，他眼神里的阴沉缓和了不少，转头跟管家交代了一些别墅里的事，看样子是准备离开了。

他开那么久的车风尘仆仆地过来，想必不是为了跟陈当好撕打。梁津舸看着他的背影，忽然觉得，某个瞬间，男人连影子都是孤独的。他并不同情他，但他觉得自己或许懂得了是什么让季明瑞恨不能杀了那个女人。

"是得不到。"她望向他的每一个眼神都在轻蔑地诉说着，"我知道你爱我，可是我不稀罕。"

叹着气，梁津舸自嘲微笑，脸上忽然一凉，像是夏天雨滴落下的感觉。站在室内，他懵懂抬头，正巧看见陈当好披着大浴巾将自己裹得严严实实站在那，低头朝下望。那水滴是从她头发上落下来的，不知是什么牌子的洗发水，忽然就满室甜香。

下意识地，梁津舸舔了舔嘴唇。

"他走了吗?"站在上面,陈当好手撑着栏杆往下看。梁津舸维持仰望的姿势轻轻点点头,没有说话。她脸上的神色便放松了,偏头往另一个方向喊:"齐姐,我想要一点冰块。"

"好的,陈小姐。"

管家答应得迅速,转身便进了厨房。陈当好眼看着她走进去了,又重新望向梁津舸这一次她目光懒散,那点力气大概都用在刚刚喊的那一声了:"梁子,给我根烟。"

不是"我想要",是"给我",带着点女人特有的,恃宠而骄的亲昵。

"季先生说你不能抽烟。"这句话在他嘴唇边上溜了一圈又掉回嗓子眼里。他该是自律的,他得对得起季明瑞给他的这份工作。可是望着她,她湿漉漉的头发和毫无光泽的瞳孔,鬼使神差地,嘴巴已经不受大脑控制:"我只有大前门,很便宜,你嫌淡。"

她斜睨他,因为这句话轻轻笑:"我不挑的。你上来递给我。"

那包烟就在他的西裤口袋里,他于是踩上楼梯。每走近一步,就看见她的笑容加深一点。她是为烟高兴吧，总归不会是为了他。在她面前站定，梁津舸身体挺得很直，像是边疆站岗放哨的士兵："给。"

他说着摊开手，不是一根烟，是一整包。在季明瑞的安排下，陈当好藏的烟都被管家搜出来打包扔了，她难受，却没办法，来来回回，还是把主意打在了他身上。眼下的这一包烟，倒也足够让她笑一笑了，伸手去拿，指尖可以触碰到他手心的汗。

天气真热。

阳台上有凉风，陈当好把松垮的浴巾裹好，抬脚往阳台走。梁津舸这才看见她没穿拖鞋的白生生的脚丫。那双脚踩过地毯，毫不犹豫地踩在阳台冰冷的瓷砖地上，扶着栏杆站定，她转过头，把烟叼到嘴里的同时朝他伸手："梁子，借个火。"

有风从她背后吹过来，黑发飘摇。梁津舸又一次向她靠近，摸出兜里的打火机递过去。陈当好低头点火，手指围拢将风隔绝，猩红一亮，慢慢地有烟雾从她鼻腔呼出。

她伸手围住烟火的样子很温柔，从未见过的温柔。梁津舸在距离她几步远的地方站住，看她把烟送进嘴里，看她裹着浴巾，坐在被阳光晒得暖烘烘的椅子上。而他身姿笔直，像是只为她一个人生长的树，她的目光望过来，他便恨不得摇起全身的叶子给她看。

风再次吹起的时候，陈当好真的望了过来。宽大的浴巾让她看起来只有小小一团，她将自己围得严严实实，连脖子都没露出来。带着一边微肿的脸，她朝他招招手："你坐啊。"

另一只椅子放在她旁边，梁津舸犹豫了一下，还是没有走上去。他知道自己嘴笨，尤其是在她的面前，这种劣势几乎被放大到了狼狈的地步。管家就在这个时候端着冰块上来了，梁津舸回身接过托盘，再看她的时候发现她还是维持着刚刚的表情，目光再次相遇，她像刚才一样招手："都说了让你过来。"

他不知道怎么拒绝，只好端着托盘走过来。冰凉的冰块递到她手里，隔着软毛巾，他看着她把冰块轻轻贴在肿起来的脸上。

"难看吧？"陈当好见他目不转睛地盯着自己，抬眼朝他微微一笑。

梁津舸一愣，眼神不自然地避开，摇了摇头："没……你还是好看……好看的……"

"你那时候上楼是为了救我？"她不在意他笨拙的安慰，打断他的话头，"你怕季明瑞把我打死？"

"他不会的。"梁津舸终于还是在那把椅子上坐下，阳光照在他的发顶，把那里的头发衬托成金棕色。

陈当好的笑容慢慢黯下去，若有所思地看着他："你怎么知道他不会？"

"他不敢，他怕对他影响不好。"

"你怎么知道他不敢？季明瑞什么事都做得出来。"

"那不一样。"

"有什么不一样，他把我关在这没人知道，我死了也不会有人知道。"

"我会知道。"

梁津舸没看她，说这话的时候他正低头把那些快要化了的冰块包到新的毛巾里面去，动作专注到做作，似乎还想给自己补一句辩白："……任何事只要发生了就会有人知道的。"

风轻轻吹，陈当好看着他，从她的角度可以看见他头顶的一个旋，这一刻他在她眼里忽然带了点不一样的感觉。手里的烟早就烧完了，她把烟头扔在烟灰缸里，那层朦胧的情愫刚刚萌生便死在现实面前："梁子，你知道有什么用呢，他可是季明瑞啊。"

梁津舸眼神顿了顿，只是一瞬。他不说话，把包好的冰块递给她，换下她手里拿着的那包。陈当好接过来却没贴在脸上，低着头，她忽然觉得心底委屈，这种委屈已经酝酿了很久，她得找个人说一说，哪怕这个人其实也不能安慰她什么。

"我认识季明瑞的时候才十八岁，大一，什么都不懂。"下午的阳光开始变得散漫，在油画一样的色泽里，她看向他的眼睛，"我刚上大学的时候觉得陵山特别大，才知道出租车是按照路程收费，一杯咖啡可以卖到五六十。同班同寝室的女生都化妆，而我连最基本的化妆品牌子和种类都不知道。前半个学期，我每天除了上课就是打工，我知道有人在偷偷议论我，学传媒的女孩基本都漂亮，我站在里面像个异类。没有人排斥我，但我排斥我自己，我也偷偷看书，看那些化妆品牌子和衣服鞋子的搭配，但是我一样都买不起，传媒的学费太贵了，我爸自己养我，就靠家里那一块地，我不能糟蹋他的心血。"

最初的时候，陈当好时常厌弃自己的出身，甚至是家庭。母亲早逝，没人教她怎么做个温软的女孩，父亲穷苦一生，更是做不到旁人说的"女孩富养"。她连要钱交书费都得思虑再三，更不要说考上大学之后传媒高昂的学费。在那种厌弃的情绪里她遇见了季明瑞，毫不夸张地说，季明瑞将她带入了另一个世界。

"我终于知道了，梁子，"陈当好低头笑，"人均三百的饭店就是比人均三十的好吃，一千块一条的裙子就是比四五十的牛仔裤好看。季明瑞愿意给我花钱，还是打着爱我的名义，他说他没有家庭，他说他会娶我，我为什么不答应？我为什么不跟他在一起？他比我大那么多岁又怎么样？我甚至觉得只要他对我足够好，我就能爱上他。"

梁津舸望着她，她没有哭，眼底连一点水光都没有。他忽然明白她是真的绝望，她年轻的爱情还没来得及萌生，便死在男人的算计和欺骗里。她有了不该有的虚荣，于是就得受这样的报应，似乎公平，又似乎根本就不公平。

"我从来没觉得季明瑞会骗我，那个位置的男人，处心积虑骗一个一无所有的农村女孩，他不会闲到那个地步。"陈当好把冰块敷在脸上，安静了几秒后接着说，"可是我遇见了吴羡，在医院，我带着季明瑞送的手链被她看见，那时候我才知道那个手链是订做的，送给我的前一天，吴羡曾经在他的车里偷偷看见过。她以为是送给她的，没想到第二天，却戴在一个不相关的女孩手上。"

他忽然不想再听下去，伸手去拿她手里的毛巾包："我去给你换点儿冰块。"

"吴羡跟他真不愧是一家人。"陈当好不撒手，自顾自地接着说，"她也接近我，他们夫妻俩像是特工情报员，男的跟我玩算计，女的从我这套话，为了找到季明瑞出轨的证据。而我才是最傻的那个，季明瑞把我带来风华别墅的那天我还以为他是要跟我求婚，没想到他只是发现他老婆不对劲，怕我给他惹麻烦。”

她在那一天里，忽然开窍似的明白很多事。比如为什么季明瑞带她出来从来都是自己开车，比如为什么他不许她跟别人说他们的关系。他说得多好听，他说："当好，我是你们学校的名誉校长，要是别人知道我们在一起肯定要说你的闲话，我不在意那些，但是我怕你受委屈。"

她觉得感动，觉得自己苦命多年，命运终于偿还了之前欠她的一切。

直到她看见风华别墅周围的山水，看见季明瑞跟完全没有见过面的保镖吩咐她听不懂的话。她后知后觉，忽然去抢他的手机，信息列表里吴羡的名字被放在第一位，她看见他们最后的对话是他气急败坏地说："没有的事。"

于是她想离开他，金钱，爱情，学业，这些在尊严面前不值一提。陈当好虽然是山里出来的孩子，但父亲向来家教严格，她不敢想象父亲知道自己做了别人的情妇会是何种反应，她只想逃脱："可是我没想到，季明瑞这个人不仅势力大，而且很狡猾。他给我花的每一分钱都有数，都不是赠予，一旦我想离开，立马就会负债累累。他说他会动用自己所有的关系去起诉我，让我下半辈子就在牢里过。你说，要是你的话，那时候你会不会也像我一样，想和他同归于尽？"

太阳最热的时候就这么过去了。

把毛巾包扔回托盘里，陈当好从桌子上的那包烟里重新抽出一根。季明瑞到现在还在跟她讲，自己会离婚娶她。他说的或许是真的，可是这真情实感在谎言之后就显得一文不值。他帮她规划前路，要安排她毕业后进电视台，有朝一日离婚娶她进门，也显得自己有面子。她就偏不听，在毕业之前，早就废了自己的嗓子，跟他较劲。

梁津舸端着托盘站起来，冰块早就化了，成了在托盘里流淌的水。他无意去听别人的故事，却还是觉得神情恍惚，回忆起也不知是她那时候满身伤痕地被他从车里抱出来，还是自己在监狱里面无表情熬日子的每一个白天黑夜。

手一歪，托盘里的水洒出来，淋在裤子上。

他右边的裤兜里放着手机，基于本能反应，第一时间将手机拿出来。

陈当好也站起身,依旧裹着浴巾,微微蹙眉:"没事吧? 拿那个毛巾擦一下。"

"没事。"

他说得淡定,手下却有点忙乱,端着的托盘还在手里,动一动又有水滴下来。陈当好伸手接过了托盘,就这么朝着阳台外面郁郁葱葱的树木随手一扬,水花飞舞。

"……谢谢陈小姐。"梁津舸终于拿起了毛巾,他最不愿在她面前出丑,可却只有在她面前,他笨拙且愚蠢。

"不谢,你也听我讲了这么久的话。没人愿意听这种故事,我知道。"

梁津舸眨眨眼,不知该怎么回应,似乎怎么说都不太对。他把毛巾叠好放进托盘,端起托盘的时候几乎带了点逃离的味道:"我得去换条裤子,陈小姐。"

陈当好点点头。

他像是得到了赦免,脚步匆匆离开阳台,陈当好望着他的背影,直到他下了楼梯再看不见。她忽然觉得他是个好人,坏人通常不会显露出这样的笨拙,他刚刚耳朵红得要命,像是她以前认识的村子里最朴实的男孩。

裹紧了浴巾,陈当好决定坐在这里把这根烟抽完。梁津舸送了她一包烟,她舍不得一下子都挥霍掉,伸手去拿,碰到桌上的手机。

他走的时候忙乱到手机都忘了拿。

陈当好轻笑,把那包烟拿好,继续坐在这里优哉地吞云吐雾。找不到手机了他自然会回来拿,她对于他的隐私更是没有丝毫兴趣。这个下午好像比往常的每一个下午稍显有趣,连远处的青山绿水都像是加了滤镜。这种好心情让陈当好几乎可以忽略掉上午季明瑞的殴打,叼着烟,她甚至还想哼几句歌。

调子尚未出口,桌上的手机忽然震动起来。陈当好下意识地偏过头,那只是一个望向声音来源的本能动作,一秒以后,她的眼神变了变,把目光偏开。

来电没有备注人名,只显示了一串号码。她在心里把这串号码翻来覆去地背了好几遍,这才裹紧浴巾站起身。

关上房门的时候,陈当好听见上楼的脚步声,梁津舸上来时的步伐比走时还要匆忙,这一次她好像明白了他在慌什么。

那个号码她见过,而且非常熟悉。

吴羡。

吴羡打第二通电话过来的时候,梁津舸重新坐在了阳台的椅子上。太阳完全降下去了,远处山峦后藏着光芒璀璨。他不知道陈当好有没有看见这通电话,转念又想,吴羡的电话他甚至没有存在手机里,即便看到了也不过是一串号码,女孩就算心思再敏锐,总归对数字不敏感。

也不知道是在安慰谁,心里这么过了一圈,好像倒是少了几分忐忑。

他从不主动给吴羡打电话,每次都是吴羡打过来,他接完会把聊天记录删除干净。电话第二次响起,只响了一声,梁津舸就接了起来。

"今天季明瑞不在公司。"吴羡说话直接,并不过问第一次打电话他为什么没有接。

"季先生今天上午在别墅。"梁津舸回答得也简洁,说话的同时无意识地朝着陈当好的房间看了一眼。

"……嗯。"吴羡应了一声,应该是手头还在做什么工作,表示自己等待梁津舸说下去。

"季先生打了陈小姐,之后就走了。具体什么情况我在房间外面,没有看到。"

"打她了?"吴羡声调提高,正在敲打键盘的手也停了下来:"因为什么?"

"不清楚,但是有争吵声。"

沉默了一会儿,吴羡恢复刚刚的平静:"我知道了。一开始你也别什么都问,当心引起他怀疑。"

梁津舸又想起季明瑞拍着他的肩膀跟他说的话。

——"你这么年轻,要识相一点,学会做人。找到谁是自己的老板,工作起来就会方便很多了。"

脸上的表情若有所思,嘴上的回答却并不含糊:"我明白,吴院长。"

他不知道,自己打这通电话的时候,陈当好就站在房门背后。从她房间到阳台有一段距离,她听不清他具体都说了什么,但她知道这通电话来自于吴羡，吴羡是季明瑞的老婆，换句话说，吴羡的名字在风华别墅，该是仇敌一般的存在。

吴羡当然知道这个别墅，但是她不能来。陵山大学附属医院的院长，怎么也没办法像市井女人那样，红着眼睛杀到情妇的住处去。她跟季明瑞的婚姻早就名存实亡，只剩下最基本的利益关系，在还需要对方的时候，谁也不会先撕破脸。

可那不代表他们就没有别的心思，吴羡也不是甘心被蒙在鼓里的人。最坏的后果不过是离婚，她总要找到季明瑞出轨的证据，不然结婚这么多年，岂不成了赔本买卖。

她的这些心思季明瑞当然也知道，当初一起打拼的人，到现在即便没有了爱情，总归还是有默契的。他不说，她也不说，两个人心照不宣，暗自较劲。

手从门把上拿下来，陈当好回身坐到房间的沙发上。窗帘还拉着，她在略显昏暗的房间里环顾四周，犹豫了一下，拿出抽屉里很久没有用过的手机。那是最开始认识季明瑞的时候他给她买的，在所有人都用智能手机的时代，刚上大学的陈当好还拿着最原始的连网络都连不上的诺基亚。季明瑞送她手机，当初觉得惊喜和感动，如今看来只是不愿意她跟他出去时，因为这种随身物品而给他丢脸吧。

手机里没有卡，自从来别墅，手机卡就被季明瑞拔掉了。她偶尔给家里父亲打电话，他才把卡给她安回去，而他就在一边看着，听她跟父亲瞎编自己的宿舍生活。

陈当好把手机摄像头打开，然后举起手，在昏暗的房间里转了一圈，没有任何发现。她又弯腰把手机放低，在床底和沙发边，桌子下面都扫了一圈，还是什么都没有。

梁津舸没在屋子里安装监控。

那他为什么会跟吴羡有联系？陈当好想不通，鬼使神差地，她低头看向他递给自己的那包烟。烟盒打开，里面还有几根，她一根一根看过去，又把烟盒整个撕碎攥在掌心。

依旧一无所获。

陈当好的心算是落下来，把手机扔回抽屉里。以她的猜测，梁津舸绝不会什么都不做。或许还没到时候，或许已经做了只是她没有发现。她没发现不代表季明瑞也没发现，而季明瑞什么都没说，那显然，梁津舸的存在暂时对他构不成威胁。

那几根烟被扔在桌上，陈当好伸手拿起一根，放在鼻子边嗅了嗅。她从不知道男人也喜欢这种淡口烟，又想起梁津舸那张总是没什么表情的脸。

原来谁都有秘密，就连木讷沉默的梁津舸也是。而她却以为他是这个圈子里为数不多的好人，他借她一双鞋，给她解个围，她就想掏心掏肺。到底还是年纪小，心思苍老却依然天真，她刚刚打算相信他，他倒是把自己再伪装久一点才好呀。

把烟扔回桌子上，陈当好打开衣柜换了身裙子。季明瑞不在的时候，她偶尔心情好，倒也愿意打扮自己。

晚饭时间，陈当好下楼很早，管家看了一眼觉得惊奇，心里暗想莫不是上午被季先生打开窍了，这会儿真的愿意服服帖帖当个舒服的金丝雀。梁津舸来的时候她抬头朝他笑，笑容很温和，就像很久之前在医院，她骗他去帮自己拿药。

在桌边坐好，梁津舸多看了她一眼，她也回望他，又是一个浅笑。

莫名疏远。

"季先生说这周暂时不会过来，让你晚上搬到这来住。"管家这话是对梁津舸说的，他听完淡淡点头，顿了顿，才出声回了句："嗯。"

"季先生肯定是特别信任你，以前这别墅里都没有保镖住过。"管家也坐下，脸上有笑，大概这种三个人都在的时光太少了，虽然不是家人，但她还是喜欢热闹点。陈当好低头喝汤，听到这话以后歪了歪头，表情单纯好奇："那这以前，住过别的女人吗？"

梁津舸也抬起头看她。

一瞬间成为目光中心，管家有些无措："……这个我也不知道，季先生找我来就是为了照顾陈小姐的，我在这也才两年而已。"

大概是她说话的样子跟平时的严谨形象不符，陈当好没忍住笑了笑，不再追问。头顶灯光暖黄，他们坐在一张桌上，虽然没有多余的话，倒真有点一家人的样子。

那之后的几天，所有人都相安无事。陈当好的脸都消肿了，季明瑞也没有来。在漫长的等待里感到焦虑的不是陈当好，反倒是吴羡，再接到吴羡电话的时候，梁津舸正站在教室外面等陈当好下课。

"季明瑞一次都没去？那他不在公司的时间难道都回家了？"吴羡听起来有些烦躁，"他总不可能这辈子都不去，你把我上次邮给你的监控器装好，时间久了总能找到把柄。"

"好的，吴院长。"

"……季明瑞不会是怀疑你了吧？他跟你说什么没有？"

梁津舸愣了一下，那天的场景不知第几次在脑海里闪现，好在隔着电话，吴羡看不见他脸上的表情，声音相比之下就好伪装多了："没有。"

"梁子，你没忘吧？"

他预感到她要说什么，在她下一句话说出之前抢在前面开口："吴院长，我今天回去就把监控器安好。"

"陈当好那个丫头不机灵，但是性子又急又倔，虽然我知道我没必要嘱咐你，但这件事她也没必要知道，别给我节外生枝，明白吗？"

梁津舸应了一声，转头看到教室门打开，有人从里面走出来，显然是下课了："她出来了，我先挂了。"

电话被切断的前一秒，吴羡听到那边有人喊了声"梁子"，随后便是忙音，她不知道他有没有回应。心里没来由觉得失落，好像自己身边所有的男人，好不容易培养出来了，最终却都去到了同一个女人身边。

"你在打电话？"陈当好走过来，眼神在他手机上转了转，可能是觉得自己问出口的这句不太合适，于是又补充道，"季明瑞吗？"

"不是，我朋友。"梁津舸说得轻描淡写，陈当好也不好再问，他们在一起的很多时候并不说话。安静地跟在她身后，梁津舸往楼道口的位置走，忽然有女孩从后面跑过来，越过她直接跑到前面去拉住了陈当好的胳膊："当好！"

陈当好明显被她扯得跟跄了一下，等站定了，才露出一个并不由衷的微笑：“你怎么在这？”

“我们上课啊，”女孩指了指楼梯，表示自己刚刚从楼上下来，“你休学一年回来之后不跟我们一起上课就算了，怎么连电话也打不通了？我们去问辅导员他也不告诉我们，还以为你失踪了呢。”

“没有，我就是有点忙。”陈当好面露尴尬，下意识地朝后面站定等她的梁津舸看了一眼。女孩也顺着她的眼神看过去，脸上表情又明朗起来：“你男朋友？”

“不是……”陈当好摇头否认，却又不知道怎么解释他的身份，梁津舸把她的窘迫看在眼里，走过来很自然地拉着她要走：“时间不早了，快点回家。”

陈当好可以听见女孩疑惑中带着点兴奋的声音，可是她没回头，她任由他拉着往外走，一直到坐上了车，都没再回头去看。

车子启动，往风华别墅的方向。陈当好靠在座位上，忽然笑出声：“梁子，她可能要误会我们的关系。”

“我无所谓。”

“你有女朋友吗？”

“……为什么忽然问这个？”

“要是有的话，这种误会对她来说多不公平。”

她或许是这世界上最有觉悟的情妇了。梁津舸荒谬地想到这一点，他忽然发自内心地想笑一下，但是太久没笑，甚至不知道该怎么调动嘴角，依旧面无表情，连同声音也毫无起伏：“没有。”

话题到这里就该终结，她却忽然来了兴致：“那以前有吗？”

“……嗯。”

“为什么分开了？”

“我进了监狱，自然就分开了。”

“为什么进监狱？”

“负债。”

陈当好没再问，他忽然想感谢她没有刨根问底，如果她问为什么负责，那就是一个很长的故事了。车厢里安静下来，她不说话，他自然也不会说。

很久之后，窗外风景开始变得荒芜，别墅就要到了。陈当好窝在座位里，像是跟自己说话又像是在问他："十分的爱是什么样的？"

梁津舸微愣，半晌摇头："不知道。"

"真遗憾。"陈当好这么感叹。

自此又不再说话。这段时间的相处让他们之间培养出了这种奇怪的默契，即便是在没有人说话的时候，空气里的沉默也不会让彼此觉得尴尬。这分明是相处很多年的人才该有的感觉，但他们相识还不到两个月。或许因为梁津舸本来就是个习惯了沉默的人，在很多不说话的时候，陈当好都会透过后视镜去偷偷看他。

后视镜只照得到他的眼睛，梁津舸长着一张略显刚毅的脸，寸头把他的外形衬托得更为硬朗。当去掉了其他部分只看眼睛的时候，陈当好忽然觉得，他长了一双很温柔的眼睛，不论是目视前方还是偏过头，不论是在喧闹市区还是荒凉郊外，他的目光永远是温凉的，温度鲜活，但是生人勿近。

前方有红灯，车子缓缓停下，梁津舸抬头，在后视镜中与她四目相对。

心里的什么地方，有根线猛地绷紧又断开。

陈当好觉得自己烟瘾犯了。

那天傍晚，陈当好站在阳台，把梁津舸之前送她的几根烟抽完。远处暮色四合，她像是被遗弃在世界边缘。她得快点把这些烟抽完，只有抽完了，才能理所当然地走到他面前去，自然而然地跟他搭话——"给我包烟。"

光是这么想着，就觉得平淡寡味的人生里忽然有了些许光亮。

最后一根烟在指间燃尽，陈当好把烟头按在烟灰缸里，转身回房间。还没走到房门口，她目光一沉，看到梁津舸从她的房间里走出来。

他并不慌乱，跟她遇见时目光依旧沉静，俯视她，梁津舸解释得简洁："我帮齐姐把洗好的衣服送到你房间。"

齐姐自己为什么不来？往日都是她来的。你为什么要随便进我房间却不跟我说一声？这可不是一个保镖该有的态度。心里的话很多，陈当好挺直了脊背，像一只好斗的猫一般走到他面前来，那些话在脑子里过了一遍，张口，却变成心底最想说的一句。

"梁子，给我包烟。"

隐约地，她觉得梁津舸似乎笑了一下。再抬眼去看，却又好像没有。他低头，真的从裤兜里拿出一包烟来，还是原来的盒子，两块五一包的大前门。

他把那包烟递过来。

就好像在说："我啊，早给你准备好了"。

陈当好是在衣柜下面发现监控设备的。

如果梁津舸是给吴羡做事，那么这个设备必定价格不菲，功能也一定强大。自她发现梁津舸和吴羡有联系后，几乎每天回到房间都要检查一遍。关了灯，手机摄像头照过去，就能看到一个小红点。

季明瑞把她当黄毛丫头，觉得她涉世未深，单纯好骗。或许在梁津舸心里也是一样的想法，所以就连出门被她撞见都不显得惊慌。陈当好没有去动监控设备，她得让梁津舸好去跟吴羡交差，只有梁津舸跟吴羡之间的交易存在，她才有资格去跟梁津舸谈交易。

一个月的时间里，陈当好没有表现出任何异样。她依旧在房间里偷偷吸烟，心情好的时候换了漂亮裙子对着镜子跳舞。依旧在烟吸完了的时候，伸手跟梁津舸说："给我包烟"。

这期间季明瑞来过几次，但是没再动手，两个人一个坐在床边一个坐在沙发，并不聊天。自上次之后，他们之间再没有肢体接触，他偶尔会靠在沙发上睡一觉，醒了以后一言不发地离开。

陈当好觉得，季明瑞或许是爱自己的，所以才愿意在她身上耗时间，等她接受等她妥协。可是这份爱抵不过他本性里的自私，他不能放弃吴羡，因为吴羡手里还有瑞先地产相当大的一部分股权。

转而她又觉得，男人活到这个年龄这个地位，早就不会像个毛头小子一样把爱情摆在第一位了。他们知道生活的意义是金钱和权力，那些东西保值且升值，女人却不行。随后她又觉得悲哀，什么时候开始，也像那些女孩一样开始物化自己了。

一个月后，梁津舸将视频资料交到吴羡手里的时候，电话那头的吴羡第一次展现出女人的愤怒。她不能明白这漫长的一个月里季明瑞居然什么都没做，梁津舸站在她办公桌前，还是那副面无表情的样子，她的怒火无处发泄，最终只能摔了手边的一个杯子。

杯子落地，一地碎片。梁津舸眼神不变，说出的话也并没有安慰的意思："下个月我再来。"

"季明瑞跟你什么都不说？"吴羡仰头看他。

梁津舸平静地摇头。

"他就这么养着陈当好，碰都不碰她一下？"

梁津舸似乎是想了想，随后淡淡点头。

某个瞬间里，他忽然明白了吴羡的愤怒来自什么。不是真的没抓到季明瑞的证据，这么多年，她也不急在这一时。她大概只是觉得嫉妒，嫉妒他对陈当好莫名的珍惜，嫉妒他在陈当好算计他要他死之后，还是甘之如饴地把她留在身边。

女人的嫉妒，有时候跟爱不爱并没什么关系。但是她爱过，那这种嫉妒，倒也说得过去。回去的路上，梁津舸看到街边有情侣挽着手逛街，他想起陈当好问他："十分的爱是什么样的？"

他看见那对情侣手拉着手，看见男孩帮女孩把被风吹乱的头发整理好，看见女孩踮脚吻男孩，满眼浓情蜜意。那是不是十分的爱呢？或许是的，他也觉得有点遗憾了，活到这个年纪，却并没有奋不顾身地爱过。

车停在楼下，从车窗望出去，可以看见陈当好站在阳台上。她罕见地没有抽烟，倒是拿了本书在百无聊赖地翻。听见刹车声，她朝着他的方向望过来，车窗是单面的，从她那边望不见车里，梁津舸于是可以肆无忌惮地看着她，看她今天穿的白色裙子，看她刚刚洗完还滴着水的头发，她这么看过来的时候目光里没有防备，有几分小动物似的柔软。

他静静地望着她，这是一个平淡无奇的下午，新闻里什么都不会发生，陈当好还是那个被关在阁楼里的金丝雀她站在阳台上也并不是为了等他，只是消遣她多得怎么也用不完的时间。什么也不会变，这种不变让人觉得沮丧，同时也让人安心，梁津舸不想做打破这种平衡的人，可同时他也知道，他一定会打破这种平衡。

季明瑞总会再来，总会在某一天把陈当好变成他真正意义上的情妇，而等到那一天,吴羡会如预想中那般让季明瑞身败名裂,至于陈当好,谁会在乎她呢。

这世界上没有人在乎她,季明瑞没有问,她爱不爱自己,要不要做这个不光彩的角色;吴羡也没有说过,她庞大的计划里,陈当好最后该去何从。她连一颗棋子都不算,但是串联起这场闹剧的,又偏偏是她。

梁津舸开始觉得她可怜了,可怜她失去得最多,却被蒙骗得最深。到现在,她大概也不知道她的房间里放着监控器。那些她悄悄流眼泪的夜晚,他都知道得一清二楚。打开车门,他从车里走出来,阳台上的陈当好听见声音,目光从书里离开,落进他的眼底。

她今天没有化妆,皮肤雪一样白。梁津舸对她轻轻点头,算是打过招呼,他往别墅里走,余光里可以看见她嘴角笑容不曾消失。她笑得浅,或许不是对他,可是余光离不开,最终还是转了身,再度朝着她望过去。

四目相对的瞬间,陈当好粲然一笑:"怎么了?"

梁津舸摇摇头。

"这是去哪了?"陈当好把书合上,胳膊肘撑在阳台栏杆上朝他笑。她的头发在风里飘摇着,隔了这么远好像都能闻见洗发水的香味。梁津舸的喉结下意识地动了动,不知道该怎么回答:"……出去一趟。"

他并不知道,自己此时此刻在她眼里并不存在什么秘密。陈当好把他的心思看得清晰,却没有拆穿:"季先生说过你平时不能走的吧。"

"我走的时候你在睡觉,我以为这个时间你不会醒。"梁津舸颇为认真地低头看了看表,时间显示现在不过上午九点,以往陈当好都是睡到十一二点的。明白了他的疑惑,陈当好维持着刚刚的姿势低头冲他笑:"昨晚睡得早,而且睡得比往日都好,所以醒得也早。"

"那就好。"他觉得词穷,没办法在这种时候跟她谈笑风生。说完这句他往别墅大门里走,进门了却看见陈当好就站在自己面前。

"梁子,我这周的课没有了,老师出差。"她压低了声音,显然是不想让管家听见,"别让季先生和齐姐知道。"

"……我得跟季先生说一声。"

"你跟他说了我就不能出门了。"陈当好眉头一皱,有几分孩子气:

"咱们就去上次的那个地方,到时间了回来,季先生不会发现的。"

"凡事都不该抱侥幸心理。"梁津舸神色正经,却没有再继续刚刚掏手机的动作。他一早就知道,当她在他面前露出那种神情的时候,他的心就软了,拿她根本没有办法。

他们在下午时分出门,跟每次去上课一样。车子沿着熟悉的路离开,绕过连绵的青山,一直开到更为荒无人烟的地方去。树木苍翠,陈当好打开车门往外走,站在树荫下,她闭眼张开双臂。

梁津舸摸出一根烟,叼在嘴里。点燃的时候,陈当好像是嗅到腥味的猫,扭过头看,朝着他伸手:"给我一根。"

他忽然生出了逗她的心思,大概是她今天看起来没有平日里那么疏离冷淡,大概是四野无人助长了他的勇气,他像是没办法的样子,摊开双手冲她抬了抬肩膀:"没有了,最后一根。"

其实梁津舸不知道,自己做的这个动作在她眼里看来有多傻气。陈当好脸上的表情慢慢严肃起来,他猜测她或许要生气,却又不明白她为什么要生气,带着一点紧张,梁津舸仔细瞧她的眼睛,还没来得及看清,她忽然眼神一亮:"梁子,你骗我。"

顺着她的目光,梁津舸看见自己左边裤兜鼓鼓的,怎么看都是烟盒形状。他表情不变,打算就这么睁眼说瞎话,尚未组织好语言,她却表情一变,像是听到了什么不寻常的声音,冲他招了招手,示意他附耳过来。

他以为她有话要压低了声音说,已经做好洗耳恭听的准备。拉住他的胳膊,陈当好凑近他耳朵的同时却将手换了位置,摩擦着他的皮带,向下探进了他的西裤口袋里。

她指尖细长,这么溜进去,隔着一层布料熨帖他的大腿。梁津舸一惊,明白她是要找烟,下意识地握住了她的手腕:"陈小姐……"

"你骗我,梁子。"她贴着他的耳朵,声音里有几分小人得志的劲儿,还好树荫下光影浮动,一切都显得不那么清晰,将梁津舸透红的耳根隐藏得完完全全。他的手还死死抓着她的手腕,陈当好的手没有动,老实地待在他的裤袋里,他们维持着这样尴尬的姿势,半晌,陈当好无所谓地妥协:"好了,你放开我。"

她声音平静，梁津舸适时地放手，陈当好的手自他口袋离开，却在离开的同时迅速将那包烟扯了出来。她也不明白自己何必这样幼稚，手握着那包烟，她把它往梁津舸怀里一抛："你帮我拿一根出来就行，我不多要。"

　　这话说得，就好像之前从他这里拿走了一包又一包烟的人不是她似的。

　　他们不再打闹，肩并着肩坐在一起，烟雾缭绕。陈当好不说话，梁津舸自然也找不到话题，仅仅是这么坐着都觉得时间奢侈，偷来的光阴一定比平日里短暂百倍。

　　梁津舸觉得，不管过了多久，他大概都会记得这个偷来的下午。烟也比往日甜，带着女人香。他希望能在她身边多坐一会儿，那层朦胧而没有依托的浅浅喜欢，虽然比不过野心，但终究使他心生柔软，以至于时间到了，他还是不忍心催她回去。

　　而就在这个晚上，季明瑞自己一个人开车来到别墅。他来的时候已经夜里九点，陈当好的房门很久才开，穿着睡袍，她仰头看他："你怎么来了？"

　　"来睡觉。"季明瑞这么说。

　　"那你进来。"

　　这是梁津舸在这个晚上听到的最后一句他站在已经关了灯的大厅里，几乎是屏住了呼吸。他知道也许过了这个晚上吴羡的计划就成功了，那意味着很多事情的结束，他问自己："喜欢陈当好吗？"

　　如果十分为满，那恐怕连两分都不到。他对她除了那些男人都会有的生理冲动，就只剩了几分怜悯。他这么告诉自己，好像心里就能好受一点，楼上安静如斯，他一个人的呼吸也融入夜色，不被察觉。

　　季明瑞在第二天一早离开，看面色没有丝毫变化。管家是最不会多嘴的人，一直到送走了季明瑞，也没见到陈当好从楼上下来。梁津舸觉得今天的早餐寡淡无味，粗粮点心尤其噎人，竟是得连喝好几口水才能压下去。没吃几口便回了房间，锁好房门，去看监控画面。

　　屋里一片漆黑，他的手在读取昨夜录像的位置经停几次，都没能点开。或者他可以选择把视频直接拷贝给吴羡，看不到，或许就不觉得烦。

　　心里正乱糟糟地想着，忽然看到画面里床铺似乎动了动，紧接着，陈当好掀开被子下床。他没有在监控里偷看过她任何的隐私，出于最基本的尊重，梁津舸的手搭上鼠标，打算把窗口关掉。

"梁子。"

有熟悉的声音唤他，梁津舸一惊，手下意识地停在鼠标上没有按下去。两秒后他反应过来，这声音来自视频里面的陈当好，她站在化妆镜前面，正用橡皮筋把头发绑到一起梳成马尾。刚刚那一声像是幻觉，眨眨眼，梁津舸再次打算关掉视频。

就在这个当口，陈当好从镜子前转过头来，眼神笔直，刚好与屏幕前的他对视。

缓缓地，她咧嘴露出一个微笑。

"梁子，我发现你了。"

这个微笑很美，落在梁津舸眼底却堪称惊悚。有惊雷般的感觉兜头而下，让他手脚冰凉。陈当好从镜子前面一直走过来，为了配合监控器的位置，她慢慢弯下腰，将自己的脖子弯成一个诡异的角度："我知道你在看着呢。"

大概连他的惊恐都可以预见，陈当好笑得温柔，甚至还带了点风情："你别慌，现在去阳台等我，我们谈谈。"

还是那个阳台，早上下了雨，这会儿空气清新而潮湿，令人身心舒爽。梁津舸自然无心感受，踩上楼梯的时候他看见她打开房门，高马尾让她看起来和平日里大不一样，带着他不曾见过的飒爽。

几级台阶好像走了很久，在阳台站定，他看见陈当好正低头点烟。雨后有微风，她伸手围拢着火苗，明灭几次，烟被点燃。靠着栏杆，她吐出一口烟圈，就跟所有官场上谈生意的人一样，带着点精明和市侩，还有不知来自哪里的运筹帷幄。

"你什么时候发现的？"梁津舸冷静下来，隔着几步远的距离，他沉着地直视她，"想说什么就直说。"

"你那点手段，还没使出来我就知道你要干吗。你怎么也不想想，吴羡是季明瑞选中的女人，我难道就不是吗？你怎么在心里认定，她能想到的手段，我就想不到呢？"陈当好换了只手拿烟，笑容还真有几分轻蔑，"这一个多月，该看的不该看的，都看到了吧？"

他知道她说的是什么，不搭腔，只是重复刚刚的话："你想说什么就直说。"

"我在直说，这些都是我想说的。"陈当好昂起脖子，脸上笑容收敛，"你是吴羡手下的人？"

"……是。"

"她让你抓到季明瑞和我偷情的证据？"

"……是。"

"拿到之后呢？她是怎么打算的？"

"打算离婚。"

她眉头一皱，表情不满："说具体点。"

原来不管多美丽惊艳的女人，咄咄逼人的时候都是一副样子。梁津舸抿了抿唇，他摸不透她的意图，自然不敢全盘托出："你要先告诉我你想做什么。"

"你觉得呢？"她挑眉。

"总之不是告诉季明瑞。"梁津舸神色不变，"我觉得我们也许可以商量一下，大家都满意。"

"我只跟你商量，也不希望吴羡知道。梁子，没有人为我打算，我就只能自己为自己打算。"

"……我明白。"

"我不知道吴羡是怎么想的，但我知道她对我的恨肯定不比对季明瑞少。但她对你就不一样，事成之后她会给你很多钱，对不对？"

梁津舸细不可查地点头。

说白了，万事归因，大部分都是钱。陈当好不知道他需要钱做什么，也没兴趣知道，她没有后路，自然也不介意在他面前明码标价："我们打个商量，我配合你抓到季明瑞的出轨证据，你把你的酬劳分我三成。"

这次轮到梁津舸皱眉，好像听到什么笑话："他出轨的是你。"

"所以我制造的证据肯定天衣无缝，不是吗？"

"……这对你没有好处。"

"我问你要了三成酬劳，那就是我的好处。"

他依旧不明白："陈小姐，如果你想要钱，留在季明瑞身边这些都不会缺的。"

"我不想留在季明瑞身边。"陈当好舔了舔干燥的唇，"我从来没打算留在他身边过，你以为我要是早知道他有老婆，还会理他吗？现在有个机会让他身败名裂，赔进去我自己的清白我也是愿意的。你们只知道安装监控，那你们知道季明瑞打过我之后发誓不再在这种事情上强迫我吗？换句话说，如果我不答应，你们这辈子都拿不到他出轨的'实锤（指证据确凿）'。"

梁津舸神色复杂，没有说话，陈当好于是接着开口道："我这里有他给我打钱的记录，陪我吃饭的照片，或许这些不是直接证据，但一旦有了直接证据，这些都是锦上添花的玩意儿。这话我跟吴羡没法说，她不会信我，我只告诉你，你答应是不答应？"

"如果我答应了？"

"那皆大欢喜。"

"如果我不答应呢？"

"季明瑞今天下午就能知道我的房间里有个监控，而你的房间电脑里存着监控画面视频。"

他明白过来，觉得好笑："……你这是在威胁我？"

"我说过了，我是在跟你商量，商量也要有点本钱，这个道理你比我懂。"

"那如果我说我要考虑一下呢？这件事对我来说没有一丁点儿好处，反而会让我这边的风险变大。"

涉及到利益的时候，他倒是也不笨嘴拙舌了。陈当好眼神动了动，那层锐利被她安稳地藏好，换了平日里带点慵懒的眼神，倚靠在栏杆上："怎么叫对你没好处呢？我可以帮你更快地达到目标。不然你想要什么好处？"

梁津舸不说话，明显是在思考这桩生意对于他来说究竟是赚是赔。陈当好也不催他，把只剩一口的烟放进嘴里，烟雾吸进肺，让她舒服得眯起眼睛。

"陈当好，昨晚的视频就在我的电脑里，可能我们已经没必要谈这些了。"

　　她真是没见他说过这么长的句子，这个男人认真起来还让人觉得莫名惊艳。把烟头碾灭在烟灰缸，陈当好搓了搓自己的指尖，轻笑："你不如先去看看视频里都有什么，再来跟我讨论有没有必要。"

　　梁津舸眨眨眼，两秒的思考后他真的作势要走。陈当好也不着急，慢条斯理地又摸了一根烟出来，往他的方向递过去："但是你得想好，我就跟你在这谈一次。你要是真的回去看了录像，那就说明你不信我，我以后也没有跟你谈的必要。"

　　生意场上互不信任本来就是常事，她就算要跟他谈买卖，总还得讲些道理。可是这话一出，明显是不给梁津舸后路。而在这一刻梁津舸忽然明白，她根本不是来跟他打商量的，监控设备被她发现了，现在占着上风的人分明就是她，商量也好通知也罢，她不过是给他个面子和合作的机会而已。

　　"……你打算怎么做？"没有接烟，梁津舸望向她的眼睛。

　　"那不用你管，我把你想要的东西给你就行了。"

　　"……你不能太快，季明瑞会怀疑。"

　　"我当然知道，这个不用你操心。"

　　梁津舸不再说话，眼神复杂地望着她。跟在季明瑞身边两年，说他们之间没有发生过什么，他是无论如何都不会信的。季明瑞再怎么疼她宝贝她，也不会愿意养个不能碰的花瓶在家里。如果像他想的，以前已经发生过类似的事，他心里莫名的歉疚好像就会少一些。

　　已然看透了他的心思，陈当好把手收回来，那根没送出去的烟被她轻轻放在桌上："你不用觉得我有损失，咱们现在谈的是生意，可不是人情。"

　　"嗯。"梁津舸点头，他觉得现在他该走了，可是脚下不听话，反倒朝着她过去，犹豫着问道，"这件事结束之后你要去哪？"

　　"把书读完，然后回县城找工作。陵山这个地方太大了，我住够了。"陈当好在椅子上坐下，望向远处青山，"你呢？"

　　"……我没想好。"

　　"不说算了，干吗骗我。"陈当好一句话将他戳穿，不过倒也不大在乎他的答案，"事情还没开始呢，咱们就在这讨论结束，想得太远总不容易有好结果。"她撇撇嘴,有点自嘲的样子,伸手把头发上的橡皮筋取下来,黑发便瞬间铺了满肩,"不过我无所谓,反正对于我来说,一切也不会更坏了。"

这一刻,阳台起凉风,梁津舸闻到她发间洗发水的味道。

季明瑞再次来别墅的时候,陈当好已经比上次看到时稍显丰腴了些。私下里问起管家,得到的也是"陈小姐最近胃口不错,饭也按时吃,烟也抽得少了"这样的结论。季明瑞心里欢喜,面上却不敢显露,陈当好喜欢跟他唱反调,他不能给她这个机会。只是坐在饭桌前,看她低头用白瓷勺子舀起碗里的汤水,看她连喝几口以后鼻尖都带了薄薄的汗,那种欢喜还是从他带着皱纹的眼角渗透出来,让他比平日里都温暖柔和了几分。

"看我干吗?"陈当好瞥他一眼,低头继续喝汤。

季明瑞不说话只是忽然好奇她那碗里的汤究竟能比自己的好喝几分,伸手过去,握住她手腕的同时把她的勺子迎向自己:"我也尝尝。"

心里突生厌恶,脸上还是有意隐忍,陈当好顺着他的力道把勺子喂到他嘴边,等他喝完了那一口,她抿抿唇,连自己面前的整套餐具都不再碰:"我吃饱了,回屋了。"

她知道他会跟上来,所以她不打算回头,身后有脚步声,并不迫近,只是不远不近地跟着。陈当好在一瞬间有点后悔,她或许可以选择其他的方式离开季明瑞,反正她年轻,耗到他老了死了,她总归能有一条路。这样荒唐的想法无疑是一种妥协,她不能用自己的年华去成全他的一辈子,横了心,陈当好在楼梯转角猛地停下。

后面脚步声也随之顿住。

"你今晚留在这吧。"她把声音压低放缓,努力让自己不显得那么抗拒和紧张,"快入秋了,晚上寒气重,你开车回去也慢……"

"陈小姐。"

她的声音被打断,梁津舸站在她身后,耳朵尖有不自然的红:"季先生准备走了,我来叫你。"

她一愣,转过头来。差着两级台阶,他们离得不远,梁津舸站得稍低,

守卫战死，
雀鸟重生。

三分薄爱，不贰之臣。

当好啊，
天长地久的
幻觉里，
我确信自己
爱着你。

我想我还年轻，
也许还能跟你
耗完这一生。

愚昧到仅凭你的
三分薄爱，
就做了你的
不贰之臣。

她是向往自由
的飞鸟，
不该被任何人
关进笼子里。

记得你是她 十分爱过的人。

不惊艳的时间里，
她依旧很美，
美得毫无侵略性。

非卖品

她如果是囚徒，那他是她的解救者。

守卫与雀鸟

眼神刚好与她胸前位置持平。他慌忙把脸转开，倒不是觉得害羞，只是这个距离里，他觉得他是该尊重她的。

"季先生为什么要走？"她将他的动作尽收眼底，后退了一步将两个人之间的距离拉开，"他今天是晚上才来的，还不到一个小时。"

"明天开始香港那边有一个项目，季先生得出去两到三个月。"梁津舸压低了声音，"这是吴院长告诉我的，下楼的时候你假装不知道。"

他脸上有盟友一般的表情陈当好觉得心里某一个地方有忽然的改变，这种改变来得莫名，说不清楚。她扶着楼梯扶手下楼，路过梁津舸的时候，他微微侧身让她更方便地过去。

有时候，梁津舸是个挺好的人。陈当好的脚步朝着季明瑞过去，脑海里却塞满了这样的念头。随着她走近，季明瑞停下正在系袖扣的手，对她张开双臂。

她没有畏缩，但是心里却平静得像是一潭死水。被他靠近，被他抱紧，这两年里这样的动作不知道重复了多少次。季明瑞在她耳边轻轻吻了吻，带着眷恋和疼惜，好在他看不见她的眼神，而刚刚绕过来的梁津舸却看得一清二楚。

眼珠转了转，陈当好与梁津舸目光相撞。他大概觉得尴尬，闪避似的将目光投向别处。季明瑞在这个时候放开了她，陈当好表情一变，柔情虽不能到达眼底，但嘴角弧度总归是温柔的："再见。"

"等我回来。"季明瑞摸摸她的脸颊。

她说"好"。

第四章
堕进风眼乐园

　　但凡是季明瑞不在的时间，陈当好都拥有比平时多了几倍的自由。她的大学生活实在贫乏，所有同龄女孩子经历过的东西她统统缺席。照例上完了课往外走，有同学在她背后兴致盎然地讨论："草地音乐节你去吗？"

　　"去啊，今年把之前的学长都请回来了，好像是五周年吧。"

　　陈当好回身看过去，刚巧看到他们手里拿着的宣传单。她的眼神从宣传单上淡漠地扫过，拎了自己的包往外面走。

　　梁津舸很少坐在教室里等她，在他看来，坐在学生中间对他来说无异于一种煎熬。他的青春跟这些朝气蓬勃的学生不一样，最放肆那几年，逃课去的地方更是纸醉金迷。现在想想大概也应了那句"物极必反"，他是从大学教室里被带走的，教授在讲台上推了推眼镜，四周安静得吓人，手铐戴在他手上，大夏天的，依旧觉得冰冷刺骨。

　　这层原因他自然不会跟陈当好讲，看着她随人潮从门口走出来，他抬手示意自己在这，手里还抓着刚刚接到的宣传单。

　　"你怎么也拿着这个？"陈当好把那张花花绿绿的东西接过来，翻来覆去地看了看："我刚刚还听到他们在讨论。"

"路过的人发的，我就接着了。"梁津舸挠挠头，伸手去拿，"我去扔了。"

"唔……我再看看。"陈当好躲开他的动作，她很少对什么东西表示出明显的兴趣，除了烟，她还没从他手里拿走过别的什么。梁津舸心思一动，好像猜到了她的想法："你想去？"

她的目光从上面移开："今晚季明瑞半夜的飞机，难保不会去别墅。"

明白她的意思，梁津舸点头，把那张传单叠好："那回去吧。"

回去的路上两个人照旧一路无话，红灯的时候停在路口，陈当好看见外面一家卖礼品的商店，里面的东西琳琅满目。季明瑞送过她很多昂贵首饰和礼服，却没有一次照顾她十八九的少女心，买过这些毫无用处的小玩意儿。她的目光在上面短暂停留，很快离开，又恢复眼里一向的清冷慵懒。梁津舸偏了偏头，在绿灯亮起的时候启动车子。

原来那是喜欢的眼神，向往的眼神。他在心里这么想着。陈当好看传单的时候，就跟刚刚看礼品店的目光一模一样。她肯定是想去音乐节的，可是季明瑞要回来了。季明瑞知道她晚上不在家，那后果简直难以想象。而他们的计划才刚刚开始，陈当好怎么可能让一切有一点纰漏。

或许还是不甘心不死心。晚上七点半，陈当好听到敲门声。

梁津舸站在她房门口，还是往常的样子，把一句话说得尽量简洁："走，去看音乐节。"

"我不感兴趣，也没有门票。"

"传单就是门票。"

"我说了我不感兴趣。"

"季先生凌晨一点的飞机到。"

"所以呢？"

"来得及。"

陈当好哑然失笑："你对那个音乐节特别有兴趣是不是？我们现在已经熟到可以一起去看音乐节了？"

这话或许有点伤人，梁津舸却是面色不变："嗯。"

一个小时后，他们在陵山大学的田径场外停下车。

音乐声轰鸣，伴随着人群的呐喊，早就没人在意检查门票。这个时间大多数学生都已经下课，陈当好跟在梁津舸身后，好几次差点被人潮冲散，他总是不放心地回头，几次之后，像是终于忍无可忍的样子，用力拉住了她的手腕。

他别扭地拉着她挤进人群，想寻一个好位置去看演出。有乐队似的人站在台上唱他们没听过的歌，陈当好嘴角微勾，将自己的笑隐藏起来。

"把所有的春天，都揉进了一个清晨。把所有停不下的言语变成秘密，关上了门。莫名的情愫啊请问，谁来将它带走呢，只好把岁月化成歌，留在山河……"

人群拥挤，她脚下站立不稳，撞在他坚硬的背上。梁津舸回头，他们在人群里对视一眼，她抿着唇，还是没忍住，朝着他笑。

她笑，他就觉得这荒唐的行为值得。

最终在舞台的最左边站下，大概是因为这里位置偏远，倒没有几个人。梁津舸仍旧拉着她，似乎不打算放手，她低头看看他手臂上凸起的血管，慢慢地，扭了扭手腕。

他惊醒似的把手放开。

肩并着肩，不再说话。

陈当好就站在他身边，比很多时候他们之间的距离都要近。她这么挨着他，让他觉得心也跟着停泊下来。他想偏头去看看她的表情，看看她听歌的时候是什么样子，可是脖子梗着，怎么也做不出那样的动作。

歌声在继续，梁津舸感觉到手机震动，是吴羡的电话。他看了陈当好一眼，有点不放心，转而又想这是在学校里，总不会出什么差错。退远了几步，他站在相对安静的地方，眼神还是锁在她身上，把电话接起来。

"季明瑞今晚回去可能去你那边，你知道吧？"

"不确定，但是可能性很大。"梁津舸说完看了看表，还不到九点，十一点之前回去应该是没有任何问题的。

"没什么事，我就是提醒你一声。你在哪？那边为什么这么吵？"

"……在外面，很快就回去了。"

吴羡对他的私人行程并不关心，挂电话之前随口又问："最近没什么新情况吧？陈当好那边有什么变动你随时告诉我。"

梁津舸"嗯"一声，想起那天在阳台上与陈当好达成的交易，语气不变："没什么情况。"

一般电话说到这里就可以结束，他放下手机，眼神从陈当好身上离开，去看手机键盘。几乎是按下挂断的瞬间，他听到人群近在咫尺的惊呼，再抬头，舞台边的灯架已经朝着陈当好狠狠砸下。

千钧一发，他跑过去也救不了她。

第二次，梁津舸抱起满身血污的她。

距离陵山大学最近的就是陵山大学附属医院，梁津舸的脑子想不了太多，将陈当好放进车里，油门踩到了底。原本五分钟的路程被他最大限度地缩短，将陈当好送进急救室后，他才打电话给管家。

这么大的事，又恰好在季明瑞就快回来的晚上，无论如何都是瞒不过的。管家会通知的必然是季明瑞，这个时间他应该还没上飞机。梁津舸脑子转得飞快，将最坏后果在心里做了预估，他得感谢自己在这种情况下还能够好好地面对这个问题，而不是惊慌失措。

管家来的时候带来了新消息，接到电话的季明瑞将飞机改签，十一点左右就能到。坐在医院走廊的长椅上，梁津舸低下头，看向自己牵过她的那只手。

忽而有些懊恼，为什么就在那时候接那个电话。

时间在沉默中流逝，手术室里始终没有人出来。走廊尽头忽然传来匆匆脚步声，不用等对方走近也知道是季明瑞来了，梁津舸从座位上起身，迎着季明瑞走过去："季先生……"

他的话没有说完，甚至这句称呼的最后一个字还没从他口中完全落下，季明瑞已经快速而狠厉地朝他扇了一巴掌。

这巴掌下手极狠，从梁津舸的左耳上方掼下来，几乎使了全部的力。他没有防备，被那力道冲得后退了半步，眼前一片花白，耳边也开始嗡嗡作响。瞬间的失聪里他听见季明瑞压低了声音在他面前说了什么，可耳朵里充斥着烦乱的噪音，他一句也听不见。

属于少年的气血在他体内横冲直撞，稳住了身形，梁津舸抬眼看他，季明瑞却根本不把他的戾气放在眼里，拎起他的领子急切而快速地重复自己刚刚的话。

这一次梁津舸听清了，不是咒骂不是埋怨，他那样紧张那样焦急地靠近自己，说的是："你知不知道这是什么地方？给我马上转院！"

梁津舸不懂，头脑还没有恢复清醒，任凭季明瑞拎着他的领子，将他狠狠甩向一边。梁津舸靠着墙站稳，皱眉甩了甩脑袋，好在耳边的杂音减小，应该是没什么大事。见到季明瑞面色不善，已经愤怒到了极点，他压低了声音道歉："对不起季先生。"

"我说给我马上转院！"

"季先生，这个医院的医疗水平挺好的，陈小姐还在里面急救，有什么事等出来再说……"管家显然被这个阵仗吓到，唯唯诺诺地想要说点什么，说着说着声音却小下去。而梁津舸心里却忽然明白，明白季明瑞眼里的愤怒是因为什么，显然，不是因为对陈当好的担忧。

不是不担忧，只是有比她的命更让他紧张的东西。

暂且不说陵山大学附属医院在全市数一数二的地位，就从当时的情况讲，梁津舸还是会送她去最近的地方就医。他会紧张，无非就是因为这医院的院长是吴羡，是他的结发妻子，哪怕自己有一点把柄落在她手里，都足够他惊惶不安。

梁津舸识趣地不再说话，靠着墙在自己被打的脸上摸了摸，余光里他可以看见季明瑞望向他，似乎想要问什么，而就在同时，急救室的门打开，有医生从里面走出来。

"谁是家属？"

梁津舸和管家一起本能地望向季明瑞，后者眼神晃了晃，没有说话。

"我问谁是陈当好的家属？"医生语气透出不耐。

季明瑞还是没有应答，浑浊的眼睛里，瞳孔缓慢地转动着避开医生的视线。

"我是。"

梁津舸靠着墙，左边脸颊挂了彩，却定定地看向医生，带着跟季明瑞完全不同的，只属于少年的坚定。

"医生，我是陈当好的家属。"

梁津舸很小的时候，曾经参加过一场葬礼。葬礼的序幕在医院，医生穿着白大褂从手术室里走出来，扬声问，"谁是家属？"

他有多小呢，大概就是连"家属"这个词都不懂的年纪。手术室外面站着很多人，叔叔伯伯，婶婶阿姨。他站得很直很直，还是看不到大人脸上的表情，人群里没人说话，在医生问第二句的时候，他感觉到有人在他背上搡了一把，于是他被动地挤出了人群，站在医生面前。

他不记得医生有没有对在场的大人斥责，不记得后来具体都发生了什么。他只记得医生说，通知家属准备后事。

那一年他知道了，家属这个词的意思，大概就是去认领最亲近的人的尸体的。

很多年前，他站在手术室外，等到的是因为自杀再也没能醒来的母亲；很多年后，就像时光倒流，他靠着墙，垂眸看向自己的脚尖，在近乎窒息的寂静里，他淡淡开口："我是。"

或许这一声"我是"，他已经亏欠了好多年。深吸口气，定定地望向医生，梁津舸目光平静，隐隐透着忐忑："医生，我是陈当好的家属。"

"还好伤口及时止血，要是送来得不及时该多危险！"医生说着看向齐管家和季明瑞，季明瑞不自然地将目光偏开，医生皱了皱眉，继续道："不相关的人就回去吧，病人还没醒，这个时间也别去太多人打扰了。"

几个人均是默默点头，等到陈当好被推了出来送去病房，梁津舸才慢慢走到季明瑞面前。血液里叫嚣的不甘已经偃旗息鼓，他哪里有那样的资格，怎么说，他都只是个雇佣工而已。低着头，他低声道歉："对不起季先生，这件事是我疏忽了，您生气是应该的，在保护陈小姐这件事上的确是我失职了。"

"行了，"季明瑞挥挥手，想起他刚刚帮自己解围，又叹了口气，"我也冲动了，下手重你别往心里去。跟医生商量好，明早之前必须出院。"

梁津舸抬头看了他一眼，痛快点头："我知道了，季先生。"

"关于今晚的事，回去之后你给我好好解释一下。"季明瑞面色沉稳下来，左右看了看，走廊里有医生护士模样的人走来走去，这个地方太不适合他继续逗留，"往其他最好的医院转，卡里的钱随便花，剩下的你自己留着不用还给我。梁子，我是信任你才把你安排在这个位置，相同的情况不要再有第二次。"

季明瑞一边说一边递给他一张卡，那是一张金卡，梁津舸没有见过。他伸手去接的时候甚至不由自主地伸出了双手，全然忘记几分钟前对方还劈头盖脸地给了他一个耳光。富人驾驭金钱，金钱驾驭穷人。他咧着嘴礼貌微笑，嘴角的伤疼得厉害，有那么一瞬间，他觉得自己就像古时候跪在大堂上的愚昧臣子，三叩九拜地谢主隆恩："谢谢季先生。"

季明瑞点点头，再次左右看了看，确定没人认出自己后快步走向电梯间。

医院里重新安静下来，梁津舸推开病房的门，走到床边去。望见她的脸，脑海里便会闪现灯架倒下去，那瞬间的窒息感。他不知道那感觉是什么，或许是因为他早已经对她动心，或许是出于对季明瑞的忌惮，只是怕自己弄坏了他心爱的玩具而被他责罚。答案究竟是什么，梁津舸不去想，毕竟他现在没有时间讨论儿女情长，他自己的人生都还岌岌可危，哪里有资格去爱别人。

低下头，他静静地看向昏迷中的陈当好。

脑袋上包着纱布，带着点平日在她身上根本见不到的滑稽可爱。很多次他都偷偷这么看她，源于他对她初次见面后的好感。陈当好长了一张古典美人的脸，尖下巴大眼睛，化了妆之后很抓人眼球，走到哪里都会惹来男人的目光。可是等卸了妆，那层惊艳便不见了，他这么看着她，就像在看一个崭新的陌生人。

不惊艳的时间里，她依旧很美，美得毫无侵略性。

梁津舸在床边安静地坐着，其间齐管家进来过一次，说自己回家给陈小姐煲汤，要先走了。天色渐渐变白，他就这么望着她出神，直到朝阳冲破了云层，世界都是一片明媚，陈当好才悠悠转醒。

病房里还拉着窗帘，光线只透进来小部分，床头灯还开着，暖色调的灯光下她的脸终于有了些生动的颜色。

四目相对，她眼神里有迷茫，等到终于看清了梁津舸的脸，那层迷茫被她很好地掩饰起来，默默闭了闭眼，她沙哑着开口："我在医院吗？"

"嗯。"

"我睡了很久吗？"

"一夜。"

艰难地转了转头，陈当好环顾四周，眉毛皱起来，凝视他平静的眼睛：

"……这是哪家医院？"

梁津舸在她眼里读到了很隐晦的担忧，与季明瑞眼里的担忧如出一辙。他舔了舔干燥的唇，如实回答："陵山大学附属医院。"

短暂的沉默里，陈当好的胸腔微微起伏，仍旧平缓地呼吸着，又或许她现在的身体状态根本就没办法有多余的激动情绪："我要出院，马上。"

这个医院像是个巨大的噩梦，季明瑞害怕，陈当好也害怕。梁津舸从座位上站起来，语气不自觉地透出了安慰："已经联系过了，上午就能转院。"

陈当好闭了闭眼，再看向他的时候又恢复了平常的倦怠，她叹了口气朝他伸了伸手，似乎不想再去在意那些让她害怕的东西："有烟吗？"

"……没有。"梁津舸避开她的眼神，看向窗帘缝隙中的一线阳光。从这个细微的动作里陈当好知道，他在说谎。

他这样不擅长撒谎，是怎么给吴羡办事的？心里觉得好笑，嘴角也跟着上扬："梁子，你来。"

她这么笑了，准没好事。梁津舸站起身，往床边靠近了一些，下一秒她的手便缠上来拉住了他的皮带。这动作让他吃了一惊，马上反应过来她是要掏他兜里的烟，同样的路子怎么可能给她得逞第二次，梁津舸迅速退后的同时抓住了她的手，忙乱中也没注意自己抓的是手腕还是整个手掌。

"你反应倒是快。"陈当好也不恼，轻轻挣了挣打算放弃，却没挣开。她眼神微变，带着点疑惑去看他，"干吗？"

"……"梁津舸似乎有话要说，两秒的沉默后他手一松，放开了她。病房内一时无言，气氛不知怎么就变得微妙了起来，陈当好偏头，清了清嗓子，这才想起来问他："季明瑞骂你没有？"

梁津舸摇摇头。

他当然没有骂他，而是干脆在他脸上招呼了一拳头。他等着陈当好继续往下问，可是她似乎对这个话题没了兴趣，抬手摸了摸自己头上的纱布，也找不到别的话题。他们之间不该是这样的，往常时候在车里，一两个小时不说话也不会感觉到一丁点儿不对劲。陈当好扭了扭身子，摸到床头柜上的电视遥控器，在梁津舸探寻的目光里，她打开了电视。

早间新闻的声音顿时让屋内摆脱了刚刚的安静，梁津舸收回目光，跟陈当好一起看向电视。医院电视频道少，只能收到地方台，陵山卫视的台标对于陈当好来说不算熟悉，挑来挑去还是定在这里，听听新闻总好过两个人无话可说。

两分钟后，陈当好后悔了。季明瑞的照片出现在屏幕上，阴魂不散。梁津舸正低头把她的鞋从袋子里拿出来，方便一会儿转院她下床，听到名字，他手上动作一顿，抬头也看过去。

季明瑞去上海究竟要谈什么样的业务，陈当好不知道，也没兴趣去了解。她只知道在他离开一个月后的今天清晨，电视上曝出了他疑似与女秘书出轨的照片。

图像不清晰，但是凭陈当好两年来对他的了解，自然知道那就是他。连她都能看得出来，吴羡肯定也看得出。本来毫无知觉的伤口开始隐隐作痛，不知道该怎么去形容的痛楚让她皱起眉，手却停在遥控器上没有关掉电视机。

"一直致力于慈善事业，投资多所高等院校，多年以来始终洁身自好，没有任何花边新闻的季明瑞……"

新闻主播坐在演播室，嘴里说的是写好的通稿，大概全世界都在惊呼是谁心思歹毒，想出这样的方法诬陷季先生，顺便再细数他这几年又为教育和慈善事业做了哪些贡献。他总是有这样的能力，化腐朽为神奇，就算是前面玩过的女人多得堪比后宫，最后也总能片叶不沾身。

招惹上陈当好，算是季明瑞阴沟翻船失算了。可是凭陈当好的能力，也根本翻不出什么花样来。大概是觉得她顽固又无趣，季明瑞找新的玩物也不稀奇，可是当新闻画面这么直接地摊开在她眼前，陈当好得承认，她不高兴。

这种不高兴夹杂了太多私人情绪，带着虚荣，不甘和攀比，皆是拿不出手的黑暗面。而在梁津舸面前，她统统不能表露。嘴角微僵，正不知道该做什么表情，手里的遥控器已经被拿走，电视画面瞬间黑下去。

关掉电视，梁津舸把地上的鞋往她的方向轻轻扔过去："穿上。"

他什么也没问，什么也没说，就像那时候电视机里播报的不过是一个不相关的商人。低着头，清晨光线温柔，照在他的侧脸，因为一夜没合眼，陈当好可以看见他下巴上新生的青色胡茬。

那一瞬间，她得承认，自己对这个男人心存感激。

关于那位被拍到的不知名的女秘书，季明瑞只是派律师潦草解释了一下，看起来并不放在心上。越是这样的态度越让媒体觉得无趣，自然也不再深究。陈当好转院到离风华别墅最近的私立医院，说是住院，但一天也就吃几片药而已，她不愿意回去，季明瑞破天荒地没拦着，自她住过来他只来了两次，每次坐一会儿就借口公司有事匆匆离开。

梁津舸来得也不多，倒是每天像上班打卡似的在她眼前转一转。因为季明瑞的冷淡，他们之间的盟友关系还没正式作战就开始变得岌岌可危。陈当好是不担心的，季明瑞真的腻了肯放她走，于她而言还能少走几步弯路。只是偶尔望着窗外，会隐隐猜测这个时间梁津舸会不会来。

他有时候会让她失望，望到天黑也不再来一次；有时候又让她惊喜，即便上午来过，下午还是会出现在林荫道上，往她住的病房走来。这一切都得听季明瑞安排，按道理讲是季明瑞偶尔成全了陈当好的期待，但是她不这么觉得，看见梁津舸远远走来，心里便跟着生出些许雀跃。

医院的日子太无聊了，难免将希望寄托于外物。可实际上梁津舸来了也不过是屋子里多个人呼吸，要他说几句话是很困难的。不过好在他身上总是带着烟，这样不论如何陈当好都能跟他搭那么一句话："梁子，给我根烟。"私人医院的贵宾病人，才被赋予了在病房里抽烟的权利。

他不说话，默默从兜里掏出来递给她。为数不多的几次他会皱眉，望望垃圾桶里的空烟盒，为她抽烟的频率感到担忧："上一包抽得太快了。"

他回她这么一句话，她就想跟他再说十句。叼着烟，陈当好面色慵懒："每天都无趣，除了抽烟还能干吗？"

"那就跟季先生说出院。"

"回别墅还不如待在这，好歹这旁边房间还有别的病人，每天靠着窗户往下看看人也是好的。"

"嗯。"

梁津舸点点头迎合她的话，同时也将她的话头掐灭在空气里。陈当好却还想没话找话："为什么叫你梁子？"

"习惯了。"

"最开始叫的是谁？"

"忘了。"

"因为时间太久所以不记得了？"

"嗯。"

"你身边的人都这么叫你吗？"

"嗯。"

"你就不能多说几个字？"

"……嗯。"

梁津舸抬起头，有点无辜地看她，半晌才开口道："我不太会说话，总怕说错了惹你不高兴。"

她的心又软下来，像是被泡在了蜂蜜柠檬水里，酸中带甜："何必在乎我高不高兴？"

这个问题指向性和暗示性都很强，梁津舸不回答，帮她把床头的水果切好，是要走的样子。他已经搬到别墅里去住，陈当好不在的日子还经常去她的小阳台上抽烟，这些想象让陈当好觉得心痒，说不出哪里带来的迫切和渴望。

"我要出院。"第二天，季明瑞接到陈当好的电话。

出院是好事，季明瑞心里的气也消得差不多了，带着梁津舸亲自来接她。为了避嫌，他没出车门，收拾东西都是梁津舸来，行李箱不大，衣服也不多，正正好好。

她一定要穿漂亮裙子才肯出去，一个人躲到洗手间去换。梁津舸怕她有东西落下，把病床上也仔细翻了翻。被子下倒是干净，他到底心细，伸手去拽枕头，却有东西因为他的动作扯落出来掉在地上。

枕头下是二十多根烟，摆得并不整齐，显然是主人随手塞里面的。全都是他给的大前门，没有包装，为了唬他，她把包装盒都扔进了垃圾桶。香烟大咧咧地躺在枕头下面，不知羞耻地与梁津舸大眼瞪小眼，他愣了几秒，弯腰把地上的烟捡起来，重新放回去，又把枕头放好。

脸色没有丝毫变化，梁津舸站直身体，拉起行李箱拉杆。在陈当好出来的同时，他恰到好处地站在了病房门口。

"可以走了。"陈当好身穿黑裙子，腰部绣了朵硕大的金色花。这种衣服也就只有她敢穿也能穿，梁津舸压抑着嘴角就要扬起的笑，面色平静地点头，转身去开门。

虽然他不知道，他为什么想要笑。大概是心里的什么东西怦然打开，无法形容的雀跃从她的裙角一直蔓延到腰间花蕊里。医院走廊悠长，他走在前面，听陈当好的小皮鞋在地上踏出有节奏的声响，走出不远，他突然停下脚步回头。

她也莫名跟着站下，隔着几步远的距离疑惑地望他。

"裙子真好看。"

梁津舸这么说，每一个字都咬得尽量真诚自然。他也不知道自己为何这么做，但能让她开心，好像就是好的。

陈当好偏过头去，嗤笑一声没有看他，似乎对这样的夸奖习以为常且不屑一顾。

但他知道她看见了。

她的耳朵红了。

在折腾着去过几次医院，伤口都彻底康复的时候，夏天也跟着过去了。阳台前面的树依旧绿得生机勃勃，秋天的凉意却已经悄无声息地蔓延到骨子里。陈当好在阳台抽烟的时候要加一条围巾，时不时还要往楼下看一眼，如果梁津舸回来了，围巾便会被她从肩膀上微微褪去一些，这样一来等到他抬头，她便可以露着肩膀对他笑。

秋天都到了，人生总不该一成不变。梁津舸在九月初被季明瑞提拔，偶尔会往公司总部跑一趟。不过提拔这个词是季明瑞自己说的，从陈当好的角度看，他不过是在梁津舸原来的职位上给他加了点活——偶尔兼职他的保镖随他去谈生意。

能走在季明瑞身后，大概是很多人梦寐以求的事。陈当好当然知道他不是等闲之辈，否则他也不会跟吴羡有往来。站在阳台上，叼着烟，脑子里的想法转了一圈，就看见大门打开，有车进来。

梁津舸回来了。

凡是陪同季明瑞出去，都是正规场合，所以今天他穿的是一身西装。远远下了车，走过来的时候，陈当好能看见他笔挺的西装裤。顺着裤脚往下看，皮鞋也黑得好看，她忽然在心里告诉自己，梁津舸是个好看的男人。

不惊艳，但经得起细看。有这样的感觉大多数原因还是，他长了一双极其好看的眼睛。她很少凝视他，以前是不屑，后来就变成了不敢，到底还是个小女孩，情窦初开的瞬间，她都不知道自己其实已经动心了。只是相遇时机太差，身份也不对，隔着遥遥阳台，她披着围巾落寞地看他走过来，等到他抬头，她指间烟灰刚好掉落。

站在楼下的梁津舸就这么淡淡看了她一会儿，她不说话，他也就不说。短暂的对视里他冲她礼貌地微笑，然后便低下头往别墅里走来。

陈当好掐灭了烟，把散开的围巾围好，从阳台离开。她今天穿了一件鹅黄色睡裙，保守设计，连锁骨都不露，朝着他走来的时候，就只能看见下面一双白生生的脚。目光落下去，两秒的时间里梁津舸忽然在心里跟自己说，陈当好似乎胖了一点。

说胖未免不好听，只是相比初见，她倒是圆润了不少，单是这双脚，相比之前走过来时就显得可爱了许多。晚饭已经上桌，他一边解开领带一边往房间走，等到再回餐厅，她已经安静地坐在了他对面。

齐管家在厨房里还没过来，陈当好低头把筷子拿在手里，期间没有看他一眼。他们之间沉默是常态，梁津舸习惯性地伸手，把她喜欢吃的菜挪到她面前去。

这纯粹是个习惯动作，因为陈当好曾经这样要求。做得多了养成习惯，便也没想过改。至于她喜欢吃什么，餐桌上来来回回也没什么太大花样，记住并不难。

晚饭开始不到五分钟，梁津舸便知道，今天陈当好情绪不高。

她不是多话的人，但从不隐藏自己的情绪，而他对她向来过分关注，不可能什么都察觉不到。但是他也从来不问，在一定意义上来说，陈当好是季明瑞的女人，他就算再怎么心猿意马，也终究不至于去碰那条线。

晚饭吃得沉默而压抑，离开桌子，陈当好回到阳台继续抽烟。她很想问问梁津舸，"你晚上要做什么？"话到了嘴边，又被自己生生地压了回去。

秋天的夜晚凉风习习，站在阳台上即便披着围巾也有了些许凉意。陈当好低头嗅了嗅自己指尖的烟味，没抽完的半根烟丢进垃圾桶，她转身回屋，从衣柜里翻找半天，找到最喜欢的一条睡裙。季明瑞曾经夸她支肤白，皮肤白的人穿黑色红色最是艳丽好看，于是他给她买回来的睡裙里以这两种颜色居多。她从没质疑过季明瑞的眼光，换上黑色裙子，后背是绑带设计，胸前有一片花朵，蕾丝勾勒。

要说这身体有什么值得骄傲的，除了肤白，大概就是胸型漂亮。好看的胸型让陈当好在任何睡裙里都不需要穿内衣。把头发在后面随便挽起，她光着脚踩在柔软的地毯上，又觉得屋里太过安静，抬手去开电视。

因为知道监控器的存在，她做的这些倒好像是在演给他看，每个动作都力求流畅自然。正是晚间新闻的时间，地方台播报的无非又是固定的那么几个人，她是没兴趣看季明瑞的，所以弯腰去找遥控器，遥控器没有找到，新闻已经顺着播到了下一段。

动作一顿，陈当好往电视柜的方向抬起头来。

还是花边新闻，主角还是季明瑞，和那个她连正脸都没见过的女秘书。

吴羡坐在电脑前安静地看着对面的男人。

从他出现在这里到现在，差不多已经过去半个小时，吴羡看完了手头的资料，再抬头，他还是坐在对面沙发上低头看手机等她。

说来好笑，这个来了半小时却跟她毫无交流的人，是她结婚近二十年的丈夫。从椅子上站起来，吴羡活动了一下僵硬的背和脖子，貌似轻松地与他搭话："听说你又上电视了。"

季明瑞没抬眼，手指在手机屏幕上滑动，看着那些被曝光的所谓照片，淡淡回道："吴羡，你太心急了。"

她最受不了他这个态度。最初结婚时，虽说是利益联姻，虽说多年来都是分床甚至分房睡，但到底有礼貌，哪怕是作为陌生人。季明瑞不算白手起家，他家底本身就殷实，加上与吴羡家强强联合，才走到现在这个位置。那时候季明瑞性格极温和，对待吴羡像是战友像是亲人，她就算遇到不满也总礼节性照顾他的感受。后来时间长了，他变得阴沉和冷漠，偶尔的沟通里，他就是这样不咸不淡的语气。

他们在结婚第九年的时候同时提出离婚，又在一同分析利弊后选择放弃。世界上大概少有他们这样理智的夫妻，即便互相早已看不顺眼，却还是为了利益硬要捆绑在一起。究竟有没有爱过，又是谁先做了逃兵，已经显得不那么重要，可是这么面对面，坏情绪还是会控制不住滋生，让人变得面目可憎。沉默几秒，吴羡一边低头摆弄手机，一边道："一个陈当好还不够，再搭上个女秘书？"

季明瑞抬头看了她一眼，不说话。

"季明瑞，你什么意思？"

放下手机，他终于有了点想跟她好好聊聊的样子："嗯？"

"什么叫我太心急了？"

"那些网上的'水军'和曝光的通告都是你买的，有时候我很奇怪，你这么'小女孩'的思维，是怎么坐到院长那个位置上的。吴羡，我可以非常明白地告诉你，我跟我的秘书很清白，清白到我根本不想跟你解释什么，至于你刚刚提到的另一个名字，那又是谁？你又在什么时候给自己臆想了一个新的情敌？"

他说话语气真挚，眼神里却尽是讥讽。吴羡深吸口气，还没反驳，季明瑞便再度深情款款地开口："我忘了我们有多久没好好在一起说话了，如果你真的觉得这段婚姻进行不下去，那我们就分开，财产划分都按正规法律程序走，我不会亏你一分。可是吴羡，我们是夫妻啊，难道我们这么多年的感情走到现在，就只剩下谈这些的分了吗？"

他怕是疯了才会说出这些话来，吴羡觉得胸中郁气难平，某个位置却又好像奇迹般地被治愈了："你知不知道你在说什么……"

"我当然知道了。"季明瑞从沙发上站起来，一边整理自己的衣领一边朝着她走过来，他很久没有用这样的语气跟她说话了，温柔，甚至温存。直到走近了，他慢慢握住她的手腕，在吴羡还愣神的时候，他突然反手将她的手机抢到自己手里。

录音键被按下完结，季明瑞又变回了之前的季明瑞："我还知道你在录音，都跟你讲过了，别对我用这些小孩子的把戏，我高兴的时候陪你玩，不高兴的时候搞垮你也不是不可能。吴羡，我最讨厌自作聪明的人，可你偏偏就是这种人。"

"哪个女人不是自作聪明的？"吴羡从刚刚的情绪里缓过来，眼神漠然，却隐隐藏着波澜，"陈当好不是？她不是的话怎么会自导自演那么一场车祸？季明瑞，你怎么看不透呢，她一丁点儿都不爱你，你越是想抓住她，就越得不到她。"

"这句话也送给你，吴羡。"季明瑞把她的手机扔到桌上，眼里的厌恶不加掩饰，"如果你今天叫我来就是为了录这么几段话，那我配合你演完了，你拿着录音去找你的律师吧，看看这么一段到底能让你在咱们的离婚官司里多分到几百万的财产。"

他的话极大地刺伤了她，让她在爱里的贫瘠无所遁形。压抑着歇斯底里的冲动，吴羡伸手指向门口："你出去。"

"我是要出去的。"

季明瑞往门口走，这几步里没一次回头。他其实早就知道，知道吴羡在这段婚姻里不曾言明的迷恋。女人大多喜欢强者，季明瑞是强者中的顶尖，她也不知道什么时候开始，让利益变得不那么纯粹了。可是他不爱她，她一早就知道，因着这种知道，她扮演蛮横，扮演势利，将女人的刻损恶毒体现得淋漓尽致。

这不是报复，她只是在隐藏，借以守护自己可怜的自尊心。她不怕季明瑞恨她，却怕季明瑞知道她的爱，那真的是太狼狈了。

转而她又觉得欣慰，感情里大概真的有因果报应，季明瑞也从陈当好那里体验着什么是爱而不得。而此时此刻，陈当好正站在电视机前，安静地看着新闻。

心里忽生烦躁。

她其实早就明白，季明瑞这种男人，能专一爱谁才是奇迹。她倒不稀罕他的爱，可她不能忍受背叛，可她却偏偏是他的情妇，是最没资格说这话的人。女人的虚荣心总是可怕，遥控器按了一圈，也没看进去其他的什么，她觉得她得去抽支烟，最好去阳台，最好现在梁津舸就站在那里。

没有围巾，黑色睡裙单薄，她就这么打开房门走出来。结果令她失望，梁津舸不在阳台。自己点了根烟，陈当好抬头，是星夜，夜空干净璀璨。

她觉得自己迫切地需要做些什么，没有任何理由，也不去想后果。把烟叼在嘴里，时钟在客厅滴滴答答走到了晚上九点，齐管家这个时间应该已经回房，她光着脚，提着自己的裙摆，往梁津舸的房间走去。

敲门。

只两声，门被打开。梁津舸穿着黑色半袖和灰色休闲裤，手里还端着一杯咖啡。四目相对，他眼神疑惑，等她开口。

"两个小时之后来我房间，来不来随你。"

陈当好这么说完，不再看他，不等他问出那句"有什么事"。她顺着原来的路回去，头发挽在脑后，于是他看见她背后的黑色绑带，交叉从腰线的位置延伸上去，将她白皙的背衬托出几分被禁锢的美感。

等人的时光总是焦灼，陈当好也不知道这段时间里自己除了抽烟还能做什么。有些事做了肯定会后悔，但就算后悔，也总不会比当下的感觉更让人难过了。她在心里清醒地反复衡量，最后告诉自己，那就去做。

时针转到十一点，陈当好靠着窗台点燃第六根烟，烟雾遮挡，人间一切仿佛都变得无比温柔。

门口就在这时传来敲门声。

门没有锁，他只敲了两声，便伸手去按门把手。虽说夜深人静，心里总归还是带着点紧张。这种紧张让梁津舸的身体绷得紧紧的，像一把被拉满的弓。他把门打开，屋内只开着一盏床头灯，昏暗的光线里，陈当好侧过头来看他，她不说话，他也不说，维持着这样的凝视，他反手将门关上。

陈当好手里拿着烟，忽而对他轻轻一笑。

像是接收到某种暗示，梁津舸在关好门的同时轻巧地落了锁。房间旦很安静，安静到他几乎可以听见自己没出息的心跳声，那种声音随着他朝她走近，越发震耳欲聋。

窗户还开着，晚风从窗口丝丝缕缕地溜进来。夜深了，窗外月朗星稀，陈当好仰头看了一眼，把烟叼在嘴里，抬手将窗户关上。

房间彻底成为他们将要共享秘密的角斗场。

她不知道自己为什么会这么冷静，骨子里的声音已经在告诉她该怎么做。魅惑的女人大多是天生。她用食指和中指夹着烟，从窗台上慢慢下来，黑色睡裙随着她的动作拉扯着，于是梁津舸连她胸前的绑带也能看得一清二楚。只这次，绑带后面不再是白皙的背了，他觉得有血液在胸腔里横冲直撞，像是海浪，拍打在他年轻而诚实的身体上。

没有言语，没有缓冲，她像是一条蛇一样地朝着他缠上来。这其实只是一个拥抱，一个过于紧密的拥抱，当她朝他伸出手的时候，他心里的防线就已经全面崩溃了。她浑身都带着凉意，这么贴过来的时候，有几分撒娇似的肢体语言，他不能拒绝，更无法拒绝，光线昏黄里，他顺着她的力道回抱住她的腰，双臂不敢收得太紧，但还是把她拥了满怀。

他不禁开始猜测她邀他上来的目的。起初他以为她有话要讲，可是她不张口；现在他觉得她或许只是觉得疲惫，疲惫到自暴自弃地想从自己的保镖那寻一个拥抱一点安慰。

心里那层潮水退去，他闭上眼，安心地抱紧怀中香软。她是什么时候洗了头发，发根还带着微微濡湿，洗发水的香气像是被赋予了灵魂，从她的发根一直缠进他的心里。

"……"他觉得自己该说点什么，安慰也好，询问也罢。手撑在她的腰上，他稍稍用力将两个人的距离拉开，低头，他看见她潮湿的眼睛。

他想问，"你怎么了"，那句话还没说出口，她却忽然将食指伸到唇边做了个嘘声的动作。梁津舸顺从地闭嘴，这才后知后觉地发现，她似乎涂了口红。她往常在家里是不化妆的，而今晚，她涂了口红。

心里开始躁动，那双手还搭在她的腰上，想把她推开却更想把她拉近。

脑子里的导线已经点燃以飞快的速度朝他心里烧过去就在这个节骨眼上，面前的陈当好缓慢欺近，踮脚吻上了他的唇。

柔软触碰的瞬间，梁津舸如遭雷击，下意识地想要后退，她却不给他机会，藤蔓一般缠上他的脖颈，半吊在他怀里。随着动作拉扯，陈当好脑后的橡皮筋滑落，一卷长发落下来，海藻一般铺在他无措的手上。心里那根原本就不怎么坚固的弦终究是断了，导线燃烧到尽头，有烟花争相在脑子里炸开，谁也不能指望这时候的男人有什么理智，滚烫的手掌抚上她的腰，梁津舸用力转身，将陈当好压倒在床铺上。

梁津舸的动作带着些许虔诚，她如果是囚徒，那他是她的解救者，他亲手将她所有禁锢除去，再填满她经年以来的空虚。

"……"

她咬紧唇，月光暗下去，星星大约就能探出头来，繁星闪烁，忽明忽暗，光线深浅不一。她大约已经躺在银河里，有手掌托在她后脑，酥麻感从脊柱骨向四肢迸发，她终是耐不住，有眼泪滑出眼眶融进星河。

某个时刻，梁津舸有一瞬惊愕，带着几分不可置信去看她。她还是缄口不言，将他的震惊吞没在亲吻里。欲望是冲破闸门的洪水，来势汹汹，海浪不断冲刷着岸边礁石，将温柔与力量毫无保留地撞击在石壁上。楼下的钟敲到十二点，新的一天已经到来。陈当好从床上下来，捡起梁津舸的衣服套在身上，去抽屉里摸了一根烟出来。

她想伸手给自己点烟，抬手却发现连胳膊都酸得厉害，手微微抖了几下，椅子上的男人已经站起身，有眼色地将打火机接过来。陈当好想对他笑笑，却望见他眼里阴晴不定，嘴角扯动一下又耷拉回去，深吸口烟，她忽然觉得没趣："你回去吧。"

梁津舸不说话，也没动，坐在她身边，两人隔着不过五米距离。刚刚的亲昵纠缠忽然成了一场春梦，他记起自己那一瞬间的惊愕，如同错觉，却还是望向她："……季明瑞没碰过你？"

"他倒是想，"陈当好把烟圈吐出来，闭了闭眼，觉得身体酸痛似乎减轻了不少，轻嗤一声，"他也得有那个本事才行。"

她该早点告诉他，或者他该早点问。梁津舸内心懊恼，像是小时候不小心打破了朋友的昂贵玩具，知道以自己的能力是根本赔不起的。他根本不曾考虑过这方面的问题，季明瑞养着她，总不会是摆在别墅里当花瓶供着，都是男人，这样的心思再清楚不过。可是她偏生就不一样，他忽然明白上次季明瑞为什么因为愤怒对陈当好大打出手，想必是她刺伤了他作为男人最基本的自尊。抬手在自己脸上揉了一把，他艰难地想要措辞："陈小姐……"

"我说你可以回去了。"

陈当好打断他，忽而觉得男人真是无情，分明刚刚那么亲密地缠作一处，转眼就可以礼貌而生疏地喊她一句"陈小姐"。心里那层细微的失落没有表现出来，她偏过头，不再看他："今晚什么都没发生，你也没来过我房间，以后的日子该怎么过还怎么过，我们约定好的事也还作数，这样说你可以走了吗？"

女人能有多潇洒，也不过如此了。梁津舸从床边站起来，依旧是昏暗灯光，他赤着上身，可以看见精壮肌肉。她不需要自己负责，而自己也的确没那个能力，今晚或许真的就只是一场春梦，他回到他那个小房间去好好睡一觉，次日醒来，就当什么也不曾有过。

沉默着，梁津舸没动作。陈当好手里的烟都烧完大半，不得不抬头看他，目光里带着探寻。

"我的衣服。"他朝她身上指了指，陈当好低头看看自己身上那件宽大的黑色半袖，将烟按灭在桌上，就这么当着他的面直接脱下甩给他。

她上身匀称漂亮，胸前还留着斑斑红痕。梁津舸不自然地偏开头，把衣服穿好，头也不回地转身离开。怎么会什么都没发生，她身体上留下那么多痕迹。拳头握紧又放开，梁津舸踩着柔软的地毯下楼，心里那层海浪平息了，空旷得让人有些怅然。

月光温柔，映着男人离开的背影。门被关上的声音不重，像是细小尘埃落下，开启什么也结束什么。陈当好坐在沙发上，脊背都松垮地弯下去，手头的烟没有抽完，这一刻原本清淡的话梅香气也像是跟她作对，她不知哪一口呛了肺，咳嗽起来，直到泪眼婆娑。

窝在沙发里，陈当好捂住嘴，想要平息这场撕心裂肺的咳。眼泪掉下来，砸在她光裸的大腿上。就这么赤着身体，陈当好把自己缩成一只老猫，烟头按在床头柜上，黑暗里咳嗽声减弱，好像终于好了一些。

这下公平了，她也好季明瑞也好，甚至是梁津舸也好，大家都得偿所愿。从沙发里站起来，陈当好去捞自己那条黑色睡裙，因为被垫在身下，估计血迹也都在上面。她懒得去找，拎着裙子丢进垃圾桶，打开衣柜再找一件换上。原来欢爱是件这么耗费体力的事，疲倦感袭来的时候她甚至没心思去思考太多，卷了被子上床，陷进枕头里，居然一夜酣眠。

这一夜的事在后来的一段时间里，真的成为了一场春梦。梁津舸闭口不谈，陈当好乐得装傻。期间季明瑞来过几次，逗留时间不长，甚至连房间都没进，陈当好不知道他心里打的什么算盘，也更不想问。

关于那位不断被推上新闻的女秘书，季明瑞一样选择沉默，坐在餐桌边，陈当好能感觉到他的目光几次落在自己这里，却什么都没说。

而等到他离开，别墅里是更深的沉默，陈小姐依旧是在阳台抽烟的陈小姐，只是那之后她没问梁津舸要过烟，他也再没去过阳台，或许他们都需要时间冷静一下。

秋季学期开始，陈当好课程增加，出门上课的频率由之前的一周一次变成现在的一周三次。按照季明瑞以往的脾气，断然不会答应她这么多时间待在外面。理由很简单，女孩子年纪小的时候最单纯，没见过世面，遇见第一个男人也就觉得全世界男人都不过如此了。他是她的全部，他不能让她看到外面的世界是什么样子。他这点上不得台面的心思陈当好何尝不了解，他不许的事，她从来不明目张胆地反驳。只是这次季明瑞拿到课表之后倒是一反常态，不仅答应她正常上课，甚至给梁津舸换了台车，为的是接送她更舒服更方便。

这样的变化让陈当好觉得莫名，却又不知道从何问起。开学的那天，季明瑞甚至亲自陪她到学校，他们肩并着肩坐在后座上，他的手伸过来轻轻握住她的，见她没有挣扎，他手下稍稍用力，与她十指紧扣。

陈当好没说话，也没看他。她的沉默从一定程度上纵容了男人，季明瑞朝着她靠近了一些，原本握着她的手也绕到她背后轻轻揽住她的腰。她比去年似乎胖了一些，不到丰满的程度，但这么揽着，倒也有几分温香软玉的感觉，不似之前，骷髅一样。陈当好还是不说话，但脸上神色已经有变化，看得出她对男人的肢体动作满是抗拒。人在抗拒的时候总得做点什么，她本能地扭了扭身子，往另外的方向挣扎，季明瑞却强势起来，掌心用力将她揽进自己怀里。

"别动。"他贴着她的耳朵这么说。

这声音太低哑暧昧，将陈当好忽然拉回之前的那个深夜。她陷在柔软床铺里，在疼痛到来时下意识想要扭动腰肢后退，他压着她的胳膊，手抚在她的后腰，也是这样的语气，看似温柔，动作却根本不加保留，在她耳边吹气，心里也跟着热热地痒："别动……"

耳朵瞬间烧起来，陈当好下意识地去看前面开车的梁津舸，却在后视镜里跟他的目光撞上。季明瑞搭在自己腰上的手似乎成了块烙铁，烧得她不得安生，再抬头，梁津舸目光已经离开，笔直看向公路前方。

心里凉下去，连同季明瑞的手也没那么热了。陈当好轻轻在心里叹口气，闭了闭眼，乖顺地依偎进季明瑞怀里。

她不是个好人，这点，季明瑞知道，梁津舸知道，她自己就更知道了。

第五章
封缄

开学一个星期之后，陈当好开始被失眠困扰。

照常理来讲，开学以来她课时增多，季明瑞也难得心情好，甚至愿意她出去参加社团活动。外面的世界丰富了，她有时候回来不是不疲惫，可是脑袋挨在枕头上，突然就会回忆起初秋的夜晚，暧昧喘息，肢体纠缠。

回忆令人辗转反侧，被子里柔软安逸，却不是男人怀抱。陈当好从没发现自己原来也不过是世俗中最普通的那一种女人，渴望被爱，也渴望肉体欢愉。她失眠的时候会跑到阳台上去抽根烟，烟草还是原来的烟草，却像是进了不一样的肺，分明什么都没有变，可悄然中有什么已经不在了。

今年重阳，陈当好依旧是不能回家的。季明瑞平日里就算再怎么厌弃吴羡，这种传统节日还是会带着她回老宅，看望老一辈亲人。所以通常每年的这个时候，是陈当好最为难熬的时候，她得接受爱她的男人带着他的妻子阖家团圆，也得接受自己在陌生城市举目无亲有家回不得。她已经换上了新买的睡衣，也在几天前换了自己心仪已久的发型，桌上的化妆品甚至没有千元以下的。可是坐在镜子前，她还是觉得难过。

楼下的钟又在敲，已经是午夜十二点。她披了件睡袍，独自走到阳台上去。夜晚风大，她笼着手里的火，小心翼翼点燃了烟，放进嘴里又觉得索然无味。

　　有脚步声由远及近，陈当好以为是齐管家，自然没回头理会。很多个晚上齐管家都会尽职尽责地出现在她身后告诉她不要着凉，着凉了季先生要着急的。她也听话，通常听完她的念叨，抽完手里的烟就会回房间去。

　　这么想着，陈当好深吸一口烟，朝身后挥挥手，并不回头："抽完这根就回。"

　　手腕忽然被扼住，连带着整个人都被转了个方向。后腰贴在阳台栏杆上，梁津舸的脸近得让人触目惊心，这种震惊还没来得及到达陈当好的眼底，面前的他已经将她压在栏杆上近乎凶狠地吻了下去。

　　这不是他们第一次接吻，可是从动作上看，他显然酝酿已久。或许他像只狼一样在暗处观察很久了，或许他只是一时冲动。可是不论动机如何，毫无准备的亲近都是令人恐惧和排斥的，陈当好在短暂的一秒惊愕后下意识地将手撑在他胸前，试图将他推开。

　　男人胳膊如同烙铁，锁着她的身体让她无计可施，而刚刚那一秒的时间足够让他用舌尖轻易撬开她的嘴。他似乎在吻她，却又似乎要将她生吞活剥，唇舌激烈交织，陈当好的手依旧撑在他胸前，却已不像刚刚那样抗拒。

　　属于梁津舸的气息铺天盖地，将她带回无数个失眠的夜。她想念的味道大概都是来自他的吻，他的拥抱，他这么锁着她，那味道已经成为透明牢笼，将她禁锢得严严实实。察觉到她不再抗拒，他的吻温柔下来，轻轻舔舐着她的上唇，若即若离中他低头看她，就这么浅浅啄着她的唇，伸手将她的胳膊捞上来放到自己腰上。

　　他带着她从栏杆处离开，将她抵在阳台边的墙壁上，秋后爬山虎蔓延，陈当好的背陷在那些绿色植物里，环着他的腰，她发出小动物一般的轻吟。

　　"你疯了！"陈当好几乎是用尽全力从他的禁锢中抬头，月光冷清，连带着她的眼神都显得冷血无情梁津舸低头看她，他们如同仇敌般对视，几秒的沉默后，他败下阵来："我忍不住……"

　　"……忍不住什么？"她依旧仰头看他，目光渐渐柔软。只是这柔软太细微,梁津舸看不出来,他想要再度低头吻她,却被她偏头躲开:"你走吧,这是阳台,一会儿齐姐要上来了。"

"齐姐回家了。"

"你不回家?"

"我没有家。"

他的手搭在她腰上,他们还是这样的亲密姿势,而此时别墅空旷冷清,没有任何人能成为他们欢愉的阻碍。好像有什么东西朝着不可控的方向在发展,陈当好抬手把自己凌乱的头发整理好,晚风吹过到底让她清醒了一些:"那你就该早点回房间睡觉。"

"我睡不着。"梁津舸没放开她,说这话的时候,他的脸已经贴在她额头。

这样亲密的举动令陈当好心生慌乱,人在慌乱的时候往往会选择闭嘴,或者格外话多。她庆幸自己是前者,沉默了一会儿,她理智而平静地开口道:"我以为上次我们已经说得很清楚了,这段时间你也该想清楚了,看来没有。"

梁津舸不说话,保持着这样的姿势,等她接着说。

陈当好觉得自己是可以说出很多狠话的,只要能将他逼走,她大概什么事都做得出来。比如,我身边的关系已经很乱了,我不希望连你这种不相干的人也要来拖我的后腿;比如,我不需要你负责,你也收起你自己心里那点虚伪的圣人道德;再比如,我那天晚上不过是一时冲动,大家露水一场,也得好聚好散。这些话在嘴边转了一圈,却被淹没在他的呼吸里,她隐隐觉得残忍,觉得不舍,张张嘴,出口的话干涩无力:"你放开我,我要回去休息了。"

犹豫了一下,梁津舸放开手,后退一步将两个人的距离拉开。随着离开他的怀抱,晚风都显得凛冽许多,陈当好下意识地双手抱臂,心里的空虚感铺天盖地。

"季明瑞明天要飞香港,他说这次带着你,所以我也一起去。"梁津舸站直了,这样的距离里她忽然觉得他挺拔而英俊,"他明天就会告诉你的,你先当不知道吧。"

自上次那个夜晚后，他很久不曾跟她说过这么长的话。陈当好回身看他，努力维持表面的冷静自持："……季明瑞跟你讲的？"

"嗯。"

"要去多久？"

"不知道。"

"还有别人一起吗？"

梁津舸敛眉，有些不确定："可能有。"

不管是谁，陈当好都是不担心的。在和吴羡离婚之前，季明瑞根本不敢将她暴露在公共场合。她不认识季明瑞身边的朋友，对于他的事业和圈子更是一无所知，这种无知慢慢也就磨平了好奇，对于将会一起同行的人，她不再问。

季明瑞到底谨慎，并没带着陈当好坐同一班飞机，而是单独给她和梁津舸订了票。等到他们终于到达香港，她才明白梁津舸口中可能有的那位别人是谁。

——那位无数次跟季明瑞一起在新闻里露脸的女秘书，倪叶。

机场人不算多，国庆长假已经过去，不再是旅游旺季。陈当好和梁津舸到达酒店时已经接近傍晚，季明瑞说好带她出去吃，让梁津舸先带着她去酒店放东西。

事情总是巧，越是不该见面的人越要遇见。陈当好站在酒店大堂里第一次看见倪叶，是跟电视里看到完全不同的感觉。她真人很高，很瘦，不同于那些标准美女，倪叶脸型有些方，她也并不遮挡，长发束在脑后，脸型显露无遗。只这么一眼，陈当好就知道她该是个自信的女人，远远走过来，有一瞬间的对视，倪叶眼神在她身上略略一顿，礼貌而自然地挪开。

陈当好庆幸她不认识自己，却没料到她是认识梁津舸的。倪叶在距离他们几步远的地方停下，其实这样的时刻她大概已经明白陈当好的身份，得体地微笑着，她冲梁津舸打招呼："来了？我说你怎么没跟季总一起来，原来是想带着女朋友？"

梁津舸明显被她的话说得一愣，下意识地看了陈当好一眼，见她面色不变，他又觉得自己这副样子凸显心虚，张张嘴，选择回避："刚到，季先生在楼上吗？"

"我们中午到的，季总在楼上睡午觉，这会儿也该醒了，我上去叫他？"倪叶笑得好看，眼神却不断在陈当好身上打量，带着点莫名的敌意。这眼神倒是让陈当好放下心来，这样狭隘的女人，会说几句漂亮话而已，没什么用的。一句"我上去叫他"透露的是亲昵也是廉价，她并不放在心上，也再懒得听两个人寒暄，从梁津舸手里拿了房卡，陈当好拖着自己的行李箱径直往电梯方向去。

房间在五楼，电梯里尽是一股女人身上的香水味。陈当好虽然也喜欢香水，但太浓烈的也还是觉得不适。房间在走廊尽头，酒店的走廊里通常都是安静的，打开房门，她第一眼看到的是标间的床，这不符合季明瑞的行事风格，他就算再怎么不在乎自己，也不至于让自己睡这种屋子。

心里有几秒的疑惑，随后陈当好忽然明白过来，她拿错了梁津舸的房卡。

不是刻意，她当时只想从大堂离开，他手里抓着两张卡，她看也没看随手一拿。舔了舔唇，陈当好把行李箱推到房间角落，一个人坐在床边发呆。四周很安静，她可以听见自己的心跳，沉稳有力。她该站起来，站起来去找梁津舸，现在已经是晚上五点，季明瑞说好要带她出去的。时间拖得久了，季明瑞怕是会怀疑。

她迟疑着从床边站起来，一瞬间笼罩在心里的是巨大的不甘。她又想起那个晚上，又想起梁津舸将她困在阳台上，背后爬山虎郁郁葱葱，如同他蓬勃的生命热度。这热度让她心痒难耐，在犹豫里，她迈进浴室，将自己置身在花洒的温水下。

梁津舸上来的时候，大约是十分钟后。他进门发现房间不对，知道陈当好是拿错房卡走错了屋。季明瑞还没醒，而他给陈当好安排的房间就在他隔壁，这一切都让梁津舸心里莫名心虚，越是靠近自己的房间，就越是要猜测，陈当好为什么没有出来，五楼都是标间，她就没发现有错？

指关节敲击在房门，声音清脆。大约一分钟后，门被打开，陈当好裹着浴巾，已经卸妆的脸看起来良善无辜，她站在门里，将他隔绝在门外，仰着头,声音三分疑惑:"你怎么来了?"

要是去当演员,她业务能力定然超群。梁津舸把目光从她滴水的头发和松垮的浴巾上移开,皱了皱眉,他伸手把房卡递给她:"拿错卡了。"

陈当好也皱眉,原本只开了一条缝的门被全部打开,她的语气听起来更像是小女孩因为不满在撒娇:"那你怎么不早点来说呀,我都洗完澡了这时候怎么出去,你先进来吧,别站在门口了。"

在她面前,梁津舸总是觉得自己愚钝。就像此刻,他听不懂她是在暗示他,还是真的在抱怨。犹豫几秒,他还是选择进门,还未回头,已经听到门被关上的声音。

心里某根弦猛然一紧,人类在这时候释放的是动物本能。梁津舸手里还抓着行李箱拉杆,就这么转了身去看她。门口光线暗,灯没开,陈当好靠在门上,浴巾相比刚刚更为松垮,她歪着头冲他笑,笑容挑衅,哪里还是刚刚那个撒娇语气的小女孩:"梁子,你猜我知不知道自己拿错卡了?"

血液轰然上涌,梁津舸沉了脸色,朝她走过去。

嘴唇相触的前一秒,他还是听见她不知好歹地仰头问他。

"你倒是猜呀,你这个木头。"

梁津舸最终也没用语言给她答案,身体像是渴望已久,却又带着悸动青涩。他曾经很多次想要温柔而耐心地去待她,可是条件总不允许,就像此刻,他哪里有时间培养漫长的前戏,季明瑞随时都会醒过来。

还以为这么折腾一番心里的燥也就压下去了,可是眼下看来,那燥不减反增。她想问梁津舸要根烟,眼神落在他那里,见他正低头整理衣服,嘴里的话说不出,也不知别扭在哪。

浴巾惨兮兮地留在地上,陈当好光着脚从上面踩过去,找到自己之前穿的衣服。衣服上没沾染一点气味,她利落地穿好,头发也已经半干,从地上捡起自己的房卡,拖着行李箱干脆利落地往门口走。

手腕被拖住,她回头,看向梁津舸。

靠着墙,梁津舸眼神有点倦,眯着眼,他问她:"你什么意思?"

陈当好舔舔唇,那种渴望烟草的感觉让她口干舌燥,她不问他要烟,深吸口气，她浅浅一笑，一语双关："我没意思。"

梁津舸的手放开，她也不多讲，打开房门走得决绝。屋内一室暧昧，房门打开，梁津舸还靠着墙，心里某些原本模糊的东西渐渐清晰起来，低头摸出一根烟，放到嘴里的同时又想起她嘴唇的味道。

今天没有烟草味。

没有烟草味的时候，陈当好身上有让他沉迷的女人香。头发也香，肩颈也香。他许久没有感受过这样的香软，一旦碰了，上瘾一般。烟点燃了，淡淡辛辣让他将刚刚的记忆淡忘一些，叼着烟，他弯腰把地上的浴巾捡起来，原本是打算丢进浴室的，可是手触碰到上面未干的潮湿，鬼使神差地，他低头轻轻嗅了嗅。

浴巾上还留着陈当好的味道。他眸色微深，忽然生出些荒诞想法。还是将浴巾丢在了浴室，梁津舸坐在床边，将手头这根烟安静地抽完。他脑子里想起很多事，但好像什么也没想起来，正神游，桌上的手机嗡嗡震动。

不用想，必定是吴羡。他是没有朋友的人。外面天色将黑，梁津舸拿着手机走到窗边，夕阳可怜的最后一点余晖落入他略显疲惫的侧脸上："吴院长？"

"到香港了？"

"嗯。"

"季明瑞那边最近一点动静都没有？"

他想起自己跟陈当好之前的约定，心下觉得荒谬，还好此时吴羡不在他面前，不然以她察言观色的能力，怕是早就将自己看得透透。拿下了烟，他语气认真，"没有。这次来这他还带了倪叶，不知道什么路子。"

"呵，当自己是古代皇帝，带后宫微服出巡呢？"吴羡声音里尽是嘲讽，"我要最直接的证据，一下子能把他击垮的那种证据，你之前拍过的几张照片没什么说服力，季明瑞的手段根本不比我差。梁子，新的医疗设备已经用上了，你自己看着办。"

朦胧天色里，梁津舸望向远处灰蒙蒙的建筑，可以隐约看到上面的一点光。他想起父亲的脸，心里某个地方很真实感受到沉重，皱了眉，梁津舸语气不变："我明白，吴院长。"

季明瑞敲门的时候，陈当好刚进门不过五分钟。好在头发已经干了，她一边把门打开一边假装睡眼惺忪的样子，揉着眼睛，仰头看他："你怎么来了？"

"不是说好带你去吃饭，睡迷糊了？"季明瑞抬脚要进屋，却被她用手推着门挡了一下："你等等，我化完妆换个衣服再出去。"

"我不能进去等？"季明瑞心思敏感，反问句式已经可以代表他的不悦。陈当好自然不会蠢到连这一点都看不出来，抵在门后的手离开，她后退一步，季明瑞便抬脚踏了进来。

行李箱就放在屋子中间，没有打开的痕迹。床上被褥叠得整整齐齐，床单上连一点印子都没有。季明瑞好像没看到，在沙发上坐下，甚至还悠闲地跷起了二郎腿，貌似不经意地与她聊天："把箱子打开我帮你选衣服。"

"我自己选就可以。"

"又闹小孩子脾气，打开。"

陈当好心里忽然有些烦躁，将箱子往他面前推了推："要不别换了。"

"那怎么行，"季明瑞面色沉稳，说话也还是刚刚的温和语气："这衣服你不是刚穿着睡过觉吗？换一身吧，再穿出去不舒服。"

"……我没那么多讲究。"陈当好已经听出他的试探，因为刚刚一眼她也看见了整洁的床铺。那根本不是睡过人的样子，在季明瑞开始兴师问罪之前，她要把话题引到自己完全占据主动权的位置。负气似的低下头，陈当好把行李箱打开，一件件衣服拿出来往床上扔："我在沙发上窝着睡一会儿也要被你嫌弃，别的女人说不定连你房间的床都上过了。"

"你这又是说的什么话？"季明瑞皱了眉，探身过去想要把她拉到自己身边来，却被陈当好躲开："我说的话你又不是听不懂，全世界就你是聪明人。"

她像是在认真跟他生气，季明瑞揣摩她的想法，如果是吃醋，那虽然好，却不是陈当好的性格。她这个人远比普通女孩自私冷静得多，怎么会为了一个倪叶就跟他大动干戈。可是除了倪叶，他想不出她为何会有这样的情绪，第一次，季明瑞觉得自己有点看不懂陈当好。

分明以前是那样好懂的小女孩,这几年即使被他困在身边的笼子里,却也还是慢慢自己学聪明了。心思就这么柔软下来,季明瑞再次探身,不顾陈当好的躲闪,将她拉到自己身边,他还坐在沙发上,她面对着他站着,这样一来,他只能仰视她。

"带着她是工作需要,也是为了掩人耳目。"

季明瑞语气认真,带着点安慰:"当好,有媒体盯上过风华别墅,我虽然可以用钱封口,但总不能让你陷入危险里。倪叶是最好的借口,你看现在站在风口浪尖的人是她,她可以替你挡掉大部分的问题。这也是我为什么最近不去别墅找你,等过了这段时间,我会想办法跟吴羡离婚。"

分明是怕自己出轨暴露,被媒体责难被吴羡起诉,可这话但凡从季明瑞嘴里说出来,就都成了为她好。陈当好抿着唇,不说话,良久,才小声问道:"那万一她缠着你怎么办?"

"你说倪叶?"季明瑞轻笑,"她不会的,她想要的也不过就是钱而已,我给她就好了。"

"你一直都打的这样的算盘?"陈当好想起自己看到新闻的那个夜晚,将梁津舸约上楼的那个夜晚,那时候蓬勃的嫉妒心几乎就要将她淹没,如果背后的真相是这样,她倒是觉得荒诞可笑。

季明瑞不知道她心里那些想法,更不知道他信任的保镖已经和他深爱的情妇暗度陈仓。他认真思索了一下,像是在回忆事情起因,半晌解释道:"也不是,最开始的新闻真的是被不小心拍到的,然后我想到了这一点,所以后来就顺水推舟了。媒体不是傻子,给钱就知道怎么办事,但是民众是谁啊,媒体给他们看什么,他们就信什么。"

陈当好失笑:"如果我说,我也是那些民众里的一员呢?"

"那就说明,我把事情做得天衣无缝。"

"你爱我吗?"她毫无预兆地问道。

季明瑞神色真挚,点点头:"爱。"

"那你喜欢我吗?"

男人原本神圣的表情松懈下来,像是听到了什么笑话,拍拍她的背,如同安抚一个满是疑问的可爱的孩子:"又说的什么孩子话。"

陈当好的表情也跟着松懈下来。

十六七岁的时候，觉得喜欢两个字说出来很容易，后桌的男孩子曾经给她写过小纸条，上面写着很多句真挚而热烈的"喜欢你"。可是也是那个年纪，说爱太难，爱是责任，是承担，甚至是金钱是未来，是他们小小年纪许诺不起的东西。长大以后，说爱简单，尤其对于季明瑞，钱不是问题，那便也解决了大多数的矛盾。可是喜欢已经不再能够说出口，毕竟成年人的世界里再没有简单的心动。

这话说来真是令人沮丧。陈当好最终还是听他的话换了身衣服，陪他一同去吃饭。这是只有他们两个人的晚餐，能这么正大光明地坐在饭店里，对于陈当好来说已经遥远得恍如隔世。好像又回到最开始，刚上大学时什么都不懂的时候。

今晚的季明瑞显得比平时话多，他们甚至要了瓶红酒，陈当好酒量不好，所以那一瓶几乎都进了季明瑞的肚子。男人喝了酒总是想借着酒劲说点什么做点什么，倒也不在乎对面的女人能不能听得进去，陈当好开始时还乐意奉陪，后来也就渐渐地没了耐心。

他握着她的手，男人兴奋起来，眉飞色舞。陈当好只看到他的唇在动，知道他讲的又是自己这些年的创业史，关于他的骄傲和坚持。她一手被他握着，一手撑着下巴，稍稍歪了歪脑袋，努力装了认真样子去配合男人可笑的自尊心。倒不是她存心敷衍，只是这样的故事来来回回，季明瑞给她讲过下三遍，成功的男人是不是大多无趣？这一点，陈当好还真的不知道。

可是这样的场景出现的次数越多，她就越在心里确定，她是真的不爱他。女人是容易共情的动物，会因为别人的爱而去下意识地回报与反馈，但她真的不爱季明瑞，他给她的爱再多再好，也是无用的。更何况，季明瑞也不曾对她那样付出过。

世间情爱，这么一分析，就很没意思。

一顿饭吃完已经是晚上八点多，陈当好只觉得疲惫不堪，恨不能马上回去倒头就睡。将季明瑞送回房间，她才觉得心里轻松了一些，揉了揉肩膀，她低头朝自己的房间走。

陈当好的房间在最靠里的位置，相当于一块小小的凹角，她要是整个人站在自己门口，从走廊那头走过来的人就看不到她了。站在门口，陈当好在皮包里找了半天，才记起房卡大约是落在了季明瑞那边，可能出门时顺手让他帮忙拿着，也就忘了要回来。没多想，陈当好后退几步，准备去季明瑞房间问他要房卡。

没曾想，她就这么跟倪叶打了个照面。

时间已经接近九点，倪叶穿的不是白天那套小西服，而是一件修身长裙，整体气质忽然就变得性感撩人起来。陈当好没有她那么高的个子，站得近了势必会在气势上输掉一截，所以她没有上前，停在走廊这边，她看见倪叶礼貌地冲她点了点头："陈小姐。"

她也礼貌回敬，微笑略僵。

"季总回来了吗？我有工作上的事要找他说一下。"倪叶还是笑得得体。

"回来了，我房卡在他那，我也正要去找他。"陈当好说这话的时候，心里滋味并不好受。因为她看见了，倪叶身上那条裙子一定出自季明瑞最喜欢的设计师，他当初给她也拿回过一条，只有那位设计师喜欢在腰部设计那样的走线。倪叶在季明瑞心里究竟占据着什么地位，可能并不像季明瑞说的那么单纯，陈当好大概只是难过，他欺骗她。

而每到这种时候，心里那种带着报复意味的蠢蠢欲动，就又开始作祟了。

梁津舸再次看见陈当好是在酒店大堂，她坐在等人的沙发上，因为这个环境是禁烟的，所以那根大前门被她在手里绕来绕去，始终没点燃。她不是在等他，他们并没有约好，明明上次见面还是在几个小时之前，明明见面的时候还做了那般亲密的事，可眼下这么不期而遇，梁津舸心中竟对她生出几分陌生感来。

她已经抬头看见他，梁津舸不好再低着头，面色不变，他想冲她微笑一下，可嘴角僵硬，没能成功。陈当好看起来心情不佳，女人总是容易被一些细枝末节的问题困扰，他犹豫着要不要走过去跟她打个招呼或者聊几句，又担心她误会自己另有所图，毕竟现在时间不早了，半个地球大概都已经进入睡眠。

往常这种情况，她早就对他笑了，她喜欢逗他，尤其喜欢看他因为嘴笨而手足无措的样子。可今天她没说话，眼神还留在他身上，却不打招呼，短暂的对视后，像是忽然觉得没趣，她把目光移开，看向自己手里把玩的那根烟。

旁边的茶几上放着她小巧的手包，梁津舸不认识女包款式种类和市场价格，但他知道陈当好身上的不会是便宜货。那个包被她随意地扔在茶几上，甚至没在意包带已经垂落在地。心里带着无用的责任感，梁津舸走过去，帮她把包带拎起来，放回茶几。做完这个动作的同时他在心里跟自己投降，他得承认那不是什么责任感，他只是想跟她搭句话而已。

"这么晚去哪？"

"这么晚还没睡？"

两个人同时开口，又同时默契地闭上嘴。空气里有诡异的安静，她仰着头，见他不再说话，陈当好清了清嗓子道："马上睡了，你呢？"

"出去买包烟。"梁津舸胡乱在自己后脑勺挠了挠，大概是为自己接下来要说的话感到难为情，"……要不一起？给你也买一包。"

陈当好轻笑，明显是听到了想要的答案，她把手里拿着的那根大前门丢进包里，从沙发上站起来："梁子，这是你第一次主动约我。"

梁津舸不再说话，心里却像是掀起一场海啸。心里的雀跃如果太明显，总会从眼睛里倾泻出来，他唯恐自己那点心思无所遁形，偏了头不再看她，也不说话，只是迈开步子朝门口走。陈当好跟在他身后，每走一步他都能听到她高跟鞋踏在地上的有节奏的响声。

夜晚不冷，香港街头灯红酒绿，梁津舸穿了件灰色衬衫，牛仔裤，走在前面好像港片里谁家的马仔。陈当好把皮包背好，保持着不远不近的距离跟在他身后，他也像是故意在等她，一米八几的个子，走路慢悠悠。眼看着已经路过几家店铺，两个人也都知道那几家店铺里必然是有烟的，可是梁津舸脚步不停，陈当好也不说话。

街头巷尾，午夜的声色迷离开始崭露头角。陈当好也不知道他是要去哪，风在耳边刮，说轻柔也牵强，她跟着他，某个瞬间里她觉得，她是愿意跟着他走到任何地方去的。

他们最终在小巷外的杂货店停下，门口几级台阶，梁津舸抬脚走上去，也不回头看她。她穿着自己的小羊皮短裙，踩着一双尖细高跟鞋，与四周场景格格不入。意识到这种格格不入，陈当好没上前，就站在门口，她看见巷子里走出的年轻男孩将目光肆无忌惮地落在她胸前。

门打开又关上，梁津舸从台阶上下来，将手里的烟递给她。这一次不是大前门，店里大概没有。陈当好伸手去接，却觉得手腕有潮湿触感，仰头，看不见月亮的黑夜里，下起小雨来。巷子里屋檐还算宽大，梁津舸拉过她的手腕，带她在屋檐下暂时避雨，肩并着肩站在一起，陈当好背靠着墙壁，轻轻地笑。

梁津舸看她一眼，又把目光移开："笑什么？"

"不知道。"

"不知道还笑？"

"嗯。"

陈当好是很少笑的人，大多数时候她即便嘴角上扬，也总是带着点嘲讽。雨有越下越大的趋势，梁津舸把烟点燃了叼在嘴里，见她还在傻笑，便也忍不住跟着弯了弯眼角："还笑？"

"可能是觉得开心吧。"

这有什么好开心，夜雨而已。梁津舸想这么说，可是话到了嘴边，又被自己咽回去。他又何尝不是，开心得只想这场雨一直别停，小巷屋檐下也可以地老天荒。可这想法实在荒谬，陈当好也并不把他的心思放在心里，放松脊背也靠在墙壁上，梁津舸在黑暗里安静地闭上眼睛。

"梁子。"他听到她这么喊他。梁津舸没睁眼，只是抬了抬眉毛，轻轻回应："嗯？"

陈当好不再说话，耳边只剩雨点淅淅沥沥的声音。梁津舸从来不是话多的人，低头把烟按灭在墙角，他看了看手表，已经将近夜里十二点。雨势减小，他脱了衬衫，里面是一件白色修身背心，抬手把衬衫盖在陈当好身上，他往外面指了指："跑回去？"

衬衫下的人只露出一张脸，妆面已经有点花了，眼角有小块黑色阴影。她沉默地摇摇头，眼里笑意细微，梁津舸忽而觉得看不懂她，摸了摸自己的胳膊，有点冷，他不知道该再说什么，只得这么站在原地。

"梁子，"陈当好第二次叫他，这么靠着墙壁，歪了脑袋，带几分娇俏，
"你要不要吻我？"

雨似乎又大起来了。

梁津舸低头看她，手慢慢撑上墙壁，将她围困在自己的臂弯里，陈当
好猫一般往他手臂的方向缩了缩，眼神赤诚干净："我问你呢，你要不要
吻我？"

他不说话，凝视她琥珀色的眼睛，黑夜里其实什么都看不到，但他可
以感知到她眼里那一点光芒。侧头微微靠近，他听见她的呼吸，浅浅的，
轻轻的，羽毛一般。

嘴唇在靠近，身体也是。快要接近的时候，口袋里的手机微微一震，
是信息。

人最大的动物本能大概就是预感，不论男女。梁津舸在感受到震动的
同时将头抬起，伸手摸出手机，转了个身，背对着陈当好打开信息。

内容简单，来自吴羡。

——梁建走了，给你订了明早的机票。

脑子里血脉偾张的热度瞬间冷却下来，梁津舸反复将短信内容看了两
遍，确定是梁建的名字和吴羡发来的信息，他周身气压极低，就连身后的
陈当好也站直了身体，略带凝重地看着他的背影。

其实并不是不能接受，意料之外，情理之中。梁津舸仰了仰头，发现
眼底连一丝湿润也没有。他慢慢转了身，重新面对陈当好，一向没什么表
情的脸上挂了浅笑，不看她，却不容置疑地去牵她的手。

"当好，今晚别回去了。"

梅雨季节早已经过了，可是因为夜里这场雨，空气又变得潮湿起来。
小旅馆的老板娘坐在吧台前面，一边打量着面前的男女一边把钥匙递给他
们。这期间，梁津舸始终牵着陈当好的手，不是情侣之间亲昵的十指紧扣，
而是紧紧抓着她的手腕。

房间在二楼，实际上这间小旅馆也就只有两层。楼道里隔音效果奇差，

甚至可以听见女人调笑或男人喘息。陈当好走在梁津舸身后，她是知道他心里有事的，可她不打算问，毕竟他从来没有一丁点儿愿意与她分享秘密的诚意。

心灵纵然遥远，身体却总是不自觉地往一起贴。谁都不说话，房门关上落锁，他便专心低头去吻她的脖颈。昏黄光线里，陈当好可以看见墙角因为潮湿而生出的黑色霉斑。她也不明白这个夜晚怎么会潮湿成这样，倒在床铺里，枕头被褥都带着湿气，绵密地将她包裹。只有梁津舸是温暖的，他的手宽厚而干燥，熨帖在她胸前，是比世间一切都让人安心的存在。

某一个时刻，陈当好摸到他的脸，也摸了自己满手的泪。

天还没亮，梁津舸平躺在床上，眼神空洞地望着黑漆漆的天花板。屋里的灯在刚刚一个闪电过后彻底黑了，但是他们谁也没下去找老板。陈当好侧身躺在他怀里，头枕着他的胳膊，一只手还搭在他腰上，眼睛闭着，却是了无睡意。动了动酸麻的身子，她哑着嗓子开口道："梁子，我想来根烟。"

梁津舸沉默一会儿，起身往地上摸了摸，捞起自己的裤子掏出烟盒和打火机。他把两样东西递给她，陈当好便坐起来，靠着床头把烟点燃。

身体分开连同热度一起消散不到一分钟梁津舸往她的方向侧过来，像是寻求安慰的孩子一般揽住她的腰。陈当好没动，抬了抬手，将胳膊搭在他的肩膀，是半个拥抱的姿势。他们在黑暗里相互依偎，窗外雨声依旧，半晌，梁津舸说道："我早上回陵山。"

心里有一丝诧异，陈当好舔了舔唇，心里依稀有些离别预感："季先生安排的？"

"不是。"梁津舸闭上眼，皱了皱眉，后面的话于他来说不太容易说出口。陈当好把烟按灭在床头柜的桌子上，歪着身子躺回去，他们在被子底下亲密相拥，她好像知道他的难过，却不能理解也无法分担，手抚上他的眉毛，陈当好声音很轻："梁子，你喜欢我吗？"

他依旧闭着眼，不肯定也不否认。可这种事，从来都是沉默便等于否定的。陈当好心了然，却好像并不难过，还想再说点什么，却听他道："当好，我回去之后就辞职了。"

心沉下去，很真实地沉下去。黑暗里他闭着眼，她忽然庆幸他看不到自己此刻脸上的无措。控制着声音，她想让自己看起来尽量波澜不惊，可指尖越发冰凉，心思暴露无遗。梁津舸握住她的手，将她拥紧在怀里，也不说话，沉默成了最可怕的凌迟。

好半天，漫长到陈当好终于找回了自己的声音，她的额头抵着他的下巴，清清淡淡地问道："回去陵山，我们还能再见面吗？"

"……我不知道。"

"那我们之前说好的呢？"

她言语之中已然尽是小女儿的不舍姿态，梁津舸心下凄惶，只是抱她更紧："我也不在吴羡手下做事了，说好的也算了吧。当好，你以后也得为自己打算。"

天边曙光初现，话说至此，已经算是诀别。床铺还温热，陈当好从没想过自己会是更放不下的那一个，不甘心，还是要问："那你喜欢过我没有？"

梁津舸沉默地点头。

她兀自微笑，伸出双手用力回抱他："梁津舸，你记得我跟你说过的话吗？你以后要是爱上了谁——她爱你三分，你也爱她三分；她要是爱你五分，你也爱她五分；她爱你七分你便爱她七分；可是如果她爱你十分，你就爱她十二分。这样要是有一天你们不在一起了，她也总会记得自己还不起的那两分，记得你是她十分爱过的人。"

天没亮透，陈当好穿戴整齐，从小旅馆离开。梁津舸陷在床铺里，枕头被褥，铺天盖地都是她的味道。很奇怪，收到父亲去世短信的那一瞬间他都没能哭出来，这一刻眼泪却终于滚出眼眶且愈发汹涌。他想起这个漫长的夏天，想起她站在阳台上抽烟的身影，想起那天他站在车外，而她在车里换衣服时自己的心猿意马。离别毫无预兆，他是喜欢她的，可还没喜欢到有勇气跟季明瑞抗衡。

天亮之后，梁津舸在泪眼蒙眬里恍惚想到，没能跟她在下雨的巷子里接吻，大概会成为他一生的遗憾。可是当好，我嘴拙。

我嘴拙，越是在乎的，越不说喜欢。

梁津舸的离开似乎并没有给风华别墅带来什么改变。回到陵山，陈当好看着别墅大门，看着他开过的车安静地停在院子里。她连眼泪都没有掉过，心里也平静而安宁，像往常那样踩着地毯上楼，路过他们接吻的阳台，进了房间，还是那张床。

　　她还是觉得平静，这种平静让她觉得些许遗憾，原来她并不爱他。深情是演给自己看的，等他走了，她连戏都懒得再演。抽屉里还留着几根大前门，陈当好把那些烟拿出来，一根一根丢进垃圾桶，这烟到底是廉价，现如今季明瑞不再限制她的自由，买几根好烟还是能做到的。

　　这样混沌地想了很多，陈当好将自己扔进床铺里，躺了没一会儿，又突然想起房间里的监控设备。朝着熟悉的地方摸过去，空空如也。看来梁津舸早在她之前回来过，把监控带走了。她坐在地毯上发呆，低头，看了看自己的掌心。

　　她掌纹很浅，从小就浅，也没去算过命。可她注意过梁津舸的手，他的掌纹像是刀削笔刻，带着点莫名的苦大仇深。笑了笑，陈当好把手放下，给自己换了条漂亮的连衣裙，过客终究是过客，她没力气追问，他们之间的盟友关系尚未确立，却已经分崩离析，又想起倪叶，或许离开季明瑞，也就是这段时间的事吧。

　　而与此同时，梁津舸坐在咖啡厅里安静地看着对面的女人。他跟吴羡之间见面次数不多，他好像从没有这么认真打量过她的脸。如果不是因为心里清楚，他很难把面前的女人和四十多岁这个概念联系在一起，她看起来不过三十出头，带着点职业女性的气场，清冷却风韵。如此看来，梁津舸更加不能理解，陈当好与吴羡给人的感觉十分相似，季明瑞为什么对吴羡连一丁点儿的爱意都没有。

　　面前的咖啡已经凉了，吴羡双手抱臂靠坐在椅子里，继续他们的对话："所以你考虑好了？不回来了？"

　　"嗯。"梁津舸点点头，依旧不多话。

　　"你肯在出来之后找我，就是为了让我帮你爸治病？"

　　抿了抿唇，梁津舸表情有细微变化，似乎不知道该怎么说，他沉吟半晌，终究是懒得解释，继续点头："嗯。"

他的沉默寡言将气氛推入冰点，吴羡轻哼一声，眨眨眼，梁津舸可以看见她眼睛里带着的轻蔑和自以为是。凝视他，吴羡语气带了点不可置信，但这不可置信大约是演的，她心里分明已经了然："梁津舸，你是不是因为以前的事恨我？"

这一次梁津舸没点头也没摇头，他不说话。吴羡把自己的长卷发往耳朵后面撩了撩，胳膊搭在桌上与他靠近些平视："你不说话我就知道你是。所以你出来之后我尽我所能去帮助你你说你爸爸需要最先进的医疗设备，我给你配；你说你想要个好工作，我拐着弯把你安排在季明瑞身边。梁子.我以前对不起你是真的，但事情已经过去了，人不能老是回头往后看。"

梁津舸还是不说话，眼神里有难以察觉的不耐。

"你怎么就想不明白呢？在季明瑞身边是什么样的日子，你自己出去谋生又是什么样的日子？帮我看着他，时不时打个电话而已，这个工作对你来说有什么难？等到哪天季明瑞被我拉下去，他的位置给了我，我身边最近的人不还是你吗？"吴羡说话语气和缓，像是阅历丰富的姐姐在教育自己年轻气盛的弟弟。梁津舸往后靠着坐在椅子里，伸手去摸烟，又想起这店里是禁烟的，皱了眉，心里的烦躁开始加倍。

"我不相信你会不在意从前。"吴羡的声音温柔下来，开始流露女人特有的柔软，"我永远记得在我最无助最需要别人的时候，是你陪在我身边。你是我见过最温暖最赤诚的人。"

这句话大概成了压倒骆驼的最后一根稻草，梁津舸沉下目光，带着凶狠望向她，字字都仿佛是从牙齿里迸出："那是你骗我的，你给我爸用点医疗设备怎么了？你不欠我吗？整个公司负债的时候你是怎么跟我说的？我出来之后你又是怎么跟我说的？"

这话说的语气着实凶狠，吴羡愣了愣，眼神相比刚刚更为脆弱："我那个时候没有办法啊梁子，我除了你还能相信谁呢？"

"那我要谢谢你的信任？谢谢你信任我到公司亏了那么大的窟窿，只让我一个人顶包蹲监狱？还是谢谢你在我爸知道这些病倒之后愿意给他用最先进的设备？这都是因为谁啊吴羡？"

说完这些话，梁津舸忽然觉得极度疲惫，他想起那个潮湿的小旅馆，想起陈当好落在他眉毛上冰凉的指尖。他在想她，在这样的场景里他居然还是会想起她，想起她带着点乞求的期待问自己："那你喜欢过我没有？"

那是从前的他，带着赤诚，却爱得单纯木讷。男孩在最单纯的时间里总是不容易遇见好女孩，遇见吴羡更像一场劫难，她对男人来说有可怕的吸引力。彼时吴羡一心想扳倒季明瑞，不识好歹也注册房地产公司妄图与他恶性竞争，拉拢梁津舸做同盟，却赔得血本无归。她那时还没能接手医院，债务金额巨大，可梁津舸不知道，在他自以为的甜蜜里，吴羡留的最大的心眼，就是在公司法人那一栏写的是他的名字。他对法律认知浅薄，或许其中能找到漏洞也说不定，可事发之后吴羡握着他的手，像所有同甘共苦的情人那样对他信誓旦旦："你替我进去，两年而已，等你出来的时候我肯定已经跟季明瑞离婚，到时候，我们在一起，再也不分开。"

少年错误迷恋，还曾懊恼自己不解风情，头脑一热便成了戴罪之身，梦想与爱情一夜之间都成泡影。后来铁窗一关，吴羡再没来过。他在监狱里每天想很多事，想不通，女人怎么会无情到这个份上，又想起自己在进来之前傻兮兮地问吴羡，"那你喜欢过我没有？"

第一年的夜晚他觉得，只要她说有，那便值得；第二年的夜晚他想通，她从头到尾只把他当作傀儡而已，即便她说有，他也再不肯信；出狱前一晚，他坐在床上彻夜无眠，他明白了，他已经不想再见她，那个在心里缠绕两年的问题，答案早就变得毫无意义。

可他摆脱不掉，他身无分文，而父亲重病。于是梁津舸告诉自己，那是吴羡欠他的，让她还吧。

事到如今，两人之间最后的羁绊也已经不在。梁津舸从桌边站起来，居高临下，将吴羡的表情尽收眼底。女人都是天生的演员，吴羡和陈当好都是个中高手，他眼神漠然，没等吴羡再开口，转身往门口走。

心里那一点未能完全泯灭的卑微情感在看到吴羡的表现后彻底丧失。梁津舸走上熙攘街道，走在人群之中。他脸上没有表情，眼神里也没倾泻丁点儿情绪，那种人生荒谬的感觉终于不再石头般压在他的心里，他该觉得轻松，可拐了几个街道，走过几家转角，心思却越发沉重得难以捉摸。站在巷子口，梁津舸摸出一根烟，叼在嘴里的同时，他看见对面陵山大学的大门。

鬼使神差般绕到了这里。

今天是星期二，陈当好有课。看看时间，也差不多就是这个时候放学。梁津舸站在阴影里，没有上前，心里侥幸地想，再看她最后一眼好了。距离香港那次诀别，已经过去半个月，陵山眼看就快入冬，他跟自己说，下雪之前，总该看看她的。

深秋下午依旧炎热，梁津舸穿了件黑色外套，阳光照在上面让他仿佛躺在火炉里。他手里的烟始终没点燃，目光落在校门口，不放过任何一个走出来的女学生。原来这个年纪的女孩都是好看的，各有各的好看法，或可爱或妩媚，正是好年纪。越过那些花朵一样鲜艳的脸庞，梁津舸仔细去搜寻陈当好的脸。

陈当好是漂亮的，在梁津舸看来，她不仅漂亮，而且漂亮得与众不同。或许谁喜欢谁中毒，如果没有提前遇见，街角偶遇他大概也只会在心里想一想，这女孩很好看而已。可现在不行了，他这么放眼看过去，年轻女孩那样多，却没一个人有她的神韵美丽，有她的妩媚泼辣。手上的烟换了个方向，梁津舸向后退了一步，往更深的阴影躲去。

他看见陈当好出来了。

还是那辆车，跟在身后的人却换了一个。阿江就跟最开始的梁津舸一样，沉默恭敬。陈当好站在车边，眼神始终没往别的地方看一眼，阿江忙不迭地跑到车前去，打开车后座的门等待她上车。

"谁说我要回去了？"烈日当空，梁津舸看见她穿着浅白色碎花裙子，眼神中透露出的是初次见面时那种淡淡的倦。只是此时此刻这倦意已经奄藏不住，陈当好缓慢地眨了眨眼，看向马路对面，堪堪与他的身影错过："我有个朋友在那边，我去见他一面，你在这等我。"

"陈小姐，季先生吩咐过……"

"我说你在这等我。"

她语气不重，或者说是太轻了，轻到根本没把他的话放在心上。阿江不知道马路对面是不是真的有她的朋友，在陈当好倾身向前就要走的时候，他手足无措，逼不得已还是侧身过去，横臂挡在她身前："陈小姐……课上完了，您……您得跟我回风华别墅……"

天气热，他只穿了一件白色衬衫，袖子挽了上去，这么横伸出来，就能看到手臂上的青筋，他是真的紧张。陈当好没说话，略带不耐烦地在他手臂上推了一把，却纹丝不动。

"五分钟，你就在这等五分钟就可以。"陈当好知道自己拗不过他，仰起头，平静地跟他谈判，"给我行个方便，对你对我都有好处。"

阿江眼神松动，内心纠结，可实在不敢忤逆了季明瑞的意思，急得汗都要掉下来。街对面的梁津舸把一切都看在眼里，看那个人站在自己曾经的位置上。陈当好这样难伺候的女人，这时候就不该跟她谈。在他的位置是听不到他们之间的对话的，但他知道陈当好又在变着法子跟男人讨价还价，他爱她这个劲儿，也恨她这个劲儿，她每次歪着头看他，他就恨不得丢盔弃甲把她抱在怀里。

而街这边，陈当好脸上的淡然渐渐有了松动的迹象："那就三分钟，我真的看到我朋友在对面。"

"如果您实在执意要过去，我跟您一起过去，或者我现在打电话请示一下季先生。"阿江低头看她，虽然不知道是什么事，但他隐约明白，这会儿如果真的放她去了，恐怕是不好跟季明瑞交差。

陈当好没有说话，只是站得越发地直，像是一种无声的宣战。阿江更是没有办法，踟蹰着低头拿出手机，手指停留在季明瑞的号码上。

"好了，"陈当好适时地发声，语气颓然，"打电话多麻烦，我跟你回去就是了。"

阿江如蒙大赦，帮她把车后门打开，陈当好安静地坐进去，又安静地闭上眼睛。她的沉默让他觉得心虚，清了清嗓子，阿江握着方向盘开口道："陈小姐，我得跟您解释一下，季先生似乎很看重您的安全问题，我也是听吩咐办事，要是让您觉得心里不舒服了，我跟您道歉。"

"你的钱也不是我给的，你拿谁的钱自然给谁办事，不用跟我解释。"

她说得很平淡，听不出丝毫埋怨。阿江透过后视镜，看到她眼睛依旧闭着。无法，他启动车子，缓缓离开陵山大学。

茶色玻璃后，陈当好侧着头，睁开眼睛。梁津舸站在阴影里，弓着腰，低头把手里的烟点燃。她静静凝视他，嘴唇抿紧了，直到车子行驶出一段距离，再看不见。

她得谢谢阿江，没让她真的跑到街对面去找他。不然她大概连"梁子，我们私奔吧"这样的话都说得出口。可她凭什么呢？他已经说走就走，她总该给自己留点体面。继而她想起毛姆的一句话，"在爱情的事上如果你考虑起自尊心来，那只能有一个原因，实际上你还是最爱自己。"

重新闭上眼睛，陈当好觉得她也是时候该走了。

第六章
快乐有尽时

陵山的冬天向来漫长，尤其是在经历过那样荒唐的秋天之后。陈当好不用上课的时候都待在别墅里，阳台上风大，已经没办法像从前那样一站就是一下午。她没有戒烟，没有剪头发，没有任何外人看得出来的改变，可是她知道自己在衰老，自从梁津舸离开之后。

他离开近一个月，这一个月里她没有听到任何有关他的消息。

要说这个冬天有什么值得一提的事，大概是瑞先地产资本扩大，并购规模堪称嚣张。陵山首富的名号算是被季明瑞坐实。这样的环境下媒体邀约增加，碍于公共场合需要，季明瑞时常跟吴羡假扮成恩爱夫妻参加各种活动。电视里的他绅士、有风度，不仅知道把妻子裙边的褶皱抚平，知道在她下台阶的时候回身拉住她的手，还知道在各种场景里跟其他女性保持距离，之前的绯闻不攻自破，他们俨然成了一对模范夫妻。

"伉俪情深"四个字出现在电视上时，陈当好正坐在客厅的沙发上修指甲，锉刀在指甲上划过，她冷哼一声，转头看见齐管家面无表情的脸。阿江是在入冬没多久被她辞退的，因为他着实无趣，男人一个却婆婆妈妈，连陈当好晚饭喝了几口汤都要乐颠颠地跑去向季明瑞汇报。这几天不断有新的保镖来应聘，季明瑞忙于应酬，把这件事丢给齐管家负责。别墅里来的人一拨又一拨，陈当好始终看不顺眼，秋天里好不容易养回来的一点丰腴，也随着冬天到来一点点瘦了回去。

还不到冬至，陵山却已经极冷，今天照例有人来应聘，陈当好没课，起床时已经快到中午，知道有人要来，她已经不抱什么期待，素颜从楼上走下来，吃了口饭，百无聊赖。齐管家接到电话说大雪封路，风华别墅位置本就偏远，应聘的人怕是要接近晚饭点才能来，陈当好就坐在一边，从齐管家几句回应里依稀将事情脉络听了个大概，皱着眉，她声音不高，倒是十足不耐："来得晚就算了，干脆不要来。"

齐管家拿着话筒有些迟疑，不知该怎么回，再贴近话筒的时候，那边已经挂断。到底来是不来，她不敢确定，陈当好倒是无所谓："就当他不来好了，反正来了也没用，来了也留不下。"

齐管家还想说什么，见陈当好面色怏怏，也就不再多讲。这一等就真的是一下午，眼看着外面的雪越下越厚，才终于有人风尘仆仆按响了风华别墅的门铃。这人穿一件黑色羽绒服，长款，几乎包裹住全部身体，门外保安再三确认才放人进院子。陈当好彼时就坐在沙发上抽烟，屋里暖气开得足，门一推开，就是一阵彻骨寒气。

她只穿了件睡裙，外面搭着条羊绒围巾，还是没能抵挡住冷气瞬间的侵袭，几乎是在门口的人走进来的同时，陈当好下意识地皱了眉。她没看见他的脸，手里的烟还烧着，她一整个下午都没怎么开口说话，出声时声音自然沙哑："这个时间其实可以不用来了，你回去吧。"

门口站着的人脚步顿住，似乎是犹豫了一下，客厅里没有人，齐管家在厨房忙着准备晚饭。他这么站在那，瘦瘦高高，陈当好忽然觉得心里一动，没来由地难过起来。人总是有动物本能的，我们把这种本能称之为第六感，在对面的人摘下帽子之前，她竟没了面对的勇气："我说你回去吧。"

这话说得有几分委屈，几分责怪。面前的男人低下头，把帽子摘下来，睫毛上的雪这时候已经化开，他揉了一把脸，舔舔唇，用那双念旧的眼睛凝视她："太晚了，路不好，回不去。"

梁津舸站在那里，就像很久之前，秋日傍晚，他送她回来后目送她上楼的样子。还是那个门口，陈当好却觉得那些时间已经过去得太久，久到她几乎记不起来当时的自己该做什么表情。天阴着，屋里灯光黯淡，他走近了一些，把因为雪化而变得湿漉漉的羽绒服脱掉："我来应聘。"

　　"你不是辞职了？"陈当好终于找回自己的表情，放松了僵硬的肩颈，她向后靠坐在沙发里，又恢复了他们初相识时的漠然慵懒，"怎么选这么个天气回来了？"

　　梁津舸眼神落在她这边，又转头看了看窗外没有丝毫停歇意思的暴雪。他这么站着的时候，下巴线条流畅，落在她眼里，堪称性感。一个多月的时间并没有让梁津舸有什么变化，还是那样的寸头，还是话少的性格："咱俩说好的事没办完。"

　　"你当时说算了，说我得为自己打算。"

　　"……那天我爸去世了。"

　　客厅里安静下来，"去世"两个字他说得很轻，可陈当好还是听见了。于是那个晚上的事情都有了解释，为什么他会那样反常，为什么她会摸到他脸上的泪。抿了抿唇，陈当好眼里的情绪稍纵即逝，既没有安慰，也没有追问："说你接下来的打算。"

　　"吴羡病了，很严重，等不起了。"

　　陈当好蹙眉："……什么病？"

　　"脑子里的病。"

　　"所以呢？"

　　"因为等不起，她抬高了价钱。"

　　"多高？吴羡手里能有多少钱？"

　　"如果扳倒季明瑞，你想想她会有多少钱？"

　　这不难想，季明瑞现在的身价，足够人眼馋。陈当好觉得脚底发寒，把腿也蜷缩进羊毛围巾里，她有点颓然："没有用，梁子，季明瑞现在对我没兴趣，这个月他就来了三次而已，连楼都没上。我觉得你该去找找那位叫倪叶的，胜算可能还大一些。"

　　"倪叶是用来挡枪的。"

"我看见她进了季明瑞的房间。"

"说好了挡枪却还是送上门的女人,季明瑞为什么不要?"

陈当好轻笑,眼神锐利:"送上门的女人?"

梁津舸忽而觉得自己失言,话已出口,不可能收回。他深吸口气,笨嘴拙舌却还是想要做一番辩白:"……我不是说你。"

"随便你怎么说,我也坦白告诉你,我不可能跟季明瑞纠缠过这个冬天,春天之前,我要从这个地方离开。"陈当好掀开毛毯站起身,虽然是仰视,气场却丝毫不输,"既然你也说了我们是合作,你总得帮我点忙,把季明瑞带来。"

梁津舸面色不变,声音微微抬高:"我被录用了?"

陈当好伸手在他肩膀上点了点,还没说话,就听到厨房有响动。她把手收回来,回身看到齐管家略带惊喜的眼神:"梁子!你回来了?"

梁津舸眯了眯眼睛,算是在笑。

风华别墅又成了原来的风华别墅,不安分的金丝雀与年轻保镖,还有看似什么都不知道的管家。梁津舸回来的消息对于季明瑞来说也有几分惊讶,以至于在办公室见面的时候一向不怎么打听这些事的他也问了一句:"前阵子出什么事了?走得那么突然?"

"我爸去世了,我回家忙丧事。"梁津舸说这话的时候,还是把"去世"两个字咬得很轻,季明瑞愣了一下,随后宽厚地在他肩膀拍了拍,仿佛可靠的前辈:"节哀顺变,这种事你直接跟我讲就好了,何必辞职。你走了之后当好那边也不适应,找来找去总找不到可心的,好在你这是回来了。"

梁津舸点点头,半晌说道:"季先生您也忙,我不好拿自己家事打扰您。"

季明瑞笑了笑,还想再说点什么,倪叶就在这个时候进来。她不知什么时候剪了短发,脸型有了遮挡,倒不显得之前那么凌厉。看到梁津舸的时候她也是一愣,随后马上笑开:"好久不见。"

梁津舸报以微笑,看她把报表放在季明瑞桌上,看她穿着高跟鞋踏着有节奏的脚步走出去。看到他的眼神,季明瑞笑了笑,打趣道:"喜欢?回头我给你们牵个线?"

"倒不是。就是不知道她什么时候剪了短发,有点惊讶。"

"有一阵了，从香港回来没多久就剪掉了。"

"陈小姐也说要剪头发呢。"

季明瑞眉头一皱："她好端端的剪头发做什么？她怎么说的？"

梁津舸眼神有些迷茫，像是想不起来的样子："……大概是随口一提吧，季先生不总去，可能不知道陈小姐每天都说了什么，我也记不住。"

这话意思明显，季明瑞挑眉，轻笑："当好让你来跟我说的？"

目的性太明显的话，季明瑞自然不会听不出来，梁津舸脸色不变，没有一点慌张，倒是带着点腼腆笑道："……看来我不会演戏，也不会旁敲侧击。"

"有意思，还知道想我了。"季明瑞摸了摸自己的下巴，心情甚好，"你回去跟她说，我忙完最近的收购案就带她出去玩几天。这段时间确实忙，忽略她了。当好性子倔，这么点事都得拐着弯地让你跟我说，你先回去，就这么告诉她就行。"

梁津舸笑了笑，又是几句寒暄。回到风华别墅的当天晚上，午夜十二点已过，他站在楼梯拐角将陈当好拦进自己怀里，贴着她的耳朵传达季明瑞的话。他们像是这一个月没有分开，身体熟悉得依旧一点就着。陈当好搂着他的脖子，眼底风情万千："你倒是会演，吴羡病了季明瑞就没说去看看她？"

"……不知道。"梁津舸低头在她耳边轻轻蹭，碎发撩得他心里痒，半推半就地，陈当好被他按在楼梯扶手上，他低头吻她，被她扭头躲开："季明瑞还说什么了？"

"没了，"梁津舸在她耳边吹了口气，见她如自己料想中那般抖着身体瑟缩了下，他只觉得百爪挠心，恨不得在这就将她按在身下，"上楼，嗯？"

她没拒绝，算是默认，夜色里梁津舸将她打横抱起来往楼上走。走廊没开灯，他走得急切，陈当好伸手环住他的脖子，指尖抚摸他凸起的喉结。

梁津舸有点急，欲望面前再怎么不动声色的男人也还是莽撞少年。偏生陈当好不肯帮他，难得安分下来，只顾倒在床铺里笑，他假装凶狠地瞪她，在昏暗灯光里附身在她耳边不怎么温柔地啃咬几下，手下到底用了蛮力，陈当好可以听见裙子布料撕裂的声音。

"哎……你这人……"

她想起身看看，被梁津舸压着肩膀按回去，她于是歪着头一边躲他的亲吻一边笑："你赔，这裙子我可喜欢了，你得赔……哎！"

夜晚太短，甚至等不到月光凉透。陈当好鬓角的碎发被汗水打湿，头枕在梁津舸的胳膊上，她懒洋洋地冲门口抬了抬手："怎么不回去？"

梁津舸闭着眼，下巴搁在她发顶微微蹭着，带着几分不舍和眷恋："等一会儿。"

于是他们都不再说话，安静地依偎在一起。困意是什么时候袭来的谁也不知道，窝在别人温暖怀抱本就比一个人睡来得更安心舒适，陈当好睡着得很快，连同梁津舸也昏昏沉沉地睡了过去，他们是被早上的手机震动声吵醒的，陈当好没有手机，所以这声音只能来自梁津舸。反应过来这点的同时，他揉揉脸，从床上坐起来。

怀里的人因为清晨的噪音皱了眉，好在没睁开眼睛。

梁津舸背对着陈当好坐在床边，把手机拿起来。来电已经挂断，他睁着刚刚睡醒还有些迷茫的眼睛，看了好一会儿，才看明白来电是吴羡。

混沌的头脑清醒了不少，梁津舸坐直了，手指在吴羡的名字上滑过，又想到身后睡着的陈当好，到底没拨回去。顺着思路，他想回身看看她，刚一扭头，就看到她躺在被子里眼神清明地回望他。

露出一个微笑，陈当好冲他的手机努努嘴："谁啊，怎么不接呢？"

"挂了。"

"那就打回去，"陈当好笑意不减，"我看着你打。"

吴羡从来没想过，有朝一日还能接到来自梁津舸的电话，虽然说来牵强，他大概只是礼貌性地回电而已。她刚刚到办公室，朝阳初生，屋内都是灿烂阳光，这样的场景在冬日里格外暖心，让她连日来阴郁的气色都有所好转。接起电话，吴羡声音平静自然："梁子。"

"什么事？"梁津舸仍旧坐在床边，眼神落在陈当好身上。他早就知道他拿她没有一点办法，她说什么便是什么，就算他一开始挣扎拒绝，最后也还是顺了她的心意。电话开着免提，吴羡的声音一出来，他便看到陈当好表情有微妙变化。

"季明瑞过几天是不是要出差？他跟你讲了没有？"

"嗯。"

"他最近去别墅了吗？"

"没有。"

"所以你回去的这段时间他一次没去过？"

"嗯。"

吴羡沉默下来，目光落在门口挂着的白大褂上。她知道梁津舸一向不是话多的人，可今天感觉比平时还要冷淡几分。她不是小女孩，自然识趣，恰到好处地打算结束对话："好，那要是有什么别的事我再联系你。"

梁津舸看了看陈当好，犹豫着"嗯"了一声，几乎是同时，电话里传来忙音。陈当好在床上翻个身，捞起地上那件被他扯坏的裙子套回去，她穿得慢悠悠，梁津舸也就不知道该说什么，只能坐在床边看她。屋里窗帘半拉着，阳光整齐地照在地毯上，她白皙的身体隐没在阴影里，随着裙子落下，最后一丝旖旎也在他眼前消失。

他在心里没来由地叹了口气。

"你还不回房间吗？估计齐姐都醒了，一会儿下楼碰到了不好解释。"陈当好把扣子一颗颗系好，瞧见他还坐在那，她眯了眯眼，"怎么？"

"你不问我？"

"问什么？"

"吴羡。"

"我问你你会说吗？"

"嗯。"

陈当好眨眨眼，靠着床头坐好，从抽屉里摸了根烟出来："那你讲一讲，吴羡怎么就找到你了呢？"

她是那样聪明的女人，只凭吴羡一声"梁子"，就听出些微不同。她跟吴羡没有一次正式意义上的见面，自然不了解吴羡为人，可那一瞬间的眼神，梁津舸知道她开始怀疑。他们之间纵然有太多不可控制的情愫，但在那些前提下他们首先是盟友，是需要彼此信任的盟友。缓慢地眨了眨眼，像是回忆，梁津舸开口道："我是因为她进的监狱。"

陈当好没说话，又摸出根烟，这一次是递到他手里。他这才注意到她换了抽烟牌子，怪不得再也没了之前的话梅香气。吸了口烟，辣得很，难以想象这是女人会接受的味道："大学毕业的时候，跟她在谢师宴上碰见，她是大我很多的学姐。后来熟悉了，有了感情，也不知道她结婚了，拿了家里几乎全部积蓄跟她一起创业。我是学金融出身的，她学医科，资金她出大部分，我出人力。刚开始还好，后来季明瑞资本扩大，我们没经验没人脉，根本混不下去。吴羡有野心但是没能力，又不肯听我的，亏了好多钱，赔不起，她跟要债的人起了争执，我伤了人，就这么进了牢房。"

尽管尽量简洁，梁津舸还是觉得自己很久不曾说过这么多话："我进去之后我爸就病倒了，吴羡进了医院，帮我照顾他，等我出来的时候也帮我安排工作。"

"你是出来之后才知道她结婚了？"

"在监狱里知道的。"

陈当好心里唏嘘，表面上并不表现："那你甘心吗？"

"甘心"这个词，从前想起是吴羡那张清冷而风韵的脸，现在想来却只剩下当时办公室墙上贴着的字画。那是他曾经很努力去追求的事业，甚至可以算作梦想。而现在，梁津舸苦笑，不仅成了对手手下的保镖，还跟人家的情妇不清不楚地滚上了床。他不说，自然就是不甘心的，陈当好终于明白，他为什么会在离开以后再次回来。

到底是不甘心，离季明瑞越近，以后翻盘的机会就越多。

人人都有梦想，梁津舸自然不例外。有野心的男人总是比平庸男人多几分魅力的。在这一刻的场景里，陈当好觉得自己是愿意去成全他的，他该去更远的地方，而自己全部的希望不过就是离开季明瑞而已。

这感情说白了还是各取所需，谁也不说破，倒还算和谐。离开陈当好的房间，时间已经接近上午，梁津舸确认楼下没人后沿着楼梯下去，猛然听到大门有响动，他一惊，脚下已经踩在了地板上，这个角度任谁都能看到他是刚刚下来。在门外的人进来之前，他快速转了个身，与此同时听到进门的季明瑞扬声喊他："梁子，你要上楼？"

梁津舸从容地转过身来："季先生。我要去阳台。"

"当好醒了没有？"

季明瑞对于他并不关心，一边问一边往楼上走，梁津舸平静地回答了一句"不知道"，余光瞥见听到声音从厨房走出来的齐管家。

看到梁津舸的瞬间，齐管家眼里有一丝诧异，随后看到季先生，她想问的话又忍了回去。眼看着季明瑞上了楼，齐管家才走到梁津舸身边小声询问道："你昨晚去哪了？房间门都没关，我五点多起来的时候你屋里没人。"

"……出去了一趟。"梁津舸随口胡诌，已经有点紧张，齐管家对于他的话并不放在心上，只是善意提醒："还好你这时回来了，谁知道季先生今早会来呢，要是他来了你不在，估计季先生要不高兴的。"

"是，我下次注意。"

齐管家这话倒真的让梁津舸冷汗涔涔，哪怕只晚出来五分钟，也必定会被碰上。季明瑞是极有手腕的人，陈当好在他眼里俨然已经是私有物是附属品，怎么能允许他人染指。心有余悸，他抬头看了看，季明瑞已经进了房间，想必是上次他说的话有了效果，季先生觉得陈当好想他了，百忙之中也要抽空回来。

他爱她吗？

那是爱吗。

房间门被推开的时候，陈当好正坐在镜子前面给自己戴耳环。男人走路脚步偏重，她压根没觉得季明瑞会突然过来，自然以为是梁津舸折了回来，嘴角不自觉勾起："嗯？怎么回来了？"

下一秒，宽厚手掌落在她肩头，陌生触感让陈当好肩膀一抖，下意识地往镜子里看过去。季明瑞穿着一丝不苟的西装，就站在她身后宠溺微笑，她刚刚的惊吓太明显，他弯腰在她头顶轻轻吻了吻算作安抚："刚刚还跟我搭话，怎么我碰你反而吓一跳？"

嘴角的笑容早已消失，陈当好面色有些僵硬，匆忙低下头，躲开他的眼神，几秒的工夫，便回到了从前的清冷疏离："一下子忘了，你怎么有空过来？季先生这么忙，每天带着秘书东跑西跑的，怕是记不起这么个小别墅里的人。"

这副样子多像吃醋。

季明瑞到底喜欢她更没想过她会连这么普通的一句话都跟他耍心眼，笑了笑，他伸手摸了摸她细腻的下巴，逗弄小动物一般试图哄她："听说有人想我了，我忙完了就赶紧过来看看。"

陈当好微微偏头，躲开他的触碰，从椅子上站起来，倚着化妆台抱臂看他："您忙完了？"

"嗯，接下来能休息几天，你想去哪玩？我带你出去走走。"

他温柔得就好像回到了他们刚刚认识的时候，陈当好不知道这翻温柔是因为什么，也根本不知道梁津舸在季明瑞面前是怎么暗示了她所谓的想念，她抱臂看他，半晌才歪着头一声轻笑："这回也带着你的小秘书吗？"

季明瑞从来不喜欢她咄咄逼人的样子，可陈当好偏就是这样的性格。每到这种时候他都会想起吴羡，然后就觉得疲惫感渗透四肢百骸。揉了揉太阳穴，季明瑞耐着性子朝她伸手，想要将她拥进怀里："当然不，就我们俩。"

他眼底有倦意，放在以往，陈当好大概依旧不识好歹。可现在情况不同，她只有哄好了季明瑞才能达成和梁津舸的交易。短暂的犹豫里，她靠过去轻轻依偎在季明瑞肩膀上："那去哪儿？"

男人心里的防线放松下来，惬意地闭了闭眼，安心地拥着她："听你的。"

"那这次我来安排行程？"陈当好从他怀里抬起头，像是心血来潮，"我肯定找一个你没去过还能放心去的地方酒店和行程都由我来负责，怎么样？"

她的建议来得莫名，季明瑞皱了皱眉："当好，这是男人该安排的事。"

"可是我想给你点惊喜。"

季明瑞嘴角上扬，显示出商人的惯有表情，手从她肩膀拿开，他站直了低头凝视她的眼睛："然后在宾馆里安好监控录像，当作证据交给媒体让我身败名裂？当好，你给我一个车祸的惊喜已经够了，别再拿自己开玩笑。"

陈当好的表情变了变，有些话险些脱口而出，又硬生生给自己压回去。她确信季明瑞是真的爱她，因为爱她所以愿意去揣摩她的心思，她眼神一动他就把她的小九九猜得一清二楚。可是承认这样的事到底太难，把头发撩到耳后去，陈当好避开他的眼神："你就是太多疑。"

"是啊，我太多疑，要不然怎么能发现你桌子下面还放着监控器。"

这句话像是一道惊雷，让陈当好眼神一紧，下一秒她就慌张地看向别处，然而早已将自己的震惊在季明瑞面前暴露得彻彻底底。季明瑞却不是很在意的样子："我不知道你是什么时候装的那个东西，也没找到另一端，你应该看见它不在了，我们去香港的时候我派人来家里拆的。陈当好，你想算计我，也先掂量一下自己，我已经对你很好了，别再做让我不高兴的事。"

他缓慢靠近她，将她逼到化妆台死角背靠着冰冷墙壁，陈当好偏开头，感受到他干燥的唇贴在她的脸颊上。像是被毒蛇信子滑过，陈当好忍不住打了个寒战，手抓住他胳膊的同时满是讨好地将自己贴进他怀里："对不起……"

她向来也不是什么刚烈女人，何况现在目的明确，得罪了季明瑞总没有好处。男人大多吃软不吃硬，她的胳膊乖顺地环住他的腰，声音里有半真半假的委屈："你总说不让我出去，不让我跟外面的人接触，那你有没有给过我安全感呢？我等你离婚等了几年都等不来，现在又不知道从哪来了个年轻漂亮的女秘书。你身边的女人哪一个不比我强，比我有能力会打扮？我想留点视频证据牵制你是我的错，你那么聪明能发现也不奇怪，可是你就真的站在我的角度上为我考虑过吗？你知不知道女人年轻只有几年？过了这几年，更年轻更漂亮的女人总会出现，我不信那时候你还是愿意要我。"

她这话说得太过委屈，季明瑞心软下来，他对她向来不能彻底狠心，况且她那么点心思他猜得通透，并不害怕她会给自己下绊子，想安慰她，又不知道怎么说，脑海里忽然就蹦出前几天他刚得到的消息："快了，吴羡病了。"

陈当好假装惊愕，从他怀里抬头，眼角有恰到好处的晶莹："什么病？"

"还没具体确诊，总之是脑子里的病。脑子生病都活不长的，这次就算没办法把她扳倒，也总能把她熬死。"季明瑞说这话的时候云淡风轻，甚至带了一点扬扬自得。陈当好心底是彻骨的冷，究竟是什么样的男人，才能在另一个女人面前这样谈起自己的发妻。她知道他这是在哄她，靠着他的肩膀，陈当好不再去看他脸上的表情："我没想那么远，我就是希望哪怕有一天你不要我了，也帮我谋个出路，我们好聚好散。"

季明瑞没说话，抬手轻轻拥住她。拍着她的背，他似乎是在叹息又似乎没有："好聚好散这个词，比其他的还要远。"

陈当好不再说话，心里像是起了一层雾，怎么就走到今天这步田地，分明最开始，有过确切的心动。他们之间只剩下算计了，她在算计季明瑞的同时，怎么会不知道他也在审视她，只是这个男人向来不动声色，看透了的东西，从来不明说。

她自然不敢轻举妄动。

梁津舸送走季明瑞再回到别墅的路上，陵山开始下雪。最近半个月总在下雪，他手握着方向盘，一边看着窗外出神，一边想起陈当好来。季明瑞在别墅逗留了一个晚上，就在陈当好房间，光是想想夜里会发生什么，他就觉得心下烦闷。

还有两个小时是陈当好去学校上课的时间，他得在这段时间里折返别墅再将她送到陵山大学。可眼下车子堵在市中心位置，梁津舸看看表，正好是中午放学时间。

有背着书包的男孩女孩从学校里跑出来，不知道是什么日子，下午课取消。来接孩子的私家车太多，道路挤得水泄不通。梁津舸不断看向手表，十分钟时间里，车流丝毫没有前进的趋势。

心里原本就带着的烦躁渐渐积压，有了爆发的趋势。他想质问陈当好昨晚都发生了什么，这种冲动随着等待时间的延长，变得越发急不可耐，等到道路恢复他回到别墅，陈当好已经穿戴整齐站在门口等他，从车窗望出去，他看见她正低头把自己的围巾系得更紧一些。

梁津舸这时候应该解开安全带下车，打开车后座的门请陈当好进来。可是他不想这么做，像块木头一样粘在驾驶座上。陈当好站在车边等了一会儿，见他不动，她眼神略微诧异，倒也没什么别的神情，自己打开车门，准备坐进去。

上车之前，陈当好略一犹豫，回头看看齐管家已经回身进屋，她将车后门关上，伸手去拉副驾驶的车门。

坐进去，她一眼就望见梁津舸面无表情的侧脸。

他不看她，手还放在方向盘上，几乎是陈当好将车门关上的同时，他便启动了车子。虽然平时他也是这副没什么表情的样子，可今天到底是不同，满脸情绪。陈当好偏头看看他，不明所以，自然没有说话。

车子里很安静，陈当好穿得厚，空调暖风吹着难免犯困。距离学校还剩下三个红绿灯，梁津舸在红灯的时候停了车，那句质问已经冲到嘴边，却碍着他们之间不清不楚的关系，没有问出口的理由。他转头看她，见她歪着脑袋似乎是睡着了，心里的不确定再次成倍扩大。咬了咬自己的唇，梁津舸深吸口气，在绿灯切换时启动车子。

因为堵车的缘故，到达陵山大学时，距离上课已经不剩几分钟。陈当好睡得香甜，被叫醒时眼神带着点茫然。她很少在其他人面前表达出这种不设防的单纯，梁津舸凝视她一会儿，忽然又不忍心质问。他哪里有资格质问她，他们之间不过是带着肉体关系的盟友而已。可他这样的心思到底逃不过她的眼睛，陈当好打了个呵欠，也不急着下车，歪在副驾驶里斜着眼睛看他："怎么？"

"到了。"梁津舸避开目光，往窗外装模作样地看了看，又低头看看自己的表，再看向她时，眼底多少淡然了些。他用眼神示意她该下车了，不然上课迟到，教授点名可就糟糕。陈当好权当看不见，维持着刚刚的姿势，她伸手在他胳膊上不轻不重地推了一把："问你呢，刚才是不是想跟我说什么？"

梁津舸不说话，手还握在方向盘上，迟疑良久，连耳根都开始微微泛红："……没有。"

"季明瑞昨晚在我床上睡的。"陈当好把他那点心思看得通透，车里暖风实在开得太热她一边把围巾从脖子上摘下来一边观察梁津舸的表情。她看见他嘴角紧绷，是忍耐的样子，心里觉得好笑，逗弄他真是件太有趣的事："你这是什么表情？"

梁津舸不说话，呼吸有些粗，几乎是使了力气去打开车门。他从车前面一直绕到副驾驶这边来，刚要帮她拉开车门，却发现车门锁了。

陈当好放下车窗仰头看他："我跟你说话你怎么不理我？"

"要迟到了，你。"梁津舸压抑着自己心里蹿升的怒气，明知道她是故意气他，可那样的画面光是想想还是觉得连同胃里都翻江倒海。他太知道自己的脾性，又太清楚他们之间的关系，怎么讲，都轮不到他发火。

许是知道玩笑开得过火，陈当好伸手在他袖子上扯了扯，难得撒娇："好了，我逗你的，他就只是挨着我睡觉而已，什么都没发生。"

他不要她的解释，更不想听，偏了头，梁津舸站直身体看向校门口。冬天天气冷，人人行色匆匆，他穿着单薄，站在路边有些惹眼。陈当好也不恼他的态度，右手伸出车窗，勾了勾食指示意他低头。

梁津舸不想被她牵着鼻子走，嘴边呼出白汽，他想问她要干吗，眼睛低垂便正好触碰到她的眼神，陈当好眨眨眼，拉着他的袖子硬是将他拽到自己面前。

被迫低了头，梁津舸像是负气一般皱了眉，却还是贴近她。陈当好在车里坐得久，又是刚刚睡醒，手心温软，就这么贴在他的脖子上将他无限拉近自己面前。嘴唇堪堪擦到他的耳朵，陈当好嘴角带笑，呼吸浅浅："梁子，你想试试车震吗？"

她说这话时声音平稳，不疾不徐，脸颊连一丝绯红也无，大概并不觉得自己说了多么羞人的字眼。酥麻感从梁津舸的脊椎骨快速荡开，他显得有些焦躁，像是每一个青春期里莽撞又满是顾虑的少年："……别逗我。"

"你不想？"唇贴在他耳廓，沿着耳垂轻扫一圈，陈当好在梁津舸的战栗里带着点苦恼开口道，"可是梁子，我想试试呢，都不想去上课了。"

梁津舸的目光渐渐沉了下来，嘴唇抿紧了。他环顾四周，校门口人来人往，心里暗暗骂了句粗话，好像这样才能让自己无处宣泄的躁动得到一点释放，挣脱开陈当好的手，他绕回驾驶座，而陈当好在这时候已经识趣地解了车锁。

车子在校门口缓缓启动，绕过学校大门，往偏僻小巷开去。这车是季明瑞买给陈当好的，登记的是她的名字，可一直到现在，他连驾照都没让陈当好考过。车里放着季明瑞喜欢的摆设，大多是修身养性的小挂件，车窗前的弥勒佛笑得慈祥憨态，大约是看不到车里男女如何耳鬓厮磨。

车厢内空间狭小，座位放倒也还是不比床上施展得开。梁津舸已然急不可耐，近乎撕扯的纠缠里，也不知道谁的手碰到广播开关，每天下午的音乐节目如约而至，粤语歌词流淌，第一句歌词出现的同时，他们在狭小车厢里融为一体。

"宁愿滞留在此处，宁愿叫时间中止，我不会再信未来，我不要再看历史。还能活才是讽刺，故此不用做傻事，让痛苦，轮千次，彰显那快乐有尽时……"

梁津舸是听不懂粤语的，陈当好也是，他们都生于干燥的北方，对南方情怀懵懂而陌生。可是这一刻，歌词缓缓流淌的这一刻，他忽然觉得眼眶酸胀，拥抱着怀里的人，分明已经最大限度完全占有着她，却还是觉得不够似的心里慌张。

嘴唇颤抖地贴在一起，吞下她细微的呜咽，梁津舸温柔地吻她，带着珍惜带着心动。

下午时分，冬日终于显露出一些阳光，这些阳光透过车窗，也仿佛穿越他们交缠的身体。陈当好身上披着梁津舸的毛衣，这毛衣太大以至于轻易就将她包裹在里面，她闭着眼，窝在梁津舸怀里，像一只无所事事的晒太阳的猫。每当这种时候，他们抱在一起温存，他是想跟她说些什么的，可是嘴拙，任何一句都说不出口，手抚在她鬓角，他在心里轻轻叹息。

瞬间里，他恨不得将两个人拧成一股绳，这样也就不必分开。

"我那天在学校看见情侣一起上课，手牵着手进教室，坐在一起聊天。教授讲课的时候他们的手也没分开，下课了就手牵手离开。"陈当好闭着眼睛，额头往他怀里蹭了蹭，声音平静却带着点难过，"那时候我就想，如果没有季明瑞，我是不是也会是那样的女孩，是不是也可以光明正大地跟喜欢的人走在街上坐在教室，牵着手也不觉得惶恐不觉得羞耻。"

梁津舸没应声，手贴在她腰上，轻轻摩挲那一块光滑的肌肤，他不知道她想要说什么，但他愿意听她的声音，甚至她肯对自己讲这些，就已经让他心生感激了。

"可是我偶尔又会想，没有季明瑞，我只不过是一个乡下来的小姑娘，传媒这样的专业，怎么可能熬出头。我是不是该在自己还有本钱的时候从季明瑞那捞到尽可能多的好处，当我想到这一点的时候我发觉我在动摇。"陈当好皱了眉，眼睛没睁开，梁津舸可以看见她睫毛下强忍的泪。

"梁子，我可能真不是一个好人。我这么认真地跟你说了，要是哪天我伤了你，你可以怨我，但不能说我骗你。"

"那咱们的约定还算数吗？"

"关于吴羲的吗？"陈当好仰头看看他，复又闭上眼，"作数的。季明瑞忙过这段时间说要带我出去旅游，到时候总能找到办法。"

梁津舸顿了顿，今年冬季瑞先地产来势凶猛，季明瑞大概真的财大气粗，甚至开始不在意在业界树敌。这对于大家来说是机会但也危险，梁津舸心里的想法很多，胳膊动了动，抱紧了怀里的人，说出口的却是："当好，你想过以后没有？"

"什么以后？你说离开季明瑞之后？"

梁津舸的下巴抵在她的额头，缓慢地点了点。

这个问题或许是给了她压力，陈当好深吸口气，伸手在梁津舸的口袋里摸烟。她什么也没说，他知道她想找什么，手覆在她的手上，代替她把兜里的烟和打火机拿出来。火苗亮起又灭，梁津舸坐起身，陈当好叼着烟，自己寻了个舒服的姿势依旧贴在他身上："我没想那么多，陵山我大概是留不下了，再考大学重新活呗。季明瑞再怎么只手遮天，也就是在陵山而已，我其实都做好最坏的打算，事情再坏，也不会坏过现在了，那你说我有什么理由不去做呢。"

事情再坏，也不会坏过现在了。

这个现在，是被季明瑞金丝雀般囚禁的现在，还是和他不清不楚厮混在车里的现在？梁津舸不能问，却明白恐怕都包括在内吧。心里那层若有若无的悲凉又在蠢蠢欲动，他的手稍稍放开一些，去摸车后座上堆着的衣服。

他得先把衣服给陈当好穿上，手指勾过掉在地上的内衣肩带，忽然又听到她靠着他的肩膀唤他："梁子。"

"嗯。"他轻声应和，手已经拿起她的内衣。

"这烟什么牌子？一股香精味。"

"……女士烟。"

"为什么不买大前门？"

梁津舸一愣，想起她之前堆在枕头下面的未动过的烟，他以为她不喜欢大前门的味道，所以才专门换了女士烟买给她。被她这么一问，一时间竟然也说不出缘由，耳根慢慢泛红，梁津舸有点支吾："我以为……"

"你以为什么？"陈当好蹙眉，胳膊揽在他的脖子上，拿走了烟就这么吻上他的唇。舌尖不知羞臊地在梁津舸嘴里扫了一圈，沾着点晶莹口水，陈当好眯着眼睛看他："是不是香精味太重？你说？"

怎么会有女人在无理取闹的时候也透着股媚态？梁津舸不懂，大概是见识太少，轻易被套牢。手臂收紧了，原本已经钩在指尖的内衣掉回地上，他低头把她身上的毛衣扯走，撕扯中陈当好娇笑，他们再度纠缠在一起，窗边夕阳就这么爬上来。

极致的喘息声里，梁津舸抱紧她，有悠扬的下课铃声从陵山大学校园传出。他们距离太远，声音模糊，唯一清晰的是陈当好的呼吸，他们真的拧成一股绳子了，这一刻彼此是不分开的，他从前一直不知道这样的情感是什么，而这时候，温暖而狭窄的车厢里，梁津舸明白。

他是爱她的。

这爱究竟有几分呢？他不知道，吻着她汗湿的鬓角和肩颈，梁津舸在心里喟叹。

当好啊，天长地久的幻觉里，我确信自己爱着你。

　　吴羡接受第一次化疗的时候，身边除了助理没有别人。她躺在病床上，对于进去后可能会经历的任何流程都不陌生。她接手医院，实际上是托了季明瑞的关系，他说女人总不好闲在家里像个怨妇，劝她有点自己的事业。

　　那一年她算计他，却让自己赔得血本无归，季明瑞不知道她做的什么生意，也没有兴趣，但对于她投资失败倒是并不惊讶。那时候陈当好还没出现，甚至风华别墅可能都不存在，季明瑞下班后还是会回家，同她像每对气数已尽的夫妻那样争吵。

　　他们分明没爱过，吵起来却不留情面，他讽刺她没能力，她耻笑他赚的都是黑心钱。吴羡还记得那个春天的下午，他们难得和谐，坐在一起喝一杯下午茶，点心放在桌子上，窗外微风吹进屋里，美好得不像话。季明瑞在桌前看报纸，桌子中间放着煮好的咖啡，吴羡伸手给自己倒一杯，刚要喝，听到对面男人极轻的声音："没放糖，苦。"

　　他眼睛没离开报纸，更没有落在她身上哪怕一秒，吴羡微愣，他不给她询问的时间，将自己面前那杯推给她："喝这个，我刚调好的。"

她在他的余光里。

季明瑞瞬间的温柔让吴羡受宠若惊，那一刹那她想到，或许他们之间的关系是可以调和的，或许他们也能像其他夫妻那样拌拌嘴还是能好好生活下去的，或许，季明瑞根本，就有点爱她吧？女人总是愿意对感情过度乐观，乐观到他只是给了她一杯甜咖啡，她就可以幻想出他们绵长的未来。心里的柔软在发酵，吴羡用手撑着下巴，忽然生出想要与他聊聊的心思："季明瑞，你在看什么？"

季明瑞略微讶异地看了她一眼，把报纸翻过来给她看标题，其实她也知道他看的无非是金融股票之类，可除了这个，她不知道她还能找到什么话题："公司股票怎么样？"

她的反常真的吓到季明瑞了，可马上他的表情一变，又恢复到最开始的平静淡然："怎么，开始惦记我们公司的股票了？"

吴羡眨眨眼，没用的自尊心让她将心底的柔软藏好，低头把那杯咖啡推回去："没有，随便问问。"

"你要是在家里闲得难受，我帮你找点别的工作。你不是医科大学毕业的吗？做点跟你本来专业相关的。"季明瑞说到这顿了顿，嘴角勾起一点浅笑，"也好过你坐在家里整天琢磨着算计我。"

那杯咖啡安静地放在桌上，到现在吴羡也不知道，季明瑞亲手调的咖啡是什么味道。他们的婚姻怎么算也该可以称作漫长，这些漫长的时间里，她不了解他，他也不了解她。

吴羡闭上眼睛。

因为错过了教授昨天下午的课，陈当好在第二周的考试里险些挂科。梁津舸这次站在走廊里等她，靠着窗台，低头翻看手机里吴羡发来的消息。

她说，"梁子，我觉得我可能等不了多久，你那边能不能快点"。

她说，"梁子，我介绍一个人给你认识，也是房地产方面的人，让他带带你"。

吴羡的消息连着发了很多，他逐条耐心地看下去，最后看到吴羡像是说给他听又像说给自己："就这样吧。"

合上手机，梁津舸听见下课铃声。

阶梯教室的门打开，出来的人几乎无一例外地垂头丧气，看来考试题不简单。陈当好走在后面，神色相比别人淡定很多，看到他的时候她甚至轻轻笑了笑："走啦。"

"考得好？"

"不好，我算了一下应该不会挂科，就觉得还可以。"

车子停在校门口，梁津舸走在前面，坐在车里后他忽然想起吴羡的话，犹豫了几次，还是如实转述给陈当好："吴羡那边说希望我这边的速度能快点，她不一定能等很久。"

陈当好一愣："她病得很重？"

"不知道，她不说。"梁津舸发动车子，离开陵山大学校园的时候似乎有人在街对角一闪而过，他眼神一顿，停下车朝马路对面看过去，冬日的街道整洁而肃穆，刚刚那一眼好像是自己的幻觉。陈当好察觉他不对，有些茫然地歪头看他："怎么了？"

"感觉有人跟着我们。"梁津舸蹙眉，看看她又看看街道对面。那个位置有一处隐蔽拐角，之前他偷偷来学校看她，就是躲在那里。到底不放心，梁津舸一边解安全带一边叮嘱她："坐车里别动，我出去看看。"

他神色严肃，陈当好也就没了平日里的撒泼耍赖，安静地点点头，看着他打开车门。梁津舸心里的第一想法是季明瑞发现了，为了让自己的发现更有说服力一些，他找人来跟踪他们。但这又实在不像是季明瑞会做的事，无论从手段还是想法上，还是太婆妈了。他完全可以在自己有了怀疑的情况下将梁津舸直接辞退，哪怕他和陈当好真的清白。

没有直接走过去，梁津舸绕了个圈，从后面一直绕到街拐角。胡同里空荡荡，风声轻微，他站在那里仔细看了看，还是没看出有谁来过的痕迹。但愿是自己多疑，他这么想着，搓了搓冻得有些发麻的耳朵，快步跑回车里。

迎着陈当好询问的目光，他解释给她听："什么人都没有，大概是我想多了。"

"……季明瑞怀疑了？"

梁津舸的眉再度锁在一起："不知道，最近还是小心点。"

"小心什么？"

她的声音低下来，梁津舸心里的某根弦微微一动，猛地扭头近乎霸道地吻上她。他们之间身体总是能代替语言更好地沟通，贴着她的唇瓣，梁津舸轻轻厮磨啃咬："晚上我上去找你？"

"季明瑞晚上要留下来。"陈当好眯着眼睛靠在他怀里，看到他眼神一暗，她轻笑，"你放心，季明瑞做不出什么的。上次房间里的监控他早就发现了，还好没摸到你头上，他怀疑的是我。"

梁津舸讶异："他怎么知道监控器？"

"我不清楚，但屋子里放监控不安全，要不然早就可以拿到证据给吴羡。再等一等，总有其他的机会。"

他不再说话，专心舔舐她的唇，半晌，难耐的情潮里梁津舸偏头去吮吸她的耳朵："那就等他睡着了下来……"

他想他是疯了吧。

可是当午夜时分，陈当好拿着水杯站在厨房里的时候，他还是觉得值得。能找到一起疯的人最值得。他也不记得自己问没问她为什么拿着杯子下来，但他知道她是假借接水所以走下来的，杯子被放在餐桌上，随后陈当好也被抱坐到餐桌上。厨房灯光暖黄，他低着头将她围困在自己的怀抱里，紧密相融的同时，他却听到她的喘息。

耳朵是开关，是她秘密声音的开关。他不想饶恕她，她前一分钟还和另一个男人躺在床上。

他带着她从厨房辗转到大厅，想把她抱进自己的房间去，陈当好大概是猜透了他的心思，在他离开自己身体的同时扭着身子逃开，她滑得像条鱼，他抓不住她，躲在楼梯拐角后面，她蹑足地看着他，压低了声音："我真的得回去了。"

梁津舸试图去拉她，她跑得飞快，瞬间就不见人影。他心中怅然，回到厨房收拾残局，看到她掉在地上的内裤。

带着些不可言说的隐秘心思，他把那条内裤拿起来塞进自己的口袋。

陈当好在房间里悄悄冲了澡，换好衣服回到床上时，季明瑞还在睡。他身上穿着睡衣，扣子一丝不苟，自从上次没控制住自己对她动手之后，他很少再碰她，因为知道她心底抗拒。成功男人总是带着点自负，觉得这个女人总有一天会心甘情愿投怀送抱他已经放下自尊将她囚在自己身边，他不能连最底线的事都强迫她，况且他那么清楚她的心不在自己身上。

床铺的另一边动了动，陈当好躺在枕头上，小心翼翼地偏头看他。季明瑞睡着的时候比平日里看起来更温和，因为眼睛闭上看不见锐利眼神。她不知哪里生出的愧疚，在他的房子里，在他的车里，她不止一次做着背叛他的事，享受挣脱道德约束的快感。伸了伸手，陈当好抚上他的眉毛，轻轻叹了口气。

如果不是以这样的身份互相捆绑，她或许会像所有的女孩那样崇拜也敬畏他。而她也跟所有的女孩一样，无比清楚地明白崇拜与敬畏并不是爱。

手机铃声就是在这时候响起来，将陈当好吓了一大跳。她原本便神情紧张，寂静中突然出现的声响让她受了惊地坐起身。是季明瑞的手机，床上的男人被声音吵醒，不悦地翻了个身，往桌子上摸过去。

这个时间，除非是极重要的事，不然不会给他打电话。陈当好重新躺回去，感觉到季明瑞接起电话礼貌地询问一声，随后便是漫长的沉默。

她在心底猜测，该是什么事能让他沉默这么久，大概两分钟后，季明瑞翻身从床上坐起来，将手机挂断。

他神色不寻常，即便是在月光些微的房间里，她也察觉到他周身气场的变化。男人明显已经睡意全无，缓缓地，季明瑞转过头看着她，下巴线条绷紧了，沉重而缓慢地叫她名字："当好。"

陈当好的心提到了嗓子眼，脑海里瞬间闪过很多东西。她想起自己和梁津舸的每一次私下缠绵，想起梁津舸跟吴羡的暗地交易，这些事随便哪一件，都足够季明瑞在这个房间里要她的命。

深吸口气，陈当好压抑着心里的慌乱，尽量镇静地看他："怎么了？"

季明瑞没说话，掀开被子下床。

陈当好的心就这么被他带着沉了下去。

季明瑞没有说话，陈当好坐在被子里，觉得手脚冰凉。大概是察觉出她的情绪不对，季明瑞拉过她的手，轻轻放在自己的掌心，因为这个动作，陈当好的心稍稍放下一些，换了柔和温顺的声音又问一遍："怎么了呀？"

"你老家的人来电话，让你明天回去一趟。"季明瑞揉了一把自己的脸，接下来要说的话似乎令他为难，"我现在就安排人给你买票，但是我明天有个项目要飞北京，不能陪你回去，让梁子和齐姐跟你走。"

什么样的事，不仅要她回老家，还要带上梁津舸和齐管家？陈当好的心在短暂的安定后再一次悬起来，她的手还搭在他的掌心，声音比刚刚带了更多忐忑："……到底什么事？"

"你爸出了点事，你回家去看一看，我给你半个月的时间。"

"我爸……出什么事了？"

屋子里安静下来，季明瑞放开她的手，把床边的台灯打开。她从不知道这个男人在脱下西装后看起来会如此苍老，因为皱眉，陈当好可以看见他脸上清晰的皱纹。他在她身边坐下，强打精神似的抬了抬眼皮，随着这个动作抬头纹加深又迅速消失，说这样的话对他来说并不艰难，但对象是陈当好，他竟觉得不忍心觉得心存愧疚："其实九月的时候你老家的人来过电话，说你爸病了。那段时间你正好在住院，我就没告诉你，给你家打了钱过去。刚刚又来了电话，说你爸走了。"

生老病死不过是寻常事，谁也逃不开的宿命，可是人若是在本该尽孝的时候没能陪伴，那该是多大的遗憾。陈当好没反应过来他话里的意思，饶是她再怎么心机聪慧，也还是觉得脑袋发懵，太阳穴突突直跳："……什么叫我爸走了？"

季明瑞伸手想拥抱她，却看见她眼眶里盛满的泪，他突然没勇气靠近，这一刻的陈当好像极了吴羡。他觉得心底荒凉，默默站起身，去拿她放在衣柜里的小行李箱："我给你收拾东西，天亮了就可以出发。"

"我爸什么时候病的？"

季明瑞手上的动作停下，有些无措地去拿自己的手机，并不理会她的问题："我还是先找人订票吧，再晚要是订不到还得拖一天，回你家没有飞机吧，坐客车你晕车吗？我再找人给你买点晕车的药……"

"季明瑞，"陈当好声音染上哭腔，"你为什么不告诉我？"

为什么呀。因为他受够了她的骄纵喧闹，因为他的爱更多地只是一种占有和捆绑。他可以允许她在他的领域内自由活动，却不能允许她为别人投入一点感情，哪怕是她的家人。他宁可她对谁都无情，那样他就可以安慰自己，陈当好只是冷血，她并不是不爱他。

这一刻季明瑞也忽然发现，她第一次在他面前掉眼泪，没有心机没有目的，只是因为难过控制不住自己的情绪。他的心跟着被揉成一团，原来你是有感情的人啊，你这么柔软的心肠，为什么就能对我硬成那样？

"我叫齐姐上来陪你吧。"季明瑞把行李箱放下，转身往门口走，手放在门把手上，又回过头看她。灯光暖融融，她坐在被褥里低头抹眼泪，他忽然又觉得心疼，心疼到想跟她说一句抱歉："当好……"

"你让我走吧，"陈当好抬眼，瞬间的情绪里她没办法思考太多，甚至连自己和梁津舸的约定都抛诸脑后，"你根本就不爱我啊季明瑞，你只是不甘心，不甘心得不到我。没有人舍得这样去爱别人的，那是我爸爸，是我唯一的亲人，你却连他病了都不肯告诉我。我见不到他最后一面会让你觉得开心吗？你确定这是爱吗？"

那句抱歉已经在嘴边，因为她忽然的控诉，又被季明瑞咽回去。他打开房门，不再说话，只留给她一个背影。

季明瑞帮她订的是第二天早上七点的火车，而他在凌晨五点时便匆匆离开风华别墅。他走的时候梁津舸已经醒来，他听到齐管家在大厅里礼貌地说"季先生再见"，听到齐管家连声地叹息，他睡得迷蒙，分不清一切是梦境还是现实。季明瑞怎么会在这个时间离开，冬天天亮得晚，外面还是漆黑一片，他这么急着走，是不是又跟陈当好有了什么矛盾？乍想到陈当好的时候，梁津舸挣扎着睁开眼，第一反应便是，他是不是又打她了。

缓了好一会儿，他也没分清现在是什么时间，从床上坐起来。梁津舸听到有人在敲他的房门。

"陈小姐的父亲过世了，季先生让我们陪她回老家处理后事。七点的火车，现在收拾东西我们六点就要出发了。"

齐管家没进屋，站在门口说这番话的时候表情平静，只在最后轻轻叹息："陈小姐估计是承受不住，刚刚我上楼的时候听见哭声，就没敢进去。"

梁津舸愣了愣，一瞬间又开始怀疑自己是不是还在梦里。揉了揉眼睛，他看着齐管家的脸，慢慢点头："我知道了，我这就收拾东西。"

半个小时之后，梁津舸在大厅里看见陈当好。她穿着厚厚的羽绒服，没化妆,肤色白皙得近乎病态。她从楼梯上走下来,头发都束到脑后,扎成马尾,少了妆容,陈当好眉眼变得很淡,也或许是她一夜没睡,神色倦怠。

就像回到他们刚刚见面的时候,她斜倚在阳台上抽烟,眼底死气沉沉。梁津舸从桌边站起来,碍着齐管家也在,他礼貌地同她打招呼:"陈小姐,没事吧?"

陈当好看了他一眼,点点头。梁津舸帮她拉开一把椅子,示意她过来:"吃点东西再走。"

她又点点头,往餐桌这边走过来,走到梁津舸身边了,又摇摇头:"不吃了,我想快点走。"

"现在出发太早,七点的火车呢。"

"那就去火车站等着。"

"里面冷,人又杂,在家里等着不是更好吗?"

"那你们在家里等着,我自己先走。"

陈当好说着就要转身,被梁津舸拉住:"好了,吃完饭再走。"

他在耐着性子包容她的无理取闹,陈当好自然知道,可是眼下她是真的连一滴水都咽不下。眼睛有点酸疼,她在这几个小时里想了很多,却发现无论如何,摆脱季明瑞都是难上加难。叹了口气,她觉得自己再也哭不出来,轻轻挣开梁津舸的手,她转了身走到沙发边坐下:"我不想跟你吵了,那就等到点再走。"

从陵山回陈当好的老家需要经历四个小时的火车和两个小时的大巴。冬天山路不好走,大巴车开得摇摇晃晃,周围景色从城市到乡村,触目所及都是一片白雪。从车窗往外看可以看见田间小路,被大雪覆盖的田地静谧而纯洁,陈当好侧着脸,想起自己曾在这样的环境里长大,山村本赋予她单纯,而她把它弄丢了。

她又想起刚刚上小学的那一年,村小离家里有半个小时的路程,夏天还好,冬天上学就成了一件苦差事。早上七点半就要到校,为了有足够的提前量,爸爸常带着她不到七点就出发。那时候每天天不亮就起床,看爸爸在脸盆里倒上刚烧好的热水。

没有妈妈,爸爸手笨,不会给她扎其他孩子都有的漂亮的羊角辫,陈当好觉得自己坐在同学中间好自卑，爸爸看出她的心思，每天早上还要花十几分钟笨拙地给她扎头发，或者买漂亮的蝴蝶发卡逗她开心。学校里大家都吃五毛钱的冰棍，她只吃得起两毛钱的，因为那时候爸爸根本不知道还有五毛钱这么贵的冰棍。于是陈当好偷偷攒着那些钱，别人每天一根，她就两三天一根，买不起贵的，也不想拿便宜的凑合。

她曾经觉得这些旧时光是她的耻辱，是她不能和别人提及的自卑。可现在在车子拐了弯，距离她生活的那座小山村越来越近，她忽然明白，在爸爸力所能及的范围内，他已经给了她最好的一切。他亲手把她送出小山村，亲眼看着她上了大学，他以为自己的宝贝心尖终于能过上好日子了。

闭上眼，陈当好深吸口气把眼泪忍回去。

他们回来得还算及时，她没有操办丧事的经验，同村的伯伯叔叔倒是热心，里里外外跟着一起忙活。陈当好以为自己会哭，但其实没有，火化之前，按规矩站在遗体面前告别，她神色平静得令人意外，梁津舸站在人群外，远远凝视她，见她嘴唇动了动，然后缓慢地对着遗体鞠了一躬。

他看出她在说，"对不起"。

这句"对不起"究竟包含着什么，大概只有陈当好自己知道。丧事后按照惯例要摆桌宴请客人，梁津舸和齐管家作为朋友也在席间。陈当好坐在桌边神情恍惚，梁津舸低了头，悄悄在下面握住她的手。

他想起父亲去世的时候，他也是这么孤零零地坐在人群中，或者追溯得再早一些，回到童年母亲去世的时候。梁津舸从来都知道失去亲人是怎样的孤独，可眼下，他再怎么清楚，也无法替她分担一丝一毫。

"当好有出息呀，现在都在城里定居啦，我上次打电话，你那个男朋友态度可真好，还说有什么事尽管找他帮忙。"分不清是姑姑还是婶婶的人坐在桌边滔滔不绝，话题终于转到陈当好这里。她抬起头，轻轻挣开梁津舸的手，坐直了身体看向说话的人："上次？"

"就是你爸爸刚生病的时候啊，"女人越说越兴奋，目光在梁津舸身上转了转，"你带回来的人你怎么也不介绍一下，这是你城里的男朋友啊？"

"不是，只是朋友。"

"男朋友怎么不陪你回来呀？"

陈当好心下烦躁，不明白她为什么死抓着这个话题不放："他忙。"

"是呀，有钱的男人都忙，给钱就可以了，你爸爸上次生病他出手别提多大方，也就是你爸那个老古董还因为这事气得不行，他这个人死脑筋真的是……"

"我爸生气了？"陈当好眼神变了变，"他怎么说的？"

"哎呀，不就是那些话嘛，说这样的男人不可能白给钱，你肯定是跟人家在一起啦，说你自己去了城里容易被骗什么的，那些钱他真是一分都不肯要……"话说到这，旁边坐着的男人忽然在她胳膊上狠狠撞了一下，女人知道自己说多了，噤声半晌，伸手在陈当好肩膀上拍拍，"不过你不要在意这些，村里谁都知道陈家丫头最有出息了，不仅上了个城里的大学，走出了咱们这个穷山沟，还找了个有钱的男人呐。"

随着她的动作，陈当好看见她手腕上戴着的金镯子，她如果没记错，凭她家里的那点钱是买不起任何一件首饰的，那些钱父亲一分不肯要，那是怎么治的病，钱又去了哪里？陈当好觉得心里有什么东西在翻腾，这种不适感甚至扩散到了胃，她强压着，听女人身边的男人也开始开口小心翼翼地试探："当好啊，你现在算是混出头了，你表弟明年就高中毕业，他那个成绩上大学没希望的，你看看你那男人身边有没有什么好职位，帮你表弟打个招呼？这事我们办起来难，你办起来不是轻松嘛，你看你表弟人也不错，能吃苦的……"

陈当好再也听不下去，打断他的话："那些钱呢？"

满座宾客都是一愣，陈当好面色铁青，眼神阴沉可怕："我问你们，那些钱呢？"

桌子下，梁津舸再度握住了她的手。

气氛剑拔弩张，大家脸色都难堪起来。陈当好坐得笔直，多年城市生活让她即便是素面朝天，气质也与在座的大多数人不同。齐管家在外工作多年，见过豪门恩怨，却从不知道这样的小村子里，也藏着人性肮脏险恶。陈当好等着对面的人开口，尴尬的沉默里，刚刚说话的男人试图解释："你爸爸的病来得急，从发现到走中间真没多长时间……你要是心疼那些钱，我还给你就是了。"

他不过这么说说而已，陈当好也不可能真的去要。她只是觉得心里压抑，太多委屈无处说。在亲戚眼里，她大概已经成了城里有钱男人的妾，他们仗着她有这层关系，妄图拿她做垫脚石。而在父亲眼里，她又是什么呢？小时候他牵着她从石板小路上走回家的每一个夏夜里，他怎么也想不到自己苦心带大的女儿，会过上最令他不齿的生活吧？

而以父亲的脾性，想必是要自责，自己没本事，才让女儿落到了这样的境地。

她终究令他蒙羞并含恨而终。

可是话说回来，她的身份又干净到哪里去了呢？她到底是该恨季明瑞，还是该恨自己？很多时候她觉得焦虑觉得烦躁，大概都是出于对自己无能的愤怒，那层愤怒被她压抑得久了，就总是驱使她去做一点坏事。

无话可说，陈当好低了低头，试图把自己的手从梁津舸手里挣脱。她稍稍用力，他却握紧了，面上神色不变，只是不肯放开。陈当好看他一眼，又把脸偏开，沉默半晌，她开口道："过完'头七（指人死后第七天）'我就走了，钱不用你们还，那个什么表弟也别塞到我身边来。"

这顿饭她一口未动，说完这话便起身回家。梁津舸的手被迫放开，看她从他身边站起身，看她瘦削的背影一步步消失在门口。他和齐管家自然也没有再坐下去的必要，一桌人神色各异，心怀鬼胎。

陈当好的家空荡荡，显然很久没人打扫过，从这到最近的县城步行需要半个小时，来之前季明瑞特地嘱咐，让他们住得好一点，所以齐管家订了县城的旅馆房间。陈当好不愿走，执意要留在这里睡，碍于齐管家在场，梁津舸不能多说，只能先行离开。

冬天夜晚总是到来得很早，陈当好锁好了大门，看着这个太久没有回来过的家。厨房里的菜还没吃完，绿叶已经蔫了，搁置在窗台上。她静静地看了很久，好像爸爸还没走，等他回家，也就可以吃晚饭了。

她尝试着自己烧火取暖，冬天的火炕于她而言也成了记忆里久远的物件。这些活她是没做过的，自然做不好。最后索性还是放弃，捂着棉被躲到被窝里去。

屋子里没有火，在天寒地冻的北方山村是难以想象的。陈当好盖着两层被还是觉得手脚冰凉，忽然记起临走之前梁津舸皱着眉问她会不会烧火。也不知哪里来的委屈，眼眶就红起来，转而又觉得自己太过小女孩心性，这副样子成不了大事的。

也不知过了多久，久到四周都安静得没了一点声响。陈当好昏昏欲睡，闭眼蜷缩在被窝里，迷迷糊糊中听到声音，似乎有人在敲门，她费力地抬抬眼皮，墙上时间显示已经接近晚上十一点，这时候能有谁来？谁来她都是不敢开门的。

再度闭上眼，陈当好等着那阵敲门声消失，谁想到声音却越来越大。她不得已掀开棉被，披了羽绒服走出去，隔着门板，问了句"谁啊"。

"我。"梁津舸的声音隔着一道门板，好像就站在她面前。陈当好一愣，这个时间点肯定是没有从县城到这里的车的，他这么过来该有多冷。因为愣怔她甚至忘了给他开门，就这么隔着门板不确定地再度开口："你怎么回来了？"

"冷，我先进去。"梁津舸伸手在门板上拍了拍，老旧木门一阵"吱呀"，陈当好这才反应过来，打开门，她看到他冻得有些发紫的唇。他不说话，自己进来带好了门，快步拉着她往屋里走，谁知屋里气温并不比外面暖和多少，他神色讶异，转脸看她："你没烧火？"

陈当好犹豫点头，又辩解道："被子里不冷。"

"不觉得。"梁津舸说着往厨房走，看到满地堆的煤块木柴，大概也就知道她是不会生火。他虽然也没有经验，但好歹知道该怎么做，他站在厨房里，转头发现她还在身后看他，梁津舸无奈地叹口气："你去屋里等着。"

"你还没告诉我你怎么回来了。"

"回来找你。"

"……梁子，我今天没那个心情。"

"我知道。"

"那你还回来找我？"

他手上的动作停下，蹲在地上扭过身子看向她："当好，我们之间也不只有那么件事。"

陈当好抿抿唇，没接话。

梁津舸把地上的木柴放进炉子里，尽量把自己的心意说得轻描淡写："怕你害怕。"

火苗顺利烧起来，映在眼睛里好像都觉得暖和了不少。陈当好靠着门框不说话，她不知道该怎么去消化别人的深情，尤其是属于梁津舸的深情。男人若是对谁上了心，可真是太容易被看出来了，她忽然觉得烟瘾犯了，每当现实令她想要逃离，她就想来根烟缓缓。

等到火炕也跟着暖和起来，时间也快到凌晨。陈当好躺在被窝里，看着梁津舸洗了手从厨房走出来。她眨眼看他，看他脱了外套，脱了鞋，掀开被子钻进来。

她下意识想瑟缩，他没给她机会，伸手将她揽进怀里。冬日里他外套下面也只穿了一件半袖，胸膛温热，贴着她的脸，胳膊在她脑袋下垫着，那层属于男人的热度让陈当好原本蜷缩在一起的身体慢慢打开，往他的方向靠近，他收紧手臂环住她："还冷？"

"不冷了。"

他闭上眼睛："那睡觉。"

陈当好不再说话，以她的性格，是断然不会甜蜜地与他说晚安的。整个人都在他怀里，他伸了伸脚，钩了她的腿过来，冰凉的脚趾就贴在他小腿内侧。她也闭上眼，却觉得心跳如鼓，怕他听到，她将一只手放在自己胸前，这样折腾了许久，却连同脸颊也烧起来。

黑暗里，梁津舸悠悠叹了口气，身体动了动，胳膊还给她枕着，自己翻了身躺平在她身侧。陈当好睁开眼，低声问他："睡不着？"

"嗯。"

"为什么？"

"你心跳声很大。"

"……吵吗？"

一声轻笑，梁津舸重新抱紧她，将她贴在自己胸前："不吵。"

他极少笑，或者说陈当好从没见过他笑的样子。分明长了双温柔的眼睛，却时刻盛着戒备盛着漠然。这一声笑让她的心柔软下来，伸手轻轻环住他的脖子，陈当好忽然想跟他说说话，哪怕他不回答也好，他听着就可以。

"……我想起中考之前，那年夏天特别热，我坐在这个屋子里看书，觉得紧张，怕自己考不好。那时候我爸坐在我旁边，说我紧张得太明显，心跳声都吵死了，这样的心态怎么行，所以不让我看书了，偏要带我出去走走。他带我去钓鱼，我坐在小河边觉得心情特别好，那时候我就想，要是我考到了县里的高中走了，谁陪我爸钓鱼呢，可是我又知道，我是肯定要走的。"

梁津舸闭着眼，手掌轻轻抚着她的头发，声音温和："钓鱼好玩吗？"

"不好玩，坐在那一动不能动，就只是等着。要是等天快黑了，还容易被蚊子咬满腿的包。"

"那什么好玩？"

"好玩的很多啊，小时候在村子里来回跑都觉得好玩。那时候也没有手机没有电脑，全村就那么几家有电视，到了晚上所有人家的小朋友都聚在那一台电视前面等动画片。半夜的时候电视就不演节目了，变成雪花点或者彩色的大球，我小时候长得比现在好看，邻居家的大人喜欢我，总是给我好吃的，小孩也喜欢我，愿意跟我玩。村头到村尾就是整个世界了，要是没见过别的世界，也觉得没什么不好。"

什么是雪花点，什么又是彩色的大球，梁津舸没问，但好像知道。他在黑暗里睁着眼睛，听到她喋喋不休地讲述自己小时候那点趣事，他很想吻她，却怕自己没法控制分寸，所以就只是安静地听，偶尔附和几句。到后面陈当好的声音越来越小，说的话也渐渐模糊不清，他知道她是困了，手在她背上轻抚，像是安慰孩子一般。

这一夜的陈当好是小村庄里绕着田埂跑跳的孩子，不魅惑不风情，幼稚天真，灿烂无邪。他爱这样的她，也爱长大后的她，他甚至觉得感激，感激这片土地上曾经生活过那么一个单纯快乐的小女孩。

怀里的人呼吸心跳都渐渐趋向平稳，他悄悄低头，在她发顶落下一个吻。她的梦还是她的，他不想也不奢望涉足。这个世界太安静了，安静到她的呼吸已经那么轻，还是绕在他心上让他彻夜难眠，屋子里越来越暖和，火炕上温度升高，他摸到她发烫的脸颊。

陈当好早上起床的时候，梁津舸正在厨房做饭。屋内暖烘烘的，身下火炕烙得人骨头酥麻，舍不得起身。她揉着眼睛站在厨房门口看他，有米饭的香味在周身萦绕，梁津舸回过头，朝着她走过来，伸手抱住她。

这场景太温暖，他在她鬓角蹭了蹭，拍拍她的背："准备吃饭。"

学生时代语文课，学习陶渊明的《桃花源记》，彼时梁津舸坐在教室里望着外面的高楼大厦放空，对文中的描述羡慕不已又嗤之以鼻。世界上如果真有桃花源，里面的人定然不满足现有环境，跃跃欲试想出来看看。

对面的陈当好喝了口汤，他眯了眯眼，忽然觉得少年时的课文并不夸张。

这样的山村，这样的破屋，因为她坐在对面，倒也甘之如饴。世界上让他心动的事太少，他凝视着她沾了汤汁的嘴角，伸手在上面轻轻揩了一把。

"当好，"他觉得他有很多话要说，很多话又都不知道怎么说。男人的表白若是真心，总来得难一些："如果我们不走了会怎么样？"

陈当好端着碗，眨眨眼，并不认真思考他话里的意思："什么不走？"

"如果我们不回去陵山，找个地方一起生活，你觉得怎么样？"

爱情真大胆，让人连私奔这样的话都有勇气拐着弯地说出来。陈当好还端着碗，觉得自己或许理解错了，皱皱眉，她疑惑地看他："为什么？"

"因为我觉得挺好。"

她轻笑："你爱上我了？"

也不是没有过这样的调笑，在身体纠缠的时候，在她想要撒娇的时候。而以往的每一次梁津舸都是避而不答。陈当好觉得这次也一样，笑着偏开了脸，余光里梁津舸端起碗喝了口粥，舔舔唇，他回答得平常而随意，透着点刻意为之的漫不经心："是啊。"

他说"是啊"。

陈当好敛了笑容，愣愣看他。

"所以你说怎么样？"梁津舸回应她的目光，眼神温柔而坚定。她张张嘴，瞬间的惊愕里竟然觉得心下空茫，是真的没有答案。自他再次回到风华别墅，她刻意收敛了心里疯长的喜欢，怕被辜负，只把两人互动当作游戏，忽然他这么看着她，她无从准备，当真是措手不及。

她觉得她应该笑一下，现在的表情肯定不好看。深吸口气，她想要回答他。

梁津舸的手机是在这个时候不合时宜地响起的。

来电人。

——季明瑞。

　　手机响铃十五秒。在这十五秒里，梁津舸没有说话，陈当好也保持沉默。他们彼此对视，直到手机铃声消失，眨眨眼，梁津舸温和地看着她："你要说什么？"

　　他这样看着她，就好像在问，"今天你想去哪？你想去哪我都依你。"这样温和的包容力让陈当好鼻尖发酸，她偏过了脑袋，不看他的眼睛，尽管知道这电话十有八九是季明瑞打来的，还是不甘心地想问一句："谁打来的？"

　　"你要说什么？"梁津舸没回答她，重复自己刚刚的问话。陈当好心里明镜一般，却还是想要跟他争个高低："你先告诉我。"

　　"不重要的人。"

　　几乎是梁津舸话音落下的同时，电话铃声再度响起。梁津舸低头看了一眼，依旧是季明瑞的名字，他张张嘴想说点什么，陈当好的话却挡在他前面："接吧。"

　　就像在现实面前站立许久，也对峙许久，最后还是认输，他们早已迟了仅靠爱情就能活命的年纪。她看着他，肩膀塌下去，换了劝说的语气："梁子，接吧。"

她极少用这样的语气跟他说话，梁津舸深深看她一眼，拿起桌上的手机。接通的第一秒便听到季明瑞明显的不满："怎么才接？"

"刚刚在路上，没听到。"

"什么路上？"

"来陈小姐这里的路上，陈小姐坚持睡在老宅。"

电话那头的季明瑞轻轻"啧"一声，陈当好知道他估计早已皱起眉。下意想要埋怨梁津舸和齐管家为什么不留下陪她，转而又想到陈当好的脾气，心里的情绪起起落落又被他压下去："那你现在见到当好了？"

"是的，季先生。"

"我大概明天下午到那边，今晚你跟当好商量一下，让齐姐在那陪她，她一个人我不放心。等头七过了，我直接带她从那边出发去散散心，你跟齐姐就不用跟着了。"季明瑞说着叹了口气，"当好那边你跟她讲吧，她现在估计不想跟我说话。"

梁津舸微愣，半晌，才回道："好的，季先生。"

电话自那边被挂掉，忙音急促，敲在他的耳膜上。梁津舸抬头，与陈当好对视，他跟她距离很近，电话内容她自然也听得一清二楚。时机似乎总是不对，每当她想要靠近，就有人伸手硬生生将他们分开。带着细不可查的叹息，陈当好手抚上碗沿，目光也落在上面，借以躲开梁津舸的注视："梁子，我觉得这是个好机会。"

梁津舸没说话，碗里的粥大概是凉了，这个天气，热腾腾的东西总是冷得那么快。就在他说完爱她之后，她还是可以冷静理智地跟他说，季明瑞的到来是个好机会。

是他不对，总是忘记两人之间的盟友身份。她既然入戏，他总不好不配合："嗯，正好吴羡那边也在催我。"

"如果我能拿到视频，这样的日子就结束了，我们都可以得到自己想要的。但如果我们错过了吴羡这个跳板，再想翻盘就很难了。梁子，别的事先放一放，别再多想，明白吗？"陈当好不似刚刚的安慰语气，而是恢复她一贯的慵懒，几句话说得没什么力气，却不容反驳。梁津舸顺着她的话点头，像是在听又像是没有："嗯。"

她缓慢伸手握住他的手，轻轻在他手背上拍了拍，是一个安抚的动作。梁津舸心里五味杂陈，舔舔唇，他望向门外凛冽却晴朗的天气："外面看着不冷。"

"出去就冷了。"陈当好裹紧了身上的衣服，随口附和他。

"下午干吗？"

"在屋里待着哪也不想去。"

梁津舸还想再说点什么，又找不到话题。男人很少会问，"你爱我吗？"在承认自己的爱之前，他要么是做好了你不爱他也没关系的打算，要么是已经把你的爱看得通透。他知道陈当好对他不是没感情，不然也不会到现在这一步，可脑海里忽而就想起她说过的话，她说："你啊，以后爱谁——她要是爱你三分，你也爱她三分；她要是爱你五分，你也爱她五分；她爱你七分你便爱她七分；可是如果她爱你十分，你就爱她十二分。

"这样要是有一天你们不在一起了，她也总会记得自己还不起的那两分，记得你是她十分爱过的人。"

他隔着不远的距离看她，看她坐在椅子里低头把衣服的纽扣一颗一颗扣好。心里是那么清楚，就算这个女人心里对他有爱，也绝超不过三分。相比之下他的爱热情且廉价，恨不得将自己一颗心都拱手相让。

情爱里无智者，梁津舸也不能免俗。他摸出根烟，点燃的同时将打火机和烟盒丢给她。大前门，话梅香气的大前门，他在心里跟自己说，若是以后跟陈当好断了联络，那这烟，他一辈子都不要再碰。

季明瑞到达的当天，与陈当好的亲戚们碰面。相比陈当好，季明瑞无疑表现出了最大的热情和友善，将一众亲友打点得开开心心，连同前几天饭局上的尴尬都一扫而空。这是只有季明瑞能做到的事，换谁都不行，陈当好看着他把那些鲜红的钞票纸一般地发出去，再配上几句得体的漂亮话，那些原本还凶神恶煞的亲戚就换了嘴脸，当好又成了他们的骄傲。

而关于那位小表弟，季明瑞也表现出了最大耐心，承诺自己会给他安排一个好的工作。所有人都满意而归，他才终于得空回头，看一看陈当好生活了近十八年的家。

他没有见过山村老宅，却也不至于孤陋寡闻，眼睛从旧色家具上一一掠过，季明瑞朝她伸手，声音温柔："过来，我抱抱。"

陈当好靠在桌边没动，安静地凝视他："我只能说谢谢你。"

季明瑞在来之前心里早已做好准备，她的漠然和冷傲他都可以接受，所以听了这话也没觉得意外。她不过来，他过去便是，张开双臂拥住她，好在她没挣扎。季明瑞将她拥紧在怀里，温柔的情话无师自通，他闭上眼睛，轻轻吻她的发顶："当好，我不知道为什么，看到这些家具摆设，我很想哭。我好像错过了你很多的好年华。"

她知道她该怎么回应的，就算一句话不说，也总该伸手回抱他。可瞬间，她满脑子都是那个夜晚窝在梁津舸怀里喋喋不休的自己那才是真实的她，是季明瑞不曾见过的她，僵硬着脖子，她慢慢偏开脸，躲避他的深情："季先生不正在拥有着我的好年华吗？"

"所以我们都该珍惜。"季明瑞顺着她的话接下去，陈当好轻笑，并不反驳。维持着这个尴尬的拥抱，她问："听梁子说你要带我出去散心，你要带我去哪散心？"

说这话的时候，她的身子渐渐软下来，依偎在他怀里，头枕着他的胸膛。他的心跳不似梁津舸总是带着股热忱的劲儿，跳得沉稳，但也有力。跟她相处这么久，她偶尔的小动作他是了解的。就像每当她有了自己的小心思，便会变得格外乖顺，因为她知道，季明瑞拿这样的她没有办法。

心里是叹息，面上却并不显露，季明瑞抚摸着她的头发，觉得这一刻的温存弥足珍贵，宠溺的话是不需要经过大脑的："你想去哪就去哪。"

她在他怀里仰头，下巴抵在他胸前，水灵灵的眼睛仰视他，带着少女般的天真："你不怕我算计你了？"

"当好，你还是太年轻了，把所有事都想得那么简单。"季明瑞胸腔里的一声叹息终于吐出来，声音悠悠，"你以为制造一场车祸可以扳倒我，以为在房间里安装录像可以扳倒我，可是你看，哪一次你成功了？我直接告诉你，就算你拿着那样的录像去公开，也不会有人信，你说话没有分量，你这么聪明的姑娘，别再做这种不聪明的事。你想去哪，我们就去哪，你那点心思我早就明白，没有用的，你别白费功夫。"

怀里的人不说话，只是慢慢低了头，从他的怀里挣脱出来。她这是不高兴了，季明瑞也知道，他知道她不高兴的时候眼神总是避着人，谁也不肯看。

他远比陈当好以为的要更了解她。

"头七"后的第二天，梁津舸站在大门外，看见陈当好素颜从屋子里出来。她手里拎着行李箱，这时候他是应该上前帮她一把的，这是他的职责，可他只是站在原地，他们隔着几步距离四目相对，在这个冰天雪地的小山村里。

"我跟季明瑞先走，别墅见吧。"陈当好说着朝他挥了挥手，不知为什么她心里忽然涌现出极大的不舍，没化妆的她看起来寡淡却干净，梁津舸点点头，算是回应，犹豫一会儿，还是朝着她走过去："东西给我。"

他们肩并着肩沿着小路往前走，近五分钟的路程里，谁也不说话。梁津舸知道，等别墅再见的时候，也许未来早已改写，陈当好带着巨大的野心，给季明瑞布好了陷阱。他们的计划一旦成功，他们便不再是盟友，在陈当好的规划里，从来都没有他的一席之地。

纷扰思绪让梁津舸薄唇紧抿，他想问她到底怎么打算的，却还是问不出口。眼看着小路就要到尽头，冬日只剩松柏还顽强站在雪地里，树上落着积雪，从远处望过来，想必是看不到两人的。站在树后，陈当好踮起脚，轻轻拥抱他。

她很少主动拥抱谁，穿着厚厚的衣服，她抱得用力。梁津舸有两秒失神，手顿了顿，慢慢将她搂紧。

这个冬天是晴朗的，微风吹落了树上的积雪，落了两人一头一身。陈当好从他的怀抱里抬起头，眼神素净，可以看见未施粉黛的脸上，连睫毛都根根分明。她的手环在他的脖子上，眼底有一小圈水光，眨眨眼，把那层隐约的水光藏起来，她压低声音开口，不似乞求却声线卑微："梁子，你亲亲我。"

梁津舸闭眼吻住她的唇。

他吻得很轻，不夹杂欲念，双手收紧了，像是想将她融进自己怀里去。

风又吹起来，树上积雪纷纷落下。陈当好始终都不能明白，这一刻的自己为何会难过到这个地步。等到很久之后，她才明白，这个逼仄的小山村像是个分水岭，离开这里的他们都再没回来过。

那个蹲在地上帮她烧火，抱着她睡觉的男人，也是自这里开始，越走越远的。

季明瑞大约真的对陈当好上了心，为了陪她宁愿将公司的事都暂时放一放。生死是大事，何况陈当好在这个世界只剩一个父亲。他是想要陪伴她的，人在情绪脆弱的时候更愿意去依赖别人，他不是没有私心，他恨不能就在这个当口乘虚而入。

陈当好从小到大没有正儿八经地旅行过，只因没有那样的经济条件。他们出去了一个月，在每个地方停留的时间都不长，为了多见见不同地方的风土人情。其间季明瑞给她拍了很多照片，照片里的陈当好面若桃花，以往繁重的妆容也被卸下，她看着镜头，干干净净的一张脸，眼神清透。

很多时候，季明瑞会错觉般认为，陈当好是爱他的。

也许因为爱他，所以她慢慢地不再抗拒他的触碰和亲吻。这幻觉的滋味太美妙，以至于回陵山的那天，他心生无数惆怅。风华别墅依旧是他的地盘，被关回去的陈当好却定然没有在外面的欢喜神韵，两相矛盾的选择里，季明瑞还是忠于自私的自己。

他们回来的那天，立春已过。冬季说来漫长，却也是到了尽头。车子在别墅门口停下，季明瑞要赶回公司开会，并不打算下车，还握着陈当好的手，他靠近了去亲吻她的头发："这几天我可能不过来，有事让齐姐或者梁子联系我。"

"嗯。"

"烟既然戒了就别再抽了。"

"……嗯。"

"学校那边再开学，我跟教授打个招呼，争取让你早点进电视台实习。"

陈当好不再吭声，只是静静点头，平静眼神里看不出情绪。她眼里没有厌烦对他来说已经像是恩赐，松开了手，季明瑞看她自己打开车门，一脚已经迈出车外，陈当好忽然回头，认真凝视他的眼睛："明瑞，我记得你下个月要过生日了。"

季明瑞一愣，大概是没料到她会记得，往年的那一天，陈当好即使知道也什么表示都没有。他觉得受宠若惊，脸上还维持着刚刚的淡然镇定，轻轻点头："嗯。"

"我给你准备份礼物吧。"

往年季明瑞生日，必然是要找个好点的酒店办上几桌，让平日里不怎么往来的商人高官，都能在这样的场合认识联络。而在这样的场面，吴羡作为他的正妻自然也是会出席的。看得出他眼里一瞬间的惊喜和为难，陈当好笑了笑，安抚似的在他手背上拍拍："放心，小礼物，我也不会去打扰你的。"

她这么说完，扭头下车，季明瑞只觉得心里暖意融融，当真是立春了。齐管家和梁津舸早已站在门口等候，目送着陈当好与他们会合，季明瑞才吩咐司机开车离开。看看日历，也已经三月，新的项目招标在即，他不在的时间里公司脚步确实比之前慢下来不少。心里不知怎的有了些压力，季明瑞深吸口气，闻到车厢里陈当好留下的香水味道。

生活总不是没盼头的，吴羡去世之后，陈当好便能名正言顺地到他身边来。

对那一天，他期待已久。

别墅里还是老样子，高高吊灯，富丽堂皇。墙壁雪白到压抑，小阳台的窗户打开了，春寒料峭自然也不会有人到上面去吹风。陈当好的行李箱自进门开始就被梁津舸拿在手里，不重，他单手就能将它轻松拎起。眼下别墅里的三个人都不善于言谈，所以即便是久别重逢，也少了那么点热乎劲。

他们有多久没见面了呢。梁津舸望见她的第一眼，比脑子更早唤起记忆的是身体。她回来的时候穿了件驼色大衣，很保守的设计，连脖颈都被领子挡去大半。他站在门口，她走过来，他便自然低头，从她手里接过那个小巧的箱子。

只一眼对视，陈当好神色平静，他也一样。

手指从她手背上滑过去，还是一样的触感。时间让触感变得陌生，梁津舸不禁抿起唇，跟在陈当好身后进屋。

他期待夜色，期待天完全黑透，期待齐管家今晚身体不适早些休息。身体里的怪兽无时无刻不在撒泼，这怪兽只有陈当好一人能哄好。他坐在桌前看她，看她慢悠悠地端起碗，再慢悠悠地夹菜吃饭，她动作自然得就像他们之间清清白白，将他的欲望衬托得分外不堪。

梁津舸低下头，不知怎么，心里涌上些许失望。她或许并不思念他。男人不怎么丰富的想象力在这一刻发挥到了极致，他望着她，目光顺着她的下巴一直来到她的领口。梁津舸试图从她身上发现那么点痕迹，季明瑞留下的痕迹，他在某些瞬间会错乱地认为自己才是她名正言顺的男人，这感觉在最近疯狂地折磨他，让他心力交瘁。

又或许痕迹不在脖颈，梁津舸的心思飞远了，脸色愈发难看。在他准备放下碗筷之前，腿上忽而有轻微触感，他下意识地抬头，对面的陈当好神色自若，正认真听齐管家讲面前这一道西湖醋鱼的做法。

梁津舸喉结上下翻动一遍，慢慢向后靠在椅背上，不动声色地低下头。桌布掩映着，桌子下面光线昏暗，陈当好今天穿了条肉色亮丝丝袜，而此时此刻，她的脚尖就点在他小腿上，漫不经心地画着圈。

那些飘远的思绪重新回到梁津舸年轻的身体，沿着血液流动向某一处聚集。察觉到他的变化，陈当好状似不经意，朝他看一眼，眼神漠然，脚尖却换了方向，越发朝着他的大腿靠近。

陈当好有着让男人又爱又恨的浪荡。

重新拿起筷子，梁津舸低头吃饭，左手从桌子下面伸过去，趁她来不及撤走，抓住了她的脚尖。陈当好明显身体一滞，大概没猜到他会这么大胆，心里还没准备，他的手已经烙铁般沿着她的脚踝往上摸去。

受餐桌长度限制，梁津舸的手在到达她小腿肚的地方停下。陈当好坐直了身体，想把自己的腿向后撤一些以躲避他的触碰，稍稍使力，却被他握紧。

梁津舸的手似乎有魔力，但凡落在她身上，都好像通着电。而被丝袜包裹的小腿手感细滑，他手掌逡巡几圈，再看向她时，就带了几分似笑非笑的味道。

陈当好耳朵尖已经泛红，边听齐管家说话，边自己伸手扯了几缕头发去遮。梁津舸却不体谅她的辛苦，手掌来到脚踝，沿着一路曲线落在她的脚背上。他将她的脚固定住了，没给她乱动的机会，右手貌似不小心，筷子便掉落在地。

"不好意思。"梁津舸开口，弯腰低头去捡他的筷子，这时候若是细听，这短短四个字其实已带了几分低哑。脸向桌布下靠近，他带着恶作剧的心思，一手捡起筷子，顺便快速在陈当好脚背上隔着丝袜咬了一口。

对面的人身体一僵，碰巧这时候齐管家说起了什么有趣的事，陈当好扭着身体笑，顺势将自己的腿从他手里挣脱出来。梁津舸拿着脏了的筷子去厨房，站在厨房里他似乎想起什么，遥遥向她望过来，偏生陈当好正在看他，眼神对上，她一眼就知道他在回忆那个夜晚，厨房里的放纵欢愉。

陈当好的脸红起来，再听不进去齐管家说什么，此后话题只笑着应和，心里忽然跟梁津舸产生了一样的期待，期待夜幕降临，期待午夜钟声响。

等待的时间总是叫人煎熬，这夜偏又下了雨，夹杂着冬末未竟的雪花。梁津舸上楼的时候，齐管家刚刚回房没多久，他明知这样做冒险，脚步却先于理智想要去到她身边。隔着一道门，他轻轻咳嗽，门里的人便知道是他来了，门锁轻声打开，门缝里透出屋内暖黄的灯光。

合上门，梁津舸靠着门板看她。

陈当好卸了妆，身上穿着一件水红色睡裙，别墅里供暖充足，这睡裙便将领口开到了胸前。梁津舸目光赤裸，眼神落在她胸口，在她面前，他从来没想过要当什么正人君子。心里分明那样急切，脚步却要放慢，慢到陈当好终于抬起头，认真看向他，媚眼如丝："怎么不过来？"

他就是在等她这一句。

房间不大，梁津舸迈大步，两步便能到她跟前。她从椅子上站起来，他刚一靠近，她便抬手环住他的脖子。相爱的男女像两块磁石，南北极一正一负，却还是牢固贴合，陈当好稍稍仰头，他的唇便准确落下来，舌尖与他纠缠在一起的同时，陈当好在心里发出满足的喟叹。

她是想念他的。

脚下步子挪动，两个人位置调换，陈当好背部靠墙，被他顶在墙壁上索吻。梁津舸伸手于墙壁上摸索了一阵，有开关闭合的细微声响，四周暗下来，只余月光莹莹发亮。月色下陈当好的肩颈泛着冷白的光，随着他的唇舌到达，那层冷白色的皮肤便不害羞地红起来，透着点欲说还休的粉。

沉浸在欢愉里的人是不知时间流逝的。凌晨两点，洗完澡的陈当好围着自己的毛绒披肩，坐在窗前打开窗户，冷风飘进来，吹散一室旖旎。她给自己点了根烟，火星亮起，她扭头看向还躺在床上的男人："还不回去？天都快亮了。"

身后没有回应，陈当好似是想起什么，走到门口从贴身的包里拿出什么东西，捏在手里坐回窗边，接着抽烟。她在心里暗自思索这根烟燃尽她就起身让他走，虽然她自己也不明白，她在惶恐什么。

有温热手掌搭在她肩头，梁津舸站在她背后，慢慢揽住她的肩膀将她抱紧。温存不过一分钟，陈当好抬手，将手里的东西递给他："你把这个给吴羡吧。"

梁津舸低头去看，是一张黑色内存卡。他不知道她是什么时候搞到的这种东西，当然也不打算问。伸手默默接过来，脑海里闪过季明瑞那张年近半百的脸，不适感让他微微皱眉，说出的话不经大脑："我能看吗？"

陈当好叼着烟，略微诧异地看他一眼，淡淡笑道："随便，只要别当着我的面。"

"我走了。"

他的双手从她肩膀上拿开，风在这时吹过来，让陈当好身上起了一层鸡皮疙瘩。手里的烟只烧了一半，她抬眼看他，看他把衣服套在身上，抬手时露出一截精壮的腰腹。紧了紧身上的披肩，陈当好轻声唤他："梁子，你来。"

梁津舸眉目温和地望着她，月光下她比平日里还艳："嗯？"

陈当好起身，将自己抽了一半的烟递到他嘴边，梁津舸微微开口，那根烟便轻巧地被他衔住。放松了双手的陈当好将披肩解开，她里面还穿着那件水红色睡裙，披肩在这一刻成了她的羽翼，拥抱他的同时将他包裹在她的馨香里："早点去找吴羡，求你。"

他原本暖回来的心又凉下去，没有回抱她，梁津舸轻轻点头："嗯。"

往年季明瑞的生日，都是吴羡一手操办。用她自己的话说，她得在所有媒体面前做足了戏，让世人都觉得她是季明瑞的贤内助。有了这层对比，日后所有的证据都会显得季明瑞更加面目可憎。

所以，女人若是想恨谁，是最舍得处心积虑的。

吴羡身体已经大不如前，从前一天能做完的事，往往要三到四天才能彻底完成。化疗和疾病带给她最恐怖的副作用大概是记忆力和反应能力开始减退，秘书站在门口说完很久的话，她得集中精神在心里思索半天才能明白是什么意思。这是病情严重的表现，她自己就是这方面的专家，医者难自救，大概也就是这么个道理。

在她病得最严重的时间里，季明瑞作为她法律上的丈夫并不在她身边。她还是每一次都自己走进化疗室，自己把那阵难言的苦痛熬过去。最疼痛的时候她会想起季明瑞指着她的鼻子与她争吵，这种荒谬的缓解方法每每奏效，都让她更深痛地明白他是如何地不爱她。

她开始憎恨自己的偏执，在这样的偏执里她的身体每况愈下。而今天情况似乎更糟，她甚至认为自己开始出现幻觉。季明瑞站在办公室门口，门开着，他伸手在门上敲打，声音听得吴羡微愣。

她不知道自己的病已经严重到这种程度，季明瑞是最不可能出现在这里的人。

偏过头，吴羡不理会他，翻开自己面前的文件夹。事实上那里面什么都没有，她早已没办法好好读完一份文件。敲门声继续，不肯罢休，她心烦皱眉，再抬头，他还站在那里。

她终于承认这不是幻觉，季明瑞的手垂下去，朝着她走过来。他的眼神就像很久之前，像那个他将自己调好的咖啡推给她的下午，低垂的眼睛里有淡淡的愁。吴羡仰起头，她没有力气站起来，不然她不会选择以这样的方式仰望他。

"你怎么来了？"她开口，声音倒还算平静，并不虚弱。季明瑞没落座，把手里拿着的纸袋放在她的桌子上。吴羡不说话，等着他开口，几秒沉默后季明瑞说道："今年我生日的邀请函，按照往年的规矩还是你做吧，这里面是应该会用到的资料。"

"这种小事，邮箱发给我就好了，还用你亲自跑一趟？"

"……我来看看你。"

吴羡冷笑："怎么，看我是不是快死了？"

季明瑞最讨厌她这副样子，最讨厌她说话的时候嘴角挂着的那一丝轻蔑。他在这轻蔑里渐渐丧失掉属于男人的尊严，虽然他也不知道，最开始他为什么将赋予自己尊严的权利交给她。越是丢失的东西越想找回来，所以他在外面找很多女人，最后遇见陈当好。陈当好是年轻时候的吴羡，优点缺点，风韵神情，她们仿佛一个模子刻出来的。某些时候他甚至不觉得自己在出轨，他在陈当好身上安放了自己没能送给吴羡的爱情。

"管家说你最近都不回家住，你去哪了？"季明瑞将手放在西裤口袋里，而吴羡知道他这个动作代表这一刻他在隐藏自己的真实情绪。她笑了笑，拍拍自己桌上堆积如山的文件夹："你看见了，我要做的事实在太多了。"

"你在生病，总该注意休息。"

"嗯。"

"管家可以给你更好的照顾。"

"季明瑞，"吴羡双手撑在桌上，眼皮有些耷拉，看起来疲惫不堪，"你要是不能给我我想要的，就别在这扮好人感动你自己了。"

"你想要什么？"

"很简单啊，你承认自己出轨，然后净身出户。"

他眼里那层似有若无的哀愁渐渐散尽，揉了一把自己的脸，季明瑞深吸口气："我是在关心你，吴羡。"

"那我谢谢你，关心过了，你走吧。"

"我们一定要这么说话吗？"

"陈当好跟你是怎么说话呢？"

"你提她做什么？"

"那我该提倪叶吗？还是在陈当好出现之前那些你自己都记不住名

字的女人？季明瑞，你总是在我最需要你的时候不出现，等我自己熬过来了你又要来找我，这些年都是这样，你只不过就是个烂事做尽又良心不安的窝囊废而已，别硬拉我来陪你演这种戏码。"

屋子里沉默下来，季明瑞安静地看着她，额头青筋暴起。他不该对女人动手，况且对方得了绝症病入膏肓。门口的梁津舸慢慢后退一步，明白自己今天来得不是时候。

他是来给吴羡送证据的，陈当好带回来的证据。他在心里几次措辞，想要告诉吴羡陈当好已经是他们的同盟。而现在心里那层坦诚的欲望被他自己吞灭回去，缓缓转身，梁津舸悄无声息地离开办公室门口。

天气暖和起来，三月本就该是个温暖的季节。坐进车里，梁津舸给自己点了根烟。

季明瑞昨天给他打电话，询问陈当好有没有偷偷吸烟，并且带着点扬扬自得，说自己帮助她戒掉了烟瘾，这样她以后便可以成为一名出色的女主播。彼时梁津舸站在楼梯上，看见陈当好手里夹着烟靠门框看他。烟雾吞吐间她用嘴唇无声问他谁的电话，他却只注意到她的唇，恨不得扔下电话吻上去。

关于内存卡里的内容，梁津舸没有看，尽管陈当好说无所谓。心里的骚动在干扰他，让他回去的一路上都心神不宁。今天陈当好有课，整个下午的时间都是他自己的，只要在五点之前去接她就好。开着车绕过了几条街，最后停在陌生网吧门口，梁津舸掐灭了烟走进去。

网吧里乌烟瘴气，有打游戏的男孩们战场厮杀般喊叫嘶吼。他要了个包间，关上门坐进去，小小的内存卡放进电脑，想了想，又插好耳机。

视频画面跳出来的那一刻，梁津舸听见外面有男孩在高声咒骂，大约是输掉了一场游戏，推搡着从椅子上站起身，引起很大响声。他的目光胶着在视频上，神色平静，等到外面安静下来，耳机里的声音就显得清晰可闻。

陈当好是个可人儿，不愧是学传媒播音，一把娇软好嗓子。分明没有实质行为，她却叫得人骨头酥软。视频总长十多分钟，季明瑞的脸在最开始便清晰出镜，梁津舸又在心里感叹，感叹她是怎样拍出了这样的视频。

无从求证，陈当好明显不打算告诉他。

他想说服自己看下去，可是视频时间每前进一秒，他都觉得胃里跟着有轻微痉挛似的疼痛。梁津舸身体健康，很少感觉到疼痛。这疼痛让他皱了眉，渐渐地满头大汗，视频播放过半，他再难忍受，摘掉耳机跑去厕所，竟大口呕吐起来。

胃酸上返进食道，让梁津舸眼圈发红，他在呕吐的间隙里忽然就想起陈当好躺在他怀里满面潮红的样子。原来是这样的感觉，原来你爱的人不只是在你身下，换一个人，她依旧风情万种。他能理解她所有的行为，能理解她破釜沉舟的心，可是他不能说服自己，不能让自己淡然地将整部视频都看完。

他觉得恶心，这种恶心感从心理甚至映射到了生理，让他再难支撑。

四点五十分，梁津舸站在陵山大学校门口。远远地，他看见陈当好朝他走过来。今早出门时她穿了一件浅灰色裙子，外面披一件黑色皮衣，因为下午温度升高，皮衣被她脱下来挂在胳膊上，这么走近的时候，他可以看见她美好的身段，看见她身上轻易就可以展示出来的曲线。她露着一小截手臂，白生生的，他的目光落在上面又移开，他又想起视频里，这手臂晃晃荡荡挂在季明瑞脖子上。

视频里的她也有这样的曲线，更加赤裸诱惑。梁津舸不能再想，甩甩头，看到陈当好走过来。他伸手帮她打开车门，她坐进去，他再绕到另一边坐进驾驶位。

"你把东西给吴羡了吗？"陈当好系完安全带，偏头看他，梁津舸眼神很平静，手下发动车子，声音就更加波澜不惊，跟他以往没有丝毫不同："嗯。"

"那吴羡怎么说？"

"不知道，我着急回来接你。"

"她总不可能什么都没说。"

梁津舸抿了抿唇，眉毛皱在一起又舒展开，做出认真思索回忆的样子，半晌，才慢慢答道："她说让你等好消息。"

"你跟她说了我的建议了吗？在季明瑞的生日晚宴上播放视频，我真期待到时候季明瑞会是什么眼神。"

梁津舸忽然觉得今天的陈当好话多，他明明是喜欢听她声音的，可他不敢去看她的脸，他会想起视频里的她，五官重合在一起的时候，痛苦而欢愉的样子。他也不知道自己为什么要对她说谎，他分明是爱她的，他们还是盟友，他们该共存亡。她脸上的神色是兴奋的，好像已经提前看到生日晚宴上季明瑞的狼狈不堪，他这样爱她，不是该跟她有一样的兴奋吗？

　　可是梁津舸不能，他没有办法让全陵山市的人都看到那样的她，那些脑满肠肥的高官不配看她，即便她是个情妇。只要想到那么多的男人今后会对她的身材相貌津津乐道，甚至聚在一起，将她当作下酒菜，他就觉得一切都令人作呕。

　　车子停在原地，陈当好的话将他的思绪拉回来，她今天心情颇好，小女孩的样子，拉着他的手，声音也娇软："你在想什么？"

　　她心情好到没发现梁津舸神色异样，此时的她满心都是离开风华别墅的自己，飞机冲上云霄，抹杀她所有的荒诞过往。梁津舸慢慢把手抽出来，摸摸她的头，尽量让自己的声音像平时一样淡："吴羡病得很重。"

　　"我说你今天怎么看起来无精打采的。"陈当好伸手环住他的脖子，半是撒娇半是醋意地蹭他的下巴："怎么，吴羡病得严重，你心疼了？"

　　"我只是想，她能不能撑到季明瑞生日。"梁津舸坐直了身体，不动声色地躲开她的触碰，发动车子，"先回别墅吧。"

　　"只要你把东西给了她就好，吴羡是聪明人，不可能放着这么好的机会还不抓住。不过季明瑞似乎不太相信她生病，在外面的时候跟我说起过。"车子驶离陵山大学，陈当好把车窗开了一道窄窄的缝隙，接着说道，"季明瑞觉得吴羡的心机太深，甚至怀疑她是通过装病想要达到自己的目的。我后来又想了想，忽然很想知道，吴羡究竟爱不爱他。"

　　方向盘打了个转，车子拐弯，梁津舸眼神望着前方，声音平静："不爱吧。"

　　"为什么？"

　　"爱就不会算计他。"

　　"相爱才不会算计他，爱就不一定了。"陈当好笑了笑，"如果我深爱的人像季明瑞对待吴羡那样对我，我即便再怎么爱他都会毁了他的。毁了他，他就一无所有，等他一无所有了，他是不是就只能爱我？"

"吴羡活不久了，这么做没有必要。"

"这好比你参加比赛，辛辛苦苦跑了四分之三的距离，却在这时候听说奖品没有了。你会放弃吗，反正我不会，已经跑了这么久，就算不为了奖品，也得对得起自己，把它跑完。"

梁津舸忽而觉得心里受到巨大震动，她说这些话的时候，分明是没有将他当作爱人的，不然她怎么会忍心在他面前展露自己灵魂里的阴暗。他深吸口气，声音也轻轻的："可能因为你没有深爱过谁，才能说得这么事不关己。"

这一次，陈当好没说话。

距离别墅还有两个十字路口的时候，陈当好靠着椅背忽然开口。

"梁子，我偶尔觉得，季明瑞最爱的人，其实是吴羡，而不是我。"

梁子，我偶尔觉得，季明瑞最爱的人，其实是吴美，而不是我。

陈当好知道，梁津舸想听的并不是这句话。

但他还是顺着她的话接了下去，就像脸上从来没有出现过那一闪而逝的失望神情："怎么讲？"

"跟季明瑞出去旅游的时间里，我看见过他给吴羡打电话，那天天气预报说陵山雨夹雪，他问管家，'太太回来没有'。"陈当好说到这顿了顿，眉毛皱在一起又慢慢舒展开，"我知道季明瑞是温柔的人，他大多数时候跟我说话都很温柔，不论真假。但是他在那个电话里，问吴羡怎么才回家的时候，那个语气，和对我说时是不一样的。就是没有矫揉造作，很自然的亲昵。"

梁津舸将车速放慢，偏头看她一眼："所以呢？"

"所以我想，会不会对于季明瑞来说，我才是不重要的那个？"

"……有可能。"梁津舸想起自己站在办公室门口听到的对话，吴羡和季明瑞之间每一句都是针锋相对，但是以季明瑞的性格，他完全可以规避这样的场景，而他还是去了。从季明瑞的角度看，他扳倒吴羡是轻而易举的一件事，但他非但没有，还给了吴羡一个院长的头衔，像是主人在宠溺他养的不听话的猫。

"那他何苦呢，回去跟吴羡好好生活不是更好。"陈当好垂下眼睛，有淡淡失望神情。倒不是基于季明瑞的不爱，只是不爱却还将她锁在这里，未免太不仁义。梁津舸张张嘴，犹豫了一下，车子距离别墅越来越近，他可以远远看见白色小阳台上灿烂的阳光。

终究还是说出口："当好，其实你跟吴羡很像。"

"长相还是性格？"这话明显令她不悦，再开口时语气里便像夹了绵刺，"这么一听觉得好荣幸，吴羡怎么看都是数一数二的美人。"

"是种感觉，就像现在，最像。"梁津舸将车停在别墅院子里，"下车吧。"

三月走入尾声，暖意开始蔓延到整个陵山。陵山作为北方城市，向来有着漫长的冬天，今年却好像回暖极早，陈当好穿着呢子大衣，走进屋子的时候竟觉得胸口浸了一层薄薄的汗她一边脱掉大衣一边向厨房望过云，没看到齐管家，心里正疑惑，听梁津舸在旁边说道："齐姐家里有事，今晚不回来，让咱们自己弄点东西吃。"

陈当好皱了皱眉，扯扯领口让自己身上的汗尽快蒸发："可是我不会做饭。"

"你想吃什么？"梁津舸把袖子挽起来，丢下这么一句往厨房走，客厅里很安静，只听见他的拖鞋声，他走路并不拖沓，陈当好跟在他身后，在他走进厨房的同时自后面环住他的腰："想喝粥。"

她其实也想不出吃什么，只是站在厨房就记起梁津舸曾经在小山村里给她熬过的白粥。手臂收紧了，陈当好靠着他精壮的背，闭上眼睛："粥里再放一点白糖拌着吃。"

梁津舸声音里有隐约笑意："小孩子口味。"

陈当好觉得她很喜欢听他笑，但是他笑的时候太少。微微抬头，下巴抵着他的背，陈当好忽然好奇，梁津舸开怀大笑是什么样子。抬手去搔他的腋下，手还没到达，已经被他捉住，梁津舸转了个身，将她的双手剪到她背后，向前几步把她顶在厨房墙壁上。

他不说话，脸上表情舒展，是与平日里不同的神态。鼻尖相对，近距离的对视里陈当好咬着嘴唇笑出声来："干吗看我？"

"干吗笑？"

"我问你干吗看我？"

梁津舸的目光深邃而认真，望进她的眼睛里，半晌，他在她头顶轻轻一吻："好看。"

她不知道他也是会说情话的，说来好笑，她心里衰老沧桑，实际上却极少听过甜言蜜语，以至于连一句"好看"都让她耳尖发红。梁津舸说完这话将她的手放开，示意她出去，自己要做饭了，没来得及转身，忽然被陈当好环住脖子，他下意识低头，她的吻便迎上来。

起初只是浅浅地啄，触碰一下又分开，他没有闭眼，她也没有，厨房里没开灯，早春的天黑得还是早，昏暗光线里，他们的吻也模糊成一团朦胧的影子。可她的眼睛是亮的，窗外月光是亮的，梁津舸的心成了她手里的一把琴，任她肆意撩拨。他的手慢慢放在她腰上，她身材娇小，他一用力就能把她抱上桌子。

"梁子，你亲亲我。"陈当好歪了脑袋，低垂着眼睛朝他靠近，梁津舸的鼻息喷洒在她脸上，她竟不知道他的呼吸什么时候已经变得这么重。

嘴唇相触的一瞬间，像是灯被按掉了开关，世界都暗下去，只余感官。她不再浅浅去啄，舌尖纠缠着往他的方向去。梁津舸的手从她衣服下摆熟练地伸进去，到达的同时，他摸到她身上刚刚褪去时又重新爬上来的一层汗。

离开她的唇，梁津舸抵着她的额头听她轻轻喘息，这下亮的不只是她的眼睛了，还有她的唇，要是开灯看，想必还有殷红光泽。深吸口气，梁津舸把她从桌子上抱下来，帮她整理好衣服："出去，一会儿吃饭。"

这一次她听话得很，离开厨房的时候还帮他带好了门。梁津舸的衣服放在沙发上，因为齐管家不在，他没有像以往那样回房间。陈当好在沙发前弯腰，捞起两个人的衣服打算挂起来，手碰到梁津舸的外套，她的动作顿了顿，偏头看了一眼厨房的门。

没有丝毫异样。

她慢慢直起身子，先是把自己的大衣挂好，随后抖了抖梁津舸的衣服，就好像上面沾满了雪花，一边抖，一边伸手在衣服兜里快速地翻了翻。

除了车钥匙什么都没有。

陈当好的心放下来，或许是自己疑神疑鬼。女人第六感固然准确，但总不至于事事都猜得对。她只是觉得梁津舸今天态度异常，进而怀疑他没有去见吴羡，他是会偷偷在自己房间安装监控器的人，她即便爱他，也不能给他全部信任。

挂好外套，陈当好上楼洗澡。空空如也的衣兜让她悬着的心放下来，她好像可以看见季明瑞在生日会上狼狈不堪的样子。她仔细思考自己是否恨他到这个地步，最后答案不得而知。她不知道除了恨他，自己在漫长的、金丝雀般的生活里，还能做什么。

这种憧憬带来的希望让陈当好在这个晚上心情倍好。梁津舸煮的粥很软，米粒都烂开，放进嘴里好像能化掉。陈当好笑说自己不是八十岁老奶奶，要吃这样的粥才不至于不消化。厨房灯光里梁津舸面色平静，似乎是笑了："八十岁可真远。"

"我能不能活到八十岁都不一定。"陈当好这么说。

晚饭后的时间常常无聊，以往碍着齐管家在，两个人都是在各自房间，不敢见面。眼下齐管家不在，风华别墅里，他们像是偷来了一场蜜月。房间门关着，梁津舸和陈当好窝在床上看电影，返老还童。看到肌肉萎缩的男主人公从轮椅上站起来，陈当好脑袋一偏，枕在梁津舸肩膀上。

他总是对她的肢体接触给出温暖回应。揽住她的肩，梁津舸用下巴在她头顶轻轻蹭，她于是环住他的腰，电影画面也都变得旖旎。等到布拉德皮特出现在镜头前，陈当好忽然开口："要是人都能反着活，是好还是不好？"

"不知道。"

"如果吴羡能反着活，她过一段时间就会听到自己病情痊愈的消息，对她来说是好的吧。"

梁津舸低头："你怕她死？"

"你不怕？吴羡如果死了，我们的计划怎么办，你要看季明瑞锁我一辈子吗？"

"如果不靠吴羡呢？"

陈当好仿佛听到笑话，小小的身体在他怀里轻轻震动："如果不靠吴羡，谁会相信我的话？他们只会问我拿了季明瑞多少钱，是不是今年包养的价格没谈拢，或者他们根本不会信我，毕竟季明瑞是这个城市的活菩萨，他做了那么多慈善捐了那么多款，还不是为了让别人觉得他是个好人。就算是吴羡，也总得拿到像样的证据才敢公开，不然季明瑞这么多年攒下的资本，怎么可能会是你一天就能动摇的。"

梁津舸没说话，电影里的男主低迷下来，他在慢慢回到少年。把已经经历过世事沧桑的心，装在少年的壳子里可真是一件让人难过的事，他心里忽然很难过，手臂收紧了些，将她抱得更紧。

"我是说，如果我们不靠吴羡呢？"

到底是不死心，梁津舸知道她能听出前后两句的不同。陈当好没说话，眼睛落在屏幕上，似乎看得认真，已经入迷。他胳膊动了动，低下头："嗯？你信我吗？"

陈当好在他怀里动了动，声音带了丝倦怠："梁子。"

他的心因为她这一声忽然就慌起来，他开始不期待她的回答了。可是来不及，她已经挣脱他的怀抱从他怀里起身。手撑在他肩膀上，陈当好微微蹙眉，凝视他双眼："不靠吴羡？如果没有吴羡，我们就不会成为我们。"

这一句他听懂了，懂得真切。偶尔，他会恨自己嘴拙。不然这样的场景里，他总不至于被她说得哑口无言。实际上陈当好没错，他们之所以站在现在这个位置上，都亏了那一层盟友关系，而这场战役里陈当好已经高举战旗，却不知道身后队友早已在心里打了退堂鼓。

他们之间最缺乏也最忌讳的，是言语沟通。最默契也最渴盼的，是肢体语言。

微妙而尴尬的气氛里，电影结束，陈当好再度躺下来，头枕着他的腿，她慢慢为刚刚的话题做总结："总之，梁子，我不希望以后我们再说这样的话了，你这样说的时候会让我觉得你心里在想着放弃，如果连你也要放弃，那我不知道还可以相信谁。"

梁津舸不说话，只是低头吻她。

他的吻从她的脖颈一路向下，停留在某一处，慢慢加深。陈当好仰着头发出轻微的喘息，她看见天花板上的吊灯，季明瑞最喜欢这些设计繁复的东西，继而她又跟自己说，这种时候，不要想别的男人。后来吊灯晃起来，她心里的想法模模糊糊，只知道要抱紧梁津舸的腰，恍惚的思绪里她笑出来，啊，原来不是吊灯在晃，是她在晃。

她的身体好像被折叠起来，又好像从未有过这样的舒展。她看见梁津舸鬓角处的汗，湿漉漉的，像他的眼睛。可是他的眼睛为什么会湿漉漉的呢？陈当好伸手去摸，他却偏了偏头，吻她掌心，她觉得很痒，于是笑开了。

"梁子……"

她轻轻唤他，他的动作就温柔下来，一下一下啄吻她的额头："嗯？"

"你哭了吗？"

"……没，没有。"

陈当好抱紧他，不再看他的脸："可是我……摸到你的眼泪。"

他舔吻她的耳垂，听她在他怀里喘息，不说话，终于都不再说话。时间大概不晚，可是却像预支了整个夜晚的秘密，他们安静地拥抱，等到呼吸都平复下来，梁津舸将她抱去浴室。

他们在水雾里拥抱，他到底不肯给她解释自己是否流泪。回到房间的时候陈当好把窗户打开，风灌进来让整个屋子里的气息淡去不少。梁津舸像每次那样站在床边穿衣服，陈当好回头看他："你今晚在这屋住吧。"

"……不安全。"

她不再说话，自己摸出根烟来抽。

晚间的那种甜蜜随着欲望的退却也一起消退了，陈当好站在窗前，忽然觉得心里空落落的。她想看看窗外的树，看看月亮看看云层，目光落到外面，只看到车灯一闪。

手里的烟晃了晃，陈当好忽然回过头去看他，表情不至于惊慌，但终究有些不同："梁子，季明瑞好像来了。"

第九章

分裂

　　她的声音不大，甚至很轻。梁津舸穿衣服的动作微微一顿，片刻的愣怔里他以为她是在跟他开玩笑："……什么？"

　　车灯从窗口照过来，光亮映出陈当好亮晶晶的眼睛。她冲他摇摇头："你是不是该下去了？"

　　几秒后，梁津舸穿着拖鞋匆匆打开房门。

　　在季明瑞进门一分钟之前，梁津舸逃回自己的房间。靠着门，他摸到自己脸上的汗，又想起陈当好脸上近乎平静的表情。她似乎并不在乎，她其实根本就不在乎吧。心里凉下去，像是染了月光。梁津舸早就明白她对他的感情少得可怜，他得去乞讨，乞讨她偶尔的施舍，像是被主人丢在角落开心了才会哄几下的猫。

　　然后他听见季明瑞进门的声音。

　　季明瑞走路总是很稳，每一步都踩得踏实。他一步一步上楼，一步一步走到陈当好的房间去，屋子里没开灯，只有窗户开着，随着风吹进来季明瑞闻到屋子里浓烈的香水味。

陈当好背对着他躺在床上，想必是睡着了，大概是梦里也觉得冷，被子被她严严实实地裹在肩膀上，将自己包成一个茧。季明瑞抬手将灯打开，与此同时他看见桌角碎了一地的香水瓶。

"……你怎么这个时间来了？"

陈当好皱着眉，翻了个身，缩在被窝里看他。季明瑞今晚看起来可真沧桑，像是跑了很远的路才赶到这里，整个人看起来都风尘仆仆。他不说话，把西装外套脱下去，又从衣柜里拿了自己平时穿的睡衣，在这简单的几个动作里，陈当好觉得自己仿佛看见了很多对最为普通的夫妻。如果结婚了，就是这样的场景吧？丈夫半夜应酬晚了，满身疲惫地回来，彼此之间连一句交流也没有。

她忽然对未来感到恐惧，看着季明瑞换好衣服，朝着她走过来。他的身上没有烟味，没有酒味，倒是有种很陌生的消毒水味道。陈当好抿了抿唇，那句问话在她心里绕了一圈又咽回去，她知道他这是从医院过来的。

季明瑞躺到她身边，将被子扯过来也把自己包进去。他们成了一个被窝里的茧，好像只有这样才能让他有一丝安全感。他不说话，陈当好也不说，她慢慢穿穿了鞋下床，把小台灯打开，把大灯关掉。

光线暗下来，季明瑞伸手，她便柔软地依偎进他怀里。

"香水打碎了？"他问。

"嗯。"

"怎么不找人收拾一下？"

"齐姐不在，晚上叫梁子上来不好。想着明天自己收拾，没想到你会来。"

"齐姐说她今晚不在，我不太放心你。"季明瑞闭上眼，嗓音温柔，"没想到我来的时候你睡得还挺香。"

她知道他想说的不是这些，他今天来的时候分明满心难过。是什么事能让季明瑞难过呢，要知道他已经到了现在的年纪和位置。陈当好忽然感受到自己有一点圣母心，她见不得阅历丰富的人难过，她会想，经历过这么多大风浪的人，该是经历了什么，才会难过成这样呢。

摸着她的头发，季明瑞在心里轻轻叹息。当好还年轻，而吴羡却已经老了，好像她所有的青春，都用在了和他较劲上。他闭上眼，眼前竟都是吴羡坐在办公桌前说话的样子，眼神黯淡，说出来的话却还是刻薄，任谁都能看出她在死撑。

"你今天去医院了？"陈当好窝在他怀里这么问，"你身上有消毒水的味道。"

季明瑞顿了顿："……嗯。"

"你生病了？"陈当好装作关心语气，抬头看他，实际上她心里明镜似的，而他也是。在季明瑞眼里做戏的她无疑是温柔的，至少她没有直白地挑起他的伤口，而是给了他一个长长的台阶。他慢慢呼出一口气，眼眶也跟着红起来："不是我，我去看了看吴羡。"

"……她怎么样？"陈当好语气不变，平稳从容。季明瑞却有些难以控制情绪，他不知道自己是怎么了，将喉头那声险些溜出来的哽咽咽回去，他尽量用简洁的话去回答她："很不好。"

这时候陈当好忽然想起自己小时候学过的一个成语，"病入膏肓"。她至今还记得那个成语在课堂上被老师用粉笔写出来那节课窗外在下雨，老师说，这个词形容人病得很重，重到什么程度呢？差不多是无法挽救的程度。老师又说这个词不只可以形容生病，引申出来，可以形容一切不可挽救的事。

陈当好坐在座位上，因为看不清黑板上的"膏"字怎么写而伸长了脖子。

回忆忽然跳出来，现在的她躺在季明瑞怀里，听他为了自己的正妻而难过哽咽。陈当好努力思索当时老师是怎么讲的，这个成语有个出处的。可是想来想去，她却只想起了吴羡的脸，想起她跟自己唯一的一次见面，没有仇恨眼神，只是凄哀神情。

她知道自己不被爱。

"你今晚不该过来的。"陈当好从他怀里起身，抱着自己的膝盖坐在床边。季明瑞还躺在那里，他的表情近似哀求，好在灯光昏暗，她也并没有看他。他张张嘴，去拉她的手："当好，你别说话，躺下来，我就抱抱你。"

他把她当作什么？红颜知己？陈当好在心里发出冷笑。她忽然明白，季明瑞不爱吴羡，却也不爱她。他最爱的只是他自己，有些人自出生开始就明确知道只爱自己，他们的人生不需要爱情，爱情是他们想象中来给自己镀金的东西。好像有了她，季明瑞就可以在心里跟自己说，他也是有爱情的，他也是可以爱别人的，尽管他的爱在这一刻，显得那么廉价。

"你今晚应该在吴羡那边陪她，以后也是。你抱着我的时候想的都是她，你对我的好并不会转移到她身上，你明白吧？"陈当好把自己的手从他掌心抽出来，低下头，她的声音低低的，其实已经看透一切，"你欠她的东西，你找她去还。不要还在我身上。"

她的话很明了，明了到连一丝醋意也没有。季明瑞的手在半空中慢慢落下去，这世界上最难过的是爱而不得吗？不是的。他始终无法明白，陈当好怎么会一次又一次，将自己的爱贬得一文不值。她总是从各种细节处去坚定地认为他不爱她，可两个人中，不爱的那个人，分明是她才对。

这问题太复杂，季明瑞不再想。翻了个身背对着她，季明瑞闭上眼睛："那就这样睡吧。"

"你到底是爱我，还是爱吴羡呢？"陈当好缓缓开口，她看见季明瑞肩颈处的线条绷紧了，好像随时要坐起来。她知道这个晚上的她是不聪明的，不管是在梁津舸那里，还是在季明瑞这里，她不断将自己的不聪明展现出来。或许刚刚狼狈下楼的梁津舸也觉得伤心，想到这，陈当好心思一阵恍惚，竟真的开始难过起来。

"为什么这么问？"

"我只是觉得，你在心里把我当作吴羡的替身。"

"怎么会？"

"你说过我们之间很像。"这话是陈当好胡诌，她在诈他。季明瑞没有上当："我不可能说过这种话。当好，不早了，我没有心思跟你因为这种莫名其妙的小事吵架。"

"我不是在跟你吵架，我只是在问你。季明瑞，你其实并不喜欢真正的我，你只是喜欢一个更年轻的吴羡。如果我很认真地让你放我走，你会不会答应？就连你在我身上花的那些钱，我以后也连本带利一起还给你。"

房间里沉默下来。

那一刻她想，如果他答应，那她就不把视频公布在他的生日会上。虽然她不知道，这件事以后是不是还可以由她来决定。

季明瑞终究是慢慢坐了起来，他没有愤怒，没有悲伤，他只是很平静地在昏暗灯光下看她，看她年轻的脸蛋和连一条颈纹也没有的脖子："我为什么要答应？"

知道会是这样的答案，陈当好低下头。

"我承认你在很多地方跟吴羡都很像，吴羡是这样的，你也是这样的。那就是真正的你，我从来没逼你去变成她。只能说，我喜欢的是一种类型的人，但你不能因为这个，就说我不爱你。你可以说我爱得病态爱得偏激，但你不能说我不爱你。"季明瑞说着伸手将她揽进自己怀里，他眉宇间有一种类似愁苦的东西，"当好，我不能没有你。在认识你之后，我才觉得自己是年轻的。"

她心里那层朦胧的恻隐之心再次消失殆尽。他拥抱着她，她闭上眼睛。

那一瞬间陈当好突然理解了，为什么很多感情，最终要走到鱼死网破的地步。因为总有一个人不肯放手，不肯给对方体面。

如果此刻拥抱她的人是梁津舸，她或许就不会这么难过了吧。

自那个晚上之后，季明瑞又是很久都没有来风华别墅。也是那个晚上之后，梁津舸在别墅里的时间也慢慢变少，在陈当好不需要上课的日子里，他甚至可以连着两个晚上都不回来。陈当好不知道他在做什么，也没有向他询问的资格，春意慢慢爬上枝头，小阳台的门重新打开，她每每站在上面，像每年的这个时候一样，安静抽烟，没人会来。

她想，她没有等他，也没有因为他忽然的疏远而觉得难过。或许是意识到他们之间的盟友关系即将结束，他在慢慢将自己抽离，这做法说来自私，但其实也遂了她的心愿，毕竟她也是这么想的。

四月中旬是季明瑞的生日，日期越是临近，陈当好觉得越是兴奋。她好像可以看见自己的未来了，她已经太久没见过自由。她时常在梁津舸回家的时候问他，季明瑞的生日准备到哪里了，会来哪些人，在哪个酒店，又发了多少请柬。梁津舸最近愈发话少，某一天坐在桌边，他忽然告诉她："季先生的生日，恐怕不会办得太隆重。"

"为什么？"沉浸在报复快感里的陈当好是不聪明的，甚至连同她平日里的机灵劲也跟着退化了。

"吴羡病重，商界的人都知道，季明瑞一向在公众面前树立好丈夫形象，不可能在这个节骨眼上给自己的生日大操大办。"

齐管家轻轻叹息，走去厨房里刷碗，趁着这个时间，陈当好偏头认真看他："梁子，我跟你说的话你到底有没有告诉吴羡？还是说她想法变了？不想扳倒季明瑞了？"

仿佛这件事，现在只有她一人还保持热忱。

梁津舸眼神有些闪烁，不看她，他点点头："我说了，她说她有自己的安排。"

这一刻梁津舸知道，他又在撒谎了。他分明什么都没有告诉吴羡，而实际上吴羡也没有精力再去和季明瑞斗。她已经被推进重症病房，谁也不能明白她的病情为什么会在不到半年的时间里恶化得这么快。他们之间这段时间仅有过一次沟通，她发来的信息还是简短，她说："梁子，我太累了。"

看着那短短几个字，梁津舸仿佛可以看见她戴着呼吸机的样子，看见她微微合上的眼皮，也仿佛可以看见氧气罩里快速浮起又消失的白色哈气。

他依稀记得自己傻傻迷恋过吴羡。

回过神来，面前是陈当好的脸，她还在看他，目光笔直。梁津舸忽然明白为什么她看起来这样好看，大约是因为她眼珠很黑很大，这么看着你的时候，有种混杂着天真的妩媚劲。他慢慢伸手，在齐管家还没出来的时间里，凑过去在她眼皮上轻轻一吻。

"快了。"

梁津舸这么跟她说。

"如果吴羡去世，我就会成为下一个吴羡的。"陈当好没有动，维持着刚刚的姿势，这一次看他的眼神里有些许哀伤。梁津舸的心软下来，他似乎对她总是没有办法，从第一次见面开始就是这样："不会的，你信我。"

窗外的天色慢慢暗下去。

季明瑞的生日在这个不怎么太平的春天里，如约到来了。

陈当好以前从没觉得，陵山到了四月还会这么冷。今年的四月又跟往年不同，阴雨连绵好像没有尽头，洗好的衣服几天都不干，分明是北方城市，倒是活出了南方人的感觉。齐管家最近开始密切关注天气预报，只等着哪天天气好了，把被子拿出去放到太阳底下晒一晒。陈当好没什么事的时候也跟她一起坐在沙发上，看电视里的主持人面无表情说天气，顺便跟齐姐讨论她今天的小西服没有昨天那件好看。

季明瑞生日到来的前一天，阴雨多日的陵山忽然放晴。陈当好在这一天有课，外面的阳光温暖得恍若隔世，她站在镜子前挑了很久的衣服，稍稍犹豫，还是把厚外套挂了回去。出门的时候梁津舸将手里拿着的伞扔到车后座，转头发现陈当好穿得一身清凉，他皱了皱眉，隔着不远的距离看她："回去加一件吧。"

"感觉不冷。再说也在外面待不了多久。"陈当好这话说得没错，她上学放学都是梁津舸开车接送，车里有空调，教室里也有，即便下午降温，也影响不到什么。梁津舸想想也是，打开副驾驶的车门示意她坐进去。

"早上齐姐还说，季先生大概真的是什么厉害人物转世，临近他生日了，雨也停了，这会儿估计开开心心晒被子呢。"陈当好系好安全带，这么说着，往梁津舸的方向看了一眼，"季明瑞的生日到底怎么安排的？"

"不知道。"梁津舸启动车子，缓慢离开风华别墅，"不是我能插手的事。"

他全部的职责都不过是保护陈当好而已，偶尔帮季明瑞兼顾一下生意上的事。对于季明瑞的生日，他没有过问的权力。梁津舸前几天曾经试图联系吴羡，没有回应，他心里渐渐有不祥预感，却没打算跟陈当好说。至此，他知道他已经没办法将陈当好当作盟友，他俨然已经将她视为自己未来的所有物。

这么一看，男人心思真是殊途同归。

但预感终究只是预感，吴羡过世，全陵山总不会一点消息都没有。梁津舸握着方向盘的手指慢慢打开又重新收拢，就听到一旁的陈当好问："梁子，那个东西你交给吴羡了对吧？"

他一愣，忽然想起那个内存卡现在还在自己贴身的裤子口袋里，瞬间竟觉得口袋里装着的是一块烙铁，烫得他心神不宁。没说话，梁津舸含糊地点点头，正巧前面是红灯，他将车停稳，将话题岔开："我想跟你说件事。"

"嗯？"陈当好偏头看他。

"我最近在朋友的公司做事，要是顺利的话，我们很快会上市。"

陈当好有些没听懂，她对于商场上的事情一窍不通，歪了歪头，她看着他："什么意思？"

红灯熄灭，绿灯亮起，梁津舸发动车子，想跟她解释的话到了嘴边又不知道怎么措辞，想了想还是作罢："算了，你知道这么个事就行。"

他背着季明瑞开始与对家联系，而这个对家是之前吴羡介绍给他的人脉。吴羡不方便出面，在很多场合里她得跟季明瑞扮作恩爱夫妻，所以梁津舸成了新的桥梁。只是曾经吃过的亏记忆犹新，他当然不会蠢到继续任人宰割，陈当好想让季明瑞身败名裂，那他就想办法让他倾家荡产，总之她的夙愿，必定也是他的。

所以他才会在那个晚上问："如果我们不靠吴羡呢，你信我吗？"

他们都不再说话，在这样的沉默里梁津舸觉得，陈当好对于他刚刚说的话并不感兴趣。她可能连他话里那点隐隐的炫耀和期待得到的表扬都不曾察觉。他的心里积攒了一声很长的叹息，车子在陵山大学的门口停下，他帮她解开安全带。

阳光灿烂里，陈当好打开车门，打开车门的同时她回过头看："放学之后买点草莓再来接我吧，我有点想吃了。"

"好。"梁津舸点点头，在她即将下车的动作里，他忽然扯住她的手腕将她拉回来，在她唇上温柔地碰了碰："晚上在屋里等我。"

陈当好轻笑："明天可是季明瑞生日。"

"所以呢？"

"所以我肯定会在屋里乖乖等你。"她眨眨眼，低头在他唇上啄了一口，透着点俏皮劲。放开手，梁津舸看着她从车里离开，有淡淡的口红香味在鼻尖扩散。

他抿了抿唇，又伸出舌尖轻舔自己的上唇。

是陈当好的味道，除却大前门的话梅香气之外，独属于她的味道。

原本有些低落的心情因为这么一句口头约定忽然明朗起来，连他自己也要觉得自己太好哄骗，像是十七八岁情窦初开的懵懂少年。车子还没从陵山大学离开，手机突然震动，他看着屏幕上季明瑞的名字，心里忽然有什么东西沉下去。

接起电话，季明瑞声音低沉。

"梁子，你来医院一趟，吴羡快不行了。"

在曾经四十多年的人生里，季明瑞从没想过，自己有一天会失去吴羡，自然也就没有想过那一天到来的时候该是什么情景。他站在病房外面，有人出出进进，手术好像都是这样，可这里的手术又显得过于隆重，这种隆重将他推进恐惧里。他在手术室外面的椅子上坐下，铁质椅子，手碰上去冷冰冰一块，他小心翼翼地将手收回来，放在自己腿上。

吴羡生病对于整个陵山来说并不是秘密，早在前几日就有记者等在这边。季明瑞认识很多搞传媒的朋友，他知道这些记者心里在期盼什么，期盼吴羡死，期盼这句死讯第一个由自己家的版面报道登出。而现在吴羡进了手术室，记者们熬了那么久的眼睛也终于有了光。在吴羡手术的几个小时里，季明瑞接受了一次媒体的采访，他刚刚四十出头，看起来却憔悴不堪，站在镜头前，他轻轻开口："我希望我的妻子可以熬过这个难关，我不能没有她。这一刻我才这么清楚地知道我不能没有她。"

说完这句话，他忽然红了眼眶，我的妻子，吴羡是我的妻子。

梁津舸赶到的时候，手术依旧在进行，手术室的门关着，好像就这么将里外世界隔了阴阳。一起被叫来的还有季明瑞相对信任的几个保镖，记者这边采访结束，梁津舸和其他几人便开始清场。

手术时间究竟有多久，季明瑞不知道，他在等待的时间里居然一次都没有看表。手术室的门推开的时候，他从座位上站起来，走廊里只有他自己，风从窗子吹进来，他的汗都被蒸发，从皮肤表层透出一种彻骨的冷。

他看见医生跟他摇头。

医生曾经是他们夫妻共同的朋友，在这个领域颇有资历，季明瑞以为自己会歇斯底里，会失控痛哭，但是都没有，他平静地站在那，在医生摇头的动作里，他轻轻点头："谢谢。请问我可以进去了吗？"

弥留之际，季明瑞看着病床上的人，忽然想到这个词。他在病床边缓缓坐下，吴羡没有说话，闭着眼睛，只有氧气罩里缓慢浮现的白色哈气证明她还活着。季明瑞握住她的手，他很多年没有握过她的手，他不知道她的手握起来是这样瘦骨嶙峋。

"明天的请柬还没发，我想着要是你不来，就不办了。"

季明瑞想起自己每次开会的时候，站在前面口若悬河。可如今他似乎变得词穷，变得一句话也要想很久才能说。心里总觉得时间不够了，时间不够了该怎么办，他想说的话还一句都没说出来呢。

他想起他第一次见面，相亲的饭店富丽堂皇，她坐在他对面，微笑着说"我叫吴羡"。那时候他少年意气，冲她笑，带着几分调侃和不屑："吴羡，这个名字好啊，无欲无求的。"

"我爸说之所以叫这个名字，是希望我什么都有，不用去羡慕别人。"

季明瑞的眼泪掉下来，记忆里的吴羡有着一张年轻的脸，那张脸跟陈当好的五官融在一起，他恍惚竟觉得这一刻的自己其实是在背叛陈当好。杂糅着愧疚，他已经分不清什么是爱了，握着她的手，季明瑞喉头哽咽："吴羡，我对不起你。"

他手下力道重了，吴羡眼皮动了动，似乎醒了过来。人在弥留之际大约都有那么一点不甘心，她看着他，看着他将自己的手握在手里，看他的脸上爬满的泪。这曾经是她梦寐以求的画面，她爱的人终于为她也很狠心碎一次。这一刻吴羡在心里叹气，她一句话也说不出，却无比确定，在这一刻，她是这么爱他呀。

这一辈子，她都是这么爱他呀。第一眼见面的时候，他笑着点评她的名字，她就已经那么爱他了。爱却不能占有的时候，便跟他成了敌人，心里想着，如果站在你身边的时候你不肯看我，站在你的对立面总可以了吧。

还好这一刻她不能说话，不然她肯定心软，心软到想对他那一句"对不起"回复一声"没关系"。季明瑞将她的手放在自己脸边，眷恋而不舍地闭上眼睛，都说人在将死之时会回忆起自己的一生，他不知道自己为什么也会回忆起吴羡的一生，回忆他们荒谬的，名存实亡的婚姻。

婚姻的最初他们相敬如宾，从相敬如宾到反目成仇，不过也就是几年光景。这近二十年的婚姻里，他们没有一次同床共枕，没有一次真心的拥抱和牵手。

　　吴羡这辈子太短太亏，作为一个女人该有的她都没得到，她守着的只是自己那如一潭死水的爱情。季明瑞不爱她吗？季明瑞自己也不知道，他只知道这一刻他即将失去她了。

　　吴羡闭上眼睛，心里忽而感觉到遗憾。最终，没能帮他把生日准备妥当。每年帮他准备生日其实是她最幸福的时候，因为只有这么一件事，是让她以妻子的身份去做的。她心里很清楚，过了今天，她在季明瑞心里的位置就会慢慢被别人取代，或许是陈当好，或许他还会遇见更多的女人。她只有这么一次机会了，她一生都赔在他身上了，总不能连一丁点儿痕迹都不留。

　　轻轻地，吴羡把自己的手从他手里挣脱出来。

　　她虚弱地张嘴，眼神望向季明瑞，依旧是平日里的神情。季明瑞站起身，想要听清她说了什么，越是靠近，她的眼神越是冰冷。他的心都跟着真实地痛起来，他跟她道歉，他说"吴羡我对不起你，你原谅我，你原谅我"。

　　靠近氧气罩，他察觉到吴羡深吸了一口气，如同垂死挣扎的鱼。这一次他听清了，他听清了她放慢语速说的每一个字，他的眼睛红起来，却是流不出泪。

　　她说，"季明瑞，我不原谅你，我死都不原谅你"。

　　世人皆知，季明瑞与吴羡是模范夫妻，结婚近二十年的时间里都相敬如宾。有人在见到他们的时候会说，季太太想必很爱季先生，四十出头的男人，依旧被照顾得风华正茂。

　　局外人最是眼睛亮，不说季太太与季先生一定很相爱，而说季太太想必很爱季先生。爱本不是一件羞耻的事，可如果爱得总也不对等，未免叫人沮丧。吴羡的爱可以让世界上的所有人知道，单单不能让季明瑞知道，他会得意，会因拥有了这样的爱而沾沾自喜，她不能成为他往后人生里的慰藉，她要成为他的一根刺，每每想起，都痛那么一下。

　　说完这句话，吴羡闭上眼睛，呼吸机安静地运作，心电图平稳。

凌晨一点多，吴羡离世。

这一辈子，她都欠了他一句："生日快乐。"而往后季明瑞的每一个生日，都将成为她的忌日。呼出最后一口气，吴羡模糊地想，真好啊。

也算是死而无憾了。

上午还艳阳高照，下午就下起大雨。陈当好下课的时候站在楼门口，想起梁津舸出门前放在车后座的一把伞。到底是他想问题周到一些，她笑了笑，看看楼门口，梁津舸还没来。今天教授提前十分钟下课，陈当好倒是也不急，找了个能避雨的地方坐下，一边等待梁津舸一边看面前走过去的男生女生。

他们都跟她一样大，有的甚至刚刚入学，可能比她还小。

陵山到了四月，校园里的花有一些已经早早开放，陈当好叫不出名字，也不认识，只知道那些花总透着点难以言喻的腻香，远远看过去还好，却近不得身。雨水将空气中浮动的花香打散不少，天阴沉沉的，这个时间下起雨来，怕是会断断续续下一整夜。

陈当好没有手机，没有手表，身上连一分钱也没有。她抬头去看教学楼外面的大挂钟，知道今天梁津舸迟到了。转而她想起自己下车前跟他说，让他买点草莓带回去，于是又在心里给他开脱，为买东西迟到一点总是可以体谅的。

她竟不知道自己还有这么温柔且善解人意的一面。

路过有学生在聊天，穿着裙子的女生三三两两从陈当好面前走过，有人在讨论最近追的剧，也有人在说自己新买的化妆品有多便宜好用。那个世界对于陈当好来说似乎很遥远，她还没有经历就已经被强制带离。坐直了，她想让自己看上去不那么孤单，后面走过来的女生嘴里已经带着新的话题。

——哎，你们看新闻了吗，咱们学校附属医院的那个院长病危了。

——嗯，叫吴羡的，女强人，可惜年纪轻轻就得了绝症。

——不年轻，也四十多啦。

——四十多就病逝也很可惜啊，正是事业有成的时候。

——她老公是咱们学校的名誉校长呢，听说两人感情特别好。

——你没看报道吗，他从上午一直守在医院里呢。

陈当好抬起头，说着这话的女生已经渐渐走远，声音也听不见了。她慢慢站起身，她幻想中的任何情景都没有出现，吴羡不该在这个节骨眼上病发。她忽然有很多话想问梁津舸，可是梁津舸还是没来，她觉得心里有东西在堵着，让她愈发呼吸困难，就这么抬起脚，走进雨幕里。

梁津舸没能从医院里离开，因为医院外聚集的记者越来越多。等到他从忙碌的人群里想起陈当好时，已经距离她放学过去了两个小时。他想去跟季明瑞说自己该接陈当好放学了，可眼下在这个地方，陈当好的名字似乎成了禁忌。季明瑞在病房里很久都没有出来，天黑下去，雨越下越大。

记者令人疲于应付，而这个场景里似乎只有他还挂念着一个陈当好。

没有办法，梁津舸隔着一条走廊给季明瑞打电话。

"季先生，我得去接陈小姐了，现在去已经晚了。"

"……外面记者走了吗？"

"没有。"

"你等一会儿再走吧，陈当好在学校不会有事的。"

梁津舸顿了顿，看看外面的飘泼大雨，试图再说几句："季先生，陈小姐早上出门的时候穿得不是很多，也没带伞……"

"我说她在学校不会有事的，她那么大的人了不可能连照顾自己都不会。"

他忽然忘记，是自己要求梁津舸将陈当好看住，一分钟也不要离开自己的控制范围。他忘记自己曾经那样害怕她逃走，害怕她脱离自己的控制。眼前的人生命垂危，于是成了胸口那颗朱砂痣，原来的朱砂痣被他在心里推了又推，低成一块蚊子血。

电话被挂断，梁津舸把手机放下，心里却更加焦虑起来。他焦虑的一部分原因是担心陈当好的安全，但更多的原因是，他就像从前的季明瑞那样，他害怕她不声不响地离开了。毕竟她所做的一切，都不过是为了逃离这里而已，从这个层面上，他和季明瑞的出发点并没有什么不同。想了想，梁津舸拿出手机，给齐管家打电话。

齐管家不会开车，却也知道陈小姐要是跑了，自己怕是会丢了工作。

叫了出租，齐管家冒雨往陵山大学赶。这个时候所有人还都不知道，被藏在海面下看似平静的谎言和真相，随着这场大雨呼之欲出。

齐管家没有接到陈当好。

她今早出门只穿了一件薄外套，眼下大雨瓢泼，她那件衣服根本起不到御寒的作用。齐管家打着伞在陵山大学里里外外跑了一遍，也没看到陈当好的身影，心下慌乱，却不敢告诉季先生，电话拨过去，梁津舸也是不接。

齐管家不得已，在学校保卫处问了多次更是无果。眼看着时间接近晚上八点，她想着会不会陈小姐自己已经回去，两个人刚好走散了，于是又叫了车，惴惴不安地往别墅赶。而事实上，陈当好并没有回来，齐管家忽生出一些六神无主的惶恐，站在客厅里几次踱步，再一次给梁津舸打电话。

"齐姐，接陈小姐回去了吗？"梁津舸那边声音嘈杂，齐管家将事情经过讲给他听，他安静听完，声音还是很平静，"知道了，我去跟季先生说一下。"

断掉电话，梁津舸看向病房的方向。实际上从他这个角度，根本看不到病房那边发生了什么，而季明瑞自走进去之后，还没有出来过。人都有预感，在某些时刻，预感被无限放大，就像这时候人人都知道，病房里的吴羡怕是撑不过这个晚上。在这个晚上他们所能做的，不过是等待一个宣判的结果。她醒来了，那是奇迹，她醒不来，那是新闻。于这些记者来说，怎么样都不亏。

梁津舸不知道，倘若现在季明瑞知道了陈当好跑掉，会是什么样的反应。他表情定会很精彩，也可能终于放弃，承认自己的失败。可是，梁津舸不能让这样的情况发生，他站在走廊尽头，那一刻才知道自己的爱其实并不比季明瑞高尚到哪里，他甚至比季明瑞还害怕陈当好的离开。

拍拍身边的人，梁津舸后退了几步："这你们先盯着，我有急事走一会儿。"

他说着转身就走，后面的人喊他也并没有回应。外面雨还在下，他从后门进了停车场，开着车子从停车场出来，外面雨声嘈杂让他心里烦乱，伸手开了收音机，听到内容的时候，梁津舸才知道，吴羡病危的消息早就满城皆知。

收音机里的记者用了最动情的声音去描述季明瑞和吴羡的凄美爱情，说这对夫妻携手打拼如今却要留季明瑞一人，说他们是商界难得的爱情传奇。这些肉麻而油腻的字眼让梁津舸皱眉，转动方向盘，车子出现在马路上。

绕到医院正门，远远就看到各个电视台的车子停在那边，倒有几分气势恢宏的感觉。梁津舸关了收音机，刚想踩油门往陈当好的学校去，忽然发现医院大门口站着的女孩背影。

他想他不会认错，那是陈当好的背影。

她没有撑伞，身上穿的还是早上出门时候的那件薄外套，被雨打湿了，包裹在身上近乎丑陋。背对着梁津舸，陈当好仰起头，往灯火通明的医院里看，她不敢进去，她始终都清楚地知道，不管由于什么原因，公众还是会默认她是个极不光彩的角色。

她是不配出现在吴羡面前的。

雨水让气温冷下来，她冻到牙齿都隐隐打着颤。她想看看梁津舸在不在这里，如果碰巧他出来，她就可以问他一句，现在怎么办。可是时间真漫长，她等了很久也只看到出出进进的记者，那些记者太过忙碌以至于根本没发现她湿漉漉地站在这里，根本没发现她身上值得深挖的新闻点其实也很多。

她又开始觉得这个世界好笑了。

"小姐，这么大的雨，您怎么不进去？"有记者模样的年轻男孩上来跟她搭话，打着伞将她护在伞里。陈当好愣了愣，头发贴在脸上，她还是笑得娇媚："我在等人呢。"

"今晚可不太平，你等的人，不会跟瑞先地产有关吧？"

陈当好还是笑，心里积压了许久的东西忽然就找到了宣泄口，她想点头，又觉得那样显得太乖巧，抹了一把脸上的雨水，她笑得更开怀的样子："你怎么这么问？"

记者还想说话，视线里只看到有黑色衣服的高大男子朝这边步履匆匆地赶来。他看了一眼没在意，接着问陈当好："今天这天气太差了，不如咱们留个联系方式，改天出来好好聊？"

"当好。"

梁津舸的手搭在陈当好肩膀上硬生生将她从男记者的伞下拖拽出来。这个动作近乎粗鲁，陈当好吃痛皱眉，下意识想要挣脱开："你干吗？"

"不好意思，我女朋友，等我呢，给你添麻烦了。"梁津舸伸手将陈当好揽进怀里，他跑过来的时候没有拿伞，也是湿漉漉的，抓紧陈当好的手，梁津舸拉住她往台阶下面走："先回去换身衣服再说。"

毕竟不是高中生，总不可能在大雨里撕打喊叫，况且陈当好早就没了那个力气。坐进车里，梁津舸没说话，她也闭嘴，就这么一路无话往风华别墅开去。

偶尔，陈当好会想，这么大的雨，若是路上出了点什么事故，也就一了百了了。

大门打开，齐管家的心在看见陈当好的瞬间终于放下来。她不知道怎么两个人都淋湿了，却也不好问，张罗着让陈当好回房间洗澡，等她上了楼，这才抓住梁津舸的胳膊："在哪找到的？我找了好久都找不到。"

"……她去医院了，我正好遇见。"梁津舸接过毛巾擦了擦头发，齐管家表情惊愕起来："医院？她是去找季先生还是季太太？没出什么乱子吧？"

梁津舸摇摇头。

"那，季太太情况怎么样了？"

梁津舸沉默一会儿，又是摇摇头。

齐管家不再问，悠悠叹了口气。时间已经不早，以往这个时候她早就睡了，这会儿该回的都回来了，心里的弦放松下来，疲惫感也就跟着来了："陈小姐没吃饭吧？我去弄点东西，一会儿你给她端上去，我就不上楼了。"

"我弄吧，你去休息。"梁津舸说着往厨房走，齐管家也没反驳，又嘱咐了几句便回了自己房间。看看时间，已经不早了，按陈当好的性子，这个时间基本是不吃东西的。他忽然想起她早上说自己想吃草莓，他送她走了之后就买了两盒回来放在车后座。打着伞把草莓取回来，洗干净了装在果盘里，随后端上楼。

他进她的房间很少敲门，这次也是。陈当好已经洗完了澡，头发湿着，背对着他躺在床上。他当然不信她这么早就睡下，也上了床，手贴着她的肩膀向下滑，吻落在她的耳朵上。

陈当好柔顺地平躺过来。

"给你买草莓了。"梁津舸撑在她上方，另一只手去摸她的头发，语气不自觉带了几分讨好，"怎么不吹干就睡？"

陈当好还是没说话，双手环上他的脖子，她不看他，也没去动桌上的草莓，仰着头，她主动亲吻他。刚刷完牙的舌尖有薄荷甜香，梁津舸呼吸加重，一边亲吻她一边将手往她腰上探过去。

她没穿内裤。

那丝不安褪去一些，梁津舸的吻向下，在即将到达她腰腹的时候，陈当好忽然抬腿将脚踏在他胸前，保持着这个姿势，他不能再吻到她，像是被她生生隔绝开。凝视着他的眼睛，陈当好眼神清明，并不存怀疑："梁子，我觉得吴羡活不过今晚。"

他不说话。

"如果真是那样，我的那份视频怎么办？你有没有问她，提前安排好没有？"

梁津舸心里的那团火就这么熄灭下去。

从她身前离开，他站在床边，把自己有些凌乱的衣服整理好。光线很暗，台灯照不到他的脸，更照不到他的眼睛，抬手在脸上揉了一把，梁津舸发现撒谎几乎要透支他全部的心力，他没有那个力气再将谎言继续下去了："当好，你听我说。"

"我们就这么一次机会，那个东西我连备份都没有。"她声音里有几分绝望和凄怆。

真实让人难以开口，谎言亦是。梁津舸深吸口气，躲开了她的目光，他几乎要用尽自己胸腔里的所有气息才能将这句话完整说出来。

"当好，那个内存卡，我没给吴羡。"

顿了顿，他再度开口。

"对不起。"

第十章
局内人

"当好,那个内存卡,我没给吴羡……对不起。"

雨还在下,雨滴落在窗玻璃上,声音闷闷的,令人压抑。屋子里的灯似乎更加晦暗,连带床上的陈当好脸色都变得模糊不清起来。梁津舸看着她,目光不躲不闪,就像之前他将内存卡收回来的时候一样,坚定和不犹豫。话说出口之后,他明白自己做得是对的,从他的角度出发,他是真心想要保护她。

"卡呢?"陈当好慢慢开口,从床上起身坐直,像是猫在展开攻击前总会威胁似的弓起背。她说着也看向他,剑拔弩张。

"还在我这里。"

"给我。"

"没有用了,吴羡已经不行了,她就算撑过了今晚也撑不过这个星期。"

陈当好下了床,伸手按向门边的开关,大灯亮起,她头发蓬乱,还穿着贴身睡衣,就这么站在他面前,面色冷若冰霜:"我说给我。"

"我说没有用。"

房间里有几秒的沉默，怒火在胸腔里压抑到几近爆发，陈当好深吸口气试图让自己平静，她不想在他面前歇斯底里："你为什么不跟我商量一下？你说不给就不给？那是我录的视频是我好不容易弄到的，你知道错过这次机会等于什么吗？我们最开始是怎么商量的你忘了？"

　　"我知道，我看了那视频。"梁津舸的喉结动了动，视频画面里的一帧帧开始在脑海里回放，那是他这几天痛苦的根源，"这办法行不通。"

　　陈当好忽然觉得她是没法跟他好好说话的。这几句对话里，她根本不懂他到底是怎么想的。也许梁津舸早就有自己的打算，而只有她还傻兮兮地在意着他们之间所谓的盟友关系，她怎么可以忘记，吴羡是他最初最初动心的人，怎么算，梁津舸也不该跟自己站在一条线上。人性在这个时候经不起一丁点儿推敲，更何况他们之间，从来都爱得模棱两可。

　　"好啊，行不通。那你最开始在我房间安监控器的时候，有没有想过这个办法行不行得通呢？办法是你想的，我好不容易做到了，现在你跟我说这个办法行不通，你有没有想过我是怎么弄到那些视频的，我自己回想我都觉得恶心！"

　　"我也觉得恶心。"梁津舸接着她的话，没给她一点喘息余地，只是担心楼下齐管家听见所以刻意压低了声音，"所以我不想让那样的视频出现在季明瑞的生日宴上，因为那样的话几乎全市的人都会看见视频里的你是什么样子，你以为离开季明瑞就可以了，那以后的日子你不过了吗？你得怎么顶着别人的目光活下去？"

　　"那是你该考虑的吗？"陈当好瞪大眼睛，终于还是歇斯底里，为了控制音量她后面的话几乎带着气音，"我说过让你替我想这些吗？你只要把内存卡给了吴羡所有的事就都结束了，别人怎么看我是我自己的事，我自己的人生用不着你来管！"

　　"……"这句话太过伤人，梁津舸一时之间竟不知道该怎么反驳。她不用他来管，这是事实，可是很多时候，我们并不能接受事实被这样直白地说出来。

　　见他沉默，陈当好平复了一下情绪接着开口，已经慢慢恢复她最开始的讥诮面目："你早就该知道的，从我们一开始定下这样的计划你就该知道我需要付出什么，那时候你不是也答应得很干脆吗？怎么了，睡了几次睡出滋味来了，爱上我了？舍不得让别的男人也看看我在床上什么样子？这计划定好不是一天两天，咱们俩这点事更不是一天两天，你早想什么去了？你是第一次睡女人吗梁津舸？谁跟你说需要你多此一举来为我以后的人生负责？顶着别人的目光是我自己顶，我求着你一起了？"

　　这才是最本真的她，说话句句带刺，一不留神就被伤得鲜血淋漓。陈当好是山里走出来的孩子，城市里恶意太多，她总得找个办法保护自己。长久安逸的牢笼生活让她成了动物园里被驯养的豹子，迫不得已伪装成小狐狸，可以沉睡可以眯眼，但是一旦危险来临，这危险便唤醒本能。

　　梁津舸知道他跟陈当好吵架是没有胜算的，不是因为她多威风，更不是因为他真的笨嘴拙舌。只是他心里很清楚，他从来都在认认真真爱她，而她却没有。

　　心里一阵悲怆，他真想在这个时候掉头就走，反正他有自己的计划，有自己的打算，她那样不识好歹。脚步已经酝酿了离开，心却悬起来，如果他这么走了，他们是不是不会再有和好的机会，他哪怕说出口一句气话，她都会将他彻底驱逐出境吧。

　　人类先认识爱情，而后明白什么是卑微。

　　他拿她没有办法。

　　"是啊，睡得舒服，睡得喜欢，睡出感情了，别的男人看你一眼我都受不了，想到所有人都能看到那种视频我就难受得恨不得把自己的心都殉出来。当好，我没说要断你的路啊，我说你再等等，我们靠自己也可以扳倒季明瑞，你怎么就是不信我呢？"

　　他换了柔和语气，轻轻去拉她的手。陈当好没躲，他宽厚手掌包裹住她冰凉的指尖，低下头，梁津舸声音难过："你怎么就是不信我呢？"

　　"梁子，"陈当好把头偏开，刚刚语气里的讥讽藏匿起来，尽量让自己的话说得平静，说得不那么无情，"其实我们不是一路人，你也根本不知道我想要的是什么。"

　　一场宣判。

　　梁津舸心里满是酸楚，这酸楚漫上鼻尖，险些要从眼睛里滑落出来。

陈当好从他掌心抽出自己的手，缓缓在椅子上坐下："我不要你的保护，因为我知道外人都靠不住。季明瑞对我最好的时候也说要一辈子保护我，可最后不还是骗我还把我关在这种地方。我其实不怀疑他说过的话，不怀疑他最开始用在我身上的真心，我怀疑的是时间，是过了保质期的那些许诺。再精明的女孩也有傻的一面，你要是说爱我，我心底就信了，哪一天你不爱我了，你厌倦我了，我又该怎么办呢？你说季明瑞教会了我什么吗，我觉得有，他让我这辈子都没办法再对哪个人全身心依赖了。"

时间不考验爱情，时间考验人性。能经得住考验的人，少之又少。

她低了低头，头发滑下去遮住半边脸："所以梁子，我早就告诉过你，等你遇见那个肯爱你十二分的人时，你再去爱她十分。感情里自私一点，总好过最后狼狈。"

雨停了，时间已经过了午夜，凌晨的房间里沉默蔓延。梁津舸给自己点了根烟，打火的时候老也对不准，手抖得厉害。那一点火苗亮了又灭，几次下来，他颓然将烟放下，不看她："陈当好，我们都太自私了。"

他自私地想要保护她，却不知道她一心只想离开，哪怕身败名裂。站在自己的角度上，其实他们从没有为对方考虑过。

打开房门，梁津舸沉默地下楼，房间门就这么开着，一眼望出去可以看见黑幽幽的走廊。陈当好拿出一根烟放进嘴里，还是大前门，话梅香气散开，她忽然觉得胸口闷痛。

或许是时候该把烟戒了。

几分钟后，梁津舸重新上来，将手里捏着的小东西放在她桌上："内存卡给你了，怎么用你自己决定，刚刚收到季明瑞那边的消息，吴羡过世了。当好，以后的路我帮不了你，你自己走吧。"

吴羡过世了。陈当好心里有极大震动，瞳孔都跟着晃了几晃。嘴唇抖了抖，她发现自己突然不知道该说什么，点点头，指间烟灰落在地毯上，烫出一块难看的黑渍："……好。"

又是一大段沉默，梁津舸再度开口："后天是不是学校有课？"

"嗯。"

"这几天吴羡那边的事可能会有些忙，我要是去得迟了你就等一下。"

"嗯。"

"我下楼了。"

"好。"

他们好像忽然之间找回了最开始认识时候的客套。

分明几个小时之前，他还摸到她的床上吻她的耳朵和腰际。陈当好神情有些恍惚，恍惚中她便开始想，要是自己当时没有把脚踩在他肩膀上阻止他的动作，没有问出那样的问题，今晚是不是就跟之前的每个夜晚一样，不会有丝毫不同呢？

她忽而有些荒谬的后悔，尽管心底知道，真相早晚都要浮出水面，并不是她一己之力可以控制的。可这后悔也不仅仅包括那个时刻，还有她说出了什么话，是不是已经狠狠刺伤梁津舸的心，他是不是就此将那份爱收起，再也不肯给她了。

吴羡去世的这个夜里，季明瑞的生日如约来到。而远在风华别墅的陈当好和梁津舸，于凌晨时分，摸到自己脸上的泪。

下过那场春雨之后，陵山在一夜之间温暖起来。季明瑞的生日宴没有举办，全部人手都被他指派去安排吴羡的葬礼。出于给外人看也好，为了让自己安心也罢，季明瑞发誓要将吴羡的葬礼办得风风光光。

说来可笑，人活着的时候他什么都舍不得给她，等她不在了，也烧去金山银山又有什么用。到火化前一秒，季明瑞还恍惚觉得吴羡没有离开，他站在她办公室里，就想起她跟自己斗嘴的样子。

人死灯灭，最后只剩骨灰一捧。站在镜头前，人人都看得见季明瑞眼里的浓烈悲怆。那一天新闻版面都被他那张哭泣的脸占据，就连第二天陈当好去上课，还能听见同学们议论这件事。

其实不奇怪，季明瑞本就是陵山大学的名誉校长，每逢开学典礼和毕业季都能看到他的身影。对于陵山大学的学生来说，季明瑞大概是他们见过的最亲民的一位明星。他年过四十却还是风度翩翩，并没有中年男人发福和秃顶的任何迹象。他对于每一个还没踏进社会的小女孩来说，都像是小说里深情男主人公一般的存在。而这位男主人公偏生又中年丧妻，他们夫妻相互扶持二十多年，想来又是一段传奇。

　　这些标签一个个贴在季明瑞身上，让后排的几个女孩越聊越欢。陈当好把笔放下，转过头去看她们，感受到她的目光，几个女孩以为是声音太大打扰到她，将声音压低。

　　陈当好可以听见她们窃窃私语的依旧是季明瑞的名字。

　　心里有些许烦躁，这烦躁让她想出去走一走。距离上课还有二十分钟左右，教学楼后面的小花园是个不错的去处。拎了包，陈当好往教室外面走，还没走出门，刚好看到熟悉身影朝她走过来。

　　这个人倒是好久不见。

　　站定了，陈当好与对面的人坦然对视。感受到她的目光，倪叶眯起眼睛笑，还是之前那样的标准笑容："你好，陈小姐。"

　　陈当好没说话，点点头，等她说。倪叶总不会是来这里上课的，她只是疑惑来的为什么是她而不是梁津舸。

　　"季先生让我接您去参加季太太的葬礼。"倪叶说着侧了身子示意她出来，"车就停在门口，教授那边已经请完假了，陈小姐跟我来吧。"

　　"……梁子呢？"

　　"葬礼那边挺需要人的，我留在那帮不上什么忙，所以就来接您了。"倪叶的笑容还是妥帖，就好像她心里对陈当好没有一丁点儿介怀，"陈小姐可得抓紧时间。"

　　"季明瑞怎么可能让我去，我以什么身份去？"

　　"这个我也不清楚，是季先生通知的。"

　　季明瑞就算再怎么爱她，都不可能让她去参加吴羡的葬礼。陈当好的心思在脑袋里转了一圈，大概猜到倪叶的目的。她出现在葬礼上，并不会对季明瑞有什么实质性的不良影响，他随便几句就能帮她搪塞过去，妹妹、远方亲戚、吴羡那边的病人，等等。但是，陈当好一旦在葬礼上露了脸，那以后，她便不能在季明瑞身边以他新夫人的身份出现。

　　季明瑞不会允许自己背上对吴羡不忠诚的罪名。

　　倪叶这招其实没什么意思，太容易被看穿，也不讨季明瑞喜欢。不过倒是恰好顺了陈当好的胃口，点点头，她眼神单纯地看向她："那走吧。"

那时候的陈当好还不知道,人心之恶,远超她所能想象。这世界上一石二鸟的事,又怎么是她能想到的。

吴羡的葬礼,如季明瑞所说,办得风光无限。礼堂设置在陵山郊外的偏远乡下,吴羡老家。礼堂正中央放着她的照片,其实早在确诊之前吴羡就找人照了这么一张,为的就是将自己的容颜定格在还未被病魔摧垮的时候。

季明瑞是从她的助理那里得到照片的,直到照片被洗好挂出来,他才看见是什么样子。黑白照片上的女人有精致眉眼,五官很古典,像是民国时期的大家闺秀,再浓烈点又成了倾城花魁。他是喜欢这类型长相的,陈当好也是活脱脱的这个类型,时至今日他到底得承认,陈当好不知不觉中,其实已经做了吴羡的替身。

这感觉在吴羡的遗像前被放大,季明瑞胸中像是积攒了一声叹息,始终没能叹出来。葬礼在明天,现在宾客都没上门,他一个人站在偌大的屋子里,只有遗像作陪。门口有响动,季明瑞闻声抬头,遗像里的人像是走下来了,站在门口愣愣地看他。

一样的眉眼一样的唇,甚至连周身散发的气质都类似。他有片刻恍惚,在反应过来门口站着的不是吴羡而是陈当好之后,这恍惚便转化为惊讶:"你怎么来了?"

"季老板忘了吗,是您通知我带陈小姐过来的。"倪叶站在陈当好身边,笑容不变,眼底没有一点心虚。季明瑞于是也愣了愣,自己思考一阵子,只觉得脑子里乱得很。吴羡去世对他的打击很大,昨天半天时间里都在饮酒,说过的没说过的话也都记不清楚了。他近来身体也有每况愈下的光景,揉了揉疼痛的太阳穴,季明瑞不想细究:"那可能是我说的,葬礼正好也缺人,对外就说是吴羡认的干妹妹吧。"他说着顿了顿,眼神从陈当好脸上扫过去又离开,像是不舍得再看第二眼似的,"正好长得也挺像。"

陈当好没说话,倪叶还是笑得温婉得体,从一定程度上来说,到这一步,她们各自的目的都已经实现。虽然说是在这里帮忙,但这种事里,女人真正能插手的活并不多,陈当好换好衣服坐在礼堂里,灯光慢慢亮了,天就黑下来。季明瑞靠着椅背,她看见他鬓角处这几天冒出来的白头发。

季明瑞并不显老，四十多岁生活滋润的男人怎么会有显老的呢。可是那些白头发明晃晃地出现在那里，让陈当好心里没来由地一阵心酸。他大她很多，他已经四十多岁，再往后走会有五十岁六十岁，而她还很年轻，她不能将青春浪费在这样的人身上。

　　"当好，我想躺一会儿。"季明瑞手撑着下巴，眯眼看她，像是困了几天几夜，声音里都透着黏糊，"你把腿伸开，给我躺一会儿好不好？"

　　陈当好顺从地将腿并在一起，往他身边蹭了蹭，季明瑞离开椅子，慢慢往她的腿上倒下去。

　　"你长了很多白头发。"陈当好的手落在他的发顶，手指轻轻地从他头发中间穿过去。季明瑞舒服地闭着眼，似乎马上就能睡着："老了。"

　　"鬓角这里最多。"陈当好声音放低，像是一盘被放进收音机的老旧磁带。

　　"那就帮我拔了。"季明瑞没睁眼，没睁眼的时候他就不用看到陈当好的脸，这样就不用提醒自己此时此刻还在吴羡的灵堂。荒唐的事他做得太多，如今已经不觉得心中不安，头皮有微微刺痛，季明瑞睁开眼，见到陈当好将一根白发递到他面前。

　　"太多了，拔不完。"

　　"有那么多吗？我看看。"

　　陈当好闻言去拿包里的小镜子，举好了递给他，季明瑞这才看到自己鬓角处不知何时竟然白了那么多根头发。他以为自己是不爱吴羡的，至少在现在这个年龄，她已经用她的偏执和无理取闹将他们之间仅存的爱磨得消失殆尽。但看着那些白发，季明瑞忽然又觉得，自己这几天的确过得百般煎熬。

　　"当好，你见过吴羡没有？"

　　"见过啊，她总是上电视。"

　　"我是说你跟她面对面谈过话没有？"

　　"没有，只打过一次电话。"

　　季明瑞沉默下来，陈当好不知道他想说什么，抬起头，她看着礼堂中间的大幅遗像，属于女人的，毫无用处的恻隐之心就隐隐冒了头："不过她真的很好看，每次在电视里看见她，我都会怀疑你为什么要放着她不要却来找我。"

"她太倔了。"季明瑞再度闭上眼，将眼眶里的温热藏匿好，"如果她能不那么倔，也许我们之间不会走到后来那个地步。"

抿了抿唇，陈当好不再说话，静静握住季明瑞的手。他感应到她的安恬，睁开眼，望向遗像里眼神灵动的美人："当好，其实你们俩有时候很像。"

"这话你跟我讲过。"陈当好倒是不恼怒，没人会在这样的情况下和一个已故之人去比较。她仰着头，像是在欣赏一幅画作："你当初娶她的时候爱她吗？"

"……爱啊。"季明瑞心内苦涩，想不到自己有一天竟也会脆弱到将心事说给自己的情妇听，"可是那时候她的野心比我大，我不知道她爱不爱我，所以我把自己的爱藏起来，免得被她发现，我那时候是个很骄傲的人。"

"后来呢？"

"后来事业做大了，我也就不在意她爱不爱我了，带着一点报复心理在外面跟很多女人鬼混。三十出头的时候我玩得特别凶，整夜整夜不回家，她也不找我，于是我觉得她大概真的是不爱我吧。"

陈当好眼前忽然出现梁津舸的影子，她眨眨眼，那幻觉便消失了。不知道为何会在这时候想起他，连带着心里都难受起来。见她不说话，季明瑞安慰似的反握住她的手："都过去了，以前我不知道该怎么去爱，现在遇见你，或许是上天想再给我一次机会。"

这样温情，又偏偏是在亡妻葬礼。

陈当好明白，季明瑞或许真的爱吴羡，但归根结底，他最爱的是他自己，他从没让自己真正委屈过一回。将手抽出来，她轻轻拍他的肩膀："我想去一下洗手间。"

季明瑞的脑袋离开，陈当好才觉出自己半条腿都是麻的。强撑着站起来，往洗手间的方向走。院子里种了许多树，小路弯弯曲曲，陈当好几次抬头看路标指示，还是在原地绕了个大圈。腿上酥麻感没退，走起路来难免有些蹒跚，刚走出几步，忽然听见身后熟悉的声音："腿怎么了？"

不用回头，她都可以想象到梁津舸微微皱眉的样子。

他这句问话太过熟稔，就好像他们那个晚上并没有发生过争吵。陈当好回过头，对上他的目光，她不自觉压低声音回答道："……麻了。"

"要去哪？"

"洗手间。"

"来葬礼干吗？"

"反正就是来了。"

"谁带你来的？"

"……我说反正就是来了。"

陈当好没说是倪叶叫她来的，她不想梁津舸觉得自己蠢笨，又懒得给他解释自己那一点更加见不得光的心思。她的心里界限分明，他们现在已经不是盟友，甚至连床伴都不是，她没必要将自己的事都交代清楚。好在梁津舸没问，伸手往她的右边方向指了指，梁津舸语气平稳："在那边。"

"我刚从那边绕回来。"陈当好有些疲惫地敲了敲自己的腿，针扎般的酥麻感让她皱起眉，情不自禁想要跟他抱怨几句："为什么选在这种地方办葬礼，我其实也不该来的。"

梁津舸没说话，仍旧站在原地，看她脸上神色慢慢平静，他才开口："右转之后走小路，别走大路，就能找到洗手间。"

"谢谢。"陈当好干巴巴地说完这么一句，转身按照他指的方向走。其实她也没有多想去，只不过想摆脱而已。现在既然出来了，走一走看看风景也是好的。葬礼的准备工作基本都是季明瑞安排的人在做，其中不乏一些丧事专家，陈当好想起自己匆匆下葬的父亲，心底是一声悠长的叹息。

她沿着小路走，一路都能看到筹备葬礼的人。陵山在红白事上都有自己的风俗，陈当好对这些不懂，看过去的时候眼神带了好奇。眼看着几个人扛着电子设备过去，她忽然想起礼堂里似乎也有类似大屏幕的东西。

如果她没有猜错，那大概是用来播放吴羡生平的。梁津舸还回来的内存卡还躺在她的包里，陈当好的心剧烈跳动起来，跟着那几个拿着设备的人，她小心翼翼与他们搭话："请问，这个设备是用来做什么的？"

"礼堂播放视频用。"

跟她猜的一样。

陈当好站直了，腿上的酥麻感已经消散，她想起之前倪叶给过她一身衣服，她还没换。衣服跟她的包放在一起，包里放着她的内存卡。

这个晚上，陈当好一夜没睡，等到季明瑞他们都睡下了，她趁着夜色溜到礼堂去研究那套设备。她本身对电子产品并不太懂，低着头，她试着把内存卡放进凹槽里，位置是正好的。心里那根弦就满满地绷好，她又开始忍不住去幻想，幻想这内存卡在礼堂播放出来又会是什么效果。

尤其是在众人都以为她是吴羡妹妹的情况下。

这心情促使陈当好几乎一夜没睡，第二天一大早看起来依旧精神抖擞。参加葬礼的人来得通常都早，她依照季明瑞的吩咐在前厅等候，其实就是做一些很轻松的引导工作。身上穿的是倪叶给她准备的长裙，纯黑色，棉麻面料，高开衩。这衣服将她身段勾勒得太好，以至于梁津舸早上路过的时候很深地朝她看了一眼。

只是一眼，他的目光挪开，脸上依旧面无表情。

关于葬礼究竟是怎样的流程，人们表现出何等悲痛惋惜，陈当好都不是很在意。她只是等着吴羡的生平快些播放完，那样人们就会看到后面的精彩画面。她从没思考过这些东西播出了对自己意味着什么，仇恨在有些时候是不需要理性支撑的。

梁津舸就站在她身后几步远的地方，余光里陈当好知道他在看她。这次是她自己的计划，她不打算与他商量更不打算让他知道。在这样的事面前，梁津舸似乎成了她最大的绊脚石。挺直了背，陈当好去看屏幕上出现的吴羡的照片。

吴羡是个美人。

葬礼上来的不乏季明瑞的生意伙伴，在这种场合也能够顺带应酬，是季明瑞的手腕。陈当好有时候是看不懂他的，看不懂他究竟是深情还是无情。

低下头，她在心里为自己倒计时。

屏幕暗下去，人群声音便显得喧闹，能听到不同啜泣声，男女皆有。这哭声里有几分真假陈当好不知道，她只知道接下来的几分钟，这些人将会目瞪口呆。

等待着，等待屏幕再度亮起。

人群渐渐散开，进行葬礼的下一个流程，季明瑞眼圈红红，站在不远处跟某位商人模样的男人说话。陈当好仿佛被置身一个真空的世界，她愣了好久，反应过来的同时，往设备那边走过去。

内存卡不见了。

她的心猛然提起来，回头看向会场里的人。负责设备的两个男人正站在礼堂外面抽烟，看表情不像是发现什么秘密的样子；季明瑞还在和那个男人说话，如果是他发现，他现在不可能还这么镇定。陈当好的目光顿了顿，越过人群落在梁津舸身上，碰巧他也在看她，目光相对的瞬间，他微微一愣，随后便坦然与她对视。

陈当好快步朝他走过去。

她眼神紧绷，梁津舸神色带了些许讶异，在她还没走近时便压低声音问了句"怎么了"。陈当好靠近，用只有两个人能听到的声音："你把内存卡拿走了？"

"……我不是早就还给你了？"

"说实话。"陈当好语气带了极强的压迫感。

梁津舸皱眉，他的确什么都没做，思索了一会儿，他凝视她："你想做什么？"

"我问你那个卡在哪，你现在马上还我！"

"我没动。"

"……除了你没人知道那张卡，它会凭空消失？"

梁津舸神色严肃起来，没有说话，环视一周，不同的人像是戴着不同的面具，每个人都可能拿走了它，每个人都是局内人，撇不开干系。

他的心也随她一起提了起来。连一句安慰的话也说不出来，手轻轻抬了抬，在即将碰到她肩膀的时候又识趣地收回来："我不管你怎么想，但真的不是我。"

可他们也都知道。

不是他，说明有别人拿到了那张卡，结果一旦不可掌控，便将局势变得可怕万倍。

中午时分又下起雨来。

凭空消失的内存卡让陈当好心生烦躁，宴请的饭菜丰盛非常，她却连一碗汤都喝不下。住的小屋前有长长屋檐，她敷衍吃了几口饭，知道季明瑞这时候想必是忙着招呼客人不可能管她，便拎着裙角溜到屋檐下去坐着发呆。

隔着雨幕，梁津舸望向她。

其实不管经历了什么，年龄还是摆在那里，陈当好纵使再狡猾心机，也都是小女孩的一点手腕而已。一旦有一点风吹草动，她也会惊慌也会无措，就像现在她这么坐在那里，苦恼地撑着下巴，更显得比实际年龄还小了好几岁。

叹口气，梁津舸看向礼堂那边，这么一回头，偏巧和倪叶的目光撞上。

后者对他点头致意，他于是也礼貌点头，又想到这几个人里，知道陈当好身份的也就倪叶一个了。歪了歪头，梁津舸忽然注意到倪叶今天的衣服，是跟陈当好一样款式的裙子，只是因为年龄悬殊，裙子上身气质不同，他不特意关注自然看不出来。他目光太过直接，倪叶也学着他的样子歪了头，眼神里有淡淡疑惑。

梁津舸收回目光，有些无措地低头从自己兜里掏出烟来。

这是一个下意识的动作，将注意力放在自己手上好像就能缓解刚刚的尴尬。季明瑞还站在礼堂里，想要借这个机会跟他说上几句话的人可太多了，他一时半会儿都走不开。梁津舸掏出一根烟叼在嘴里，随便抬手在额头前虚虚一挡，快步冲进雨里。

陈当好抬头时，看到的就是朝她跑来的梁津舸。雨下得不小，他只用手挡着哪里能挡住一点水珠。就这么眼睁睁看着他跑过来，陈当好仰着头，等他走近了，雨水的味道扑鼻而来。

夹杂在雨水里的，有梁津舸身上独属的味道。

她一直知道梁津舸用什么牌子的香皂，这味道跟沐浴露相似，又掺杂了一点他本人的荷尔蒙。心里的某个地方动了动，陈当好想起他们纠缠在一起接吻的时候，这味道仿佛他的唇舌般无孔不入。清清嗓子，陈当好淡淡看他："干吗？"

梁津舸没说话，把自己兜里的烟掏出来递给她，他手上还沾着雨水，软包香烟外皮便也跟着变得湿漉漉。陈当好有些犹豫，她不知道他们是否可以这样自然地坐在一起抽一根烟，脑子还在纠结，手却已经先一步伸了出去。

烟盒落到她掌心，梁津舸又掏出打火机，扔到她怀里。

做完这些，梁津舸在她身边坐下，肩并着肩。陈当好把烟点燃，她这几天都没抽烟，辛辣气息冲进鼻腔，让她皱了皱眉，甚至轻微咳嗽两声："来给我送烟？"

"嗯。"

"你说等葬礼结束，季明瑞有什么打算？"

梁津舸不知道，自然不作声。雨有更大的趋势，雨声中陈当好的声音显得有些微弱，像是没什么底气："梁子，你之前说让我信你，到底是让我信你什么？"

"……信我几年之后就能扳倒季明瑞。"

"几年？"

"不知道，这个没法说。"

陈当好低下头，眨眨眼又问："那我们算什么？"

她说这话的时候，就像把主动权主动交付出去，想要得到一个满意的答案。而这个答案，陈当好在心里自己都不曾预设过。没等梁津舸回答，她摆摆手，表示自己不想听："算了，走一步看一步吧。"

其实他们心里都清楚得很。

不能见光的爱情不叫爱情，哪怕互相之间爱得再深也没资格亵渎爱情这两个字。也许在漫长的等待里她嫁给了季明瑞，最好也最荒谬的结局不过就是他们继续以这样的关系维持下去。偷情就是偷情，是她开了这个头，何必在后面又自导自演一场贞烈。

深吸口气，陈当好觉得心里的某块石头忽然落下来，大概将事情看淡就不会有多余的烦恼，未来不可期倒也不是件坏事："葬礼今天就能结束吗？"

"不一定，有一些别的地方来的人，今晚可能要留宿。"

"那我们也留下吗？"

"我肯定的。你问问季明瑞你能不能提前回去。"

陈当好慢慢跷起二郎腿，又摸出根烟放进嘴里："你不回去的话我也不回去。"

"嗯？"梁津舸见她只是叼着烟，却不点燃，前几天那场争吵好像已经烟消云散，她又变回那个勾人的妖精了。等着她开口，看着她把头发撩到一边肩膀去，露出自己半边脖子。

"聊聊内存卡到底去哪了。"

梁津舸挑眉，为她这个蹩脚的借口，不过也不拆穿："现在？"

"现在怎么聊，人来人往的。没准拿了卡的人就站在别的地方看笑话似的看着我呢。"陈当好叹了口气，像是没办法的样子，"凌晨在大树那边见吧。"

说完这话，陈当好提着裙子起身，将嘴里没点燃的烟塞到他唇边。梁津舸本能叼住，喉结动了动，于是他看到陈当好眯着眼睛笑了一下，像是小猫恶作剧得逞偷腥成功。她不给他拒绝的机会，但其实也知道他是不会拒绝的，他们之间的每一次身体接触，他从来都比她热情得多。

心下虽然将他吃得死死的，可手指还是伸直了，在他那木讷的脑门上不轻不重地点了点："不许不来。"

这话就像是说，"我想你了"。

梁津舸没有不去的道理。

凌晨时分，陈当好靠着墙壁，听见自己压抑的声音。这是吴羡的葬礼，他们在别人的葬礼上，背叛人家的丈夫私相授受。真是罪过，她在心里叹息，这声叹息慢慢地从唇边溢出来："真是罪过……"

情潮退却，老树的身影又清晰起来，这个晚上似乎比昨天冷了一些，又或许是陈当好自己穿得太少。她今晚刻意换了另一条裙子，相比上一条，开衩更高。梁津舸对这些东西向来受用，男人本性在他身上算是体现了个彻底，就像此刻，他将她的内裤塞进了自己的裤兜，还要在她伸手朝他要的时候，将她压在墙壁上曲解她的意思："没要够？"

陈当好无所谓地跟着他笑，伸手推开他站直了，又恢复到最开始的模样。她冷淡的时候有种孤高的魅力，就好像刚刚那个咬着他肩膀哭吟的是另一个人。双手抱臂，陈当好浅笑着看他，这个时刻她忽然想起一件每每让她觉得惊慌的事，只是从来没跟他正面探讨过。这个问题让她的心略微沉重，也不再去讨要被他装在裤兜里的东西，她说："你说，季明瑞发现了怎么办？"

蹑足的梁津舸摸出根烟，点燃的同时深吸一口，眯起眼睛。季明瑞是什么人，看起来温和，实际上手腕硬得很。他自认现在自己还没有跟他抗衡的能力，这口烟就含在嗓子里，他像是满不在乎又像是隐隐担忧："死呗。"

"谁？"陈当好挑眉。

"你。"梁津舸声音带笑，见她神色不变，他脸上似有似无的笑意隐去，好在黑暗里她看不见。没来得及呼出的烟圈从鼻腔缓缓吐出来，他伸手揉了揉她的脑袋，像是安慰像是宠溺，更像是一种承诺："还有我。"

她抬了抬眼皮。

"我陪你死。"梁津舸听见自己干涩的声音。

陈当好眼神一滞，偏头，躲开他的触碰，忽而笑开，手搭在他脖颈上来回摩挲了几下："说什么死呀活呀的，我可不想死，你也别乱讲。"

他把烟放进嘴里，没接她的话。

"不过梁子，要是真有那么一天，我们各自为自己打算就好。"陈当好舔了舔唇，见他面色有些阴郁，她抬手环住他的脖子，撒娇似的在他胸前蹭了蹭，"懂我意思吗？"

梁津舸还是不说话，下巴上新生的胡楂刺得她心里都痒痒的。沉默半晌，他问："什么叫作各自为自己打算？"

"你这个年纪了，这种事总不需要我教你。"

"如果我做不到呢？"

陈当好凝视他，细细看他的眼睛，从左眼看到右眼，像是温柔像是决绝："我会做到的。"

他也知道她会做到的，只是不知道她会做到什么程度。其实世间的很多事，在最开始的时候上天已经给你预兆。可是人总是愚昧，沉浸在自以为是的爱情里，就觉得对方也该是善良的。抬手摸了摸她的脸，梁津舸语气柔和："不会有那么一天。"

"梁子，你可以喜欢我，我也喜欢你。但你别爱我，我受不起。"陈当好的手放下来，这话说出口于她来说倒没有多难过。陈述事实而已，事实的潜台词是，我不爱你。

梁津舸轻轻点头："回去吧，你穿太少了要冷的。"

陈当好不再说话，他们之间好像从来没有正儿八经说过一句告别。转了身，离开他的怀抱就置身风里，凌晨的风原来这样凉。陈当好抱紧自己的手臂，往住处那边走，走出一段距离，她回过头，看到梁津舸靠着树站着，手里掐着一根烟，眼睛低垂不知道在想什么。

他们之间距离不算远，可陈当好忽然觉得难受，比刚刚说出那些话还让她觉得难受。

她站在原地，像是有所感应，梁津舸抬头朝她看过来。

他站直了，往她的方向凝望，半晌，伸手挥了挥，示意她回去。这么远的距离陈当好看不到他的表情，夜色里他好像只剩下那么一个略显消瘦的身影。她听话地转了身，迈开步子的时候，陈当好看到自己的泪从眼眶里掉出来，落在脚尖上。

她分明没有经历痛楚，这眼泪来得莫名，却有愈加汹涌的趋势。她保持着原来的步子，不疾不徐地往回走，在梁津舸看不见的地方，她泪流满面。

其实早就很爱他了吧，可是这爱不比自由来得重要，所以不说，所以否认。她得承认自己的自私，可即便不自私，他们的爱又能走到哪里呢。明知没有结果的事，只不过贪恋一时的温暖欢愉，还是不要打着爱情的旗号抹黑爱情了吧。

陈当好抬手抹掉了自己的眼泪。

身后的梁津舸只看到她抬了手，那么细微的一个动作里，他想，她是哭了吗？

可是陈当好怎么会哭呢，她是那样理性且绝情的人。手里的一根烟燃尽，陈当好的身影也彻底消失在拐角。梁津舸把烟蒂按灭扔到垃圾桶，迈着缓慢的步子往回走。

时间已经过了凌晨三点，来参加葬礼的宾客早已散去，来不及回去的也在季明瑞的安顿下住在这里，这时候估计早已经进入梦乡。梁津舸在空无一人的院子里踱步，就这么绕了几圈，眼看着天就亮起来。

夏天了，天亮得总是很早。

手放在裤兜里，可以摸到柔软布料，那是陈当好的内裤。手再接着往里，可以摸到小小的卡片形状的东西。

如果把时间退回到昨晚，他是在这个时间醒来的。世界都在沉睡，他披了衣服下床，走到院子里去等一场日出。也许只是百无聊赖，也许是阴差阳错，他看到匆匆离开的陈当好，虽然只有一个背影。

几乎是瞬间，他就猜到她想要做什么。

这个女人有时候想问题太过简单直白，带着刚刚从学校里出来的天真劲。他喜欢她也恰巧喜欢的是她眼睛里故作风尘的天真诱惑。等陈当好走了，梁津舸跟上去，果然看到内存卡被她放在设备里，如果播放的人不仔细看，前面的视频读取完毕就会自动播放内存卡内容。

手伸过去，又顿住。

他记起那个晚上她说的话。

"其实我们不是一路人，你也根本不知道我想要的是什么。"

喉结动了动，梁津舸把手收回来，转了身继续在院子里散步。就当作没有看到，什么都没看到自然也不会再惦记。曙光撕破天空，他的心像是被扔进了一池沸水，挣扎着打了个滚，还是快步朝机器那边走过去。

不再思考，不多犹豫。他拿出内存卡，将它放进自己裤兜里。

做的时候分明有这样的勇气和魄力，可是等第二天她问起的时候，就不敢承认。他知道他们之间承受不起第二次猜忌和争吵，两人之间真正可以算作甜蜜的相处时间屈指可数。于是摇头，用最严肃的眼神和表情："我不管你怎么想，但真的不是我。"

他知道他又在自以为是了。

那就让他自以为是再爱她这么一回吧。

葬礼结束后的很长一段时间，季明瑞都没有来别墅。陈当好又开始重复自己上课下课的生活，其余时间就站在阳台上发呆，百无聊赖。她的青春是这样浪费掉的，连她自己都能感受到好时光的流逝，偶尔想起那张再也找不到的内存卡，又是一声叹息。

再也没有机会了。

夏天来了到底是好的，阳台打开，就给了她一个完全独立的空间。心情好的时候，陈当好会自己洗点水果带到阳台来，西瓜也切成小块，葡萄要冻成一粒粒，还得挂着白霜。楼下齐管家在看电视，电视声音传到阳台上，陈当好便知道今天哪个公司又被收购，明天哪位商界人士宣布破产。

商场变幻莫测，季明瑞却总是稳稳当当。他不来其实是好的，连齐管家都不用绷紧神经唯恐惹他不高兴。梁津舸更加忙碌，究竟忙什么，陈当好不问，他也不说。

她曾经觉得他们之间的事真的就是天知地知你知我知，能瞒过季明瑞就等于瞒过全世界。直到某一天站在阳台上，齐管家上来收衣服，见到陈当好抽烟，她慢悠悠说道："陈小姐还是少抽些烟吧，对身体不好。"

"现在已经在控制了，今天这还是第一根。"陈当好抬起手，像是进步了的孩子在求表扬。齐管家笑笑，大概是觉得无聊，把准备收的衣服都摊开在桌子上，一边叠一边跟陈当好聊天："最近季先生不怎么来，你可得好好照顾自己，回头看见你瘦了，季先生肯定责难我。"

"不会，他哪看得出来。"

"季先生还是在意你的，这次季太太去世，说不定不久后你就是新的季太太。"

"这话可不敢说。"陈当好把烟按灭，情绪有些不悦，"我在这住着有什么不好呢，也不耽误他工作，也不给他添麻烦。"

齐管家笑了笑，把一条白色内裤拿出来放在当好面前："看看我这记性，明明是洗的梁子的衣服，怎么把陈小姐的贴身衣物也给混进去了。"

陈当好脸色一白，那是之前梁津舸从她这拿走的一条。眼神飘忽着看向别处，她也随齐管家一起笑了笑，嘴角僵硬："就是的，怎么搞的。都混在一起洗过了，就不要了，齐姐帮我扔了吧。"

"陈小姐，我有时候就把你当自己妹妹一样，其实大家都不傻，我能看透的事，季先生未来的某一天也迟早会看透。"齐管家还是那样的语气，陈当好呼吸都停了停她总不可能在这个时候哀求齐管家不要将事情捅破。好在齐管家似乎并不打算威胁她，"你跟梁子都年轻，年轻的时候很多事随着性子来，不考虑后果。但偶尔总是要收敛一下的，陈小姐，我说这些话是为你好。"

陈当好觉得口干，舔了舔唇，她轻声问："……你什么时候发现的？"

"很早就有感觉，真正确认是陈小姐父亲出事的时候，梁子半夜出去找你。"齐管家心里有叹息，但没表现在脸上，"我不敢说自己是过来人，但是这么多年也见了不少。我今天说这些不是为了威胁你，更不会跟季先生讲，你们还是小心着点，季先生要是发现了，就不是现在这么简单了。"

陈当好点点头："知道了，谢谢齐姐。"

人说相爱的人站在一起气场都不一样，现在看来的确有几分道理。陈当好心有余悸，暗暗告诉自己此后在季明瑞面前都需离梁津舸远点，转而算了算，又觉得不论是季明瑞还是梁津舸，都很久不曾与自己亲密过了。

实际上自从葬礼之后，梁津舸除了送她上学，接她放学，也没再来她的房间找过她。

她的寂寞追根溯源，是他忽然变成了一个大忙人，而她还是站在原地重复自己的生活。漫长的雨季过去了，坐在教室里或者阳台上，总是有躲不开的大太阳。陈当好趴在桌子上发呆，看教授拿着粉笔在黑板上写字，偏过脑袋，梁津舸在教室外等她下课，低头看着手机，细碎头发落在她眼里，镀上一层好看的微光。

她险些以为这是自己的幻觉，梁津舸最近忙到来接她都时常迟到。坐直了，陈当好揉揉眼睛再次看过去，确定他就站在外面。心里的感觉是雀跃的，又不想从眼睛里表露出来，那太过小女孩心性了。接下来教授说的每句话于她而言成了煎熬，时间突然被调了慢放。其实下课了也不过就是跟他见面上车回家而已，陈当好叹口气，重新趴在桌子上。

最近倒是越来越像个十六七岁的小女孩了。

好不容易等到下课铃声响起，陈当好这时候却磨磨蹭蹭，不大好意思太过急切地跑到他身边去。梁津舸收起手机往教室里张望，有相熟的同学已经开玩笑喊她："当好，你那个朋友又来接你啦。"

陈当好礼貌地笑笑，朝他看过去，慢悠悠收拾好东西，再慢悠悠走到他面前，用自己一贯懒洋洋的语气："今天怎么来这么早？不忙了？"

"季先生让我带你去见他。"梁津舸面无表情，往常他也是这副样子，只是今天看起来格外严肃，"去似锦酒店。"

对于似锦酒店，陈当好的记忆停留在去年，季明瑞为了羞辱她，让她陪酒。谈不上有什么阴影，但这么说起来总是抗拒的，皱了皱眉，陈当好站在原地不动："去干吗？"

"不知道，季先生没说。"

"别是又有什么重要朋友需要我来陪了。"陈当好冷笑，想想又不知道自己如何拒绝，她毕竟没有反抗季明瑞的权利，"算了，走吧。"

"衣服在车里。"

陈当好脚步顿了顿，接着往前走。

车子停在学校外面的拐角，陈当好从后座拿了装礼服的袋子，扭脸却发现梁津舸没有下车的意思："你不下去吗，我要换衣服了。"

"你换。"

"那你下车啊。"

"又不是没看过。"

梁津舸说这话的时候还是面无表情，一副正人君子模样。陈当好看着他，他也不说话，车子落了锁，他表示这个空间现在很安全。若是别的女孩这时候可能也就该娇嗔了，陈当好眨眨眼，倒是笑起来："好啊，那正好你帮我换。"

她说着把衣服扔到他怀里，头发随意在脑后一挽，露出白皙的脖颈，同时将后背转向他："帮我把裙子拉链拉开。"

他不说话，手滑上她的肩膀，沿着后背的线条向下，拉链被拉开有细微声响，细小的声音让陈当好心里开始酥麻起来。他的手没离开，随着裙子被打开，那双手滑进去，一直向前滑进去。

不知是痒还是别的什么原因，陈当好笑倒在他怀里，上半身的裙子就这么被剥落，低下头，梁津舸闭眼含住她的唇。她今天涂的唇膏是蜜桃味，红色偏粉，衬得皮肤也好。这个年纪的女孩稍稍打扮便是好看的，更何况陈当好天生丽质。唇舌相触有柔软熟悉的温度，梁津舸在心里满足喟叹，手臂将她环紧，他原来已经这么想念她了。

梁津舸的吻渐渐向下，连同手也有向下的趋势。可到底顾念着时间，去得晚了季明瑞肯定怀疑，他们总不能冒这个险。解馋似的在她唇上咬了咬，梁津舸恋恋不舍地放开她："你换吧，我出去给你守着。"

这次季明瑞给她准备的裙子很保守就连肩颈处露出来的皮肤都不多。陈当好不知道自己是否又要去赴一场鸿门宴，想起之前跟齐管家的对话，她看向开车的梁津舸："齐管家知道我们的事。"

"我知道，她前几天跟我讲过。也跟你讲了？"

"嗯。她说要我们收敛一点。"

"……其实有道理。"

"她会不会把这件事告诉季明瑞？"

陈当好问出这个问题之后忽然意识到自己的愚蠢，下一秒，梁津舸还是耐心回答她："不会，那对她没好处。你要是成了季太太她才会高兴，没必要挖坑给自己跳。"

"可我总是不放心。"

梁津舸不说话，大概是不知道怎么安慰她，索性选择了沉默。陈当好靠着车后座闭上眼，那种不祥的预感像是大雨之前摇摇欲坠的乌云，压得她胸闷。大约做了坏事的人都得受折磨，她并不是完全无辜。虽然是被迫当了季明瑞的情妇，但花着他的钱，还和别的男人联手算计他的人，大概从最开始认识季明瑞到现在，她都在不断消耗自己的德行吧。

车子停在似锦酒店门口，梁津舸下车帮她把车门打开。不到一年的时间，似锦酒店门口翻新，比之前显得更加富丽堂皇。陈当好向来对这样的华丽心生排斥，目不斜视地走进大厅上了电梯，看梁津舸在按键上按下数字。

还是之前的那个楼层。

陈当好眯了眯眼睛，虽然没说话，心里的抗拒却也写在了脸上。梁津舸在下面轻轻握住她的手，电梯"叮"一声，他的手适时放开。

季明瑞等在包厢里，这一次没有乌烟瘴气的环境，没有喝酒抽烟的陌生男人。他就坐在那里，除了他再没有别人。这样的场合梁津舸是不合适进去的，送陈当好到门口，他礼貌地低头，帮她把门合上。

　　"我就知道这裙子肯定适合你。"

　　季明瑞笑着朝她招手，示意她坐到自己身边来。等走近了，陈当好才看见他脸上的皱纹。这段时间他似乎又苍老了不少，吴羡的离开对于他来说是多大打击，恐怕只有他自己知道。在季明瑞身边坐下，陈当好将手放在自己的膝盖上，察觉到他靠近了，揽住她的肩，她坐直，身体不自觉绷紧，但没有抗拒。

　　"进了这包厢，还以为又要有什么人需要我陪酒。"半开玩笑的语气，陈当好歪头看他，"想不到就咱们两个人，季老板找我是有什么事呢？"原本刻薄的玩笑又变得俏皮起来。

　　季明瑞笑笑，即便是这样的表情也盖不住他一脸的疲态："当好，我想跟你商量一件事。"

　　"嗯？"陈当好伸手去拿桌上的茶壶，打算给自己倒一杯热水。季明瑞靠得更近了些，低声说道："我们结婚吧。"

　　手一抖，热水险些洒出来。陈当好坐得还是很直，只有将身体紧绷着，才不会让自己的惊慌太过明显："……什么？"

　　"我说我们结婚吧。"

　　"吴羡去世连两个月都不到，你不怕外人说你？"

　　"我打算把手里的生意交出去一部分，我现在年纪大了，吴羡走了之后我很后悔，有些东西是该学会珍惜的。当好，你不会理解我现在的想法，我总是担心自己留不住你。"

　　"可是我不想担那份骂名。再说我们现在这样不是挺好的，我也不会离开你。"陈当好试图安抚他，把倒好的一杯热茶递给他。季明瑞接过来却只是放到一边，接着说道："那不一样。风华别墅是个见不得人的地方，我不想你再受这样的委屈。"

　　陈当好心里忽然乱开，她从没想过季明瑞会在这个时候跟她说这些。毕竟吴羡刚刚过世，以他的性格，定会顾及自己的名声，等上三年五载都是有可能的。而这三年五载里所有的变数，都是她的机会。现在季明瑞似乎看透了她随时想要逃跑的心，他像是放风筝的人，风筝飞得太远了，他要收线了。

"可是明瑞，你想一想。"陈当好稳了稳情绪，淡淡看向他，"你还是会很忙，我在哪里都一样，你不会有太多时间来陪伴我。这段时间我慢慢想明白一些事，其实名分之类的，在这个年代也不那么重要，吴羡空有名分，她得到了什么呢？我不想变成下一个吴羡，你明白吗？"

"所以我说把手头的生意交出去一部分。我真的没力气再参与那些应酬了。"

他是真的疲惫的样子，这疲惫却换不来陈当好的心疼。抬手在他手臂上拍了拍，陈当好还想说什么，忽然想起梁津舸之前跟自己提过，最近在做生意。

她张张嘴，思维顿住。按照梁津舸的说法，他是要在商场上打败季明瑞的，那如果季明瑞这时候将生意规模缩小，对梁津舸来说大约是好的吧？她没有学过专业金融知识，大多数事情都是凭自己主观臆测，想来想去，还是转了态度："你只说把生意交出去，我哪里敢信。人说看男人的时候不要看他说了什么，要看他做了什么。等你真做到了再来跟我商量这样的事吧。"

"你是吃定我爱你，想娶你了？"季明瑞轻笑，喜欢她这副样子。陈当好歪歪头，精巧的下巴昂起来："是呀，你说你要娶我的。"

"好，那你得再等等，这不是一天两天的事。"

"等你不忙了，我们还可以去各种地方旅游，你说好不好？"

她给他憧憬，给他目标，背后却只是为了给另一个男人的生意扫清障碍，某些瞬间里，陈当好会为季明瑞感到难过，感情里大概真的有报应，他欠吴羡的，都在自己这里还回来了。

那自己现在欠下的债，又要在谁的身上千倍万倍被讨要回来呢？

第十一章
海市蜃楼

　　因为第二天早上要开会,季明瑞没有随陈当好一起回别墅。到这时候,肌肤之亲对于他来说倒不那么重要了。好像有一辈子时间去做这些事,也就不急在一时,况且陈当好是他锁在风华别墅里的金丝雀,没有了他,她哪也飞不了。

　　而她最近比平常温顺许多,他说的话她都肯听也都照做。他早说过女人是适应环境的生物,等到发现自己无法翻盘,也就认命了。有人说女人没有爱情,谁对她好,她的回馈就变成了爱情。醉眼蒙眬里季明瑞看见陈当好拿了桌上的餐巾纸帮他擦掉嘴边的汤汤水水,四十好几的男人居然带着点感动想到,她也许是爱我的。

　　以她的性格,是不可能对不爱的人给予多余关心的。

　　带着这样的好心情,季明瑞晚上多喝了几杯酒,陈当好坐在一边跟他说说笑笑,恍然间他想,这样也好。吴羡的死就像是划过心上的一根刺,她说不原谅又如何,人死不能复生,他痛过了也就算偿还了。酒杯里的酒晃晃荡荡,他又想,自己真的是个无情的男人。

这顿饭一直吃到晚上八九点，陈当好陪着他也喝了几杯，出来的时候状态微醺，扶着季明瑞的腰，她说话声音也娇软下来："我要回去啦……"

　　"我送你回去我再走。"季明瑞在她脸上亲了亲，站在电梯边的梁津舸礼貌避开视线，按下电梯键。

　　"我自己回去就行，你就不要送了，你的司机也等着呢。"陈当好在这时候表现出温柔女人该有的样子，连说话时的尾音都是甜软的，她扶着他的肩膀，因为身高差距，像是半个身子都吊在他身上，皱皱眉，她的模样有几分娇憨，"我可不想你的司机在背后说我的闲话……"

　　"他敢。"季明瑞手撑着她的腰，替她承担了大部分的重量，酒精让面前的女人看起来比平日都可爱妩媚。他低头想吻她，陈当好眉头一蹙，细白的手指按在他唇上拒绝了他："都是酒味……"

　　电梯到达，梁津舸面无表情地走进去，从始至终没有抬头。一直到电梯下到一楼，季明瑞亲自搀扶着陈当好上了车，外面的空气让他清醒了些，转头看向梁津舸："梁子，我就不跟着回去了，你路上开车小心点，回家了让齐姐给当好弄点醒酒的东西。"

　　"好的，季先生。"梁津舸礼貌点头，打开车门坐进驾驶座。

　　陈当好躺在后座上，呼吸均匀，像是睡着的样子。梁津舸将车门关好，目送季明瑞的车离开，又启动自己的车子。这一系列的动作里他的下巴越绷越紧，是有怒意在酝酿。终究没有说出口的资格，车子离开停车场，往风华别墅的方向回去。

　　这条路他走过无数遍，今夜却觉得格外漫长。梁津舸现在最需要的是洗一个热水澡，这样或许就能把电梯门口两个人耳鬓厮磨的画面从脑海里清除。车子速度加快，在前方红灯的位置猛然停下，后座上的陈当好不察，出于惯性撞在驾驶座靠背上，痛得浅浅一声惊呼。

　　梁津舸没说话，陈当好睁开眼，爬起身看看外面，夜里的景色总比白日陌生，她看了许久也没分辨出这是什么地方，揉揉眼睛，还是那样柔软的声音："梁子，咱们到哪啦？"

　　梁津舸依旧不说话，红灯在这时变作绿灯，车子启动，晃得后座上陈当好又是一惊。扶住驾驶座的靠背，陈当好探身过去，后视镜里她看见他冷冰冰的眼神，对视一眼，梁津舸眼含波澜，却还是将目光偏开不肯看她。

酒精的余威还在体内叫嚣，这会儿却成了壮胆的好东西。陈当好伸手在他肩膀上拍了拍，语气自然，带点撒娇意味，是与面对季明瑞截然不同的面孔："梁子，我好渴啊，车里有水吗？"

"没有。"梁津舸尽量让自己的声音听起来平淡，后座上的陈当好得到答案后"噢"了一声，安静下来。没过多久，她的手自后面慢慢爬上他的胸前，梁津舸皱眉，几乎用了训斥的语气："别闹，拿开。"

"我喝醉了，你不能要求我。"陈当好不依，手沿着他的衬衫领子伸进去，愈加大胆。梁津舸眉皱得更紧，车子停在路边，好在这不是高速上，夜晚树影森森，周围安静得可怕，他抓住她还在作乱的手，压着嗓子吼她："拿开！"

"你怎么这么凶，我说我渴了，你不给我水喝，还吼我。"陈当好眯着眼睛，眼底还有醉态，借着这么点酒劲，她自后面别扭地环住他的脖子。车子停下以后终于不再颠簸，她动了动腿，手抓着他的衣服，竟然就这么从后座一点点挤到了前面来。

方向盘成了碍事的东西，陈当好跨坐在他身上，头发蹭得有些乱了，挡住她微皱的眉。梁津舸到底拿她没有办法，这时候他甚至不知道她是真的醉了还是在装醉，向后调了调座椅角度，那方向盘终于不再硬邦邦地硌着陈当好的腰，她于是猫一般舒服地窝在他胸口，用毛茸茸的脑袋蹭他的脖子："我好渴啊……"

"这附近没有商店，等回去了喝水。"梁津舸声音有些干，手扶在她腰上，避免她动来动去。陈当好不满地摇头，伸手把自己的头发往后撩，她撑着他的肩膀凑上来，毫不羞涩地向他的唇上吻。她嘴里有酒气，梁津舸下意识想要躲避，下一秒她的唇贴上来，他便舍不得躲开了。

她用舌尖去撬他的唇，他的牙齿，好像这样就能解渴。黑发随着她不断地动作还是滑下来，落在梁津舸脸上，他便闻到她洗发水的味道。

这个女人没有其他女人的香水味，相反地，她浑身都是烟酒气。那烟酒气缠绕在梁津舸鼻端，让他慢慢不再满足于被动。将座椅放平，他扶着她的腰慢慢躺下去，陈当好还跨坐在他身上，见到这一幕，她微微眯眼，贴着唇低低问他："你干吗？"

她声音里哪有一丝醉意。

不知怎的，胸腔里那股积郁的愤怒就这么消散开。或许是她挡开了季明瑞的吻却主动吻他，让他觉得自己相比之下终究有那么点不一样。梁津舸闭上眼，感受到她柔软地贴合下来，身体接触，感觉清晰。他咧开嘴无声地笑，抱紧她，用力地抱紧她。

躺在车里，陈当好懒洋洋地趴在他身上。他们都不想回去，所以也就默契地不打破沉默。天上有几颗星星亮得过分，陈当好把车窗摇下来，撑起身体去看，她未着寸缕的身体在月光下莹白细腻，梁津舸也坐起身，从后面抱住她，顺着她的目光向天上看。

这种时候，可能她说要天上的星星，他也义无反顾。

"季明瑞今天说，想跟我结婚。"陈当好靠在他怀里，梁津舸身上带着未消的汗，她将脸贴在他颈窝处，自己寻了个舒服的位置，她知道他现在的表情一定很难看，"他还说他会交出一部分生意，以后不让自己过得那么忙。"

梁津舸原本闭着眼，听到前一句时也并不惊讶，眼皮都没动一下。陈当好后一句话出口，他的眼睛猛然睁开，眼底那层模糊的光亮起来，转而又暗下去："什么意思？"

他是有野心的男人，不声不响，其实早已酝酿一盘大棋。而这样的男人，不可能一辈子围着个女人打转。陈当好心里忽然生出些复杂的凄凉，她想说"我帮你拖住季明瑞，那样你的胜算会不会大一些？"可转头又觉得，这样说，未免显得自己太过在意。她不想用自己的爱去拴住他的野心，更何况在未来某一天，可能一切都会变成她的一厢情愿。

"我也不太清楚，可能岁数大了觉得累了吧。"陈当好动了动，不再看他，自顾自闭上眼靠在他怀里，转移话题，"现在想想，真的不能跟岁数大的人在一起。等我还风华正茂的时候，他已经老得不堪重负，呼吸都像肺里在拉风箱。"

梁津舸没应和她，思维还留在季明瑞要放手一部分生意的地方。陈当好自觉没趣，伸手去捞了自己的衣服，从他怀里离开："别想了，不早了该回去了。"

他这才回神，握住她的手轻啄一口："我帮你穿。"

等到他们回家，时间也快接近午夜。齐管家坐在客厅里等他们，说是季明瑞来电话确认他们回来没有。齐管家只得战战兢兢撒谎，又听季明瑞问当好酒醒了没有，齐管家便顺着说陈小姐睡了，明早给他回电话。

这么说下来，梁津舸和陈当好都有几分愧疚。齐管家摆手说没事，转而又问："我解酒汤也煮好了，陈小姐喝一点再上楼睡觉吧？"

齐管家这么说了，陈当好自然不忍心辜负她的心意。晚上在车里一番云雨，喝完解酒汤再洗个热水澡，这一觉竟睡到了第二天中午。陈当好醒来的时候已经接近十一点半，半梦半醒间似乎听到齐管家喊她下楼吃饭，意识没有完全清醒，她只当那是梦，翻了个身，就真的又睡了过去。

不安稳的睡眠里，总是容易滋生梦魇。梦里有白色楼阁，被装饰成教堂模样。镜子里的她穿了洁白婚纱，是她曾经跟季明瑞讨论过的露肩设计，他说她肩颈处线条最美，穿这样的一定好看。陈当好在梦里成了一只漂亮花瓶，任谁将她搬到这里那里，再抬头，季明瑞一身新郎打扮，已经站在红毯尽头对她伸手。

头顶大屏幕在播放他们美好的画面，配合音乐让她恍然间觉得自己是个幸福的新娘。下一秒画面里的内容一转，成了她内存卡里的东西。

一时间礼堂里都是男女喘息声，宾客大乱。陈当好开始时也惊慌，转而又觉得这不正是她想要的画面，竟站在原地抱着捧花笑起来。再看季明瑞，脸色铁青是当然，他走过来想要打她，陈当好在梦里喊得很大声，她说"你看啊，那是你自己，你凭什么打我？"

季明瑞面色更加可怖，他说"你自己看看，那到底是谁？"

陈当好再次抬头，视频里的主角忽然换了面孔，她还是她，那男人却换了梁津舸。举行葬礼的院子里有一棵大树，大树枝叶飘摇，男女于树下做着不知羞耻的勾当。

她几乎惊慌失措，季明瑞不给她辩白的机会，一巴掌眼看着就要落下来。陈当好下意识想躲，后退一步却仿佛掉进万丈深渊，就这么从梦境里惊醒。

看看时间，相比刚刚醒来，只过去了半个小时。

洗了把脸，陈当好坐在床边发呆。梦境里的场景太过真实，真实得让她心悸。

她还记得那时候，第一次跟梁津舸睡过之后，她是怎样在心里告诫自己不许再有第二次。每一次的结束都伴随着祷告与忏悔，每一次的开始都还是情不自禁。后来羞耻心败给了身体欲望，忏悔心愈发薄弱，再后来，她想，这并没有什么不对。

她与季明瑞之间的关系，又高尚到哪里去了？男人用欺骗步步为营，强迫她软禁她，将她视为自己笼子里豢养的金丝雀。她何苦扮演圣母，对季明瑞保持荒唐的忠诚？

她分明才是纯粹的受害者。

思绪还没有完全缓过来，院子里有车子停下的声音。这个时间可能是梁津舸出门再回来，陈当好站起身，走到窗边却看到季明瑞从车里下来。

她当他是担心自己昨晚醉酒，却又想到他说过今天要开会，没时间过来。心里正疑惑，又看到副驾驶的车门打开，倪叶踩着高跟鞋从车里出来。

陈当好以为是自己看错，仔细看过去，的确是倪叶无疑。季明瑞不可能带倪叶来风华别墅，这太过荒唐。匆忙换了身衣服，陈当好来不及化妆，就这么打开房门走了出来，与进门的季明瑞碰了个照面。

"明瑞？不是说今天要开会，怎么有空过来了？"陈当好装作惊讶样子，未施粉黛的脸看起来比平时温婉贤淑。

季明瑞没说话，笔直朝着她走过来。她维持僵硬笑容，只觉得后背阴森，不祥预感从没有像此刻这么浓烈。面对着面，她仰头看他，还来不及反应，季明瑞的巴掌毫不留情落下来，像是在续她没有做完的梦。

在那一秒剧痛里，陈当好恍惚地想，或许，那不只是一场梦。

大厅里安静极了，谁也没有说话，只有陈当好因为疼痛而微微急促的呼吸声。她低下头捂住自己火辣辣的脸，让自己肩膀的角度尽量看起来楚楚可怜。没有人敢说话，她也不敢问，不需要表演，眼泪也自然而然地落下来。

季明瑞怒火中烧，这是她从他巴掌的力道感觉出来的。可是她不知道他在愤怒什么，分明昨晚他还情意绵绵说要娶她回家。男人变脸是很快的，她知道，手拿下来，那半边脸已经微微红肿。眼底那一层温柔散去，她仰头无所畏惧地看他："季老板日理万机，怎么还有空来这儿特意赏我一巴掌？"

如果她能预知接下来的剧情，就会知道这一刻的自己太过不识好歹。季明瑞呼吸急促，连同瞳孔都跟着放大，食指指尖几乎戳到她鼻子上去："你还有脸住在这？你还有脸跟我说这种话？陈当好，我还从来没发现你这么会偷人！"

他说着恶狠狠转身，将倪叶手里抱着的文件袋抢下来撕开，里面的照片哗啦啦落了一地，齐管家站在后面不敢出声，眼神扫到那些照片，惊得慌忙背过身去。

她不敢看，一时间脑子里都是那句"非礼勿视"。

陈当好低下头，不用细看她就知道那是什么，在车里，在葬礼上，她跟梁津舸之间所有的动作都被拍得清清楚楚，就连她脸上的红晕都被照得细腻自然。那棵大树，或者是被放倒的驾驶座，她只是不明白，季明瑞如果早对她有所怀疑，又是抱着什么心态在昨晚跟她说出了那些话。

闭了闭眼，陈当好弯下腰，把照片一张一张捡起来。

"你就不想跟我说点什么吗？"季明瑞低下头，凝视她的头顶，即使在这种情况下，他依旧觉得她肩颈线条美得要命。转而他想到，这样的美早就有人捷足先登，他不在的很多时间里，梁津舸倒是真的替自己好好"照顾"了她。他想要她一句解释，却也知道这样的证据放在她面前，她早已经没什么可辩解的。

倪叶站在季明瑞身后，并不说话，眼里神色却有掩饰不住的得意。社会教会人隐藏自己的情绪，但这一刻的兴奋让她没办法收敛，毕竟这么多的证据，是她来来回回用了几个月才拿到的。吴羡不在了，陈当好想上位，也要先看自己有没有那个水平和资格。在距离季明瑞最近的几个女人里，陈当好不在了，怎么也能轮到自己。

把那些照片捡起来拿在手里，陈当好起身后退一步，跟季明瑞拉开安全距离："我没有什么好说的，既然你都知道了，我走就是了。"

她说着转了身就要出门，神色决绝，季明瑞一时间怒气上涌，只觉得太阳穴都剧烈跳起来，抬手粗暴地扯住她一条胳膊将她拉回来："你走去哪？！你除了被我养着还能走去哪？！"

他从没见过这样理直气壮的女人，这件事从头到尾她到底哪里做对了，竟然还用这个态度跟他说话。是了，她早就想走了，只不过骗他比直接走掉更有趣也来得更震撼，这样想来，她真是歹毒。

"那你想怎么样呢。"陈当好声音冷下来，"我从来没说过要你养，是你一厢情愿把我带到这关起来的。你也从来不只是有我一个女人，我怎么就不能再多找个男人了？季明瑞，这个世界上谁都有资格来说我是个婊子，只有你不行。"

她声音太冷，透着疲惫至极的绝望。刚刚那一巴掌是火，让陈当好在一片废墟里看清楚自己的来时路。她瞥了一眼站在季明瑞身后的倪叶，语气还是冰冷的："反正像我这样的婊子，季老板身边从来都不缺候补。"

她这样形容自己的时候，心底平静，比吸烟时烟雾在鼻腔扩散还让她觉得舒服觉得安心。原来这么久以来她是唾弃自己的，跟梁津舸纠缠也好，对季明瑞虚伪也好，她都是唾弃自己的，从没什么时刻比生活在这里更让她觉得没有尊严。

可这话一出，在场的人便都无法独善其身，谁也不是局外人。季明瑞说不过她，他的脑子自看见那些照片后就已经失去思考能力，支配身体的是独占欲，以及灵魂里与生俱来的暴力因子，那一巴掌打下去的瞬间他后悔了，他分明发誓再也不对她动手的。

颤抖着转了身，不去看她年轻却冷漠的脸，季明瑞将怒火转移，看向齐管家："梁津舸呢？让他给我出来……我今天就要让他死在这……"

"他早上就出门了……"齐管家哆哆嗦嗦地说着，季明瑞自然不信，大步走到梁津舸房间门口，伸腿就是狠狠一踢。房门坚固，他这一下并没起到多大作用，胸中怒火终于找到了发泄的出口，他不能对陈当好动手，总不能连一扇门都没资格踢。季明瑞发泄意图明显，一时间别墅里都是他略显狼狈的喘息声。倪叶偏开了头，而陈当好没有。她静静站在那里，静静欣赏季明瑞这一刻的残破与苍老。

门被踢开,如齐管家所说,梁津舸不在。季明瑞冲进门去,巨大的体力消耗让他头脑清醒了不少,站在梁津舸狭小的房间里,他回过头,与陈当好四目相对。

她缓慢地动了动眼皮,眼珠转到一边,避开他的视线。不是害怕不是愧疚,倒是透着几分不耐烦。事情到了这个地步,逢场作戏已经没有意义,陈当好也演累了那柔情蜜意的戏码,她扬了扬手中的照片,冲季明瑞说道:"你是什么时候开始怀疑的?"

季明瑞慢慢走过来,在沙发边坐下,一个眼神,倪叶和齐管家便识趣地选择了回避。大厅里只剩下两个人,陈当好站得很直,她在等他回答自己。而季明瑞坐着,脊背弯曲垂首,俨然已经疲惫到极点。

"那你呢,"季明瑞看向她,"你们什么时候搞到一起的?"

"去年。"

"去年什么时候?"

"他来这没多久。"

"睡过了?"

"睡过了。"

他觉得胸中气血再度涌上来:"为什么?你要是需要人爱你,我可以爱你,你需要钱,我也可以给你,你何苦找一个什么都没有的穷保镖?"

问完这句,季明瑞忽然陷入惶恐的悔恨。要是她说她就是爱梁津舸,那他又该怎么办?好在陈当好没有,她站在原地把手里的照片一张张整理好,然后放在一旁的小桌上,像是谈心,她在他面前从没用过这么成熟而理性的语气,好似同龄人一般:"我不要爱也不要钱,最开始我想要的就是自由,就是背叛你,我知道你有倪叶了。"

是报复心。最开始就是报复心。季明瑞心里的火焰重燃,他看着她,似乎愧疚又似乎痛心疾首:"倪叶只是我的秘书,我从来没有想过她会跟你站在一样的位置。甚至从某些角度来说,我是把她当成你的挡箭牌,当好……"

"你带着她一起去香港。"陈当好打断他,语气平稳,"她也穿高定礼服，在你房间那么久都没有出来。但是现在说这些没意义，我不在乎你把她当什么或者她有没有在你心里，反正我是要走的。季明瑞，我不想变成下一个吴羡。"

关于梁津舸，她一个字都没有提，季明瑞的心放下一些，语气也跟着稍稍平缓："你能走去哪呢？你书还没有读完，连个亲人都没有，你要怎么生活？"

陈当好没说话，低头看着自己的手指，良久沉默，她淡淡道："季明瑞，其实我最开始挺喜欢你的。"

记忆回溯，她眨眨眼，温和地看向他："在什么都不知道的时候，你对我真的很好。我也知道跟着你这辈子吃穿不愁，甚至你还会宠着我爱着我。认识你之后我没有因为吃穿用度发过愁，比刚上大学到处兼职的日子不知道好多少倍，可是我也知道，我要是稍稍不顺你心思，你就会用这些来制裁我。"

她用的词是"制裁"，季明瑞记起自己对她做过的事。他囚禁她，心情不好的时候甚至将咖啡往她身上泼。那时候他以为自己有权有势，陈当好攀附着他，不可能会离开。女人总要假装矜持，他不想惯她的毛病，直到后面，她给他精心准备了一场车祸。

车祸的记忆已经很遥远，现在想来，却是一场蝴蝶效应。那天开始，陈当好认识了梁津舸，事态便往不可控制的方向发展。季明瑞揉了一把脸，他不想跟她道歉，实际上他从没跟任何女人道过歉，张张嘴，他看向她："如果我说以后不会这样呢？"

"我不信。"

"你不信我？"

"我不信人性。暴力是最容易卷土重来的东西，那时候在房间里你第一次打我，我就发誓我不惜一切也要离开你。"陈当好后退了一步，捂着自己还微肿的脸，"其实你也不爱我，你只是在我身上找吴羡的影子。吴羡已经死了，我不是她也不可能变成她，你总有一天会明白，然后觉得连同我这个人都索然无味。"

"不是的。"季明瑞摇头，"你不能这么武断。"

"可是我也不爱你，我试过了，我没办法爱上你。"

她说这话的时候语气真是温柔极了，季明瑞忽然看懂了她眼睛里的东西，他张张嘴，还是说出口："其实你恨我。"

"是呀，"陈当好轻轻地笑，"你这么聪明，不会连我这么一个二十出头的小姑娘都看不透。"

承认这一点何其艰难，季明瑞低了头，只觉得眼眶有些微胀痛。他想他没有别的理由去留下她，她活得那样清醒，清醒到近乎荒唐，有超脱这个年龄的老成。他的确对她不够好，没能把她宠成个孩子。他忽然记起最开始认识的时候，她也曾欢喜雀跃与他说话，全身心依赖过他。

那时光太遥远，光是回忆都让他鼻尖发酸。时间过去太久，以至于某些时刻他自己也觉得，当好跟吴羡那样相像，他想找的或许真的是吴羡的替身呢。可是这一刻，阳光蔓上他的肩膀，大厅里暖意融融，她垮着肩膀站在那里却还是挺直脊背，她垂着手脸上神色淡然，他蓦然明白，他只是喜欢那样类型的人而已。

见她第一眼的时候，他从没想过要把她当作吴羡替身的。

"我现在走了，也许就不会恨你了，再过很多年，我会找不到风华别墅的位置，等你老得快要离开这个世界了，我再回来，回来送你最后一程。"陈当好说着走过来，慢慢伸开手抱住季明瑞的肩膀，像一个女儿抱住父亲那样满是依赖与托付。她低下头轻轻用脸颊抵着他的头顶，闭上眼，她听见季明瑞哽咽的声音。

他说，"嗯"。

"那我走了。"陈当好作势要起身，季明瑞拉住她的胳膊，将喉头的哽咽吞回去："明天再走，今晚好好收拾东西。另外，我再问你最后一个问题，你爱上梁津舸没有？"

陈当好眼神不躲不闪，平静而自然地摇头："没有。"

"我可以原谅你，但我不能原谅他，等他回来，我是要教训他的。你要是真的想走，就在你房间里躲着，听到什么声音也别出来。过了今晚，我帮你把以后的人生安排得妥妥当当。"

他不信她，他不信一个女人在把身体交付出去的情况下会不付诸感情。

陈当好眼底没有丝毫波澜，还是那个表情和语调，她点点头："好。"

不再多说，陈当好转身上楼，背对着季明瑞，她长长呼出一口气。女人真是天生演员，不仅可以演爱，也可以演不爱，她确信自己那一刻的眼神就算是梁津舸站在她对面，都能被她蒙混过关。

"你爱上梁津舸没有？"

爱，可这爱比不得自由，比不得她之前失去的任何东西。她早过了将爱情视作一切的年纪，又想起那个夜里他们之间许下的承诺。

——各自为自己打算就好。

大概有些人在这里相遇，就只是为了在离别的时候，撕心裂肺送她一程。

陈当好坐在房间里，面前摊开本书，是很早之前季明瑞送她的《百年孤独》。这本书从放在这里便没有被她打开过，临走之前，倒想起要翻几页。而此时这本书停留在第一页已经过了三个小时，她的目光始终在第一句上游移，耳朵随时听着外面的动静。

梁津舸到现在这个时间都没回来。

往常的极少情况下，他也会晚归。陈当好看看时间，不过晚上六点而已，也不算晚，于是又强迫自己低下头去读这本书的第一行："多年以后，面对行刑队，奥雷里亚诺·布恩迪亚上校将会想起父亲带他见识冰块的那个遥远的下午。"

楼下还是没有一丝动静。

陈当好强迫自己把悬着的心放下，没有通信工具在这一刻成了她最大的阻碍，她想告诉梁津舸，别回来了，能走多远就走多远。闭上眼又睁开，她看着房间里窗户上的围栏，看着围栏上不知什么时候又爬上来的郁郁葱葱的藤蔓，知道一切对她来说都是奢望。

这些奢望在心里一点点死寂，她只希望她记得，他们之间那个自私的约定。

——不过梁子，要是真有那么一天，我们各自为自己打算就好。

——不会有那么一天。

陈当好闭了闭眼，再次将注意力放在面前的书上："多年以后，面对行刑队，奥雷里亚诺·布恩迪亚上校将会想起父亲带他见识冰块的那个遥远的下午。"

也不知道又是多久时间，天都黑下来，也不见梁津舸回来。齐管家还是按以往的习惯做好了晚饭，自然将季明瑞和倪叶的那份也做出来。季明瑞是没有心思吃东西的，最后上桌的只有倪叶，面对着面，齐管家眼看着她毫不客气地拿起筷子，仿佛她将会成为这个地方今后的新主人。

齐管家不说话，倪叶也懒得跟她搭腔，她现在是揭露梁津舸和陈当好奸情的功臣，季明瑞是不会在这时候驳她面子的。转而又想，人老了果真各方面都跟着衰退，以季明瑞的敏锐程度，居然没有察觉自己眼皮子底下的这点勾当。这样看来，今后若是真的能顶替陈当好的位置，那慢慢地，瑞先地产也不一定算计不到。

心里的宏伟蓝图勾勒清晰，倪叶笑了笑，抬头发现齐管家在看她，她一愣，维持着笑容，语气倒是不客气："这菜做得味道不错，卖相倒是差了点。"

齐管家不反驳，也不应和，低着头吃自己的饭。

有些人把野心藏起来，有些人不。倪叶这么点心思，季明瑞看出来了也只装不知道。齐管家不想再面对她，换小碗盛了些饭菜，上楼给陈当好送过去。

"陈小姐，吃饭了。"

"我不吃了。"

"我给你端上来了，就放桌上，你什么时候想吃再吃。"

陈当好点点头，目光停留在书上，这么一会儿时间过去，书页还是没被翻动一下。她想问问齐管家是不是自己错过了楼下的动静，还没开口，窗子上面有车灯光芒一闪。

陈当好和齐管家一起朝着窗外看过去。

车子在院子里停下，就和往常的每一天一样。梁津舸锁好了车，带着一身疲惫往门口走。风华别墅到了晚上总是把所有灯都打开，仰起头，梁津舸看到阳台那边一片漆黑。

心里疑惑，但也没有多想，毕竟之前季明瑞明确说过今天有生意要谈，不可能过来。别墅外面的安保措施是最完善的，自然也不可能有什么意外情况。梁津舸揉了揉眼睛，只想赶快进门吃上一口热乎饭菜，然后上楼去跟当好温存一会儿。

陈当好在桌边低下头，不再说话，齐管家伸手在她肩膀上拍了拍，关上房门离开。

大门打开，梁津舸进门。大厅里的灯开着，随着开门的声响，季明瑞扭头望向他。他还坐在沙发上，从梁津舸的角度看过去，就好像他已经坐在那里专程等了他很久。有保镖模样的几个壮年男子站在季明瑞身后，梁津舸一愣，只是很短暂的一瞬间，随后他礼貌地点头，冲季明瑞打招呼："季先生，您来了。"

其实那一刻他心里已经隐约有不祥预感。

换好了鞋，梁津舸低头整理鞋柜，听季明瑞在身后问："这么晚回来，去哪了？"

"朋友在做生意，过去帮忙。没想到回来这么晚，以后不会了。"梁津舸站直了，态度诚恳。他还没想通季明瑞出现在这里的原因，转脸却看到倪叶坐在餐桌前，这次梁津舸真的愣了，皱了皱眉，他发现陈当好不在。

季明瑞带倪叶来别墅，陈当好又不在大厅里陪着，这样看来实在蹊跷。梁津舸心里的弦绷起来，连带着表情也比刚刚更加严肃："季先生……"

季明瑞伸手将照片扔到他脚边。

那照片是之前陈当好捡起来的时候整理好的，这么一扔，又四散开去。尖锐边角划过梁津舸的脚踝，他没有动，也没有弯腰，只看了一眼，他就知道发生了什么。再看看倪叶，想必这件事跟她脱不了干系，怪不得葬礼的时候她那么热心带陈当好过去，怪不得当初在车里总觉得有人在盯着他们。那些细碎的线索在心里慢慢搭成一张网，梁津舸闭了闭眼，再睁眼时开口问的第一句话是："当好呢？"

房门分明关着，他这一句却像是穿透了两层楼的距离，落进陈当好耳朵里。她的眼睛还盯着面前的书，抬起手，陈当好缓慢捂住自己的耳朵。

"过了今晚，我帮你把今后的人生安排得妥妥当当。"

只要听到什么声音都别下去，一切就在今晚结束了。她想起梁津舸伸手将她抱在怀里，肢体接触的温度那样清晰。脑子不容许她再想下去，闭上眼，陈当好皱眉将耳朵捂紧。

"当好呢？"

梁津舸这一句，像是主人在询问自己的所有物，足够激怒一直隐忍未发的季明瑞。在陈当好面前，季明瑞可以歇斯底里，可以癫狂暴躁，但是在梁津舸面前不行。他们现在莫名站在了对手的角度，他不能有任何一点狼狈。站起身，保持平视，季明瑞冷笑一声："出了这样的事，你觉得她会在哪？"

"你把她怎么了？"梁津舸瞳孔缩小，季明瑞的手段他是见过的，不只是在陈当好这方面，去年他跟着他跑生意，多多少少也见识了一些。脑海里有可怕想象，大厅里灯光安详，他却觉得心都提起来。不等季明瑞说话，梁津舸拔腿就要往楼上走，没走出两步，季明瑞身后的保镖已经冲上来将他按倒在地。

他空有力气，挣扎不过面前的几个年轻男人。季明瑞走过来，缓缓将脚踏在梁津舸脸上。

他进门的时候没换鞋，皮鞋鞋底粗粝。梁津舸皱起眉，闭着眼硬是一声没吭。他可以理解季明瑞的愤怒，也可以为自己做的事情负责，但他不能承受陈当好受到一点伤害，他还没做好失去她的准备。

"梁子，你之前是老周介绍来的吧？"季明瑞踩着他的脸，像是陷入回忆，"照理说我从来不用有前科的人，我是做正经生意的。可是老周把你说得那么好，我就真觉得你是他说的那样，踏实，话少，最重要的是你老实。你说我是看错你了还是看错老周了？你居然背着我就把我的女人给睡了。"

他的声音平静下来，字字透着阴冷。梁津舸微睁开眼，从他的角度可以看见季明瑞另一只脚，擦得锃亮的皮鞋，西裤裤脚笔挺没有一丝褶皱。思维不知怎么就有些模糊，他没心思听季明瑞说话，就只是想知道陈当好如何而已。伸手抓住了季明瑞的小腿，梁津舸声音闷闷的："季先生，这件事怎么说都是我的错，跟当好没有关系。"

"哦，那你说说是什么时候开始的？"

季明瑞的脚从他脸上离开，梁津舸刚刚呼吸一口，便被两个人驾着跪倒在季明瑞身前。他像条狗一样低着头，双手撑在地上："去年开始的，陈小姐出院之后。"

"怎么开始的？"

"……我不记得了。"

季明瑞一脚踢在他头上，梁津舸闷哼一声被他掀翻，很快又被驾着跪回原地。这一脚踢到了哪里他不知道，只觉得有热流自鼻孔涌出，仰了仰头，梁津舸眨眨眼，嗓音干涩："是我主动的，陈小姐一开始拒绝了，我威胁她。"

陈当好要是几句威胁便会乖乖就范，季明瑞也不会拿她没办法，这么多年。梁津舸的话他是不信的，骨子里的暴力因素在蠢蠢欲动，季明瑞拎起梁津舸的领子将他扯到自己面前，血落在手背上，潮湿温热："梁津舸，你最好给我说实话，我还能考虑留你一条命。"

"我说什么，季先生都是不信的。哪怕你现在叫当好来对质，也好过怀疑我们提前串通。"梁津舸咧嘴笑了笑，牙上也是一片血红，"背叛了就是背叛了，有些事追究那么清楚，季先生怎么承受得住呢。"

"你什么意思？"

梁津舸喘了口气，衣领勒得他有些呼吸困难，他要把嘴张开才能保证自己不会窒息："意思就是，我早在入狱之前，就已经认识季先生了。那时候季太太忙着做生意，你以为是谁给她跑前跑后？我也是男人，为什么愿意为了季太太跑前跑后？男男女女的，不就那么点故事嘛，季先生问得那么清楚有什么意思呢？"

这些话，梁津舸其实从没打算说出来，毕竟吴羡对他可是半点心都没动。但现在不一样，他只希望能将季明瑞所有怒火都转移到自己身上来，甚至是转移到已经过世的吴羡那里，模糊了最开始的矛盾，是不是就能让当好好好过一些？

拳打脚踢来得猝不及防，梁津舸被按倒在地上的时候还听见季明瑞大声骂了句脏话。也算是开了眼界，要知道季先生一向以温文尔雅的儒商形象示人。拳头落在身上，梁津舸闭上眼，伸手护住自己的头。

216

季明瑞不敢杀他，他没有那个胆量。

那么同样地，他就也不敢杀陈当好，不止没胆量，还舍不得。

这么想通了，梁津舸的心竟好受了不少，咬着牙，将那些疼痛都挨下来。熬过去也就没事了，熬过去他就带当好走，凭他现在的本事，也不一定就养不起她。

在这一刻，梁津舸将陈当好说过的话忘得干干净净，所谓的为自己打算，他一个字也没记起。身体的疼痛唤醒的居然是心里的向往，他们的事败露了，他不信季明瑞还会像从前那样对陈当好。他不肯要她，自己自然是要带她走的，他甚至在某个瞬间都可以想到他们未来的日子，租一间小房子，过最简单的生活。以陈当好的脾气，他们之间或许免不了吵架，可是吵架也没关系，他想想她双手叉腰虚张声势的样子，都觉得甘之如饴。

意识渐渐模糊，梁津舸有些听不清季明瑞的辱骂和周围人的声音了。唯一让他稍稍清醒一些的是女人的尖叫，他仔细辨认，那是齐姐在叫，并不是当好。不是她就好，她见不得这样的场面。那根弦又松懈下来，直到有人扯着他的手用力将他胳膊拉直。

梁津舸恍惚中睁眼，看到季明瑞扭曲的五官。他不知道从哪里弄来了一把斧头，摇摇晃晃朝这边走过来。这下子倪叶也开始尖叫，男人和女人的声音混杂在一起让梁津舸脑子嗡嗡乱响。他想看看发生了什么，眼睛刚上再睁开，思路却混沌着厘不清楚。大概有人一拳打在了他头上，耳边有连续不断的嗡鸣，他眼睁睁看着季明瑞张嘴，却是一个字都听不见。

再也没有力气撑下去。

梁津舸将脸贴在地面，苟延残喘般维持着艰难的呼吸。下一秒，他感觉到右胳膊再一次被狠狠拉向前方，他想不通这些人要做什么，等到察觉过来，万事都来不及。

陈当好拿着书的手抖了抖，偏头看向门口。房门关着，楼下声音一片嘈杂。听到什么声音也别下去，她是这么告诉自己的，可是紧接着，她听到梁津舸撕心裂肺的惨叫。

他从来没有发出过那样的声音，像是被抽筋断骨般喊得凄厉绝望。陈当好猛地从座位上站起来，书掉在地上，她的手已经搭上门锁。

"过了今晚，我帮你把今后的人生安排得妥妥当当。"

手慢慢从门锁上垂下来，陈当好闭了闭眼，眼泪滚出眼眶，没有尽头似的往地上掉。她靠着门坐下来，楼下罕见地一片死寂，她在心里问自己，梁津舸会不会死了？

心脏像是被人抓住一般痛到一处，陈当好捂住自己的胸口，死死闭上眼睛。

她最终没有打开房门。

关于那个夜晚，在场的所有人选择三缄其口，自然也就没有人告诉陈当好楼下究竟发生了什么。她不敢猜，心底又觉得自己也不配去猜，自然就更不敢问。她只是知道第二天天亮以后，除了季明瑞，大厅里空无一人。

而季明瑞已经不是他们初见时候的样子了，他那样苍老，像是用一个晚上走完了半生的颠沛。朝她伸手，季明瑞眼底已经泛不起泪光："这就走了？"

她来的时候拎来了一个银灰色的行李箱，现在还是那个箱子，里面装着她来的时候带着的东西。连同身上的衣服，也是来的时候那件。那时候她没有钱，衣服都是二三十块钱的地摊货，随着她下楼，衣摆下面露出来的线头也跟着张牙舞爪。季明瑞把这些都看在眼里，忽然觉得年轻真好，两年三年的，并不会在人脸上留下太多痕迹。而自己就不行，这几年他老了这么多，早已不是那个意气风发的他了。

"走出去拐两个弯才有公交，我想提前点走。"陈当好在他面前站好，没化妆，眼睛下面黑眼圈严重。

"学校那边我帮你联系好了，直接住宿舍就可以。等你大四实习的时候直接到市电视台，我帮你提前打好招呼。"季明瑞说着也站起来，捞起自己扔在沙发上的衣服，从里面拿出一张卡。陈当好下意识想要开口拒绝，他没给她机会："不是什么大钱，你拿着走，我心里能舒坦点，这是我欠你的。我也就给你这么一次，以后的日子你自己过，过不好也别回来找我。"

陈当好犹豫了一下，伸手接过来。她这么低着头不说话的时候，像极了年轻时候的吴羡。季明瑞鼻尖一酸，眼泪险些掉下来，转了个身背对着她，他大声道："陈当好，我再给你最后一次机会，你现在拎着你的箱子上楼，咱们就当什么都没发生，订婚结婚都照旧。你现在要是走了，就再也没机会回来了，你想清楚。"

"我想了很久，没有什么事比这个让我更清楚。"陈当好淡淡回答他，"季先生，我是要走的，从一开始我就是要走的。"

"……是我让你走的。"季明瑞低下头，只有两个人的大厅里，他像是在自言自语，"我真是仁至义尽。"

陈当好脸上的表情不变，想了想，还是道："谢谢季先生仁至义尽。"

她临走还要拿话堵他。季明瑞发出一声轻笑，随着笑声眼泪也跟着掉下来，他觉得这一刻的感觉不异于吴羡离世，因为都是再也见不到了。以前锁着她，还能骗自己说她是自己的所有物，现在却是连一个借口都再找不出。好在背对着她，她大概看不见自己在哭，不耐烦地挥了挥手，季明瑞没回头，带着点咬牙切齿的狠劲："滚吧。"

大门被打开有声音，大门被关上有声音，她的人走了，却是一点声音都没有。

终于不用忍耐，季明瑞仰起头深吸口气，眼泪落了满脸。四十多岁的男人站在大厅里失声痛哭，他想起冬天时候的某个夜晚，他在风华别墅留宿，夜里忽然醒来，身边空无一人。他心里不确定，疑惑当好去了哪里，刚要下床，听到她蹑手蹑脚回到房间的声音。

季明瑞也不知道自己那时候为什么会选择躺回去假寐，他听见她偷偷去洗手间洗了个澡所见她站在里面平复了好久才进来重新躺到他身边，他心里的疑惑那样多，到头来，却是一个字都没问。

他何尝不知道，她可能早就背叛他，可是一旦揭穿，他将要面对失云她的结果。

那结果太重了，他承担不起。卑微了这么久，以为相安无事，直到倪叶将照片送到他的办公室，他想伪装都装不下去。

望着空荡荡的别墅，季明瑞想，有她的这几年，或许根本就是场大梦而已。梦醒了，人走楼空，人来到这世界上，总是要经历这么一遭的。

他第一次觉得活着是这么没意思的一件事。

梁津舸醒过来的时候是在医院，并不是什么大医院，从灯光墙壁就能看出来。他缓慢睁眼，意识苏醒的前一秒他想，也许当好就坐在他身边，等到眼睛完全张开，他只看到齐姐。齐姐大概是一夜没睡，这会儿靠着椅背睡着了，梁津舸转了转头，另一边空无一人。

现在是什么时间他不知道，只知道天已经亮了，阳光从窗口照在他脸上，让他不舒服地把眼睛眯起来。病房里很安静，他连呼吸都跟着放轻，试着活动自己的四肢，胳膊和腿的实在感让他的心放下来。

天色大亮，屋里灯却还开着，清醒后随之而来的是身体各处的疼痛。季明瑞打他的时候下了死手，那些跟他一起工作过的人倒是没有，嘴边疼得厉害，因为没有镜子，梁津舸下意识地伸手，想要摸一摸自己嘴角的伤口什么样子。

这么一抬手，他才看见自己空荡荡的右手中指部位。

尽管已经被包扎好，这么看过去还是触目惊心。幻肢痛让他皱起了眉，好像回去昨夜被按在地板上看血液飞溅的时候。那不是梦，那是季明瑞给他的惩罚，他不能砍了他的脑袋，但是可以砍了他的手指头，将他当作奴隶一样踩在脚底下。

心里一瞬间混杂了很多情绪，震惊、愕然、绝望、悲痛。又或许这些词都不足以形容，他甚至不相信这是真的。梁津舸缓慢把手放下，重新闭上眼，差不多两三分钟后，他再度睁眼，带着点侥幸去看自己的手指。

右手中指的位置还是空空荡荡。

梁津舸的呼吸急促起来，他有些着急，着急自己并不是真的睡着，所以没有从梦中梦出来。强硬逼迫自己闭上眼，却是怎么也睡不着。他得怎么去接受自己残疾的事实，又怎么带着这样一双手去见当好，他不敢想，抿紧了唇，死盯着头顶的天花板，眼睛里都泛起红血丝。

轻微声音还是让齐姐醒了过来，她也是极度疲惫，醒过来之后的第一件事就是伸手揉了揉自己的脸，然后才探身过来小心翼翼地看他："梁子，你什么时候醒的？疼不疼？"

眼珠转了转，梁津舸缓慢看向她："齐姐，我的手……"

"送来得晚了，大夫说接不回去……"齐姐低下头，眼底悲戚，"谁敢说这是季先生做的呢，说出去谁信呢，季先生连一分钱都没出，我也是今早被他解雇了……"

"为什么……连你也解雇了？"梁津舸不解，空洞的眼睛里已经流不出泪，"……那当好呢？我从昨晚就没看见她，季明瑞把她怎么了？"

齐姐苦笑一声："陈小姐是陈小姐，跟我们这些打工的待遇怎么可能一样，那是季先生宝贝的人，他舍得动她一下吗？"

梁津舸的心里越发疑惑，到这时候他依旧对陈当好没有丝毫怀疑："……那，她现在在哪？季明瑞不肯放她？昨晚我回去之前都发生什么了，我怎么一直没见到她？"

齐姐极少看见梁津舸这样多话，他说这些的时候甚至都忘了自己残缺的右手。替他揪心，齐姐选择了最委婉的说法："季先生说过了昨晚就让她走，现在天都亮了，陈小姐应该也不在风华别墅了。"她说着叹了口气，"我是看你没有人照顾，所以才留下的，等你出院了，我就回老家再找工作去了。"

"那……当好知道我在这吗？"

齐姐不知道再怎么说，他在哪，陈当好连一句都没有问过。她不忍心刺激他，只好说道："昨晚场面那么乱，陈小姐就算看见了肯定也吓坏了，还不知道怎么回事呢。你不如先好好把伤养好，等出院了去学校找她，陈小姐怎么样还是要把书读完的，你也不用怕找不到她，你说是不是？"

她这话其实漏洞百出，但梁津舸身上有伤，打击一重接一重，他已经没办法去深想整件事究竟是怎样的。除了住院养伤没有其他的办法，躺在病床上，梁津舸还在担忧，这样一只手，当好看到了会不会心疼，纵使她再冷血，也总是会心疼的吧，那毕竟是他的手啊。

等到梁津舸养好了伤出院，已经是半个月之后。这期间，陈当好杳无音信。齐姐是一个星期后离开的，她离开得很自然，就像她自己说的，在哪里都是工作而已，遇到的也就都是雇主或同事，有感情，但感情都不深，走的时候洒脱痛快，人是该这样去活的。

关于陈当好，梁津舸在心里帮她找了很多理由。她没有手机，联系不到是正常；她记不住他的号码，自然更不可能主动来联系他；就算她可以找到他，中间却还要顾及着季明瑞的因素，或许季明瑞早就打算将他们之间的联系切断得彻底，或许她根本就没能摆脱季明瑞。

这么想来，梁津舸对她又是心疼。

出院后的第一天，梁津舸悄悄回到风华别墅。外面看别墅还是老样子，盛夏到来了，周遭树木也郁郁葱葱。只是门口保安室里空无一人，梁津舸走近了去看，才发现别墅门口挂着锁，阳光照在上面显然已经有些时间了。他一愣，试着晃了晃大门，空旷的郊外便只能听到这一点声音。

风华别墅已经成为一座空房子，被季明瑞遗弃的空房子。

没有车，梁津舸徒步往回走，走到公交站点去。他现在得时时刻刻提醒自己将手放在口袋里，尤其是车上有小孩子的时候，不然他会听到小孩子的惊呼和大人刻意压低声音的告诫，会听到最刺耳的"残疾人"三个字。

公交车晃晃悠悠，也不知道多少站，只觉得往日开车经过的路，在公交里就显得格外漫长。好不容易在陵山大学停下，梁津舸下了车，烈日都比往日里毒辣。

他平时只陪陈当好上课，对教室的位置清楚，对宿舍却不清楚。今天按照时间来讲陈当好是没有课的，他本想等她有课再过来，可等待的时间太煎熬，总想早点确认她怎么样了。校园这么大，他一路走一路看，也没找到哪一栋是宿舍楼，找了棵大树，梁津舸在树下站着，看来往行人。

这让他想起小时候学的一个成语，守株待兔。

就这么等了一下午，从烈日炎炎等到夕阳西下，年轻漂亮的女孩子不少，没一个有他期待的那副眉眼。梁津舸忽然觉得自己这样的做法实在愚蠢，走到超市买了个面包，边吃边在学校的长椅上坐下。

就等明天去教室找她吧，如果那样也找不到，他恐怕就得找到季明瑞的公司去。

梁津舸现在住的地方距离陵山大学来回需要一个小时的车程，这样折腾一次又是半天时间过去，他自然懒得往回跑，吃完了面包就这么躺倒在长椅上，回忆曾经在风华别墅里的日子，回忆陈当好笑意浅淡的脸。天色暗下来，学校里有保安巡逻，他躲了好几次，最后找了个相对安静和隐蔽的地方，凑合着窝了一夜。还好现在是夏天，怎么睡都不觉得冷，只是凌晨时分下了小雨，梁津舸醒过来，天色微亮，有勤奋上进的同学已经背着书包往图书馆赶。

他昨夜没睡好，倒也不怎么在意，在超市买了些东西勉强充饥，一直等到上午十点，这才往教学楼的方向去。陈当好上课一般固定在两个教学楼，他这会儿往一教走，还没走到一教门口，就看见有女孩子们手挽着手走出来。

他站在路口位置，算是去一教的必经之路，两口啃完了手里的面包，梁津舸擦擦嘴，整理了一下自己的衣服。这衣服看起来实在不怎么样，但回去换自然是来不及的，叹了口气，梁津舸在路口那里找了个能坐的地方坐下来。

在等待里，他无数次幻想她看到自己以后的惊愕或是喜悦，又在心里问自己，她要是哭了可怎么办。他也幻想她就像平时一样，装着不在意地走过来，问一句"你怎么在这里"。每一个想象都让他心生雀跃，又想到自己的手指，忙把袖子拉下来遮住。

他可舍不得她心疼。

就这么等着盼着，直到陈当好真的出现。他们在路口的位置四目相对，梁津舸还没来得及站起来，她已经挽着同学的手从他面前轻飘飘地走过去。他以为她是没有认出自己，也是，他今天的样子太邋遢了，站起身，梁津舸唤她："当好。"

她听见了，但没有回头。

袖口里空荡荡的右手中指隐约疼痛起来，属于梁津舸的夏天，居然就

224

这么仓促地结束了。他原本给她买了包烟，两块五，大前门。那天晚上梁津舸坐在夕阳西下的校园里抽完了整整一包，烟头丢进垃圾箱，他的心里是一场酝酿已久的告别。

——给傻傻的自己。

后来，关于那个夏天的记忆，被梁津舸藏在了心里，没对任何人说起过，连同陈当好这个人，也仿佛从来没出现在生命里。从入狱到出狱，加上风华别墅那一年，整三年，被他从生命里剥离，再不回头看。

再后来，他离开了陵山，跟着一起做生意的大哥走南闯北，见了不少先前未曾见过的世面。人要走出去才会发现自己生存的地方太过狭小，他从前的目标只是超过季明瑞，现在看来这目标未免太狭隘。离开陵山的第三年，梁津舸开始独立出来自己做生意，拿着这几年攒下的本钱，每一步都走得小心翼翼。

某个夜晚他刚签了一个重要的合同，离开广州时没舍得坐飞机，买了凌晨时分最便宜的火车，胃里的酒精还没消化干净，醉眼迷离坐在候车室，听见广播里放歌。

"宁愿滞留在此处，宁愿叫时间中止。我不会再信未来，我不要再看历史。还能活才是讽刺，故此不用做傻事。让痛苦轮回千次，彰显那快乐有尽时。"

他忽然记起三年前在车里，冬日下午，他拥抱着陈当好，那时候他们至少还拥有彼此的身体。彼时听不懂粤语，只觉得旋律凄哀，如今在外面走了很久学会了很多，大致能听懂一些，才知道宿命原来早在那时候就已经埋下伏笔。

"什么叫绝望，抬起眼望望，如今我在你面前呈堂随便收看。灵魂被抽干，残留着躯干，从此与未了愿同存亡，地老天荒。

"还不够绝望，尚可更绝望，留给我日后用来形容前面境况。能够这样，谢谢你帮忙，将仅有愿望都风光殡葬。"

梁津舸觉得他这个晚上大概是喝了太多酒，以至于在火车站里竟然控制不住地呜咽起来。他为了谈合同穿了很贵的西装，也知道了什么样的衬衫该配什么样的领带，他不该在这个时候再为她掉一滴眼泪，都是过去的事了。转而又庆幸，这样狼狈的自己，她是看不到的。

伸手从兜里摸出一根烟，还是以前的牌子，他坐在她学校门口一个人抽完一包的牌子梁津舸曾经暗暗在心里发誓他这辈子都不再碰这个烟，可他没想到，和陈当好彻底断了联系之后，自己却越发迷恋大前门。只有在虚幻的烟草气息里，他能回忆她、拥抱她、占有她，其余时间，她无影无踪。

你看这个女人，连回忆都残酷霸道。

梁津舸不在的时间里，陵山还是原来的陵山，生活周而复始，无聊的时候陈当好会看着眼前的某一处发呆，等会儿镜头转过来，她坐端正了，又是一张笑意盈盈的脸。

毕业后顺利进入电视台工作，工作也顺利，薪水也好，三年后自己也能在陵山买座小房子。陈当好踩着季明瑞的肩膀走得一路顺风，这些年却连一面都没回去见他。他们之间唯一的交集大概在某一个春天，新闻稿上写着季明瑞住院了，急性胃炎。

名人就是连这么点小事都要上新闻给大众看一看。

吴羡去世后，季明瑞身边位置便一直空缺，再过生日的时候，没人操办，他似乎也懒得计划，日子便一年不如一年地混过来。这些年连生意都转手出去很多，他想等自己再老一些就让自己彻底退休，回家颐养天年，转而又想到自己这把年纪了连个孩子都没有，房间空荡荡的，他好像可以预见到自己的孤独终老。

放下新闻稿，陈当好拿起桌边的矿泉水喝了一口，她负责的是晚上黄金时段新闻播报，上班时间相对固定，晚上还有瑜伽课，每天时间倒也排得满满当当。她似乎已经习惯这种忙碌生活，没有固定朋友，没有恋人，不需要参加朋友聚会，单位聚餐也是象征性地参与一下，连酒都不喝几口。

忙起来的时候，清醒的时候，她会保持一种完美的状态，只会朝前看。一旦停滞，一旦接触酒精，那些脆弱的部分便在身体里发酵，咆哮着像是要摧毁她。

晚间新闻不同于其他时候，并不播报一些娱乐花边的东西，大多数时候只是围绕城市发展建设，商人出现频率最高。季明瑞近几年慢慢隐退，陈当好极少在新闻里念到他的名字了，这样最好，她求之不得。

但是偶尔，人会被过往记忆吞噬回去。

就比如今天这个看似寻常的晚上。陈当好换好衣服坐在主播台后面，像每天那样熟悉新闻稿。经济政治的东西她不感兴趣，但可以字正腔圆地说出来就算是完成工作。一张一张看下来，陈当好目光一顿，把那张纸单独抽出来，她看到梁津舸的名字。

这名字不常见，舸舰迷津，寓意相当繁荣。稿子上没有图片，她看了看下面的文字，没有过多描述，只是作为一条快讯穿插在其他新闻里。

这条快讯更是简洁：房地产新秀梁津舸先生预计下月到达陵山。

梁津舸回陵山那天，罕见地坐了火车。距离他上次坐火车已经过去了两年，两年前，他在凌晨的广州车站哭了半宿。回忆很生疏，好像里面存在的人并不是自己，他似乎站在了跟之前完全不一样的高度上，去俯视那个自己。

也不知道这两年都发生了些什么，眼泪都显得不值钱了。

陵山还是老样子，算算一晃过去五年。五年里一座城市或许会有很大的变化，但是陵山没有，连个地铁都没有修。广告牌上的明星倒是换了好几批，这会儿挂着的又是谁的面孔，梁津舸已经不认识了，他带回来的司机是外地人，对这里不熟悉，梁津舸坐在后座望着窗外，示意他随便开，开到哪里都可以。

于是车子沿着高速一路下来，首先到达的就是西郊。这几年西郊没有开发，周围还是山水环绕，比前几年更显荒芜。梁津舸皱了皱眉，这倒不像是季明瑞的做事风格，西郊这么好的一块地，留着可惜。想想也不是他能决定的，毕竟政府说了才算，笑了笑，梁津舸低下头，把自己右手的手套向上戴好。

"梁总你看，这么荒凉的一个地方，倒是有栋大别墅。"

司机语气带笑，像是见了什么稀罕事物，梁津舸也抬头，风华别墅便映入眼帘。这城市还是老样子，风华别墅却不是。这里显然没人打扫，像是被日复一日的风吹雨打摧残了模样，满目疮痍地坐落在那里。梁津舸示意司机停车，自己打开车门下来，走到门口，看到门锁。

五年前他来的那次，锁头就是这把，这么多年，这里居然一次都没有人来过。

他心下惊愕，转念又明白，季明瑞将这里放弃了。这是他囚禁陈当好的笼子，却也是在这里，他捧在掌心的金丝雀飞进了别人的怀抱。对于任何一个男人来说，这回忆都足够耻辱，抬起头，梁津舸望向曾经的小阳台。

爬山虎一层又一层，将阳台围得彻底，早就看不出原貌。他站在原地静静看了一会儿，忽然回头："你说这别墅怎么样？"

司机眨眨眼，如实回答："像鬼屋。"

"买回来。"梁津舸说完了想又补充道，"不要用我的名字。"

"……梁总，这个别墅升值空间不大吧，买回来你也不住，又租不出去，这位置多偏，怎么说都不划算。"

"谁说我不住？"梁津舸脸上表情淡淡的，他这人一贯都是这么一副表情，"买回来找人打扫好，我就搬进来住。"

司机明显愣住："梁总你是要留在陵山？咱不回去了？"

梁津舸觉得他好笑，面上并不表现出来，有意逗他："你说好不好？"

这话说得模棱两可，其实连他自己也不确定。陵山不是什么一线城市，他留在这里没有必要。可是这房子他是一定要买回来的，当年没来得及问出口的话，总要问个清楚。人在有资格以后会开始追溯从前的执念，尤其是当他走进陵山火车站，第一眼就看到电视新闻里陈当好的脸。

他从前还以为她会吸烟弄坏了嗓子，听现在这声音，想必戒烟也有几年了。隔着屏幕看见她感觉似乎不一样，没有惊叹没有难过，甚至没有一丁点儿百感交集。梁津舸内心平静，他看着她的脸就好像他们从来不曾离散这五年。

他会如何与她重逢，梁津舸在心里没有设想过，也没刻意设计。他回来也不只是为了她，还有别的原因。空荡荡的右手中指每一天都在提醒他，过去的过不去，他最开始的目标是扳倒季明瑞，这目标对于现在的他来说简直轻而易举。

梁津舸回到陵山的消息，季明瑞自然是知晓的。他从不小看任何对手，更何况任谁都能看出梁津舸这次回归显得野心勃勃。这几年季明瑞放权了不少事，行业内的东西他也是尽量在交给别人去做，他想不明白梁津舸在这时候回来跟他争什么，又有什么意义。

但论迎战，他从来没退缩过。

梁津舸虽然这几年主业也是房地产，但信息产业来势汹汹，他不可能不抓住机会。对于瑞先地产这种传统模式企业，电子商业平台推广还有一定难度，就算能够最大规模吸引人才，也不见得陵山市的人就接受这种新型模式。这几年国际大形势变动快，而季明瑞毕竟上了年纪，有时并不能跟上市场节奏，时代变化，企业原地踏步，被攻陷是迟早的事。更何况现下瑞先地产已经开始负债，政府在这一方面也是忧心忡忡。

只是在现在的陵山，还没有人敢硬着头皮跟季明瑞硬碰硬。

老虎迟暮，余威犹在。

而梁津舸，是回来给老虎拔牙的。

现在的瑞先地产是一盘散沙，不用推风一吹就倒。梁津舸也不在乎那一点资金、股票，他要的是季明瑞崩溃。对付他，行业垄断都显得小题大做，这一刻梁津舸忽然觉得没意思，倒显得自己欺负人。

回来的这些日子，他参加了很多饭局，也认识了不少人，对陵山现在的经济形势算是掌握了一半。瑞先地产垄断已久，但能不能撑过这段时间就显得不那么确定。梁津舸不打算出面，他站在幕后稍稍给季明瑞的对手几分支持，就足够借刀杀人的了。

只是每晚看着自己残缺的右手，就总觉得心里有几分不甘。

"梁总，瑞先地产倒闭已经是定局，就算您不来，几年后它自己也是要倒闭的。季明瑞大概根本没把心思放在这上面，你跟这样一个人对着干，也没什么意思。"

别人是这么劝他的。

也有人问："梁总，您看您到底是什么意思呢？我看您也不只是想要瑞先地产倒闭吧？"

"我想代替季明珂。"梁津舸听见自己这么说，大脑是放空的，这些话说得自然而流畅，"他在陵山是什么地位，我也要一样不差。"

"……那恐怕有点困难，季明瑞的人脉和威望是这十多年攒下来的，您就算再有能耐，光是人家这十多年的慈善总额，您也不好追上啊。"

慈善。威望。

梁津舸望着窗外，把眼睛眯起来。

人们是否知道，季明瑞在吴羡病重的时间里，曾陪着自己的情妇出去游玩。那份陈当好录下来的视频一直在他这，这么多年，他将它保存完好。

留着视频，倒不是为了多年后拿出来威胁她。曾经总是想着保护她，这种东西说什么也不能给外人看见，现在想想，也是没有意义的。他不想再做她心里的好人了，陈当好是最不识好歹的人。

慢慢地，梁津舸从随身的包里拿出一个小方盒。

"找个合适时间，把这里面的视频传到网上去。"

迟到很多年，这东西总算还是能派上用场。

陈当好再次听说梁津舸的消息，是学校五十年校庆的时候。她大小算一个公众人物，被学校邀请回来参加校庆典礼，也就是在这个典礼上，她看见梁津舸上台，成为这个学校新的名誉校长。

台下掌声雷动，她坐在第一排位置，略显惊愕地抬头看他，察觉到她的目光，梁津舸看过来，她却忽然觉得心悸，偏了头躲开了这次对视。

所以不算见面，她充其量只是听说他的消息而已。那场校庆典礼陈当好走得早，连最后的大合照都没参加。台上的梁津舸相比几年前也不是没有变化，眼神沧桑不少，比之前更加沉默寡言。陈当好看着他，就像看到很久之前的季明瑞，每个开学典礼上给大家讲述自己成功故事的季明瑞。

好在梁津舸没有那么俗气，只简单说了几句话就下台。而他下台的同时，陈当好收拾了自己的包落荒而逃。他们隔着人群遥遥看了彼此一眼，然后默契地收回目光，离开礼堂的时候，陈当好心里莫名生出一些悲怆来。

都是很久之前的事了。

眼看着陈当好离开，梁津舸在自己的座位上坐好，拿出手机打电话。

"那份视频先别上传，我还有点别的用处。"他这么说的时候，眼神晃悠着落在大门口，陈当好只余一个背影，头也不回的样子。梁津舸于是也转回来接着看向舞台，校庆节目设计得倒是精彩，只是他的心思已经被牵走了，也没了看下去的兴致。

他想，他也许是恨她的。

跟季明瑞的角力成了猫捉老鼠的游戏梁津舸回来不到两个月的时间，已经渐渐逆转瑞先地产的行业垄断局面。局面被打开，攻陷企业就显得简单多了，梁津舸回来的第三个月，季明瑞终于沉不住气，订了高级酒店约梁津舸面谈。

还是似锦酒店，还是曾经楼层，梁津舸来赴约的时候带了两个助理，进门看到季明瑞，第一感觉，他怎么会老了这么多。

之前梁津舸一直以为，岁月会善待有权有势的人，看来并不是这样。

"梁总。"季明瑞起身礼貌打招呼，梁津舸也点点头算作回应。饭局上只有他们两个人，一直到菜上齐了，季明瑞也没找到新的话题。好像他们之间只能寒暄，他对这个自己曾经一手提拔起来的保镖有了莫名敬畏。好在男人间有酒，敬酒总是没错的，杯子刚端起来，梁津舸礼貌地摆手：

"最近在戒酒，还是不喝了。"

季明瑞讪讪地将酒杯放下，半晌，索性开门见山："梁子，你这次回来是……"

"想问问你以前我没弄懂的事。"梁津舸打断他，在他游移的目光里接着说道，"风华别墅的最后一个晚上，我回来之前，到底发生了什么？"

问出这个问题的时候，梁津舸知道，他在心里偷偷给陈当好留了机会。或许真有他不知道的事，或许她也背负许多委屈。低下头，无意识地摸了摸自己右手空缺的部分，梁津舸等待季明瑞的回答。

"……我拿到照片之后就去了别墅，跟当好说了很多，具体的记不清了。后来我让她上楼去，楼下有什么声音都不要下来，只要她不出来，第二天我就放她走。"

梁津舸没说话，想起那时候因为断指之痛而声嘶力竭的自己。原来她就在楼上，那她想必听得真切，在他疼痛到几乎昏厥的时候还想着要怎么

231

带她远走高飞，她却已经计划好了独自离开。梁津舸闭了闭眼，忽然好奇自己这么多年到底在跟谁较劲，他当是爱情被辜负，却原来这场爱情只是他一个人的独角戏。

这顿饭他没动一下筷子，季明瑞也没有。他们没有聊生意，只是这么面对面坐着沉默。也不知道过了多久，梁津舸忽然轻声笑了笑，抬头，他看着季明瑞，眼神里有几分疲惫："唉，你说陈当好这个女人，是不是挺绝的？"

季明瑞沉吟半晌，默默点头。

梁津舸又问："像不像吴羡？"

季明瑞又是一阵沉默，像是思考，像是回忆，很久才摇摇头："我有时候分不清楚，我是因为吴羡才爱上了当好，还是因为当好才忘不掉吴羡。这辈子连自己最爱的人是谁也没有搞清楚，我活得挺失败的。"

对面的梁津舸不再说话。

从似锦酒店离开，晚上的风有点凉，陵山这个地方温差大，白日里再怎么烈日炎炎，晚风一吹还是觉得秋意阵阵。夏天快要过去了，不知不觉他回来已经有三个月，这三个月的时间里，除了校庆的那一面，他没再见过陈当好。

助理从车里给他拿了件大衣，梁津舸披了大衣沿着马路走。就在昨天，他被告知风华别墅已经收拾妥当，随时可以入住。回过身看了看自己走过来的街道，路灯把影子拉得很长，梁津舸叹口气，忽然觉得这一路，走得好孤独。

笼子搭好了，下一步就该把鸟儿抓回来。

陈当好是在某一天下班遇见梁津舸的。或者说，他是专门挑了这一天站在这里接她。进入秋天之后，他看起来似乎比从前更加畏寒，大衣长裤，连手套都要戴好。陈当好下班的时候已经八点半，他的车就停在电视台门口，她一走出来，便看到他站在车边。

脑海里回放他等待她的很多时候，那些片段组合在一起，让此刻画面显得极其讽刺。陈当好看了他一眼，低下头，拐弯走到人行道上去。

"当好。"

梁津舸在她背后轻轻唤她，陈当好的脚步停下，犹豫再三，还是回头。

"一起吃个饭？"梁津舸用了询问语气，态度尊重。他们现在看起来更像是很多年没见面的老朋友，他不觉得别扭，她自然不该故作姿态。转过身来，陈当好礼貌地笑了笑，这几年的工作经验倒是让她笑容比从前看起来真诚许多："对不起啊，我着急回家，时间也不早了。"

"吃完饭我送你回去。"

"还是不麻烦了。"

"当好，"他在她欲离开的时候叫住她，"我明天就走了，临走之前跟你吃个饭而已。你要是不放心，觉得不安全，地点你选，我都行。回家的时候我就送你到楼下，不上楼。"

他换了卑微语气，陈当好心软下来，她分明不是一个这么容易心软的人："……那就祝你明天一路平安。我真得走了。"

"你怕我吗？"隔着几步远，梁津舸忽然这么问。陈当好歪头，皱眉看他："我为什么要怕你？"

"那为什么不跟我吃顿饭？"

这女人有点好胜心，眼下即便是为了自尊，她也不好再拒绝。上了他的车，陈当好在副驾驶位置坐好，他今天没带司机，车里只有两个人，车门关上了，呼吸就听得真切。

"……为什么一定要跟我吃饭？"陈当好这么问。

"说清楚了多没意思。"梁津舸这么回答。

这几年到底还是有改变，昔日寡言少语的男人，现在说话也会打太极了。陈当好不再开口，记忆里的梁津舸跟现在的人忽然背道而驰，她知道人总会改变，只是这改变不该让她看到，梁津舸要是能一直活在她的记忆里，便能一直鲜活，一直美好。

最终还是由梁津舸选了饭店，雅间，门关上了外面什么声音也听不见。他坐在她对面，菜端上来，他笑着推到她面前去。

"你不吃吗？"陈当好抬头，见到几盘菜都在自己面前，他连筷子都不打算动一下。梁津舸眼珠一转，换了不太舒服的表情："你先吃，我就是忽然有点胃疼。"

"这几年落下胃病了？"

"何止是胃病啊，在外面什么病都得过一遍了。"

他这样说话的时候语气轻松，像是不设防。陈当好的心也慢慢放松下来，偏巧下一道菜上的是汤，她把那碗朝着他推过去："那你喝这个。"

"这几年学会关心人了？"

她听出他是故意揶揄她，咧开嘴笑，眼睛都眯起来。梁津舸也笑，他从前很少笑的，如今倒总是时不时地扯着嘴角："笑什么？"

"你笑什么？"

"我笑你。"

"那我也笑你。"

他偏过头，假装嫌弃的语气："哎，陈当好真幼稚。"

他不知道从哪里学来这样的说话方式，陈当好想说他几句，又不知道从哪里开口，毕竟太久不见，说话也担心自己失了分寸，脑海里这些想法转了一圈，她说："不过你这几年是怎么过的？"

"这几年啊，"梁津舸垂手坐在桌前，还是不打算动筷子，"去了不少地方，一开始就是活着呗，也没想到生意能做大，现在也算是衣锦还乡。早两年的时候在广东那边待着，还学会了点粤语。"他说着给她叽里咕噜讲了几句粤语，陈当好是土生土长的北方人，说话字正腔圆习惯了，只觉得粤语温软好听，被他讲出来却是好笑得很。她低头笑，再抬头的时候有些感慨："你变了不少。"

"比如？"

"话多了，以前问你好几句，你就回我一个'嗯'。"

那是因为以前好爱你，站在你面前都担心说错话，结果反而不知道说什么，显得自己笨嘴拙舌——这些话梁津舸自然不会说。谈完了自己，他将话题引到她身上："你呢，我看你这几年过得也挺好的。"

"还可以，电视台工作虽然有点无聊，但挺稳定。"

"你也有变化，但是不大。"梁津舸调整了坐姿，向后靠在椅背里，"防备心倒是不小，约你吃个饭这么难。"

"……我以为你会记恨我。"

包厢内沉默下来，他知道她说的是什么事，原来她自己也知道自己做得不对。那句"为什么"险些脱口而出，梁津舸抿唇，半晌，他笑道："你说什么呢，我干吗记恨你。"

就好像他什么都不记得。

他的态度让陈当好觉得轻松，她最向往的就是这样的关系，彼此之间可以坐下来吃个饭，之后天各一方，谁也不要挂念谁。关于之前的那些事也许就真的是过去了，梁津舸不提起，她也乐得忘记，带着这种好心情，梁津舸提出饭后去看个电影，她也没拒绝。

就像是送老朋友走的心情，陈当好竟还觉得有一丝惆怅。电影院距离饭店不到五百米，梁津舸把车停在饭店楼下，这一段路他们俩决定走过去。路灯昏黄，梁津舸低着头，看到他们的影子在路灯下拉长，走近了又变短从身前到身后，乐此不疲。

"你冷不冷？"梁津舸偏头看她。

陈当好穿了条长裙，在这个季节其实稍显单薄了些，她摇摇头，没等说话，他已经脱下大衣披在她的肩膀上。

"你明天什么时候走？"她问出口的瞬间便有些后悔，要是知道了时间，不去送一送似乎不好。梁津舸目视前方，因为身高差距，她看不见他的眼睛，只听他说道："……也不用你送我，问这个干吗。"

她的心思被一语道破。

之后一直到进了电影院，都是一路无话。大概是因为今晚天气太冷，他们订的场次空无一人，陈当好进去之初还以为是他们来早了，可直到等黑下去，也没有其他人进来。黑暗里她扭过头看向他，小声问道："咱们这是包场了？"

"谁知道呢。"梁津舸声音也轻轻的，不动声色地，他抬手，胳膊放在她背后，像是虚虚揽住她。

她察觉到他的动作，看向他的时候只看到他侧脸微微扬起的嘴角。拒绝的话到了嘴边，终究没忍心说出口。明天他就走了，这一走大概又是很多年不能相见，想到这，陈当好也就默认了，他的手放上了她的肩膀，她也没躲。

灯黑了有一会儿，电影没放映，陈当好这才想起来问他："你买的什么片子？票给我看看。"

"一会儿不就知道了。"梁津舸将她揽进怀里，手按着她的头让她靠在自己的肩膀上。陈当好下意识想要坐直，被他轻轻斥了声"别动"。她心里突然有些不舒服，类似第六感的东西让她有些坐立不安，只觉得这个姿势别扭极了。想要挣脱，屏幕忽然亮起来。

下一秒，她面如死灰，梁津舸不知什么时候摘了手套，指向屏幕的右手却缺了根手指，伤口断面触目惊心。他这么伸着手，声音带笑，问她。

"你当初想要的，是不是就是这个效果？"

大屏幕上声音画面都无比清晰，无比清晰地放映着交缠在一起的男女。那是她和季明瑞，是她五年前好不容易录下却最终遗失的视频。吴羡葬礼上她问过梁津舸，他当时信誓旦旦，说自己不曾拿走内存卡。

这么多年，原来是在这里等她。她细细去想，却觉得处处透着恐怖，他是从多久之前就已经布下这么大的一个局了呢？头还靠在他的肩膀上，陈当好身体僵硬，视频不长，她却看得冷汗涔涔，等到终于播完，屏幕黑下去，没有灯光的电影院里，她颤声问："你什么意思？"

梁津舸低下头，眼睛逐渐适应了黑暗，他看到陈当好的手抓着衣角，想必指尖已经因为用力而泛白。揉揉眉心，他说话的语气跟刚才一样，平淡温和，却隐隐带着威胁，像极了曾经的季明瑞："我把风华别墅买回来了，今晚住那怎么样？"

这语气是询问是商量，实际上却是实打实的通知。陈当好知道自己拒绝的后果是什么，第二天早上陵山市民就会在各个网站上看到这段活色生香的视频。多下三滥的手段，她咬紧了牙关，听见他柔声问："问你呢，怎么样？"

"要是我说不怎么样呢？"

梁津舸撇撇嘴："你知道我不是真的想请你看电影。咱们以前有这种默契的，话不用说得太明白你就懂我意思。以前笨的人总是我，现在怎么换成你了。"

话说到这儿，他忽然笑了笑："啊，我忘了，你以前碰见你不想做的事就会装傻，装看不见听不见，是吧？"

人的恨意是可怕的东西，若是选择饶恕别人，反倒像是放弃了自己。梁津舸揽着她的手轻轻放开，缺了一根手指的手就这么大咧咧地摆在她面前，无光也无影，陈当好垂着头，就像没看到似的不闻不问。

梁津舸说得对，她最擅长装傻，可到了该精明的时候，却又比谁都算计得清楚。她不问，他还是要说的，电影院的椅子很舒服，这么靠在椅背上，连说话都跟着变温柔了："当好，你那天晚上在楼上做什么？"

"……哪天晚上？"

"离开前的那天晚上。"梁津舸轻轻叹息，"我后来去见了季明瑞，他说那时候你就在房间里，但是你没出来。"

"我在看书。"陈当好声音很低，她又想起书里的第一句话："多年以后，面对行刑队，奥雷里亚诺·布恩迪亚上校将会想起父亲带他见识冰块的那个遥远的下午。"

后来，陈当好一次也没有将那本书打开过，记忆便停止在第一句。这一句文字像是有了生命，带着声音带着味道，每每想起，是房间里香水的后调，是楼下梁津舸撕心裂肺的惨叫。而她直到现在也没有问过，他当时究竟经历了什么。

"看书认真是好事。"梁津舸点点头，像是安慰自己一般的语气，半响，他轻轻握住她的手，肢体接触的瞬间，他察觉到她浑身微微一抖。

"梁津舸，你大概不记得了，在那天晚上之前我就说过，一旦有一天东窗事发，咱们各自为自己打算就好。"陈当好坐直身子，把他的手从自己手上拿开，"我不觉得自己哪里做得不对，明明在最开始我们就说好了。"

儿女情长不适合陈小姐，这世界上陈当好最看不起的就是别人的爱情。梁津舸苦笑，他笑着笑着就想起那个火车站的晚上，听到那首歌。眼眶酸涩，他摇摇头，语速慢慢："可是当好，我没有非要缠着你的意思。"

这话说出口，就好像又回到了很久之前，回到了他站在风华别墅楼下的日子，而她站在阳台上吸烟，居高临下地俯视他。梁津舸有时候也恨自己，恨自己即便到了现在这个地步，已经领教了她的冷血无情，可每每回忆起那个画面，心动感觉记忆犹新。

　　"那你现在回来是为什么呢？为了拿这段视频来跟我叙旧还是想带我回风华别墅再尝尝偷情的快感？你要是恨我，我还一根手指给你？"陈当好站起身，听声音是已经有了怒气，她这几年受职业关系影响，说话总带着点播音腔，不似从前随意。这话说得已经很重，梁津舸倒是不气不恼，只是在她欲走的时候伸手拉住她的手腕："着什么急，说好我送你。"

　　"不劳你大驾。"她说着要走，刚一转身，听他在后面唤她。

　　"当好，那份视频你不想拿回去吗？还是你希望，这段视频明天出现在商业中心的 LED（电子显示屏）上？"梁津舸也站起来，戴好手套，如他所愿，陈当好停在原地不再向前。

　　"你现在跟以前可不一样了，以前是什么都没有的女大学生，孤注一掷也值得。现在有头有脸，每天晚上半数以上的市民都在听你播新闻，你最好别拿自己的前途开玩笑。"梁津舸说着走过来，轻轻牵起她的手，"走吧，送你回家。"

　　"我从来没想过你会变成这样。"陈当好站在台阶上没有动，梁津舸本来已经下去，见她不动，他于是又转身回来，站在她面前，只比她矮了一个台阶。这样一来两个人目光便是持平的，彼此对视，陈当好眼底有很深的失望："你现在这个样子真像季明瑞。"

　　"那太好了，"梁津舸微笑，"我就是回来取代季明瑞的。"

　　"为什么要这样？"

　　他凝视她的眼睛，表情有些无辜："当好，我不知道。"

　　最开始的时候一无所有，跟在吴羡身边像条狗一样被差遣利用。那时候想，要是成为季明瑞多好，吴羡是他温柔的妻子，坐拥千万家产和世人仰慕。后来离开吴羡，认识陈当好，她的心那样野，却还是被季明瑞拴在风华别墅里哪也飞不出去。彼时梁津舸每天开着不属于自己的高级轿车，看着季明瑞在风华别墅里进进出出，若是成为他，就也能将陈当好绑在自己身边吧。

　　他曾经还是年少，目光看不到太长远的东西，触目所及，都笼罩在季明瑞阴影之下。这目标渐渐成了执念，活成别人的样子其实是件很无趣的事，但他的人生至此，好像再怎么活，也都是种消磨了。

伸手，隔着手套抚摸陈当好的脸，梁津舸语气温和："这对我来说有什么不好呢？你去学校里随便找几个十多岁的男孩子问一问，十个里面就有两个把季明瑞当作偶像。"

"可你知道那是假的，他的慈善是作秀，反正钱多得无处花。他的爱情更是笑话，除了我不知道还有多少女人。你还是想活成他？"

梁津舸耸肩，巧妙将话语重点转移："反正我只有你一个女人。"

她看着他，在心里悄悄揣摩他的脾气，揣摩他的威胁究竟有几分真假。梁津舸眯起眼睛，有些不耐地偏开头，他知道她在心里暗暗算计什么："当好，我不喜欢你用这种眼神看我。"

"如果我今天不跟你回去，你会不会真的把那段视频放到网上去？"

"你可以试试。"

"梁津舸，你爱我吗？"

真是直白而厉害的问题。梁津舸倒是不惊讶她会这么问，她直接坦荡，他也不该遮掩："我想，我大概不是很爱你了，可是我咽不下那口气，就想把你带走，什么时候这口气顺了，什么时候我们再分开。"

这话简单赤裸，陈当好失笑："说来说去，你还是恨我了。"

他们的对话陷入奇怪循环，梁津舸的耐心也到了尽头，不再说话，他牵起她的手，就这么走出电影院。现下看来，他说自己明天要走，大概也是骗她的。陈当好在心里自嘲，想挣脱他的手，却被他攥紧了拉到自己身边去。

街道的路灯还亮着，他们像是一对刚刚看完电影的男女，背影亲密依偎，像是依依不舍。车子还停在饭店那边，梁津舸的手牵着她，一路没有放开，快走到车边的时候陈当好忽然问："怎么弄的？"

他回头疑惑地"嗯"了一声，没听懂她这个没头没尾的问题。

"我问你的手，怎么弄的。"

"噢，你说这个。"梁津舸换了只手牵她，语气漫不经心，"季明瑞砍的。"

陈当好不再说话，车门打开，她坐进副驾驶位置。车子从这里离开，一路开往风华别墅，过了现在的十字路口，便跟从前他送她上课下课是同一条路。红绿灯变换，他们到这里的时候恰好绿灯，车子一路畅通无阻，陈当好把头靠在车窗上，看向窗外风景。

这条路依旧荒芜，这几年西郊像是被遗弃了，除了一条公路，到处都看不见人烟气息。陵山本就是地广人稀的地方，楼盘建得多了也就卖不出去了，有能力的人还是在想办法往外走，长此以往，西郊的地皮无人问津，真的成了荒山野岭。

风华别墅依山傍水，其实是个绝佳的建筑，只是周围太过荒芜，一直以来也没人住。这房子里已经恢复原来的装潢，只是不会再有那个每晚等候的齐姐，车子开过来，只能看到里面一片漆黑，鬼气森森。

"下车。"梁津舸打开车门，风灌进来，他回身看她一眼，伸手指指自己扔在座位上的大衣，"凉，披着出来。"

陈当好不说话，到底还是乖乖拎了他的外套披在身上。梁津舸手里拿着钥匙，脚步悠闲往门口走，她跟在他身后，大门打开的瞬间她看见里面漆黑一片的客厅，顿时有些犹豫。

陈当好说人生中最不愿回去的地方，风华别墅大概要排在第一位。陈当好始终记得自己第一次踏进这个大门的时候，那时候她还没有遇见梁津舸，人生是一场漫长而无望的煎熬，季明瑞开车载她来这里，她尚有挣扎拒绝的力气。

那大概是季明瑞第一次打她，下手不重，扯着她的手腕将她摔进门里。她被门槛绊倒，额头磕在地板上，好大一块淤青。暴力让陈当好变乖，她是自己爬起来的，爬起来以后季明瑞摸着她的头，轻声问她疼不疼。

打一巴掌，再给一颗甜枣，可惜她不是那样好骗的人，知道巴掌疼，就也不敢信那枣里的甜究竟有几分真实。

记忆很久远，但是清晰得可怕。梁津舸抬手开了灯，陈当好站在门口望进去，竟然是跟之前一模一样的摆设。

地毯花色，花瓶位置，甚至是桌子上的茶色桌布。她的眼睛睁大了，迈过门槛往里走，目之所及，都与之前丝毫不差。瞬间的恍惚里陈当好有一种错觉，她觉得自己也许从来就没从这个地方离开过，她以为她摆脱了，其实根本没有，这是她的噩梦，只是梦里换了主人，梁津舸和季明瑞，除去皮囊，内里都是同样一副残忍面孔。

踩着楼梯上楼，陈当好看到昔日小阳台，目光挪开，她伸手去推自己房间的门。

只有这房间不一样，衣柜台灯换了位置，为了给后搬进来的双人床腾地方。这里原本放的也是双人床，为了方便季明瑞留宿，换的这张更大一些，这么放在房间里，几乎占了一半面积。梁津舸在床边坐下，又拍拍自己身边的位置："坐？"

"为什么换了床？"

"原来的太旧了，扔掉了买新的。"

他自然不会告诉她，因为那张床睡过季明瑞。陈当好也不问，在他身边位置坐下，肩并着肩，她轻轻开口："我不想住在这，这太大了，我自己住害怕。"

"谁说是你自己住？"梁津舸觉得好笑，"我也住在这。"

他说着走到衣柜旁边，打开柜门，左右两边衣服排列得整整齐齐，男女款式都有。这个夜晚像是忽然被人按下了慢放，过得极其漫长。他像是有很多话想说，可是这一天的最后，他只是低头在她脸上摸了摸。

"晚安，当好。"

第十三章
伤口应要结疤

　　陵山每每进入秋天，陈当好都要因为风寒病一场。倒不是她自己不注意，只是之前落下了病根，现在气温降低了她便第一个受到波及。

　　在梁津舸身边醒过来不是第一次却好像是相比之下最为安心的一次，因为终于不需要狼狈起身，催促他在齐姐醒来之前穿好衣服下楼去。

　　神智尚未完全清醒，陈当好心里忽生出一种荒谬的庆幸，她在他怀里，他断了一根手指的手就放在枕边，另一只被她压在脖子下面。她不知道自己庆幸什么，望着梁津舸的眉眼，她想，这个人真的回来了。

　　不是没有疑惑昨夜的一切都是梦境也暗暗祈祷醒来还是在自己家里，有落地阳台和厨房里没来得及洗的碗筷。那是她辛苦经营的生活，在那样的生活里她曾发誓，这辈子就这么一个人过。眼下又觉得誓言遥远，近在咫尺的人呼吸轻浅，她在心里轻轻为他叹一口气。

　　动了动身子，陈当好觉得头晕，昨晚其实身体便不舒服，只是碍着梁津舸的关系，没好表现出来。她连衣服都没脱，就这么蜷缩着和衣睡了一晚，被子卷在脚下，去拿怕惊醒他，最终也没把它捞上来。

她心底对他有惧怕，类似于亏欠的一种惧怕。又像是在他身上看见太多季明瑞的影子，唯恐噩梦重蹈覆辙。脸就贴着他的颈窝，梁津舸还在睡，她不敢再动，怕他醒来之后清算昨晚没来得及算完的账，怕他开口第一句就是让她把工作辞了乖乖待在这里。

这么维持着僵硬的姿势又躺了一会儿，梁津舸还是没有要醒的意思，陈当好上午是不需要上班的，轻轻翻了个身背对着他，陈当好在心里思考如何从他身边脱身。

她这一辈子似乎都在思索逃脱。小时候想要逃离穷困潦倒的家乡，后来想要逃离季明瑞，现在他在她身边，她分明知道自己对他有情，却还是想脱离他的掌控。

身边的人动了动，很慢，男人胳膊搭在她腰上，从后面伸手揽住她。梁津舸长得手长腿长，这么凑过来几乎可以把她抱个满怀，手在她腰上摸索了一阵，胳膊锁紧，微微向后一拉。

这次他的呼吸落在她耳后了。

这个动作比刚刚还让她觉得难受，温热呼吸让她的心好像被扔进了油锅里。她不相信梁津舸没醒，他方才把手落在她腰上，摸索的动作可是一点都不糊涂。

"梁……"陈当好张张嘴，忽然不知该如何称呼他。"梁子"这个叫法属于很久之前，他还是她身边保镖的时候，她不相信现在还有人敢这么称呼梁津舸。然而直接叫名字，她也是叫不出口的，一来他的名字有几分拗口，二来她很少这样叫他，总觉得带了点滑稽的庄重。

犹豫再三，索性省掉了称呼，陈当好动了动胳膊，胳膊肘碰上他的胸膛："我得起床去上班了。"

"……几点了？"

陈当好看看墙上的钟表："七点半。"

"……这么早你上什么班？"

"你不需要上班吗？"

梁津舸皱了皱眉，翻身躺平了，手也从她腰上移开，一只胳膊还垫在她脖子下面。他没睁眼，陈当好顺势坐起身，刚要下床，被他用腿挡了一下。

她回头看他，梁津舸皱着眉，是不耐烦的神情："你不是下午才上班吗？"

他来找她之前，定然是将一切都打听清楚了的。陈当好没躺回去，还是下床穿鞋："我想换件衣服洗把脸。"

梁津舸没说话，没说话就不是拒绝。陈当好从衣柜里拿了衣服走进洗手间，关上门，她微微一愣，洗手间里大概没怎么翻修，墙壁瓷砖都没换，她把手里拿着的衣服放到架子上，忽然记起自己曾经在柜子的最里面藏过一个安全套。带着点好奇心思，陈当好弯腰打开最下面的柜子，伸手向里摸了摸，沾了一手的灰尘。她不信，向前探身，手指更加往里，果然碰到一个塑料包装的东西。食指和中指并在一起，把藏在那里的东西夹出来，果然就是之前她藏在里面的那一个。

陈当好笑起来，把上面的灰尘擦了擦，呈在掌心里。

这是她自己买的，当时季明瑞来别墅的频率很低，梁津舸上楼来的次数增多，她买来的安全套都藏在这里，用来用去，只剩下这么一个。这一个没来得及用，她便匆匆搬离了这里，现在回头想想，故事尾声确实太过仓促。

"你在笑什么？"梁津舸站在门口，没进来，隔着磨砂玻璃可以看见他模糊的轮廓。陈当好没多想，打开门的瞬间把手里的东西给他看："之前藏在柜子里的，刚刚被我翻出来了，居然还在。"

她眼神里有小女孩般的雀跃，一时间似乎是忘了他们现在的关系。梁津舸的目光在那小东西上停留了几秒，淡淡道："肯定过期了，扔了吧。"

"就是觉得很神奇，别墅里都翻修了，它居然还在。"

"嗯。"梁津舸似乎对这个话题不太感兴趣，连带着陈当好的热情也降下来。她这才记起他们不是可以这样随意说话的关系，讪讪关上了门，陈当好打开花洒，起初水温有些凉，她也没躲，想一想，很多事还是已经过去了。

她想起《重庆森林》里的台词，"不知道从什么时候开始，在什么东西上面都有个日期，秋刀鱼会过期，肉罐头会过期，连保鲜纸都会过期，我开始怀疑，在这个世界上，还有什么东西是不会过期的？"

她这个澡洗得时间有些久，梁津舸打完电话回来，她还没有出来。走到门边，梁津舸伸手敲门："当好？"

"……怎么了？"

他想问，"你还没洗完吗"，又想说洗澡太久不好，却又觉得这两句话里的关心太重，开口便成了："我想用一下洗手间。"

这理由细想便知道有多愚蠢，洗手间又不仅仅房间里这一个。但是话已经出口，梁津舸也不打算解释，不一会儿门打开了，扑面而来有馨香热气，陈当好在里面就换了衣服，出来的时候只有头发还是湿的："我找不到吹风机了。"

"衣柜最下面的抽屉里。"

他们之间似乎不应该这样和睦，最怕相爱之人翻脸，爱人变作仇人后是成倍憎恨。但梁津舸表现得太镇定，就好像他们之间只是短暂地分开了几天，再回来，还是曾经那不清不楚的关系。

拿出吹风机，陈当好显得有点心不在焉，刚刚目光扫到桌角的台历，她忽然记起今天跟同事约好一起吃饭。那不是普通同事，往大了说也算是台里领导，这段时间一直想把自己朋友家的弟弟介绍给陈当好，陈当好不好意思驳她的面子，提前一周就已经答应下来吃饭见面。

看现在这个时间，出门还来得及，但她不知道梁津舸会不会答应她出去。

得想一个能说服他的理由。陈当好这么想着，手上的动作便显得慢吞吞，梁津舸不知什么时候已经站在她背后："想什么呢？"

陈当好一愣，明显被他吓了一跳，出于本能摇头："没有。"

梁津舸也不问，伸手把吹风机接过来，很自然地掬起她一缕头发："别动。"

早在曾经，他们好像都没有过这样亲密温存的举动。陈当好坐在地毯上，吹风机的热风吹得她脑子有些乱。她想，梁津舸现在是恨她的，这样的动作就像温水煮青蛙，总有一天还是要把她抽筋扒皮。没有拒绝的余地，陈当好低着头，梁津舸不说话，她于是也沉默。

"你头发好长。"梁津舸随口说着，把吹风机放下。世界蓦然安静下来，陈当好扭过头，声音很轻："我下午要出去跟一个同事吃饭。"

"什么同事？"

"我刚进台里的时候带过我的姐姐，对我很好。"

"就你们俩？"

当然不是。那个姐姐凑这个饭局无疑是为了给陈当好安排相亲，她原本也只是想敷衍一下，肯定不会对梁津舸实话实说："嗯，一周前就约好了。"

一周前就约好了，言下之意，是自己不想失约。

梁津舸的手还停留在她的头发上，似乎是在思考她话里的真实性。不过现在她也成了他的金丝雀，跑得了和尚跑不了庙。带了几分遗憾语气，梁津舸把手拿开，坐到沙发上："本来想带你出去吃饭。下班我去接你，在电视台门口等我。"

他到底是跟季明瑞不同，这件事要是换在季明瑞身上，陈当好怕是没可能出去。某个瞬间里，陈当好想，或许他还是爱她的，就像从前她也知道他爱她，但她装傻，他也不说明白。

从风华别墅出来的时候，梁津舸给她叫了一辆车。他下午临时约了饭局，所以不能送她去。这个安排对于陈当好来说无疑是好的，她现在在他身边多待一秒都觉得压抑，上了车，陈当好坐在车里对他挥手。

梁津舸点点头，脸上表情平静。等到车子开走，他拿出手机按下号码。

"车子出去了，你们跟上吧。"

陈当好到饭店的时候，距离约定时间还有半小时。她不习惯迟到，那位姐姐倒是时常踩点出现的主。来到预定的包厢，陈当好进门，发现有年轻男人已经早早坐在里面。

更巧的是，这男人她认识，前段时间校庆的时候，他就坐在她旁边，估计也是位知名校友。只是当时陈当好只顾着看台上的梁津舸，根本没记住旁边这位对她示好的男人，这会儿见了面，她连人家的名字都不知道。

"陈小姐，你好。"男人站起身，像是明白她的困窘，"周磊。"

陈当好礼貌微笑："陈当好。"

"知道，每天都能在电视上看到你。"

周磊说话带有几句恰到好处的恭维，聊天时候都顺着她说，讲出来的话有自己的见解也不会拂了她的面子。陈当好这几年也认识不少这样的男人，不是没有试着交往过，可总觉得缺点什么。这残缺源于她自己，总是记得自己曾经做过多不光彩的角色，于是在外人靠近的时候，她会想，报应什么时候也会随之到来呢？

这样一拖，便是五年时间过去，她终于明白自己不适合与人相处，以她现在的水平，自己养自己一辈子也不是不可以。独处总是少了很多麻烦，如果梁津舸没有突然回来，她觉得她可以这样生活十年二十年。现在情况不同，梁津舸回来了，那她更不敢与人深交，周磊说三句她也就只接一句，眼神时不时飘向门口，不知道那位台里的姐姐怎么还不来。

"要不我们先点餐，等她到了需要什么她自己再点。"周磊礼貌建议，看看时间，两人等了也快二十分钟，陈当好不好拒绝，可是直到他们点的菜端上来，那位姐姐还是没有出现。

她心里开始疑惑，也许那位姐姐一开始就不打算来，只是顺水推舟让她和周磊认识一下。果然，不出十分钟，她收到那位姐姐的信息，说自己临时有事，让他们俩吃，自己就不过来了。

心里咒骂一声，陈当好有些坐立不安。她不相信梁津舸会这么放心地把她放出来，以他的脾性，早就有人在暗中观察自己也说不定。如果被梁津舸知道自己出来单独和别的男人吃饭，他怕是要生气。陈当好不在乎他生气，她只是怕他一旦生气会做出什么损害她的事。

比如那段视频，比如断了她工作的机会。

"周先生，我台里也有事，既然姐姐不来，我也就先回去了。"陈当好说着起身要走，男人在这时候必然展现自己的男士风度，紧跟着她站起来："我送你去台里。"

"不用，楼下打车很方便。"

她说完不再给他说话的机会，逃也似的下楼，临走看到包厢外的桌边坐满了客人，竟觉得每一张面孔都可疑，都像是梁津舸派来监视她的眼线。从她进了包厢到出来不过半个小时，即便梁津舸真的问起她也好解释，带着这样的心情，陈当好晚上工作的时候却还是有些心不在焉，连着读错两个音。

她原本以为自己做得已经足够得体就连后来那位姐姐过来问她进展，她也是淡淡笑着说不合适。却没想到下班时候，一出门便看到周磊朝她走过来。

而距离他们不远的地方，梁津舸就站在车旁边，他身上穿着昨晚那件大衣，手里拎了件女士外套，因为周磊，他原本打算向前的脚步顿在原地，抬起头，他望向陈当好。

偏生周磊是个不省心的，越走越近，他伸手，声音不高不低，刚好给梁津舸听个清楚。

"陈小姐，你的手链落下了，我给你还回来，顺便送你回家吧？"

站在晚风中，周磊的手伸平了，那串手链安静地躺在他掌心。他的语气很温和，见陈当好不作声，他低下头，凑近了去看她："陈小姐？我说我送……"

"当好。"

有声音打断他接下来要说的话，周磊回头，刚好梁津舸走近。他们大概差不多年龄，只是梁津舸看起来略显沧桑，他一边走过来一边把周磊手里的手链接过来，礼貌地对他点头："谢谢。"

周磊有些疑惑，看向陈当好："这位是？"

"我得先走了，周先生。"陈当好不解释，匆匆跟他道别，低头往梁津舸车边走。梁津舸倒是表情平和，还不忘跟他点头，那一眼对视里，周磊忽然觉得这人有几分眼熟。

校庆那天他也是去了的，自然也看到这位新上任的名誉校长，当时还感叹这人年纪轻轻倒是有了不小成就，要知道，能把季明瑞顶下去的人，肯定不是什么善茬。转而又想到陈当好居然跟他认识，忽然觉得自己大概没什么希望，耸耸肩，他目送着车子开走。

梁津舸上车，陈当好已经坐在副驾驶规矩地系好了安全带。他脸上没什么不悦表情，平静地上了车，随手把手链扔在车后座，发动车子。

"你生气了？"陈当好转头看他，语气并不是小心翼翼的，因为她足够坦荡，知道自己和周磊之间清清白白。这女人没道理的时候都能为自己辩几分，更不要提有理："下午吃饭的时候他也在，我也不知道手链是怎么到他手里的，你不用多想。"

像是解释完这几句，她也就把该说的话说完了，自此这件事再没有自己的责任。梁津舸忽然觉得以前的陈当好回来了，一身反骨的样子不讨喜，但是足够与众不同。他还是没说话，车子开得飞快，往风华别墅的方向开去。

西郊距离市区到底是有距离，单是红绿灯都有好几个。梁津舸的沉默让车里的气氛降至冰点，十多分钟后，陈当好再度开口："我该解释的都解释了，你在不高兴什么？"

他不说话，偏头看她一眼，又目不斜视地接着开车。

他以往也是沉默寡言的性格，只是不可能一句话也不说。陈当好心里有些没底，伸手去拍他的肩膀："梁……"熟悉的称谓到了嘴边，又被她自己吞回去一半，"本来那个姐姐也要来，但是后来临时有事，就变成了我们两个单独吃饭。虽然我觉得我不需要解释这些，但是你也别摆这副表情给我看。"

"我只是在想，我是不是该找个人跟着你，每天跟我汇报你的行踪。"梁津舸淡淡开口，顿了顿，又道，"可是我又担心回头哪一天，你就跟这个人勾搭在一起，在我的房子里背着我偷情。"

他这话有几分刻意侮辱她的意思，但也有几分真心。大抵所有说出口的话里，哪怕是玩笑，也总带着三分真实的。陈当好没想到他会这么说，车子在别墅门口停下，她不知道该作何反应，连恼羞成怒都显得矫揉造作，索性装作没听见，打开车门下车。

明明最开始有错的是她，最后生气的倒也是她。

大门打开，陈当好抢先往里走，高跟鞋踩在地上，连脚步都带着几分怒气。看她生气，梁津舸忽然觉得心情好了不少，要知道她以往是多么油盐不进的性子，伸手在她胳膊上扯了一把，提醒她："换鞋。"

陈当好不轻不重将他的手甩开，弯腰去鞋柜里拿拖鞋。

也不知道是哪来的邪火，梁津舸低头看着她，看她弯腰的时候露出一截细腻腰肢。陈当好直起身来，脚上的高跟鞋刚脱掉一只，忽然被他抓着胳膊狠狠抵在大门上。

这一下用力不轻，陈当好的后背撞在门上，雕花装饰正好磕在她蝴蝶骨的位置。她猝不及防，忍痛瞪圆了眼睛看他："干什么？"

还是当初的泼辣劲。

"……"梁津舸不说话，几乎把自己整个身体都压在她身上，脸离得很近，呼吸也清晰可闻，陈当好偏开了脸，一声冷笑："这点你做得可不如季明瑞，季明瑞在这种事上从来不强迫我。"

"那是季明瑞不行，要不然他怎么这把年纪了连个孩子都没有？"梁津舸嗓音低低的，手揽住她的腰，两个人类似拥抱的姿势，可实际上她的身体正酝酿着逃离："你不是想变成他吗？最好变得彻底，要不然怎么对得起你说出来的话？"

"激我？"梁津舸伸手捏住她的下巴，"激我的话我就在这要了你。"

"我怎么敢，你现在可不一样了，陵山新首富，过几天新闻就得是这个标题吧？到时候说不定就看不上我了，毕竟年轻又爱钱的小姑娘一抓一大把。"

她这么说话的时候眼睛还是看着他，被他捏住了下巴，便只能斜睨他，怎么看都带几分挑衅。可这姑娘又偏偏挑衅的时候最风情，歪着脑袋，她朝他轻笑："怎么不说话？还是已经找到比我年轻漂亮的小姑娘了？"

心底痒得厉害，梁津舸凑近了，在她还打算说话的时候闭眼吻上她。这一吻来得并不突然，他刻意放缓了动作，唇舌都是温柔的。这样触碰在一起的时候，梁津舸才觉出自己这些年原来这么想她。

他们第一次接吻是什么时候来着？好像是某个深夜吧。夜里总是让人有很多绮丽梦境，他现在也分不清当初与她纠缠的夜晚哪些是真实哪些是虚幻。他这五年走了那么久，却一次都没有梦见她，她残忍到连他的梦里都不肯回来。

轻轻含住她的上唇，梁津舸像是迷失的兽，温柔舔舐她唇上的一点温柔。陈当好不作回应，他却还是吻得专注而认真，舌尖绕着她唇边打转。他吻得太温柔，陈当好微睁着眼，眼底神色清明，她慢慢伸手抱住他，偏头躲开他的吻，只是抱住他。

她知道他哭了。

眼泪来得没有预兆，但是在唇齿相碰的时候，梁津舸难以控制地红了眼眶。他分明是个大男人，感情表达怎么会这么婆妈。陈当好的手环住他的脖子，另一只手轻轻拍他的背，像是在哄刚刚哭闹过的孩子，鬓角相贴，梁津舸闭起眼睛。

他还记得自己上一次掉眼泪是什么时候。

那是去年的一个秋天，他人在北京谈合同，北京的秋天来得快，下过一场雨之后天气就跟着凉一大截。那天梁津舸坐在车里，车子停在谈判公司楼下，他拿着合同觉得筋疲力尽，坐在后座上闭眼小憩。他其实已经很久想不起来陈当好，他甚至笃定地认为自己已经把她忘了，其实四年是很漫长的，这段时间里发生过的事情足够让你放下一个人。

有年轻女孩从车旁边走过，外面飘着小雨，她没带伞却还是走得慢悠悠，手里抓着一包烟，一直走到公司楼下，在能躲雨的地方蹲下。梁津舸睁眼的时候刚好看到她，这条街位置偏僻，又因为下雨，所以现在基本没什么人，她穿着短裙就那么毫无顾忌地蹲下来，拿出烟叼在嘴里，伸手在自己身上摸了一圈，什么也没摸到，抬起头，她眼神失望，甚是惆怅地叹了口气。

梁津舸心里一动，这女孩的眼睛长得跟陈当好像极了。

他心里忽然很难过，自己都找不到原因地难过，像是很久之前遗弃在哪里的东西忽然出现，你带着百感交集的心情却知道它已经不再属于自己。在得不到的日子里，你骗自己说不想要，而等它出现了，哪怕只是很相像的替代品，你也会觉得心疼，觉得自己从未被命运善待。

那天他托司机给女孩送去了一把伞和一个打火机，在女孩起身来道谢之前，梁津舸吩咐司机将车开走。他到底不是季明瑞，没有找替身完成未了心愿的毛病，这心愿断在哪里，就得在哪里找回来，或许真正得到之后，便觉得没意思了。

他其实一直在跟自己打赌，赌自己何时能不再爱她。

可是亲吻这样真实，心动的感觉一如当初。拥抱着陈当好，梁津舸在心里悄悄跟自己投降，他是爱她的，最开始爱她年轻漂亮、与众不同，现在爱里带着自己的不甘，变得更加难以割舍。

环住她的腰，梁津舸偏头亲吻她的耳朵，他还记得她身上所有的敏感点。察觉到陈当好想逃，手掌扣死了，他向前将她重新顶在大门上，亲吻沿着耳朵往脖子滑去，手也顺着衣摆伸进去箍紧她的腰。

"梁津舸……"

她察觉到他的意图，下意识便想要反抗，可是男女力量到底悬殊，手刚刚举起来，就被他压着胳膊按在了门板上。亲吻渐渐热烈，她被动承受着，梁津舸单凭一只手就能压住她两手手腕，她动弹不得，急得眼泪都快掉下来："你放开我……"

"又不是没做过。"梁津舸在她胸前抬起头，鼻尖贴着她的下巴轻轻蹭了蹭，"当好，我可不是季明瑞，把你带回来像个花瓶一样摆着，只看不碰。"

这话说完，梁津舸弯腰把她打横抱起来，脚上鞋还没换，仅剩的一只高跟鞋随着她挣扎的动作掉在地毯上。梁津舸穿着皮鞋就这么往楼上走，鞋跟有节奏地踏在地上，打开房门，他将她扔到床上，在她来不及爬起来的时候便附身上去。

"梁津舸，你就饥渴到这个份上？"

"那你呢？你敢说你就一点反应没有？"

他这话让陈当好羞红了脸，好像这时候当婊子立牌坊的反而成了她。她一向不是逆来顺受的性格，梁津舸低头还想吻她，被她伸手挡了一下，他微微抬起身子，这个空当里陈当好翻身将他压在身下。

身上衣衫凌乱，因为屋里窗帘拉着，倒是给她蒙了层若隐若现的滤镜。月色下她的皮肤看起来总是那么美好，梁津舸伸手握住她的肩膀，带着她让她倒在自己身上："别动，我抱抱你。"

这声音温柔极了，陈当好难得乖顺下来，趴在他身上，她的脸对着他的下巴，心里刚刚的怒气就这么散了，他像是摸猫儿一般摸着她的发顶，闭上眼，好像心里缺失的某一块终于得以完满。

"……你的手怎么弄的？"

"季明瑞砍的。"这话梁津舸早就给她讲过，但是她又问了，说明最开始也没把他的话放在心上。

"是那个晚上吗？"

"嗯。"

"……你是因为这个恨我？"

梁津舸沉默了一下，他记起那时候自己从医院醒来，其实猜到过她已经走了，却还是不死心地跑去学校找她。想来是不恨的，至少在断了手指的那一刻，他心甘情愿。没睁眼，手抚着她光滑的背，梁津舸说："我后来去学校找过你。"

陈当好一愣，记起他们最后一次见面的样子。她看见梁津舸极其狼狈地站在教学楼旁边，她从没见过他那副样子。身边是新交的朋友，同系的家境优渥的女孩子，她全部心思都放在即将开始的新生活上，而梁津舸是她旧时的污点。

况且那时候他们从没认真确认过彼此的心意，她哪里会为了一个不确定的人，威胁自己刚刚重新建立的人生。

她看见他，但是假装没有看见。说白了，她爱自己，胜过爱任何人。可这不是全部，分明还有别的原因，她不愿讲，伤口越难以启齿，越是病入膏肓。

"我知道。"陈当好声音闷闷的，"我假装没有看见你。"

梁津舸叹了口气，偏过头，嘴唇刚好触碰她的额头："其实当好，我从来没觉得当初我们的结局不够好。变成陌生人反而是我们最好的结果，毕竟你要有新生活，而那时候的我只会拖你的后腿。"

她没说话，静静窝在他怀里。

"我恨的也从不是这样的结局，我只是恨，你从来没善待过我对你的这片真心。"

心底积压多年的话，再说出来依旧会让人红了眼眶。梁津舸睁开眼，黑暗中他的眼泪沿着眼角流下来，这个夜晚真是令人难过，他已经是第二次掉眼泪下来："而这片真心，是我能为你付出的唯一东西。你那个时候哪怕站住跟我说一句再见，我都不会再回陵山这个地方。"

我们心有不甘，大约是因为，没能好好告别。

当初爱你的时候，我什么都没有。我是季明瑞身边的保镖，是吴羡的眼线，是你无聊时候叫到楼上去排遣寂寞的人。我也知道，这世界上随便是谁出现在你身边，你都会跟他走到这个地步，可是心里总在妄想，妄想自己对你来说也有些许不同。

　　你也不曾给我奢望，也告诉我各自为自己打算，甚至百般提醒我要找到爱自己十分的人再去投入一片赤诚。可我不听劝阻，一意孤行，闹到现在这个地步，或许真的是我自作自受。你说我怪你吗？我怎么舍得。你说我不怪你吗？可你哪怕有一刻把我放在跟你平等的位置去看待没有？

　　梁津舸心中有千万万语，最后却只是说："你只要站下来看着我，说一句梁津舸再见，我要有新的生活了。我就会点点头从你的学校离开，会死心，会有勇气往前走。但是你什么都没说，你让我一头雾水，让我这么多年总是在想，是不是这件事最根本的原因在我身上。是不是我哪里做得不够好，你才会那么残忍对待我。当好，这是件很伤人的事。"

　　梁津舸说着翻了个身，换成他在上她在下。手臂撑着床铺，他轻轻吻了吻她的眼睛。

　　陈当好不说话，他所有的话语她都听得明白，可是她什么也没说，仰头，她主动吻上他。这一次唇舌是亲密地纠缠，闭上了眼，感官便集中在对方的身上，拥抱和亲吻都成了最亲密的诉求。他很久不曾跟人有过这样的亲密，可真的触碰到她的身体，曾经的感觉和记忆便都跟着鲜活起来。

　　身体重叠，灵魂也飘忽着飞上了天，谁在叹息谁在低喘，也分不清。房间虽是原来的房间，可这别墅的主人早已不是季明瑞，陈当好却还是在快感到来的时候下意识伸手捂住自己的嘴，不让声音泄露出来，就像他们之前偷情的每个夜晚一样。

　　很多记忆是随着身体走的，身体停留在过去，人就走不远。身体记得的除了欢愉还有羞耻道德，陈当好咬住自己的下唇，在他吻上来的时候像之前的每一次一样难耐地偏开头。

　　"……对不起。"

　　躺在凌乱床铺里，陈当好望着天花板，轻轻说了这么三个字。梁津舸侧身环着她的腰，手还停留在她身体上，沉默半晌，他问："对不起什么？

你根本没觉得自己做错。"

"我想我还是很自私的。我为我的自私道歉，那时候一门心思想走，你也是我想逃开的一部分。"

梁津舸想问，"那现在呢？"这句话到了嘴边，又唯恐她说出残忍答案，终究是没敢问，换了句话道："你跟季明瑞还有联系吗？"

"没有。毕业的时候在毕业典礼上见过一次，打了个招呼就过去了。"陈当好像是想起什么，扭头看向他，"你是不是要吞并瑞先地产？"

"吞并？"梁津舸惬意地闭上眼，谈起生意上的事，就像是聊起他这些年最值得炫耀的荣光，语带笑意，"我吞并一个快倒闭的房地产公司做什么，我只想帮它快一点破产而已。"

"……破产的话，季明瑞会怎么样？"

梁津舸语气不变，淡淡道："那跟我们没有关系。"

季明瑞如今跟他们没有关系，也就是说，没人会在意他的死活。陈当好离开风华别墅之后刻意忽视所有关于季明瑞的报道，他那些花边新闻她更是一个都不肯听。但她知道前几年倪叶离职，不知道是季明瑞终于厌倦了她的野心和算计，还是她审时度势，觉得属于季明瑞的时代已经过去，赶紧为自己找靠谱下家。

想起倪叶，陈当好又想起那个改变他们命运的夜晚。她不愿再想下去，轻轻翻身，蹭到梁津舸怀里，把头埋在他的颈窝："我困了，我们睡觉吧。"

她说着自己寻了个舒服姿势，梁津舸躺好了，手臂垫在她脖子下面。他其实想再亲亲她，可是陈当好似乎已经睡着了，犹豫一下，只是轻轻吻了吻她的额头。

大概人都是经不得念叨的，昨晚才提起季明瑞，第二天陈当好便接到了他的电话。她的号码是毕业之后新换的，季明瑞会打过来还是着实让她惊讶了一阵。电话里季明瑞还是从前的声音，从容且温柔，就好像他们最开始认识的时候，他打电话约她出去吃饭。

这次还是约她出去吃饭，情景却与从前大不相同。陈当好不知道他为什么突然联系自己，直觉会与梁津舸有关，又想到自己若是去起约，梁津舸定是要不高兴。举着手机，一手还在翻新闻稿，陈当好下意识就要回绝：

"不好意思，我最近都比较忙，可能没有时间。"

"我已经在台里了，台里的领导我认识，打过招呼了，你下来一趟吧，不会用太久时间，也肯定不耽误你上班。"

陈当好险些忘了，自己当初能进电视台，其实也是托了季明瑞的关系，只不过对外口径一致改成她是吴羡的某位远房妹妹。大家都是聪明人，没人会真的拿着你的身份证去查你到底跟吴羡是什么关系，只是陈当好自己想起的时候倒也有几分过意不去，她终究是亏欠吴羡的，不管从什么角度看来，吴羡都是他们这段故事里最可悲的存在。

想到这些，也由不得她不下去跟季明瑞见这一面。梁津舸知道便知道，她也没什么觉得亏心的地方。把新闻稿收拾好了放在桌子上，陈当好穿上外套，拿着手机便匆匆下了楼。

这中间收到季明瑞信息，将见面地点定在电视台附近的某个茶楼。

最近也是神奇，频繁跟故人相见。陈当好走进茶楼的时候并不担心自己会找不到季明瑞，毕竟以他的气质穿着，在人群里是很显眼的。可是这一次进来的第一眼，她真的没找到他。茶楼里人不多，本该很好找，陈当好偏过头，看见角落里季明瑞正望着窗外出神。

原来没有人是不会苍老的。

细细算来，他们之间不见面也没有五年这么久，毕竟毕业时候还短暂见过一次。可那时候季明瑞还是以往意气风发的样子，说他三十多岁怕是也有人信。陈当好站在门口没有动，既没有上前去跟他打招呼，也没有转身离开，她只是惊讶，惊讶季明瑞会变成现在的样子。

四十多岁的男人应该什么样子？她心里没有概念，但知道不该是这样。他看起来太过苍老，头发几乎白了一半，跟记忆里一丝不苟的外形大相径庭。他也不再像之前那样偏爱穿正式场合才会穿的西服，就这么随便搭了一件外套，放在人群里，泯然众人。

这不该是季明瑞。

即便到现在这个时候，梁津舸给了他再多的冲击，他也不该是这样的。

陈当好难以形容自己心里此刻的心情，但还是压下那些情绪平静地走到他身边去。面对面坐下，季明瑞朝她笑，笑起来倒还是之前的样子，只是老态过于明显，将笑容衬托得都有几分滑稽。她面上不将自己的惊讶表现出来，坐定了，她也回以他微笑："这么着急见我有什么事？"

她在审视他的时候，他也一样。季明瑞也不记得自己有多久没见到她，其实严格意义上来说，他不曾错过她每晚的新闻节目。可是这样面对面的机会，却是再也没有过，这么看着她，又觉得跟电视上还是不一样，她本人更清瘦一些，头发散下来，比以前更多几分自信和风情。

陈当好越来越像吴羡了，就像是沿着她的轨迹在生长，五官气质都开始最大限度贴近。这话季明瑞是不会说的，只是心底唏嘘，正巧服务生这时候端上来茶水，他伸手做了个"请"的手势，自然回答了她的话："是有这么一件事，前一段时间我跟梁子一起吃了个饭，就想问问你，他来找你没有？"

"你问这个做什么呢？"陈当好维持着脸上的笑容，"我当初答应你的事我做了，那你答应我的事呢？你做到没有？"

这话只有他们两人听得懂，连梁津舸都不知道半分。当初从风华别墅离开的时候，季明瑞给她选择，离开就是彻底离开，与这别墅里有关的一切都需割舍掉。今后的陈当好可以随便跟任何一个男人在一起，但是只有梁津舸不行。

而为了让季明瑞不再因仇恨为难梁津舸，陈当好装作丝毫不在意地答应下这些条件，也就真的走得决绝。

谈不上伟大，答应季明瑞的同时她其实也成全了自己，但那时候她不知道，季明瑞会断梁津舸一根手指。他分明说过，这事到此为止，他没力气再去追究。

"你跟他见面了。"季明瑞换了陈述语气，向后靠在椅背里，他叹口气，"你看到他的手了？"

"你想说的也不是这些，你就直说吧，我也赶时间。"陈当好看看腕表，面前的茶水一口未动，等他说话。季明瑞沉吟半晌，说："梁津舸要把我逼到绝路上去。"

陈当好不说话，这她知道，但不打算参与。她在心里揣测，季明瑞或许下一句就要求她去梁津舸那里帮他说几句好话。这听起来可笑，但是如果他真的开口，陈当好想，她或许会答应，毕竟自己走到今天也有季明瑞的帮助。她是想还他的，女人在不爱的男人面前，总是唯恐有哪怕一丝亏欠。

但是季明瑞没说这样的话，他端起面前的茶水喝了一口，笑容温和："其实我就是想跟你道个歉。"

陈当好一愣。

"那时候事业最盛，人难免犯浑，其实想一想，你就算不遇见我，现在可能也到了这个位置，你是很优秀的女孩子。"

他这话说得像父亲，像兄长，脸上皱纹明显，不笑的时候老态尽显。见陈当好不说话，他笑了笑，接着说："我承认最开始觉得你像吴羡，有几分把你当作替身的意思，但不是没有真心，你以后想起我，千万别再把我想成坏人。当好，我是很喜欢你的，到现在也是。但是我这人不太会爱，让你浪费了几年青春，真是很对不起。"

秋天的阳光从窗口蔓下来，照在季明瑞脸上，照着他头顶花白的头发。陈当好在这些话中隐隐听出了告别的意思，几番犹豫还是问道："……你要离开陵山了吗？"

季明瑞先是摇摇头，而后像是想起什么，又点点头："我籍贯也不是陵山的，这段时间生意不顺遂，我也想回去了。"

"那这边的生意？"陈当好不知道他为何突然要走，即便生意失败，凭借季明瑞的人脉和能力，东山再起不是难事。可惜他年龄摆在那里，确实没有几年敢赌，摆摆手，季明瑞还是笑，眼里有隐约泪光："太累啦。"

陈当好没有再问，这一句"太累"，究竟说的是活着太累还是做生意太累。他们的聊天停止在这里，她该回去上班了。从座位上站起来，陈当好跟他告别，往门口的方向走，没出门，她回过头，发现他正看着自己的背影。

四目相对，季明瑞笑着跟她挥挥手。

见过这面后，陈当好一直到下班心情都不是很好。她自认不是优柔寡断的人，更不会为了季明瑞这样的人去跟梁津舸求情。但是想到他最后的笑，心里总觉得哪里不对。这话是不能对梁津舸说的，他若是知道自己偷偷跟季明瑞见面，肯定要生气。

可终究觉得哪里不对，陈当好心里暗暗想着，过两天再联系季明瑞一次，不然总觉得心里不踏实。

今晚梁津舸没到电视台来接她，陈当好自己坐车回家，进门的时候看到门口摆着的鞋，知道他已经回来了。恰巧梁津舸这时候从楼上下来，他刚洗完澡，腰上围着浴巾，见到她回来，他冲她招招手，示意她看向客厅茶几。

陈当好走过去，看到茶几上摆着的两张飞机票。

"我帮你请了一周假，咱们出去旅行吧。"

梁津舸说这话的时候看起来心情极好，陈当好又想起季明瑞的那张脸，皱纹与白发交织着在眼前闪现。她发觉自己总是在一个男人身边的时候想另一个男人，这可不好，为了摆脱这种奇怪的想法，她甚至没有追问他为什么自作主张给自己请假，便下意识地点头迎合："好啊，我也很久没出去旅行了。"

这样的话，再去见季明瑞的计划，就要再往后拖一拖了。

第十四章
临行辞别你

　　其实陈当好上一次旅行，还是跟季明瑞一起，想想也过去了很多年。那时候旅行她什么都不需要担心和安排，季明瑞有专人把这些事帮他们安排妥当。到了梁津舸这里，似乎就没那么高级，这会儿坐在沙发上，梁津舸正拿着手机看景点攻略。

　　他们毕竟不是什么闲人，请假时间有限，所以只选了近一点的城市。适逢秋天，趁着国庆长假还没到，旅游景区也不会人满为患。假期从这个晚上就开始了，票是明天下午的，梁津舸一手拿着手机，一手将胳膊伸直了，示意陈当好过来。

　　她的心情还没从和季明瑞见面的情绪中缓过来，不想被他看出，便也乖顺地坐到沙发上靠进他怀里。都说人在做了亏心事的时候会格外听话，梁津舸偏头看她，有点惊讶："今晚怎么我说什么你听什么？"

　　"我跟你顶几句嘴你就舒服了？"陈当好瞟他一眼。

　　梁津舸轻笑，他总不会不喜欢她乖巧，毕竟这种情况少之又少。收紧手臂将她揽住，梁津舸不抬头，眼睛还停在手机界面上，随意道："白天在台里都做什么了？"

陈当好一惊，面上并没有表现出来，依旧乖顺地靠着他，笑道："怎么，怕那个周磊回来找我？"

她不知道他是不是白天听说了什么，还是真的在她身边安插眼线，但和季明瑞见面的事，是万万不能给他知道的。本不是什么亏心事，被她这样藏着瞒着，倒带了点不可告人的险恶，话题矛头被引到了周磊头上，梁津舸便顺着她往下说："周磊今天去找你了？"

"没有，那天那个情况，他怎么可能再来找我。"陈当好伸手在手机屏幕上划了划，指着一个景区风景图道，"这个地方真美。"

"那就去这。"梁津舸表现得很好说话。

其实很多时候，不论之前还是现在，他都是极顺着她的。以前的时候陈当好以为他的顺从是基于自己的保镖身份，现在再想，才知道自己其实也错过了他很多温柔心思。从梁津舸怀里坐起身，陈当好抓抓自己有点乱的头发，抬脚上楼："我去洗个澡。"

梁津舸点头，目光没从手机上移开，等到陈当好的身影在楼梯拐角消失，他才切换手机界面，重新看向自己刚刚接到的消息。消息是几张图片，图片里陈当好和季明瑞坐在桌子对面，不知在聊什么。阳光从窗口照下来，照着她眼里的陌生神色，而季明瑞头发花白，疲态尽显。梁津舸静静地看着这几张图片，手指在上面划过去，下一张里陈当好的头也看向窗外 侧脸宁静柔和。他心底一动，时光好像回到很多年前，他最初遇见吴羡的时候。

还是带她出去走走，出去的话，季明瑞便暂时联系不到她了。

他猜不到他们在聊什么，也不知道到了如今这步境地，季明瑞还能跟她聊什么。陈当好总不可能联合季明瑞来对付自己，一是季明瑞实力达不到，二是她根本不可能信任季明瑞这样的人。

信任这种东西一旦崩塌，就再难建立。他对陈当好是这样，陈当好对季明瑞也是这样。向后靠在沙发里，梁津舸闭上眼睛，想象此刻是五年前，风华别墅还是原本的风华别墅。他问自己是否愿意回去，心里的答案自然是不愿意，不论过去还是现在，他都没能完整得到过陈当好的爱。

她大概只肯爱他三分，他却走火入魔似的，十二分爱都抛给她。她不敢要，这份爱就成了累赘，最终害人害己。

最终将旅游景点定在了某个民俗村。飞机不到一个小时的行程。这些陈当好没有过问，提出旅行的是他，策划旅行的就也是他。民俗村里有地方特色小吃，有海滩有民宿，更重要的是地点安静，非旅游旺季的时候来人不多，清净得很。梁津舸订的房间刚好在海边，大小也算个海景房，小别墅的样子，只有一层，里面装修不似风华别墅那么华丽繁复，完全是温暖清新的风格。

偌大的别墅里只放了一张桌子，几把椅子，房间也只有一间，怎么看都显得略微空旷。梁津舸把背包随意放在椅子上，走到窗边，看向外面的海滩。

风景真好。这么多年他也是在外面跑来跑去，哪里有时间静下心来真正去哪里旅游。不是没见过海，但那时候看海和现在看海的心情，又是完全不同的。陈当好也走过来，她其实犹豫了一下要不要从背后抱住他，又觉得那样的自己太过小女孩心性，还是选择站在他身边跟他一起看向窗外。

"看过海吗？"梁津舸淡淡问。

他自这次回来，话比从前多了一些。陈当好点点头，想起自己上次看海还是跟季明瑞出去游玩的时候，话到了嘴边又吞回去一半："看过，之前……很早之前看过。"

"这五年没出去玩过？"

五年是很长的时间，足够梁津舸从最底端爬到现在的位置。可是五年对于陈当好来说，却好像停留在那个失散的夏天。她得让自己忙起来，这样就不会想起他，忙到一天都没时间去想，疲惫到回来一沾枕头就睡着，于是也没了念旧的心思。工作几年就能成为黄金时段的主播不是件简单的事，外人以为她敬业，但其实她只是在逃避。

可是这样的事，她总是不想告诉梁津舸。因为总是记得香港的雨夜，他们在小旅馆里，他走得太决绝。从此所有甜蜜心思都不肯给他知道，爱到七分也要装作三分样子，这样总有退路，总不至于狼狈。

"工作太忙了，五年的时间其实挺快的。"陈当好说着，抬手把窗户打开，海风吹进来，带着点海边独有的清咸。她眯了眯眼睛，很惬意的样子："再说我也没什么朋友，旅游这种事虽然一个人也可以做，伹我还是觉得太孤单了。"

梁津舸伸手揽住她的肩膀，想了想，像是觉得不够，又低下头来在她脸颊边吻了吻。

因为距离海边最近，他们晚饭后自然是先去海边看看。天黑了之后海边的风景跟白天时候很不一样，陈当好带了一条沙滩裙，这会儿穿着就有点凉了。从海滩边光着脚走过去，梁津舸把自己的衣服给她搭在肩膀上，陈当好抬头看他一眼，他目视前方，表情严肃正经得很。

沿着沙滩一路走过去，有乐队在木质栈桥上唱歌。说乐队也牵强，其实就是几个热爱音乐的男孩女孩罢了。天完全黑下来，随着梁津舸他们走近，乐队的歌声就越来越清晰，在栈桥边站下，这样望过去，可以看见黑夜中轻轻翻滚的海水，以及远方漆黑的海平线。

乐队唱的是年轻人的歌，无病呻吟的爱而不得。这歌陈当好也会唱，歪着脑袋轻轻跟着和，梁津舸往海面看过去，她轻轻靠在他的肩膀上，歌声很好听，她想这一刻要是能永远停下该多好。

海水翻滚着，拍打在栈桥下的礁石上，不远处有情侣抱在一起接吻，近一点的地方，黑色衣服的男人拿着一听啤酒，把脚搭在栈桥外面看风景。陈当好眨着眼睛，黑夜里她看不清大海，大海成了一片被上帝打翻的墨水，梁津舸动了动肩膀，她便适时地把头抬起来。

"这地方气氛真好。"梁津舸轻轻说着，伸手揽住她的腰，接着沿栈桥往前走。走过那些唱歌的男女，走过陌生的各路行人，陈当好低着头，听见他问："冷不冷？"

"不冷。"陈当好抬头，朝他笑笑，随口感叹道："在这生活也延好的。"

"节奏慢，适合养老。"

"现在要是照这个趋势发展旅游业也是很不错的。"

"你当女导游？"

"我也不是不可以。"

梁津舸笑起来，为他们之间毫无营养的对话。越是往前走人就越少，走得远了渐渐就连乐队的歌声也听不到了。还是这片海，周遭忽然就安静下来，陈当好从梁津舸怀里离开，站在栏杆边往下看，又朝远处望，夜里的海面很温柔，温柔得让人想要流泪。

有双手从后面抱过来，陈当好偏过头，看见梁津舸的侧脸。他伸开手拥着她，将她整个身体都完整地嵌在自己胸前。谁也不说话，这时候好像是不需要说话的，陈当好看着海面，不知道为什么在这样温柔的时刻，她心里会如此清晰地明白，这地方是他们第一次也是最后一次一起来的地方。

哪怕是在被这样抱紧的时候，她心里依旧知道，自己总是要离开的。不是离开陵山，而是离开梁津舸，因为一旦留下，她就会变成第二个吴羡。青春真的是很荒唐，荒唐到你以为自己这辈子可能只会去爱一个人，而这个人如果得不到，就会变成你的执念。梁津舸把她拴在身边，却没有明确说过对她的感觉，她知道的，他不甘心而已。

想到这，眼泪就掉下来，她慌忙抬手去擦，听梁津舸在背后柔声地问：
"怎么了？"

"没什么，"陈当好在眼角擦了擦，回头环住他的脖子，"我有点冷了，我们回去吧。"

他没说话，也没动，只是抬手在她眼角擦了擦，带着点疑惑神情。他们站的地方距离路灯有点远，影子被拖得很长，对方的面孔也看不太清楚。梁津舸不知道她为什么会莫名掉眼泪，但心里突然就柔软下来，他想他还是不够懂她，低下头，轻轻在她唇上吻了吻。

"不哭。"

他这么说着，再度俯下身，贴着她的唇瓣，慢慢将舌尖也探进去。陈当好不再流泪，闭上眼睛，他们在海浪声中拥吻。这画面真美好，路灯都照活了剪影，剪影都有了温度。

他们牵着手回到民宿，回到颜色漂亮的小房子里。他们把灯关掉，听外面依旧清晰的海浪声。在海浪声里，梁津舸覆在她身体上，听见她比海浪还要缠绵的呼吸。

陈当好忽然想起来，海边听到的那首歌究竟叫什么。

"……你说出水中有蜃楼，我就与你拂袖而奔，整个灵魂交付于你。"

"……当我跨过沉沦的一切，向着永恒开战的时候，你是我不倒的旗帜，爱你就像爱生命。"

"爱你就像爱生命。"

她的眼泪又落下来，她不知道这个夜里自己的眼泪怎么这样多。

梁津舸低下头轻轻吻她的眼睛，眼泪顺着眼角流到耳朵边去，他的吻就追过去。舐舐着她的耳朵，梁津舸把双手垫在她背后，如同将她整个人呈在自己面前，带十分虔诚。亲吻也虔诚，眼神更是虔诚，四目相对，他不再问她怎么了，只是深深吻住她，于是哽咽成了两个人的，她好像终于也不用自己去承受那些东西了。

第二天早上醒来的时候，梁津舸不在房间里。陈当好披了衣服起床，看到他坐在客厅椅子上打电话，她这么走出来，只看到他的后脑勺。电话那边的人不知道说了什么，梁津舸声音有些惊讶："什么？"

陈当好往前迈一步想听清楚，脚下拖鞋踏在地上有轻微的声音。梁津舸这时候变得很敏锐，听到声音，他回头看了她一眼，紧接着便把电话挂掉了。

"醒了？"他从座位上起身，朝她走过来，"收拾一下出去吃早饭。"

"你在跟谁打电话？"陈当好问得随意也自然，梁津舸神色不变，淡淡回答："生意上的事。"

"……有什么事吗？"

"小事。"

她看着他，像是想从他的眼睛里看出什么破绽。但梁津舸表情平静，伸手在她眼前晃了晃，他还有心思逗她："还不收拾，不想出去了？"

她的心稍微放下来一些，又觉得自己担心得实在多余。她无牵无挂，何必为他担心，但是能让现在的梁津舸觉得惊讶的事，必然不是什么寻常事。心里有疑惑，却不好再追问，她在他面前终究是少了那么点理直气壮的权利。

这一天的行程被梁津舸安排得满满当当，晚上回来的时候天色已经暗下来。陈当好走了一天，累得倒在床上便要睡过去。梁津舸拿了换洗衣服去洗澡，她闲得无聊，伸手捞过自己的手机，看看这一天有没有谁找她。

信息栏空空荡荡，除了工作群里的消息，没一个人找她。她本来也没什么朋友，到现在对这些事也就不在意了，刚要把手机放回去，忽然看到群里蹦出一条新消息。

"消息确认了，今晚新闻稿得改了。"

陈当好愣了一下，到底有几分好奇，伸手点在群聊信息上。

窗子忽然被风吹开，海风吹进来，冷冷拂过陈当好的脸。她一动没动，眼睛凝视着群聊里的消息，慢慢把手机放下。

"窗户怎么开了？感觉要下雨了，还是关上。"梁津舸走过来的时候这么说着，陈当好没说话，还是刚刚的姿势，一动不动。

可能真的要下雨了吧。

站在床边，梁津舸把窗户关好，还仔细确认了一下。回头发现陈当好坐在那里没有动，他走过去，摸摸她的头发，在她身边坐下来："想什么呢？"

语气是轻松的，他这一天说话语气都是轻松的。陈当好还是不说话，手指划在手机上，一条条去看大家的聊天记录。梁津舸的目光也落下去，一开始表情还轻松，再看的时候就带了几分严肃。

新的稿子很快就拟出来，即便不打开电视，陈当好也知道人们会怎么去评论这一场新闻。陵山首富季明瑞，陵山大学前名誉校长，却被匿名人士爆出和陌生女子欢爱的视频。视频里女子脸部被做了特殊处理，看不到五官，但是季明瑞的脸却是清清楚楚。虽然视频只有短短几分钟，但足够人们认出，不管是身材还是发型，甚至是整体气质，那个视频里的女人都不是吴羡。视频右上角显示的时间是五年前。

那时候吴羡已经生病入院，定时接受化疗。而视频里的位置明显不是陵山的任何一个地方，也就是说，在吴羡病重期间，作为她的丈夫，季明瑞带着别的女人出去游玩还录下了这段视频。

一夕之间形象崩塌，这对于生意上岌岌可危的季明瑞来说，差不多是致命的。

可这不是全部的新闻，这只是今天新闻的开端，或者说，只是一根导火索。陈当好的手停在一条链接上，不是什么大网站的链接，小道消息而己，早在今早就已经发出。

——季明瑞自杀。

她忽然记起他们见面的时候，季明瑞顶着一头花白的头发对她笑，眼睛里泪光闪闪，说："太累啦"。

你若是问陈当好，这世界上她最恨的男人是谁，那她肯定毫不犹豫说一句"季明瑞"。可是终究分开太久，时间把回忆都美化，他到底是拥有她最好青春的那个人。低下头，陈当好看见梁津舸残缺的右手，她心底一动，想起早上梁津舸接到的那个电话，想起他当时惊讶的语气。质问的话没有经过大脑，她凝视他，问："你早就知道季明瑞死了？"

"我没想到。"

"视频是你放出去的？"

梁津舸面色平静地点点头。

时隔五年，那段视频还是发挥了它应有的效果。陈当好想起自己录下视频的时候，恨不能让季明瑞万劫不复。可是她见不得他衰微，见不得昔日那样神气的人就这么倒下去，他好歹算是她的仇人，他没有了，她的一部分情感就也跟着一起死了。

"……你明明已经赢了，你抢了他名誉校长的位置，他做过的事你也都做了而且比他做得还好，怎么就一定要把那段视频放出去呢？要这样绝？他已经山穷水尽了。"陈当好看着他，梁津舸的眼神真的很平静，要知道他从前是偷情之后半秒钟都不敢多待的性子。

原来在看不见的地方，已经改变这么多。

"季明瑞把我手指砍了要我滚出陵山的时候，也是觉得我已经山穷水尽。"梁津舸抬手，残缺的部分现在看起来依旧触目惊心。他平静地举着自己的右手，坦诚自己的残缺，也陈述自己的仇恨："但是我可以回来，我不知道今后他会不会回来。他是比我想象中还要聪明的人，我不能给他翻盘的机会。你难道就不恨他了？不恨他当年那样耽误你的青春？当好，如果没有你，我可能也不会把这件事做得这么绝。"

"是我的错？"

"你没有错，你只是不专心，当初喜欢我的时候不专心，现在恨季明瑞的时候还是不专心。你总是在得不到的东西上叹息挣扎，却从来不睁开眼睛看看你有什么。"

陈当好不作声，梁津舸看着她，忽然觉得心底悲凉："当初因为季明瑞那样对你，你说恨他，我也跟着你恨他；现在季明瑞断了我一根手指，我说恨他，你却说我把事情做得绝。"

"我从没算计过让他死。"

"我也没有，怪他自己承受不住。"梁津舸靠近了握住她的肩膀，让她跟自己四目相对，"当好，你其实根本不知道自己想要什么。"

她被他说服了，眼下自己真的成为了十恶不赦的罪人。是啊，曾经录视频的是她，要复仇的是她，想偷情的是她，先勾引的也是她。她一直是病态的，而梁津舸才最专一，从头至尾，他跨了五年时间也要把最初的话做到。现在季明瑞去世了，他完全取代了季明瑞的地位，他会成为下一个季明瑞。

那她呢，她要成为谁，她是否还是她自己。

"我想回陵山了。"陈当好从床边站起来，梁津舸也跟着她一起起身，在她要往门口走的时候拉住她手腕："我给你请的是一周的假，你这么早回去做什么？"

"我去看季明瑞最后一眼。"

"你是他的什么，你去看他最后一眼？"

她不知道，却觉得这时候的梁津舸好刻薄，心里的想法乱成一团，她不知道自己为什么会这样，她分明并不爱季明瑞。想甩开他的手，无奈他抓得太紧，陈当好挣脱几下没挣开，回头看他："如果我一定要回去，你是不是就会把没处理过的视频发出去给大家看？"

现在季明瑞的死是新闻爆点，等到这个爆点过去，人们就会开始探究视频里的女人究竟是谁，这么一路挖下去，难保不会挖到陈当好头上。为了以防万一，梁津舸没留视频副本，也就是说，原版已经彻底删除不会再有了。可是这一刻陈当好眼睛里的防备让他心寒，他不想说气话，她无非就是想回陵山而已，他们现在也确实没了旅行的心情。

"我订票，今天已经是晚上了，明早走行不行？"

他退了一步，陈当好也就不再挣扎，回到床上躺下，她连外衣都没脱，就这么背对着他。那一刻她觉得这个地方的风景似乎也没那么好，海风咸，海水吵闹，她其实睡得并不安稳。这一夜她都没合眼，直到凌晨时分才挨不住睡了一小会儿，这短短一段时间睡得也不好，朦胧中感觉到梁津舸似乎是伸手过来要抱她，她迷糊中想拒绝，也不知道手打到哪里，身后的男人闷哼一声，还是把被子拉上来盖过了她的肩膀。

这么断断续续睡着，天亮起来的时候陈当好就坐起了身。季明瑞的死不是小事，陵山多年都像一潭死水，这会儿倒是让人们逮到了话题，各种小道新闻传得不亦乐乎。短短一天的时间，连葬礼的时间地点都定下来了。

季明瑞没有妻子也没有孩子，后事都落到手下这里，手下不可能不为了这件事捞一笔，所以早早便放出消息。坐在返程的飞机上，陈当好忽然觉得这世间真的很无情，她这般狼心狗肺的人，倒在此时有了些莫名的情意。

梁津舸坐在她身边，伸手过来拉她的手，被她轻轻躲开。他的手悬在半空，有些尴尬地晃了晃，她依旧不理睬，他便把手收回来，戴好手套。

那之后的时间，他们之间不说一句话。尽管梁津舸不能理解，她在气什么。

季明瑞葬礼的那天，陈当好只身一人前往。走在路上的时候她买了一束花，这束花被她抱在怀里一直到下了车。前来参加葬礼的也并不都是亲友，最多的是媒体，她为了避嫌还是戴了墨镜稍作掩饰，把花送过去，她站在人群里，参与遗体告别仪式。

在这个地方，她先后送走了吴羡和季明瑞，这对夫妻大概都没有想到，短短几年时间而已，就又要在另一个世界重逢了。

来之前，陈当好觉得自己或许会哭，这样的场合，即便没有心思，气氛也足够感染人。可是真的站在人群里，看着不远处季明瑞的遗像，她忽然觉得心里白茫茫一片。没有感伤，没有遗憾，没有一丁点儿故友该有的情怀，她像是一个闯进外人葬礼的陌生人，周围哽咽声不断，而她的灵魂却置身事外无法融入。

她不记得季明瑞对她的好，不记得他说过的所有的绵绵情话。她脑海里太干净，曾经在风华别墅里的一切都仿佛凭空消失了一般。她这才明白，自己早就不再恨季明瑞，而那么点微薄的，不足以道出的感情，也随着恨意一起消失了。

远处有车辆停下的声音，陈当好随着人群一起回头，看到姗姗来迟的梁津舸。梁津舸曾经做过季明瑞的保镖，这件事只要人们稍加关注就可以知道，而季明瑞的生意是被梁津舸一手搞垮的，却没多少人知道。于是他的到来成了有情有义，成了顾念曾经感情，他穿着黑色风衣站在人群里，都显得比别人高尚许多。

心里那种悲悯又回来了，陈当好转了身，不再顺着人群去看梁津舸。她一直以为自己听到消息的那一刻是为季明瑞难过，现在却明白，她只不过是对梁津舸感到失望。季明瑞生死其实早就与她无关，这件事幕后操作的人换成谁，她的心里都不会有一丝波澜。

可偏偏就是梁津舸，是因为她才变作今天这样的梁津舸。

第一次见面的时候，他把她从车里抱出来，她算计他偷偷跑走，被他找到的时候，他把自己的鞋扔在她面前给她穿。

梁津舸曾经是陈当好心里的宝藏，是这个世界上让她觉得最温柔傻气的男孩子。

再回头，陈当好看到梁津舸面色凝重站在人群之中，惊觉五年间他似乎连五官都有了变化。他从前眉眼温和，而现在眉毛时常皱在一起，渐渐沾染戾气。所以她会莫名惧怕他，因为他根本就真的变了。

低下头，陈当好听见人群发出哭声，这些哭声里不乏真心，但她却是一滴眼泪都流不出来。她知道，梁津舸真的如愿以偿，铲除季明瑞以后，成为了新的陵山首富。

可他就真的再也不是梁子了。

回去的路上，陈当好没有坐车，从葬礼的地方出来，就这么自己沿着马路走了很久。直到梁津舸的车从后面开过来，他示意她上车，这一次她很听话，车门打开，她便乖顺地坐到后座来。

司机自后视镜看了一眼，这还是他第一次看到这位陈小姐的真人，这么看起来跟电视上不太一样，要瘦很多，真人更好看一些。大概摆脱了新闻里的严肃刻板，陈当好身上的女人味才是最吸引人的。察觉到司机目光，梁津舸朝他看过去，司机识趣地管好自己的眼神，专心开车。

　　想想从前，梁津舸也是在司机的位置上，看着车后座的季明瑞与陈当好。而更多时候，他们就在季明瑞眼皮子底下眉来眼去。想到这，梁津舸朝陈当好看了一眼，她脸朝着窗外，根本不知道车里两个男人先后将目光落在她身上。

　　她在心里酝酿着逃走，甚至可以不要工作不要一切，就只是想逃走。

　　"我想回家一趟。"陈当好轻声开口，用了柔和语气，她这样说话的时候梁津舸一般不会拒绝。

　　"那就先送你回家，然后再送你去电视台。"梁津舸伸手握住她的手。

　　陈当好没挣脱，回过头来看他，接着道："我说回我自己家，不是风华别墅。"

　　梁津舸面色不变，声音相比刚刚倒是冷淡下来："回那干吗？"

　　"有点东西在家里，我想拿一下。你就先送我回去吧，我自己去电视台，反正也近。"

　　"什么东西，自己能拿吗？我跟你一起去。"梁津舸心里是不悦的，但是碍着今天是季明瑞葬礼的日子，也不想惹她不开心，所以语气温和。陈当好点点头，他的手便握得紧一些。

　　陈当好住的地方就在电视台对面的小区，是她租的房子，因为梁津舸回来得仓促，她好多东西还留在这里没带走。站在楼下，司机下车打开车门，询问梁津舸自己要不要一起上去。

　　梁津舸看了陈当好一眼，摇摇头，示意司机就在楼下等。

　　那一眼恰巧被陈当好看见，她微愣一下，马上明白梁津舸这是怕她与他的司机接触，当初他们也是这样便搞在了一起。心里那层悲哀还没到眼底，梁津舸已经走进楼道的阴影里了。

　　她跟上去，很多来不及说出口的话就这么一起被杂糅在阴影里。

　　房间很小，有一间小厨房，里面收拾得倒是井井有条。梁津舸曾经以为，要是陈当好自己出去住，肯定要活得一塌糊涂，毕竟她连换季了怎么增减衣物都不知道。但是在这个小屋子里，他环顾四周，布置温馨，冰箱上的便利贴都显得可爱。

看得出来陈当好是真的在认真经营自己的生活，没有季明瑞也没有他，她自己就可以生活得很好。梁津舸想进到房间里去看看，被陈当好拦了一下，把自己怀里的笔记本电脑塞给他："你拿这个。"

他于是想，她回来原来是为了拿电脑，自己倒是虚惊一场。

陈当好回屋子里又拿了什么东西，放在自己的包里，再出来的时候低头摆弄手机。梁津舸拎着电脑，瞥一眼她，那边电话已经接通。听说话语气，他知道陈当好这是打给房东，表示自己不再住这个地方，他又在心里悄悄衡量，她大概是做好了搬进风华别墅的准备，心里的石头落下来，在陈当好放下电话的同时，梁津舸上前揽住她的腰："可以走了？"

"嗯，走吧。"陈当好点头，回头再次看了看自己的出租屋，恋恋不舍。梁津舸拍拍她的头，带着安抚的语气："好了，走吧。"

这场葬礼像是一个神奇的分界点，将那个喜怒不定的陈当好带走，留下了一个温和且理性的她。白日里他们各自上班，晚上下班之后窝在沙发上一起看一场电影，秋天走到尾声，陵山天气越发凉爽。

天气凉爽的时候他们在房间里还是开着空调，然后盖厚厚的棉被，陈当好很喜欢这种感觉，梁津舸便纵容她。最近的某个晚上陈当好做了个梦，梦里有个小女孩蹦蹦跳跳往门外跑，她跟在后面，一直跟着她跑到游乐园那里。

傍晚的游乐园像是一幅油画，小女孩穿着红色背带裙，转过身来朝陈当好笑，俨然就是小时候的她自己。梦里她说了什么陈当好不记得，但她知道她大概意思就是想要去玩旋转木马。旋转木马是小女孩的梦想，也是陈当好的梦想，只可惜她小时候没有这个条件，现在长大了，再玩总觉得有些滑稽。

转眼间，红色背带裤的小当好已经坐在了旋转木马上，她跟陈当好挥手，这一次陈当好清晰听到她跟自己说"再见"。旋转木马转起来，灯也亮着，人也笑着，很好看。她不知怎的在梦里险些热泪盈眶，伸手去抹眼睛，再抬头的时候，忽然不见了小当好的身影。

她是跟自己说过再见的，再见便是告别。

第十五章
三分不贰

　　天气还不到冷的时候，陈当好喜欢阳台，这个地方就一直留着没有封上。十月初，国庆假期，放假前的晚上，陈当好坐在电脑前不知道写什么。

　　梁津舸近来对她已经不像最开始时那么怀疑，自然也不会上前去看，等她写完了，遥遥地似乎看到她发了封邮件出去。他只当是业务上的事，就见她伸了个懒腰，回身喊他："我们去阳台上抽根烟吧？"

　　梁津舸一愣，他以为她早已经戒烟，自己回到陵山这么久，没见她抽过一次。陈当好将他的讶异神色看在眼底，笑着从抽屉里拿出一包大前门，自顾自往阳台走："带着打火机过来。"

　　"你现在工作要用嗓子，抽烟不好吧。"梁津舸嘴上这么说着，手上还是把打火机递过去，陈当好接过来熟练点燃，这个动作她几年没做过了，身体记忆却持久得很，做起来丝毫不觉得陌生。熟悉的烟雾进了肺，她深深吸入又缓缓呼出，表情享受："我也很久没抽烟了，突然想尝尝。"

　　梁津舸便笑，他最近变得比之前爱笑，整个人也稍稍胖了一些，不像最开始回来的时候，瘦骨嶙峋。陈当好望着他，手上这根烟好像还是之前的味道，但其实她根本也不记得之前该是什么味道："明天出去玩吧，好不容易放假了。"

"这个假期出去玩人会很多吧，"梁津舸这么说着，却还是顺着她问道，"你想去哪？"

"不用远走，就去游乐场玩一天就行。"

陈当好之前就跟他讲过，自己从没去过游乐场。她很少跟他提要求，向来都是他说什么她便跟着做，偶尔这么一次小要求，梁津舸怎么会不同意。去游乐场都是要起早的，不然那么大的园子怕是玩不完，陈当好嚷着要早点睡，不到十点就回房间进了被窝。

她的电脑还放在桌子上，没有关。梁津舸想喊她过来关上，又觉得她已经躺下了，便没喊，走到桌边，他动动鼠标打算帮她关了电脑。

桌面上有一份未命名的文档，估计晚上她坐在桌前敲了半天就是在写这个。

梁津舸再回到卧室，灯已经关了，陈当好背对着他躺在被窝里，他掀开被子，慢慢靠近了从后面抱住她。

第二天是好天气，秋高气爽。出门之前陈当好在镜子前面拿着衣服比画，有些不能确定自己该穿哪件。询问梁津舸，他抬头随手指了一件，显得有些心不在焉。男人在这一点上总是这样，陈当好也不跟他计较，拿了另外一件换上，这才背着自己的皮包下楼。

游乐园的人跟预想中一样多，国庆第一天假期，大多数都是大人带着孩子出来玩。陈当好起初还跟在梁津舸身后，大概是怕她丢了，他回身牵住她的手，把她扯到自己身前来拥着她往前走。

这个动作在陈当好看来十足幼稚，所以只走了几步便换成了她牵着他的手往前走。走在人群里的时候，会显得自己格外渺小，梁津舸的右手本来是戴着手套的，人太多，挤来挤去总觉得不方便，他便把手套摘掉了。有人朝他的右手投来异样目光，陈当好转到他右边去，牵住他的右手，又毫不避讳地朝刚刚那人看了一眼。

换作以前的陈当好，肯定不会做这样的事吧，她恨不得全世界都与她无关，把自己高高挂起来。从事新闻工作这几年以来，陈当好知道自己也变了不少，她在越来越好，低下头，梁津舸看到自己残缺的右手。

他无法复原的又岂止是这一根手指呢。

假期在游乐场这种地方，相比游玩，更多的时间还是用在了排队上。放眼望去一整条队伍，什么时候能轮到自己都不知道。人群喧闹，陈当好和梁津舸站在队伍里，头顶有大太阳，梁津舸伸手，挡在陈当好的额头上，从这个角度看过去，她显得格外娇小。

像这样堂而皇之地一起站在人群里，倒还是第一次。他们的关系从来没有明确过，却把该做的事都做了。陈当好也抬手，踮着脚去给他遮阳，梁津舸偏头躲开，低声摇头："不用，你往前站。"

好像情侣之前相处的模式，也就该是这样的，也不会有什么不同了。陈当好把手放下，慢慢挽在梁津舸的胳膊上。她忽然觉得很舍不得，舍不得这样的梁津舸。可是她也知道，照这样下去，自己要么是继续以往的悲剧，要么是成为下一个吴羡。

他们玩很多的娱乐项目，刺激的惊险的，温馨的浪漫的。梁津舸总是一副不苟言笑的样子，与整个地方的气氛格格不入，陈当好开着碰碰车撞上他，他也一声不吭，闷着一股劲撞回来。两个人其实各怀心事，但谁也没有说，因为不说，这心思千回百转，就藏在了每一个眼神和动作里。

一直玩到了傍晚，最后一个排队的项目是旋转木马。排队的大多是小孩子，以及一些学生模样的情侣，陈当好和梁津舸站在里面显得有些格格不入，到底玩了一天也是有点累了，陈当好倚在他肩上，等待队伍缓慢移动。

他今天看起来心事重重，陈当好没问，他自然也不会说。快轮到他们上场的时候，梁津舸忽然放开她的手，说："我觉得这个东西，你上去玩还可以，我上去真的奇怪。你自己去玩，我在这等你。"

陈当好一愣："你让我自己上去？"

"嗯，"梁津舸点点头，凝视着她，眼神真挚，"我说我在这等你。"

她直觉他发现了什么，眼看着就要轮到她上去了，梁津舸的手还扯着她的胳膊，像是怕她忘记似的："玩完就下来，我说我在这等你。"

陈当好答应一句，随着人群上去，找到一匹漂亮的小马坐好。从她的角度看过去，刚好可以看见梁津舸站在那里看着她。她冲他招招手，看得出来是真的开心，笑得眼睛都眯起来。

他好像记起之前她跟他讲过，自己从小没有坐过旋转木马这种东西，当时她讲得轻描淡写，手里拿着根烟，他怎么样也没办法把旋转木马和当时的她联系到一起。到底还是女孩子，女孩子该有的幻想她肯定也是有的。梁津舸看着那漂亮的机器一圈圈地转，每转过来一圈，陈当好就笑着朝他挥手。

他想起昨晚自己帮她关电脑的时候，看到她电脑里存着的辞职信。继而想到她昨晚发出的邮件，大约也是辞职信里的内容。陈当好在电视台做得很好，他身边凡是跟传媒有关系的朋友提起她都大为看好，而她却要走了，她是要离开电视台，还是要离开他呢。

其实在看到辞职信的一瞬间，他心里早就有答案。但是很多时候，我们都选择自欺欺人。他不知道该怎么去挽留她，一句"我在这里等你"已经是尽力。他把这句话说了三遍给她听，只是暗暗在心里祈祷她能笑着从旋转木马上走下来回到他的怀里。

同时梁津舸也知道，她若是真的走了，那自己便再也没有力气去把她追回来了。

下一圈转过来的时候，梁津舸没看到陈当好。

灯光熄灭了，这一局的游戏结束，小朋友们笑着从高高的转盘上被抱下来。他们的笑声很干净，听得出来是真的开心。梁津舸没有上前，他平静地站在原地，等着陈当好走过来。

谁也没有来，他空荡荡的右手也无人来牵。新一拨排队的人上去了，木马又转起来，他还是站在原地，看着每一个从他眼前掠过去的笑脸。

他知道陈当好坐的是哪一匹小马，头上带了个五颜六色的小犄角，耳朵处的毛是浅紫色，两只前腿往前蹬的样子，可爱又漂亮。而现在那匹小马上坐了个胖嘟嘟的小男孩，八九岁的年纪，因为开心，脸颊的肉都跟着一起颤。

梁津舸还是这么站在原地，没有走，也没有上前去看。他想，他可能又一次失去她了，其实他也明白的，她一直就没有多爱他。陈当好只爱她自己，害怕被禁锢被安排。她不爱他，所以也从不把他说过的话放在心上，就像他分明说过自己想要的只是一场体面的告别而已，她却又一次悄悄地从他身边逃走。

一直到旋转木马项目停下，游乐园快要到关门时间，陈当好也没有回来。他于是明白她离开得早有预谋，在原地蹲下，梁津舸揉了揉自己有些酸痛的腿。

眼睛就也跟着酸痛起来。

原来不管你做什么，不够爱你的人，永远都不爱你。梁津舸最初觉得陈当好拒绝自己，是因为他身份地位比不得季明瑞，给不了她安稳生活。后来他重新回来，一步一步把自己活成季明瑞的样子，她又摇头，说自己不想做下一个吴羡。

他不知道该怎样才能留住她，最终还是在明知道她会走的情况下放她走了。

缓慢直起身，梁津舸往游乐园门口走。人群差不多已经散尽，他走在人群后面，看着所有人的背影，忽然感到巨大的孤独。手中手机微微一震，他低下头，是陈当好发来的消息。

没来得及点开，只看到第一句。

——梁子，我走啦。

坐到车里，梁津舸把车子落了锁，才重新拿出手机看陈当好写给自己的信。

梁子，我走啦。

回出租屋那天，我整理了一下自己的积蓄，带走了银行卡和存折，这些钱到了别的地方，应该也是可以让我生活一段时间的。昨天晚上我已经给台里递了辞职信，工作交接问题也早就在前段时间安排好了。你读到这里肯定要生气，生气我走得早有预谋，又一声不响就不告而别。我不是没有记住你的话，你看，我这不是在跟你好好告别？

我最近总是会做梦，梦见自己离开了，另一个自己还留在这里。陵山大概真的是一个不属于我的城市，我想在这里落脚，却总也活得不安稳。跟着季明瑞走进风华别墅的时候，心里觉得很屈辱，觉得自己终于成了人人心里所不齿的那种身份。跟你在一起的最初那个夜晚，也是带了报复心理，因为知道季明瑞身边出现了倪叶。

我不相信你最初也喜欢我，包括到现在，你说，你的爱里有几分是得不到的执念呢？我们站在海边的时候我掉眼泪，是因为我知道总有一天我是要走的。在你抱着我的时候，我心里明镜似的，那种悲哀的感觉让我难过，让我觉得自己也许这辈子再也没办法爱上别人。

你当我是为季明瑞的死感到愤怒，生气你背着我算计他，所以跟你赌气冷战，起早从民俗村跑回来。最初我也是这么觉得的，可是等我真的出现在葬礼上，我才知道我对季明瑞一点情意都没有，从始至终，我在他身上也许倾注过嫉妒、仇恨、依赖，倾注过爱情里可能会有的各种情绪，但唯独，没有倾注过爱情。你说我根本不懂什么是爱，那我承认，但我懂得什么是不爱，我对季明瑞就是不爱。我生气，我伤心，是因为在那样的情况下，你对季明瑞赶尽杀绝，我记忆里的你不该是这样，我知道你这次是真的变成了下一个季明瑞。

变成下一个季明瑞之后呢？你也许会娶我回家，多年以后，用你的关系将我安排在电视台里一个最体面的地方。人们都会知道我是你的妻子，我们从不吵架，我们的感情人人称美。也许你不会娶我回家，风华别墅那么大，我住在里面足够了，我是你的红颜知己，是你的慰藉，你会娶一个能扶持你生意的女人，于是我这辈子，都是风华别墅里见不得光的陈当好。你看到这一定会问，为什么要把所有事想得这样悲观，那我反问你，你见到我跟你的保镖走在一起，你会不会下意识觉得不信任我？

我想我是爱你的，你又要问爱你为什么还要离开？对不起我从来都是一个这样别扭的人，我的爱情里但凡有一点瑕疵，我都会放手说我不要了。

梁子，我们之间最大的问题从来都不是爱与不爱，而是你我早就没有了最基本的信任。时间越长，这个裂缝只会越深，你不说我不说，也总要有分开的一天。与其到时候筋疲力尽撕破脸，不如我先走，以你现在的条件，不会找不到更好的人。

我始终没能告诉你，当年在学校里之所以装作没看见你，是因为临走的时候季明瑞不许我跟你再联系。那时候他势力太大，我什么都不敢做，我怕你出事，又怕自己没办法真的从季明瑞身边逃脱。我总是活得战战兢兢，我没办法不为自己打算，我只希望你不要因为这件事再怨我，怨我便要记得我，这对你来说太不值得。

我知道你今天为什么没有跟着我上木马，你其实早知道我要走对吧？谢谢你。我说这么多，也算是好好告别过了，日后你要是偶然想起我，笑一笑过去便是。我会生活得很好，你也要好。将来找一个爱你十分的女人，再倾注你十二分的爱。

我就陪你到这里了，梁子，我走啦。

梁津舸把手机放下，安静地坐在驾驶座上。车里安安静静的，他把手机扔在副驾驶位置，心里好像极其疲惫，却又带着点解脱，趴在方向盘上，梁津舸闭上眼睛。

他再不能把她追回来了。她的话每一个字他都看得明白，每一个字都写着她远离的决心。他已经强人所难一次，再拿不出第二次的勇气。转念又想，陈当好真的是个足够狠心的女人，不只是对他，也包括对她自己。

拿回手机，梁津舸给自己的助理打电话。天黑下来了，外面景色看起来一片苍茫，早就没了白日里的热闹。

"西郊的风华别墅，找时间卖掉吧。价格不用吊得太高，合理就可以。别墅里的东西都留下，也不用派人去收拾，我不再回那里了。"

"需要帮您和陈小姐准备新的房子吗？"

梁津舸顿了顿，语气平静："陈小姐走了。把我之前的房子收拾出来，我今晚就回去住。"

那边似乎也有些诧异，但还是没有多问："我知道了，梁总。"

时间就这么飞快地过去，一晃又是很多年。陵山的风景也换了一遭，昔日懵懂的小姑娘也慢慢长成俊俏少女。

当年陈当好离开后，警方查出那段视频，找到梁津舸头上。场景似曾相识，他不想辩解，也没有找律师，甚至连同自己之前对陈当好的非法囚禁都交代得一清二楚。他坐了几年牢，在牢里的时候时常想，人总要为自己做过的事负责，总要偿还自己欠下的债。那他现在每天每天还清了这些，再出去是不是就可以干干净净地爱她了？

四角铁窗下，梁津舸每天都会想起，陈当好站在小阳台上抽烟的样子。好在他坐牢之前培养了几个得力的助手，回来后事业也没有遭到毁灭性打击。他慢慢地东山再起，慢慢地，就也到了季明瑞那把年纪。而到了那把年纪的他就像之前的季明瑞一样，花很多钱去搞慈善，并不都是为了给自己赚口碑，而是孑然一身的他，那些钱真的不知道要留给谁。

这些年里，梁津舸从未这样醉心于工作。偶尔饭局上有人给他介绍条件好的姑娘，他也去见，回来之后便不再联系，心思也并不放在上面。

也不曾去打听陈当好的生活，尽管他知道如果他想，就可以打听得到。心里到底还是跟她较劲，也跟自己较劲，偶尔开车路过电视台，也要一个人恍惚一阵子，好像她还在里面，他是专程来接她下班的。时间过去得越久，记忆倒是越深刻，直觉这样不对的时候，梁津舸已经连续失眠了几个星期。到后来助理都看不下去，劝他出去散散心，旅游地图选来选去，还是把地点选在了曾经去过的民俗村。

相比上次两个人结伴而行，这次只剩梁津舸一人，从下了飞机那一刻他便后悔，为什么不找个其他地方，而是到这里重温两个人当时的回忆。沿着海边走过去，梁津舸刻意避开了曾经住过的民宿，在另外一个地方找了家小旅馆住下。早年在外面闯荡，也不是没有住过这样的小旅馆，甚至好多人挤在一间屋子的青年旅社他都睡过。当初是因为穷，现在是害怕，害怕所有高级的场所里，形形色色的人来映照他的孤独。

小旅馆的老板是个胖胖的大姐，坐在柜台里一边嗑瓜子一边听相声，满脸喜气洋洋。梁津舸把身份证递给她，她朝他看看，眼神带着探寻："就你自己？"

梁津舸点点头。

老板娘大概很少见到这种场面，要知道附近都是旅游区，而且是有名的爱情名胜，引不少小情侣慕名而来。嘴上没多问，她拿了钥匙给他，接着笑呵呵地听相声。

不是房卡，是钥匙，还是以前那种非防盗门的最普通的铁钥匙。梁津舸拿着钥匙上楼,拐过了一个拐角,还能听见老板娘因为相声而发出的憨厚笑声。

他的房间在二楼,四周安静下来,躺在这里就能听到海浪声。闭上眼睛,与当初住在民宿里的感觉无异。梁津舸近来大概是要患上神经衰弱,因为这海浪声音,竟是一夜没睡安稳,第二天早上便决定退房,换个清净地方去住,毕竟他出来也不是为了看海游玩,只是想睡个好觉而已。

柜台里换了人,不再是那个胖胖的老板娘,电脑里的相声也换成了歌曲,痴男怨女的爱情。梁津舸把钥匙放到柜台上,里面坐着的短头发的女人听到声音,头也没抬将钥匙收回来,目光胶着在电脑屏幕上。

"我这就可以走了吗?"梁津舸问。

柜台里的女人似乎愣了一下,抬头,梁津舸面前坐着的俨然是陈当好。

任何你期待发生的事,到真正到来的那一刻,原来你会如此平静。也不担心是梦境,也不担心自己失态,好像在这个地方重逢并不让人觉得惊讶,好像两人之间本来就是会不期而遇。他无数次期待可以与她不期而遇,唯一觉得讶异的大概是这个地点。梁津舸的表情很平静,看着愣愣的她,他又问一遍:"我是不是可以走了?"

"啊……可以,可以的。"陈当好点点头,又想到自己今年剪了短发,万一不好看,岂不是要被他笑话。伸手撩了撩头发,再抬头,发现梁津舸已经走到门口去了。

就像两个人没有认识过一般。

她原本被吊起的心又坠回去,接着看向电脑。

也是,这么多年,谁还要陷在原来的爱情里死去活来。

梁津舸走出店门,始终警告自己不要回头去看。这是她自己的选择,那她现在过成什么样子便都与自己无关。可是转念又想,她也到了这个年纪,结婚没有?住在哪里?小旅馆收入如何,够不够她养活自己?就这么浑浑噩噩地从民俗村离开,自己买了回陵山的机票,自己回到自己的住处,把自己扔进沙发里。

那之后的几天,没有任何人觉出梁津舸的不对劲,直到星期五的下午,一向不迟到不早退的梁津舸提前从公司离开。

他要去找陈当好。

手搭在方向盘上，梁津舸走上高速。又想起很久之前陈当好跟他说过的话：

"梁子，你以后如果爱上谁了——她要是爱你三分，你也爱她三分；她要是爱你五分，你也爱她五分；她爱你七分你便爱她七分，可是如果她爱你十分，你就爱她十二分。这样要是有一天你们不在一起了，她也总会记得自己还不起的那两分，记得你是她十分爱过的人。"

可是陈当好，你不知道吗，我这人天生愚昧。

愚昧到仅凭你的三分薄爱，就做了你的不贰之臣。也不是没见过江河湖海，可一想到你这条小溪，便恨不得连命都溺死在里面。我没力气再去爱别人了，爱情它透支我消耗我，但我想我还年轻，也许还能跟你耗完这一生。

车子行驶在马路上。

傍晚的风啊，吹得有一些凛冽。

"我现在走了,也许就不会恨你了,再过很多年,我会找不到风华别墅的位置,等你老得快要离开这个世界了,我再回来,回来送你最后一程。"

陈当好当年跟季明瑞说这话的时候,其实只是为了哄他,骗来他的同情心和不舍得,能放自己走得痛快一点。只是这么多年过去,她没想到,最后每年来墓前祭拜的人,竟然只剩下了自己。他生前那样风头无两,最风光的时候,一场生日宴能请来全市的大人物为他庆生,如今人走茶凉,墓前杂草丛生,连个像样的贡品都没有。

这一年,陈当好三十岁,离开了电视台,离开了梁津舸,也离开了这个留下她太多青春的城市。每年季明瑞忌日的时候她会来看一看他,带一束鲜花,就像看望一个离世已久的老朋友。季明瑞是个浪漫的男人,那些年他时常买花送给她,现在她拿着花站在墓前,总好像这样年复一年,就扯平了他们之间的许多恩怨。

"今年天气不好,前几天航班停了,我就来晚了一点,希望你不要生气。"陈当好在墓前寻了块干净地方,就这么不拘小节地坐下,把手里抱着的花束放到墓碑前，却没有看那上面的照片，更没有看向照片里季明瑞含着笑意的眼睛。她习惯了在这一天和他说说话，与其说是说给他听，不如说是自己倾诉。

"今年的生日过完，我就三十岁了。不知道为什么，身边三十岁的人都还很年轻，我却好像比他们更快速地老了。我在想，是不是我在二十出头的时候经历了太多，所以比别人更早感觉到疲惫。我最近也经常感觉到孤独，今天看完你回去，我打算买只小猫养一养，这样晚上下班回家，还能有个活物陪陪我。我突然好像懂了你当初为什么不肯放我走，季明瑞，你那时候是不是也总觉得孤独，所以把我关在别墅里，哪怕听听我喘气也是好的？"

陈当好说着笑起来，时间治愈了过往，记忆倒是没有丝毫褪色："我前几天梦到你，好像又回到了自己十八岁的时候，醒来以后感觉这几年日子过得没有滋味，又想换个地方生活了。我觉得海边很好，前几年我去过一次，除了有点潮湿，没有其他的问题，我也只活这一生，多换几个地方总是好的吧。"

她说到这顿了顿，想起上次去海边还是和梁津舸一起。眼前掠过很多画面，她舔了舔干燥的嘴唇，终于看向了季明瑞墓碑上的照片，看着他的眼睛，陈当好声音酸涩："其实，当年我跟你撒了个谎，你可能也看出来了，只是没有拆穿我。那时候你撞破了我和梁子的关系，你问我爱上他没有，我斩钉截铁地跟你说没有，但其实那不是真的，我只是怕你为难他，更怕你气急了不肯放我走，所以我只能撒谎。最后一次和你见面的时候，你跟我道歉，我那时候就想告诉你，却又觉得那样的话有点残忍，开不了口。"

她说完觉得轻松许多，从地上站起来，拍了拍裙子上的土："其实这话现在说了，要是你真的能听到，还是显得我太不识好歹了些。只是我那些年太喜欢骗自己了，现在回头看，好像每一步都走得痛苦且别扭。我不仅想骗你，还想骗过我自己，但现在我想通了，我那时候就爱上梁津舸了，到现在，这份爱也没有什么改变。我和他在一起是因为爱，从他身边逃跑也是因为爱，说起来这也应该感谢你，如果不是你，我这辈子都遇不到他。"

陈当好说完，对着墓碑轻轻鞠了一躬，转过身，墓园里空荡荡，只有她一人，就如同这人间，只剩她自己茕茕孑立。低着头离开墓园，陈当好上了出租车，在回去的路上，她像每次来扫墓一样绕路去风华别墅看一眼。

别墅早几年就挂出了售卖的广告，但可能不太好卖，这些年陈当好每次经过那里，都可以瞧见一片安静与荒芜。她没抱希望，只打算远远看一眼，走到附近的时候倒是有些愣怔，别墅花园里的花草长得很好，明显有人用心打理，曾经她时常待着的二楼阳台也被重新粉刷过，和当年的模样没有差别。绕着别墅走一圈，可以看到里面的一切都被恢复成了当年的样子，陈当好绕了一大圈回到大门口，望着里面郁郁葱葱的绿植和依旧崭新的建筑，有些恍惚。

别墅里面的门被推开，一个熟悉的身影走出来，怀里还抱着厚厚一床被子。前几天一直在下雨，现在好不容易天晴了，很多人家会选择在这时候晒被子。陈当好望着走出来的人，脚下没有动，眼神却温柔了下来。

是齐管家。

她们之间快有十年没见了吧？齐管家还是当年的短发，干练的体态，哪怕怀里抱着那么厚的被子也不显出一点狼狈，只是眉眼间到底还是老了些，岁月终究给他们每个人都留下了痕迹。她没看到陈当好，眼前被子挡住视线，自顾自往前走，还是当好站在外面轻轻唤了她一声。

"齐姐。"

齐管家明显一愣，就这么抱着被子扭头，在看清陈当好的同时，她皱起眉，怀里被子抱得还是稳稳当当："陈小姐？"

陈当好连忙点头。

齐管家没说话，抱着被子走到花园中央，把被子晾在事先准备好的晾衣绳上，又细致而认真地把被子铺展开。等到手下这一系列动作结束，已经过去了五分钟。见陈当好没有要走的意思，她只好走到大门边，隔着围栏，看向当好的神色并不友善："陈小姐，好久不见了。只是现在别墅主人不在，我不能随便放外人进来，真是不好意思。"

齐管家想必是对别墅感情颇深，才会又回到这里来。陈当好笑了笑，对她的不友善并不在意："没关系的，我也就是路过看一看，没想到还能见到您，有点惊喜。您先忙吧，我晚上的飞机，就先走了。"

　　齐管家撇嘴，似乎有话要说，又被自己硬生生憋了回去。陈当好抬脚要走，没走出几步，又被后面的齐管家叫住："陈当好！"

　　齐管家从来没这么连名带姓喊过陈当好，话一出口两人俱是一愣。陈当好转过身，这几年她在外面见的人多了，找的工作也杂，骨子里的尖锐被磨平了不少，显得格外好脾气："怎么啦齐姐？"

　　"这些话，本来不该我多嘴，但是今天这么巧遇见了，这些话我不说，可能也没人跟你说了。"齐管家走近了些，"这些年，你关注过梁先生的消息没有？"

　　"没有。"陈当好不敢关注，她只知道以梁津舸的性子，他离开了自己也不会自暴自弃。她怕自己关注了，就心软了，然后有一天像条小狗一样巴巴跑回来，两人之间的问题却一点都没有解决。齐管家几乎是对她翻了个白眼，态度相比刚刚更为恶劣："你怎么总是这么自私呢？第一次你从这个别墅走掉，头都没回，梁先生断了一根手指头，还是我送去的医院。第二次你又从他身边离开，你关心过他放出那个视频的后果吗？"

　　"什么？"

　　"你可别跟我说，当年的视频你都忘了。那个视频让季先生自杀，又把梁先生送进牢里，陈小姐本人倒是躲得干干净净。"

　　"他坐牢了？"

　　"他都已经出来了，这个别墅一直在挂牌往外卖，只不过现在还没卖出去。陈当好，我有的时候真的搞不懂你在想什么，为什么你心里的想法能那么别扭？"

　　陈当好哑口无言，她不能跟齐管家说，自己和梁津舸之间最大的问题在于那岌岌可危的信任。爱是真的，猜忌也是真的。她好像又成了罪人，从前害他失去一根手指，现在害他再度坐牢。梁津舸真是个大情种，早年为了吴羡坐牢的是他，现在为了陈当好坐牢的也是他。

　　从风华别墅离开，陈当好去了一趟梁津舸的公司。她忽而明白一件事，从前自己的别扭，都是源于自己把那些事情想得太细致了，而爱情本身需要的就是一点勇敢和很多的糊涂，她不仅不够勇敢，还不够糊涂，所以她痛苦不堪，爱而不得。

站在楼下前台，陈当好清晰开口。

"你好，我要见你们梁总，梁津舸。"

番外二
他

陈当好出现在公司楼下那天，梁津舸人正在遥远的广州，作为商业新贵参加活动。他这几年对社交和媒体都尽量躲避，连手机都交给了助理，自己的私人号码更是不曾泄露给外人，这次的活动是主办方游说好久，他难以推辞才来的。这些年梁津舸身上有了很多季明瑞的影子，其中最明显的大概就是他和季明瑞一样开始热心于慈善事业。穷困潦倒的时候他不理解季明瑞，现在却好像懂了，季明瑞大概也是孤独，想通过慈善，从那些被资助的人身上收获一点卑微的情绪价值。

活动开始前几分钟，助理接到电话，悄声报告梁津舸："梁总，前台有一位女士找您。"

梁津舸下意识想起陈当好，实际上，不论什么时间，只要提起有女士找他，他都会觉得是她回来了。只是这些年经历过太多次失望，加上离活动开始不剩几分钟，梁津舸不耐烦地摆摆手："每天找我的人多了，以后这样的小事不要来烦我。"

助理应声，转头对着电话说了几句打发的话，随后挂断。

梁津舸资助的是一个贫困山区的女孩，前几年女孩还小的时候，他便开始资助她上学，如今女孩已经结束高考，也顺利考到了广州的大学。这次活动就是请来资助人与被资助人，在梁津舸方面的建议下，活动尽量简化，他只需要上台合个影，就可以很快离开。

其实这些年，梁津舸的活动都是助理在办，他本人自然没有见过自己的受助人。如今上了台，才看到小女孩花朵一样的面貌。这是个漂亮姑娘，漂亮之余，眼神里还有点懵懂的倔强，他看她第一眼便想起了陈当好，于是又接着看了第二眼和第三眼。

他遇见陈当好的时候，她已经过了十八岁，而眼下，岁月好像忽而变得仁慈，将十八岁的陈当好送到了他面前。台上合影结束后，梁津舸下台时让女孩在自己身边落座，他眼神沉稳，对女孩说话时更是老成："你考的什么专业？"

"我考的播音主持，以后毕业了想留在大城市的电视台里，每天晚上给大家播报新闻。"女孩脸上稚气未脱，对未来的规划倒是清晰，他看着她，活脱脱像在看另一个陈当好："播新闻容易，进电视台可不容易啊。"

"我之前在学校成绩一直很好，我相信等进了大学，我也能名列前茅，我对自己有信心。"

到底还是孩子，不知道大学其实已经算半个社会。梁津舸看了看她身上的衣服，又看了看她的发型与打扮，忽然想到，陈当好当年是不是也曾经这样踌躇满志，却在踏进校园的瞬间发现自己因贫穷而与大家格格不入？

他心生恻隐，那天离开的时候，他递给助理一张卡，让他隔天找机会带女孩多买几套衣服，再做个发型。助理向来没见过梁总对哪位姑娘如此上心，不仅乖乖照做，甚至还特地带女孩去做了个全身美容，女孩问起缘由，助理只是笑，他自以为窥见了梁津舸的心思，当天晚上，助理把女孩送到了梁津舸的酒店房间门口。

女孩好像也终于明白过来，这位一直资助自己的男人，一直以来打的什么主意。

她抬起手，轻轻敲响房门。

有位哲学家说，在十二万九千六百年后，地球上所有的事物都会重演一遍。而如今，梁津舸打开房门，仿佛看到陈当好的人生在以另一种形式在自己面前铺展开来。面前的女孩满身名牌，发型明显被精心打理过，她站在那就像个漂亮的花瓶，脸上的表情是花瓶身上唯一的瑕疵。她充满志忑望着他，梁津舸知道，她心里的两个小人也在打架，在前途与清白的选择中，她还不知道哪个更重要。

"谁送你来的？"他声音有些不悦。

女孩表情更显慌张，伸手指了指身后已经合上门的电梯："之前那个大哥……他刚才还站在那来着……"

"你先进来。"梁津舸担心她在门口站久了被人拍到，女孩顺从走进屋内，他注意到她的身体在微微颤抖。当年陈当好被季明瑞第一次带进风华别墅的时候会不会也这样？随即他摇摇头，陈当好就算再害怕，面上也不会允许自己败下阵来。

这样看来，眼前的女孩也只是外貌与她相似，内里却并不是同一个人。梁津舸到房间拿了自己的私人电话，一边穿外套一边拨通一个号码。

"给王助理买今晚回陵山的机票，嗯，再顺便通知他一下，明天开始不用来上班了。"

女孩看着他挂断电话，看他把外套穿好，终于确定他是要走。悬着的心放下来，女孩明白自己其实从一开始就做好了选择："梁先生，你要走了吗？"

他反问她："你要在这住吗？"

女孩使劲摇头。

梁津舸难得温和一笑："那就跟我一起走吧，我开车送你回去。"

两人一路沉默无话，直到坐上车，女孩才忍不住开口："梁先生，是我做的让您不高兴了，还是您真的没有其他心思？"

这份坦率又有些像她了。梁津舸目光专注看着前方，声音温和："不管你信不信，我没有别的心思。让助理带你去买衣服做头发，其实只是想起了我的一位故人。她和你差不多的出身，上大学以后过得不太顺遂，我不想你因为钱，像她一样被困住。"

"……这些并不在您资助我的范围之内，以后我有钱了，都会慢慢还给您的。"

"还不还的都是后话，大学这几年缺钱就和我说，别为了赚钱做傻事。"

女孩点点头，又想起他可能看不到，于是闷闷地"嗯"了一声。

"你有男朋友了吗？"

"还没有。"

"等以后有了男朋友，你就记住——"梁津舸细不可查地叹了口气，"他要是爱你三分，你也爱他三分；他要是爱你五分，你也爱他五分；可是如果他爱你十分，你就爱他十二分。"

女孩疑惑地看向他："为什么？"

"因为那样要是哪天你们不在一起了，他也总得记得自己还不起的那两分，记得你是他十分爱过的人。"

女孩似懂非懂，没有说话，倒是梁津舸偷偷红了眼眶，这话是陈当好教他的，只是他当年太过愚昧，没等到她十分的爱，倒是先倾注了一百分的心意。把思绪抛开，他伸手打开车里广播，歌声随即飘出来，将他淹没。

——想不起，怎么会病到不分好歹，连受苦都甜美。我每日挨着不睬不理，但却挨不死，又去痴缠你，难道终此一生，都要这么，不可争一口气。

——很谦卑，只不过是我太过爱你，连自尊都忘记。跌到极麻木只好相信，又再爬得起，就会有转机，若我不懂憎你，如何离别你，亦怕不会飞。

——由这一分钟开始计起春风秋雨间，限我对你以半年时间慢慢地心淡，付清账单，平静地对你热度退减。一天一点伤心过这一百数十晚，大概也够我，送我来回地狱又折返人间，春天分手，秋天会习惯，苦冲开了便淡……

番外三
他们

1

　　陈当好唯一的一次勇敢,被毫不知情的梁津舸拒之门外。那一天她从他的公司出来,抬头往楼上的窗户看了很久。她不知道以梁津舸的身份,办公室是不是安排在最顶楼,但是这样抬起头朝上看,只会觉得阳光刺眼,目不可及。前台说他现在不在陵山,让她过几天再来,陈当好没有问具体要等几天,她还是如期上了今晚的飞机,就像她最开始计划的那样去往海边小城。

　　人与人之间的缘分极神奇,像掌心堆沙,握紧便散,只能小心翼翼捧着,又唯恐别处吹来劲风。梁津舸回来之后早已忘记前台曾有人找过自己,他像每次出差归来那样回到自己顶楼的办公室,隔着玻璃往下看,可以看到不远处的传媒大楼。那里的大屏幕曾经出现过陈当好的脸,他当初买下这里的办公楼,也不过是觉得这地方刚好可以望见她办公的电视台。

　　梁津舸换了新助理,比之前的年纪稍大,是个极其爱操心的人。工作之余他们也会坐在一起聊聊天,助理问他,这些年会不会觉得累,梁津舸矢口否认:"不累啊。这些年过得挺充实,公司越来越好,时不时也去相亲,工作生活两不误。"

"那梁总最近怎么经常失眠啊？"

"……你怎么知道？"

助理把桌上的镜子推到梁津舸面前，语带担忧："不仅我知道，全公司的人看到您的黑眼圈可能都知道您最近睡眠不好。不如我给您买个机票，您出去休息一阵子吧？"

梁津舸下意识想要拒绝，可是看到镜子里的自己，话到嘴边又咽了回去。镜子里的人眼窝深陷，黑眼圈大得夸张，几乎要和鼻翼持平，由于消瘦，颧骨高耸，乍一看像生物实验室里摆着的骷髅架子。他舔了舔自己干燥且苍白的嘴唇，还是选择了接受助理的建议："好，你安排一下吧，我可能真的需要休息一阵子了。"

旅游地图翻了几遍，世界各地风景众多，梁津舸却都兴致不高，最后绕了一大圈，还是选择了以前去过的民俗村。他其实想去个有海的地方，总觉得海浪涌来，海风阵阵，就能抚平他心里那些陈年旧事。出发那天梁津舸避开了他和陈当好住过的别墅，选择了不远处的小旅馆，一夜照旧无眠，早上天刚亮，梁津舸便收拾好行李准备退房，他来这其实只想睡个好觉，可晚上海浪轻摇，还不如在办公室里坐着来得安稳。

他就是在那时候看到陈当好的。

陈当好来到这里还没多久时间，民俗村旅游业发达，她和这两年认识的朋友合伙投资开了家小旅馆，开业以来生意不算兴旺，但日子也还过得去。来到这里第一天，陈当好就去剪了头短发，如今四目相对，她忽然有些担忧他认不出自己。

"我这就可以走了吗？"梁津舸平静地望着她，见她没有反应，便又问了一遍："我是不是可以走了？"

在某些平行时空里，陈当好也许会像往常那般嘴硬心软，放他离开然后自己黯然神伤。但此时，她回望他，忽然感觉过往那个自己又回来了，将一边的短发撩到耳后，陈当好冲他微微一笑："我之前去找过你。"

"……什么？"

"去年季明瑞忌日的时候我回陵山，去风华别墅见到了齐姐。然后我去你公司找你，但是他们说你不在。"

"你找我有什么事吗？"

"……我也不知道，我那时候就是很想找你。"

梁津舸忽然觉得荒谬，他们之间现在应该礼貌寒暄，故作惊讶说一句"好巧"，然后他退房离开，她像之前那样拿捏出孔雀般的姿态。但此时他的身份证就在她手里握着，似乎没有要还给他的意思。他想起她很多次从自己身边逃跑，想起当初断了手指的自己站在那里等她，却被她无情忽视，想起自己望着空荡荡的旋转木马，心里难过失望，就好像被全世界抛弃的小孩。他应该趁这个机会报复她一次，对她的话视而不见，用冷漠让她体会一下自己当年的感觉。

"要不要一起吃个饭？"梁津舸不敢相信这话是自己说的，他的语言背叛了大脑，却忠于内心。陈当好笑了笑，她的笑和每次拒绝他之前一样，带着点歉意却又不那么真诚，他心下焦灼，想急忙改口说算了，却听到她说："好啊。不过你是客人，这顿饭我来请。"

那一天，他们在岛上最好的饭店吃了一顿海鲜。两个人都没有喝酒，吃完饭往回走，陈当好觉得口渴，在超市买水的时候看到货架上的烟，扭头看他："想不想再尝尝大前门？"

梁津舸摇摇头："少了根手指，夹烟不方便，早就戒了。"

"那我抽的话，你介意吗？"陈当好脸上的神色不似刚刚那般自在，想起他断掉的手指，不自觉又想起些久远的记忆。梁津舸还是摇头，看上去倒是比她坦然："不介意。"

她买了一瓶水，一包烟，两个人就这么散着步往回走。现在不是旅游旺季，周边活动不多，远不如他们上次来的时候那么热闹。回到小旅馆，陈当好随着他一起上楼，距离睡觉时间还早，她不想那么早回去，而他当然不会拒绝她走进自己的房门。

陈当好点燃一根烟，屋里窗户开着，海风吹进来，烟雾袅袅。梁津舸坐在床边，闻着烟草中夹杂的话梅香气，轻轻问她："你这些年过得好吗？"

"还好吧，你呢？"

"我过得不是很好。"

她笑了笑，嘴里吐出烟圈："其实我也是。"

　　陈当好在他身边坐下，熄灭了烟，开始讲述自己这些年的故事。讲自己去了哪些地方，遇见哪些人，时间从来不曾停止，她的这些日子却好像每过完一年便会凭空消失，当她察觉到孤独的时候，也发现自己不再年轻。

　　她絮絮叨叨说了很多，这些话连和她一起开旅馆的朋友都不曾听过。今晚的海风极其温柔，陈当好终于不再设防，她想和他说重新开始，低下头，却发现他躺在自己腿上已经睡着了。

　　低下头，她把手举到他脸边，想摸一摸他眼角的皱纹。初遇的时候，梁津舸还是个大男孩，如今这么看过去，却也发现他皮肤纹理渐深，不仅是眼角，眉间和额头也都有了浅浅的纹路。陈当好的手举起又离开，怕惊扰了他的睡眠，其实见面的时候她就知道，他这副样子该是很久都没有好好睡过一觉了。

　　这几个星期以来，梁津舸第一次拥有了完整的睡眠。不知是梦里还是现实，他听到陈当好对自己说——睡吧，等你睡醒了，就带我回去吧。

2

　　车子停在风华别墅门口，司机按了一声喇叭示意，等待里面的人出来。

　　别墅二楼，陈当好背靠着墙壁，半个身子都吊在梁津舸身上，喘息不匀："可以了……司机已经来了，再不换衣服来不及了……"

　　"……那就让他等一会儿……"

　　他捞着她的双腿，陈当好抬起头一双眼睛瞪他："老不正经。"

　　楼下车子又响了几声喇叭，这司机八成是个新人，也太不会看眼色。梁津舸出门时脸色明显不悦，陈当好更是连底妆都没化，两个人就这么坐进车里，小司机看看后视镜，直觉自己好像做了什么不招老板待见的事："梁先生，还是按计划先去化妆是吧？"

　　"是，开车吧。"

　　小司机心下惶恐，不再多言，车子离开别墅，他却从后视镜里恍惚看到陈当好笑了笑。后座上的两人都不说话，只是牵着手，没过多久，梁津舸眉间的不悦也已经散尽，满脸闲适地望着车窗外的风景。

小司机悬着的心于是又放下来。

今年是梁津舸创立慈善基金三周年，为了扩大影响力，准备在酒店办一场晚宴。陈当好如今既是节目主持，又是梁津舸的太太，自然也是要露面的。只是这几年她的独立节目越做影响力越大，倒是渐渐有人想通过梁津舸的关系来认识她。

晚宴举办顺利，两人这几年早已熟悉这些事情，哪怕是站在人群中央，也不觉得怯场。只是今天结束以后还有个小小的专访，这让梁津舸有些不耐烦——他很想回家完成下午被陈当好叫停的事情。

记者早已等待在会客厅，梁津舸牵着陈当好走进来，坐好以后，在看到记者的时候，他微微一愣，这记者不就是之前自己在广州资助过的小女孩？如今女孩比当年更成熟了一些，和陈当好相似的眉眼已经变了模样，更加灿烂艳丽，不似最初那样清冷了。他望着她，想来她这些年过得不错，女孩早就知道自己要访问的人是他，开机之前，就先跟他道了声感谢。

"如果两位准备好了，我们现在就开始了。首先第一个问题是想问梁先生的，我们都知道您很早之前就在做慈善，三年前为什么又特地创立了慈善基金呢？"

梁津舸笑了笑，握着陈当好的那只手明显用了力一些："三年前，我和我太太重逢并且结婚，我们都希望做一件有意义的事，来纪念那段特殊的日子。"

"所以这不仅是一份慈善基金，也是您和您太太之间的爱情基金，对吗？"

梁津舸面色愉悦地点点头。

"关于您和您太太的爱情，其实网上有很多的传闻，但是从来没有见两位回应过，今天能否满足一下大家的好奇心呢？"

"对不起，我们……"

"我们其实经历了很多。"陈当好打断梁津舸的话，她知道他下意识想要把这个问题搪塞过去，人人都知道梁津舸两次坐牢，知道陈当好做了一段电视台主持人又凭空消失，这些要素被串联在一起，难保不会让人联想出更多的故事。

陈当好望着镜头，如今青春已逝，岁月留下的都是坦然："以前我年纪小，遇到问题总是喜欢逃避，我们之间的很多离别，现在想来都是可以避免的。我的先生一直很坚定，因为有他的坚定我们才能重新走到一起，所以我不希望再有人因为他身上的负面信息而否定他这个人。创立基金是我们共同的决定，而且这个基金是专门面向贫困地区大学生的，我们都希望那些有梦想的少男少女能够勇敢地追求梦想，不要因为金钱的限制而放弃未来或者走了歪路。"

"所以这也是您做网络节目的初心是吗？"

陈当好如今虽然还是主持人，但已经不在电视台，而是自己创办了网站，做独立节目。她的独立节目聚焦当下大学生，反映他们生活中的幸福与困惑，节目一经推出，在年轻群体中颇受欢迎。

她点点头，对着镜头微笑："是的。我本身来自山村，刚刚来到大学的时候有很多困惑，现在做这个节目，可能也是想圆自己当时的梦。"

采访的女孩随着她的话露出微笑，梁津舸知道，女孩懂得她。

那天的专访结束，梁津舸和陈当好没有叫司机，而是牵着手从会场一路走回去。陈当好穿着礼服，脚上换了双拖鞋，就这么踢踏着往回走。走出一段距离，她停下脚步，摘下梁津舸一直戴着的手套，就这么握住他的右手。

"怎么了？"他靠近了贴着她，声音温柔。

"没怎么，就是想这样牵着你。"

"我们真要这么走回去吗？要是这么走下去，恐怕到家得凌晨了。"

"明天又不要上班，回去可以睡到上午。"

"脚会疼吗？"

"不疼呀，拖鞋。"

梁津舸不再说话，两人沉默且自在地走在月光下，夜渐渐深了，周边逐渐连一辆车都没有。他担心她累了，弯腰说要背她，陈当好便顺从爬上他的后背。

体温交换，她揽着他的脖子，忽然好庆幸。

"梁子，"她喊他，"谢谢你。"

"嗯？什么？"

"没什么。"

她知道梁津舸都听见了，两人不再言语，月光倾斜而下，晚春时节，马路上一地落花。她瞥见他红红的耳朵尖，忽然发现，他其实还是当初的少年。

凌晨的风，好像也不似以往那般凛冽。